ハヤカワ文庫 SF
〈SF2339〉

伝説の艦隊3
〈ヴィクトリー〉

ニック・ウェブ
置田房子訳

早川書房
8709

VICTORY
Book Three of the Legacy Fleet Series
by
Nick Webb

Translated by
Fusako Okita
First published 2021 in Japan by
HAYAKAWA PUBLISHING, INC.
This book is published in Japan by
arrangement with
INTERCONTINENTAL LITERARY AGENCY LTD.
through JAPAN UNI AGENCY, INC., TOKYO.

JとLとCに

伝説の艦隊3

〈ヴィクトリー〉

登場人物

統合防衛軍航宙母艦〈ウォリアー〉乗員

ティム・グレンジャー……………………艦長。大佐

シェルビー・プロクター…………………副長。中佐

ディアス……………………………………副長代理。大尉

ダイアモンド………………………………戦術士。少尉

プリンス……………………………………航法士。少尉

プルーハ……………………………………通信士。少尉

レイナ・スコット…………………………機関長。中佐

タイラー・ピアース………………………戦闘艇部隊の部隊長。中佐

シュウィッツァー…………………………同部隊長補佐官。大尉

〝肝っ玉《ボールジー》〟・フォルツ…………………………戦闘艇パイロット。大尉

〝宇宙の覇者《スペースチャンプ》〟・ヤマト……………………フォルツの分隊員。大尉

〝消耗品《フォダー》〟
ピューピュー
……………………………………フォルツの分隊員の兄弟

ジンガノ……………………………………統合防衛軍中央軍司令官。元帥

ノートン……………………………………同統合参謀本部議長。陸軍大将

リトルフィールド…………………………ウェリントン造船所所長。准将

エイブリー…………………………………地球連合大統領

エイモン・アイザクスン…………………同連合副大統領

マラーホフ…………………………………ロシア連邦大統領

ユーリイ・ボロディン……………………同連邦大使

ヴィシュゲイン・カーサ…………………異星種族ドルマシ艦隊指揮官

シジア・クリュール………………………異星種族スキオーラの副元首

1

ブリタニア星区　惑星インディラ　グナラタナ市郊外
第一二七カディス難民キャンプ

ロドリゲス大尉は通りのまんなかで、どろどろした水たまりに足を踏み入れ、鼻にしわを寄せて悪態をついた。まったく、もう。いまは二十七世紀で、人類はさまざまな星系に到達するほどのテクノロジーを持ち、何十もの惑星に移住して、四カ月前までは誰も想像しなかったような規模で銀河文明が栄えていたというのに。

それなのに、いまは未処理の下水が通りを流れている。

キャンプは、カディス星区からの難民を収容可能人数の二倍以上に当たる五十万人も受け入れ、支えきれずに、あちこちほころびはじめていた。泥だらけの下水におおわれた通りを苦労して進むと、病気の赤ん坊たちの泣き声が耳についた。汚れた小さな子供たちが母親の腕のなかで縮こまり、同じように苦しんでいる母親たちは仮設シェルターのドアからじっと外を見ながら、都市部から食料や水を運んでくる次の荷物が届かないかと探っている。

荷物は来ない——ロドリゲスにはわかっていた。積荷は数日にいちどしか届かなくなり、やがて週にいちどになった。次は、まったく届かなくなるだろう。

やつらが来る。

薄闇が空を染めはじめた。太陽は数分前に沈んだ——たぶん、日没もこれが最後だ。時間がない。あたりでは子供たちの泣き声が続いているにもかかわらず、ロドリゲスが泥とごみと汚水の道の最後の百メートルを横切って、自分の家族のシェルターへ進むあいだ、難民キャンプは不気味なほど静かだった。おれの子供たちが待っている。おれの指示どおり、荷物を詰《つ》めたバッグを用意しているはずだ。

ロドリゲスが家族のシェルターのドアを開けたとき、難民キャンプのサイレンが鳴りはじめ、子供たちの泣き声に切迫したうめき声を添えた。サイレンが意味するものは、ひとつしかない。

やつらが来た。

「パパ！」

娘のエルザがロドリゲスに駆け寄って、下半身に抱きついた。息子のトマスは部屋の隅にすわって、祖母の身体の上にかがみこんでいる。子供たちの面倒を見るはずの祖母は病気で衰弱し、シェルターにひとつしかないベッドに横になって咳をしていた。ロドリゲスはエルザの腕をはずし、病気の母親に近づいた。母親の顔は青ざめていたが、ロドリゲスに向かって弱々しい笑みを浮かべた。

「子供たちの用意はできた？」ロドリゲスは母親の上に身をかがめた。

母親はかすかにうなずいた。

「母さんも？」と、ロドリゲス。

母親は震える手を伸ばしてロドリゲスに触れると、「行きなさい」と声を絞《しぼ》り出し、続いて咳の発作に襲われた。口を押さえた手を離すと、血が飛び散っていた。

「母さんを置いていくつもりはないよ」ロドリゲスは母親を抱き上げようと腰を折ったが、母親は驚くほどの力で息子を押しのけた。

「行きなさいと言ったのよ。子供たちの用意はできているわ。遅れるわよ。二人を安全な場所へ連れていって。わたしは――」母親はチラリとトマスとエルザに目を向け、無理やり二人にゆがんだ笑みを向けた。いつも、すばらしく演技がうまかった。「わたしは大丈夫よ」

外でサイレンが泣き叫ぶような音を立てている。薄闇のなかで群衆が叫んでいる。

ロドリゲスは声を殺して悪態をついたが、急いで行動に移り、ドアのそばにあるふたつのバッグをつかんだ。自分の持ち物は、グナラタナ市の反対側にある戦闘艇基地の格納庫に置いてある。ロドリゲスは戦闘艇パイロットの一般規則で、荷物は少ない。だが、自分の荷物を取りにいく暇はなかった。何をする暇もない。逃げる暇しかない。

やつらが来る。大挙して。ほんの半時間前に、格納庫のモニターでスキャン結果を見た。二十隻の大群《スウォーム》の航宙母艦と、新たな航宙艦――スウォームのマオ星団侵攻の前の週にはじめて姿を現わした、考えられないほど巨大な超弩級《ちょうどきゅう》戦艦だ。

マオ星系の主要居住惑星は、もう存在していない。

八百万人の住民は、もはや存在しない。

偵察艦の報告では、かつて中華恒星間民主共和政体の宝石だった多民族世界は、いまでは不毛の灼熱地獄と化している。

ロドリゲスは子供たちをドアから押し出し、振り返って、ベッドの上の青ざめてやつれた母親に最後の一瞥《いちべつ》をくれた。母親が、口の形だけで〝愛してるわ〟と伝えた。ロドリゲスは目をしばたたいて涙をこらえ、すばやくうなずくと、また不快な臭気を発する泥だらけの通りへ出た。

輸送船は、まもなく出航する。あと数分しかない。非常警報が鳴りだしてから、パニックを起こして狂ったように外に跳び出した難民たちが通りにあふれている。混雑する通りを親子三人で進みながら、ロドリゲスは、持ち場を離れた自分は軍法会議にかけられるだろうかと考えた。だが、本当のところ、戦闘艇が一艇加わったところで、止めようもない軍勢を相手に何ができる？　自分の子供たちを安全な場所へ運ぼうとしているだけの男を、軍法会議にかけられるか？　おれ一人が加わったからといって、あんなあからさまな勢力に対抗して、本当に結果を出せるというのか？　あんな見境のない憎悪に対抗できるのか？

グレンジャー艦長は対抗した。〝地球を救った英雄〟は……死んだと思われながら帰還し、その途中でスウォームに仕返しした。そういう噂だが、ロドリゲスは全部を信じてはいない。証拠の映像など、どのようにでも細工できるのだから。

そんなことはどうでもいい。暮れてゆく空を見あげ、東の地平線の上に少しずつはっきりしてくる小さな光点の集まりが目に入ると、胃がよじれそうな気がした。二十個の小さな点が、大きな一個の点を囲んでいる。

やつらが来る。

地球を救った英雄も来る。グレンジャーの艦隊が救援のためにこちらへ向かっているという話を小耳にはさんだ。だが、おれは戦術スキャンを見ている。グレンジャーの艦隊は、まに合わない。あの男は奇跡を起こす人間だったかもしれないが、その幸運はもう尽きたようだ。〝レンガ職人〟が現われたときには、惑星インディラ全体が荒地と化しているだろう。マオ星系の主要居住惑星と同じように。カディス星区と同じように。ベラクルス星区もそうだ。惑星メリダ、ニュー・オレゴン、カリブリ――みな滅びた。

五分後に、三人はこの地域の宙港に到着した。しばらくパニックになって必死に輸送船を捜し、ロドリゲスは置き去りにされたのではないかと思いはじめた。

「ぼくたち、遅れたの、パパ？」

ロドリゲスは声を殺して悪態をついたが、角を曲がったところに輸送船が見え、胸をなでおろした。小さな貨物船で、降りたままの傾斜路の上で、船長がいらだたしげに待っている。

「行こう、エルザ」ロドリゲスは娘を前に押し出した。すぐあとに息子が続いた。

ロドリゲスは傾斜路を登り、振り返ってチラリと空を見あげ、この惑星を滅ぼす光点の群れを捜した。前より大きく、近くなっていて、群れが前よりも広がっている。いくつかはまだ地平線の近くに見えるが、ほかの点は頭上の空高くのぼっていた。

地面が揺れた。はじめは低い音を立てる震動だったが、中程度の地震になり、貨物船内部のパネルがガタガタ鳴った。ロドリゲスは胸の悪くなる思いで、地平線を見つめた。何百キロもかなたに立ちのぼるキノコ雲が見え、顔から血の気《け》が引いた。

「ぽかんと見てないで、ハッチを閉めろ！」コックピットから船長がどなった。ロドリゲスは傾斜路の操作スイッチを叩き、子供たちを急《せ》き立てて座席へ向かった。座席は三人分だけを残して、すべて埋《う》まっていた。三人は席につくと、手さぐりでハーネスを装着した。

「ねえ」ロドリゲスの向かいの十代の少女が言った。「それ、パイロットの制服じゃない？　統合防衛軍のパイロットの？」

　ロドリゲスは目をそらして少女を無視し、エルザのハーネスの装着を手伝った。

「どうして宇宙にいないの？　パイロットは、わたしたちのために戦ってるんじゃないの？」少女は目に見えて取り乱した。震えながら、荒々しい目で次々と、閉まったハッチやロドリゲス、コックピットを見た。「あいつらが来るわ！　あいつらが来るのよ！　どうしてあなたは外にいないの？　スウォームが来るのよ！　スウォームが――」

　少女の隣の女が、少女の腕をつかんだ。母親か祖母だろう。

「静かになさい。あの人は子供たちを連れ出すの。わたしたちと同じよ」

「でもあの人は戦闘艇パイロットよ！　あいつらを止められる人よ！　あの人が――」

隣席の女は、少女をゆすぶって黙らせた。

「スウォームは誰にも止められないの！　戦闘艇がひとつ増えたくらいで、状況は変わらないわ。よけいなことは考えなくていいのよ」

スウォームは誰にも止められない。

ロドリゲスは制服の下に隠したロザリオを引っぱり出し、親指でビーズをつまぐりながら、静かに祈りの言葉をつぶやいた。いま、貨物船は大気圏内を上昇している。地表を荒らしている恐ろしい特異点兵器にやられる心配はない。

だが、スウォーム艦隊の周辺を通り抜けるのは、また別の偉業になるだろう。

〝ひとつ増えたくらいで、状況は変わらないわ〟――向かい側の席の女はそう言った。

だが、ロドリゲスの頭にある思いは、ロザリオの祈りのほかに、ただひとつだった。

グレンジャー艦長、いったいどこにいるんです？

2

ブリタニア星区　惑星インディラから〇・三光年の位置
恒星間航宙艦《ISS》〈ウォリアー〉ブリッジ

ティモシー・グレンジャー艦長は〈ウォリアー〉のブリッジ内を行ったり来たりしていた。すでに遅れている――内心、その事実に苦しんでいた。過ぎ去る一秒一秒が、腸にねじこまれる短剣のようだ。

一秒ごとに、新たに一万人が死んでいる。

「二十七回目のQジャンプを開始します」プリンス少尉が言った。

スクリーン上の風景が変わり、中央の明るい星がわずかに大きくなった。その恒星をめぐる惑星がひとつある。その惑星には住民がいる。何百万という人々だ。遅ればせながら、惑星に近づく……。

「インディラに接近する大群艦隊《スウォーム》について、中央軍から新たな連絡はないか？」

プルーハ少尉はのろのろと首を振った。

「すみません、艦長。十五分前から、星系辺縁部の基地はどれも沈黙しています。最後の連絡は、星系へ向かう二十隻の航宙艦に関するものでした」

ちくしょう。スウォームはこの二週間で急に戦術を変え、すさまじい効果を上げている。いままでのようにゆっくり標的の星系に入りこみ、住民におびえて逃げまどう時間を与えるのではなく、圧倒的な力ですばやく攻撃する。あちらに四隻、こちらに三隻とスウォーム航宙母艦を送りこむのではなく、敵は戦争を新たな局面に突入させた。根絶作戦だ。

〝お楽しみはこれからだ〟――ジェシカ・ミラー大尉は、そう言った。〝尻振り《フィッシュテイル》〟というあだ名の若い戦闘艇パイロットが、絶命寸前にスウォーム物質を注射されて生き返ったときに発した言葉だ。その言葉に嘘はなかった。新しいスウォームの攻撃は驚くべき規模だ。何百隻もの艦が……何十億もの人々が失われている。

そして、次の標的がインディラだった。地球連合宙域の心臓部で、ブリタニア星系から五光年も離れていない。地球からは十五光年だ。

ブリタニア星系で、いっこうに来襲しない敵に備えていたグレンジャーは、ふいを突かれた。敵はブリタニア星系ではなく、インディラ星系を襲撃した。

「二十八回目のＱジャンプの準備をしろ」と、グレンジャー。

「艦長、ＩＳＳ〈コロラド〉から、コンデンサー・バンクのトラブルの報告が入ってきました。問題を特定してチャージしなおすまで、五分かかるとのことです」

　グレンジャーは首を振った。

「待てない。〈コロラド〉は置いていく。Ｑジャンプに備えろ」

〈コロラド〉をここに置き去りにしても危険はないだろうが、艦隊の到着が五分遅れれば、被害は確実に増大する。それに、三十八隻で戦うのも三十七隻で戦うのも、大して違いはない。とくに、スウォームが新たに登場させた超弩級戦艦を連れてくるのなら。

　ヴォラリ第三惑星で破壊したスウォームの軌道上ステーションほど大きくはないもの の——この惑星はスウォームの母星ではなく、ドルマシの母星だと判明した——超弩級戦艦は恐ろしい相手だ。普通のスウォーム航宙母艦の十倍はあり、反物質ビーム砲塔をいくつも備え、ロシア人が供給した特異点兵器を搭載している。

　この戦艦は三隻か四隻しかない——この点には、情報部内で異論もある。だが、三隻だろうと三千隻だろうと、もたらす結果は変わらない。

徹底的な破壊だ。

「準備できました」と、プリンス少尉。

「Qジャンプ開始」

またスクリーン上の風景が変わり、中央のインディラ第一居住惑星が大きくなった。

あと二回のQジャンプで、ほぼ半光年の距離を越える。遅れはしたが、あの惑星の生存をかけた戦闘現場に着く。

あるいは、破壊され、誰もいなくなった荒地を前にするかもしれない。どれだけ遅れているかによる。

「どう思います?」シェルビー・プロクター副長がグレンジャーににじり寄り、身をかがめてたずねた。過去数週間、科学ステーションで根気よく作業し、新しい科学チームと話し合って、ほとんどの時間をある計画に没頭して過ごしていたが、いまは艦長のそばに来ている。

「まに合わない」と、グレンジャー。

プロクターは暗い顔でうなずいた。

「本当に遅すぎたら、どうします? 着いたあと、現場で戦いますか? 援軍が来るまで待ちますか? ドルマシの艦隊を待ちますか?」

グレンジャーはうなるような声で言った。

「ここで敵と戦わなくても、ほかの惑星を襲ってきたときに戦うことになる。ここはほかの場所に劣らずいい惑星だし、この惑星がすでに荒らされていれば、破壊の程度を軽減するのがいちばんだ」

プロクターは声を低めた。

「しかし、この惑星が完全に破壊されていた場合には、少なくともジンガノ元帥が到着するまで待つのが、賢明ではないでしょうか？」

グレンジャーは首を振った。

「聞いていないのか？　元帥はマオリ星系への急襲に対処している。スウォーム艦が四隻だけの小規模な急襲だが、元帥の艦隊がここに到着するのは何時間もあとになるだろう」

たった四隻。グレンジャーは自分が四隻のスウォーム航宙母艦を小規模な急襲ととらえていることに気づいて、笑いたくなった。四カ月前には、スウォーム艦が四隻だけで地球を破壊しそうになった。以後、人類の防衛態勢は改善されたとはいえ、たった四隻の敵艦と交戦したジンガノ元帥は、少なくとも十二隻の主力艦と、何万人もの人員を失うことになるだろう。

プロクターは顔をしかめた。

「聞いていません。いつの話ですか？」

「十分前だ」グレンジャーは用心深い目でプロクターを見た。「大丈夫か、シェルビー？」

プロクターはすばやくブリッジ内に目を走らせ、ささやき声になった。

「あることに気づきました。わたしと科学チームが」

「なに？」グレンジャーはブリッジを見まわし、士官やクルーを見た。プロクターは〈ウォリアー〉のクルー全員に、スウォーム感染を判別する血液検査を受けさせたが、ドクター・ワイアットと宙兵隊のハンラハン大佐以外に陽性を示した者はいなかった。グレンジャーは、いまも人前で統合防衛軍の戦略計画やプロクターのスウォーム研究の話をするときは用心していた。グレンジャーの知るかぎり、血液検査は不完全で、検査で陰性となった者でもスウォームに感染している可能性があるという。もっともよいのは、常に充分な安全対策を講じることだ。

「スウォームの通信の背後にある、根本的なメカニズムに関してです。超空間通信についてです。あれは量子ベースのもので、重力子《グラビトン》を使います。量子の一種です」

「なるほど……」プロクターの話がどこへ向かっているのか、よくわからない。

「しかし、特異点は違います。重力波や重力特異点、重力に関係するものは何もかも、少なくともマクロスケールでは、一般相対性理論をベースとしています。量子力学と一般相対性理論――物理学のこのふたつの支流は、調和しにくいのです。人類は七百年前から、両方の知識を調和させられないままです。ところが、スウォームは両方を使って衝撃的な効果を上げています」

もういちどQジャンプが実行され、スクリーンの風景が変わった。あと一回のジャンプで戦場に出る。

「それで？」グレンジャーはつぶやいた。

「……そこが問題なのです。直感にすぎませんが。いくつか実験をしましたので、あとで見ていただきたいと思います。控えめに言っても、いくつか……おもしろい結果が出ました」

プリンス少尉がチラリとグレンジャーを振り返った。

「最後のQジャンプの準備ができました、艦長」

グレンジャーはうなずいた。プロクターは、副長代理のディアス大尉が戦闘準備をしている副長ステーションへ戻った。戦闘が迫っているので、プロクターは科学ステーションから副長席に戻り、戦術クルーに目を走らせた。戦術クルーはプロクターにうなずいて、準備ができていることを示した。

プロクターも、準備万端だ。グレンジャーは、どんな戦闘でも準備ができていたことがない。自分の命令で何万人ものクルーを失う準備など、どうすればできる？　いつまでたっても、これには慣れない。いまでも、自分のあだ名が気に入らない。〝レンガ職人〟だと？　くそ。

「開始しろ」グレンジャーが腰をおろすと同時に、スクリーンの風景が変わった。

星原の中央部、遠くに恒星のように見えていたインディラ第一居住惑星が、惑星らしい姿を取った。

破壊され、荒れ果てた惑星だ。

「少尉……」

グレンジャーのかすれ声に、プルーハ少尉は首を振った。

「惑星防衛施設は、どれも応答しません。通信帯域は、軍のものも民間のものも、すべて興奮したやりとりでふさがっています」

センサー・ステーションのダイアモンド少尉が、忙しく手を動かしている。

「大都市はほとんどが破壊されました。スウォームの艦隊は赤道軌道を横切って広がり、小さな都市にねらいをつけています。何千ものコロニー輸送船や貨物船が軌道を離れようとしていますが、スウォーム戦闘艇に邪魔されています」

またしても、グレンジャーは選択を迫られた――誰を救うべきか。誰のために戦うべきか。誰のために死ぬべきか。いま軌道上にいて、近くの星系に大挙して押し寄せ、新たなる難民キャンプを形成することになる何十万人もの人々か？　それとも、地上に残され、地中から噴《ふ》きあがる特異点爆発で焼き殺されるか蒸発させられようとしている何百万という人々か？

グレンジャーは艦長席の肘かけを、関節が白くなるほど握りしめた。もうたくさんだ。喉から叫び声が飛び出し、固めたこぶしが目の前の回転するコンソールを叩きつけた。コンソールがはずれてガシャンと床に落ち、周囲のクルーを驚かせた。

全員がグレンジャーを注視した。

「いったい、超弩級戦艦はどこにいるんだ？」

ダイアモンドが自分のコンソールを調べた。

「経度五十九・二四、緯度――」

グレンジャーは眼下の破壊された惑星に目を向けたまま、ダイアモンドの言葉をさえぎった。

「艦隊全体に座標を伝えろ。作戦行動〈グレンジャー・オメガ3〉に備えろ」

ふいにプロクター副長が顔を上げた。顔に不安げなしわを寄せている。

「艦長、その作戦は案として検討しただけです。いちども練習していません。シミュレーションさえしていません。艦長は――」

「いまこそ、練習に最適のときだ」と、グレンジャー。燃えるような目をスクリーンから離さない。

感心にもプロクターは即座に行動に移り、猛烈な勢いで命令を出しはじめた。

「第一デッキから第五デッキの総員、上層のデッキへ移動しなさい。プリンス少尉、最大加速で十五マーク八へ向かいなさい。プルーハ少尉、後ろから来る艦隊の位置を調整しなさい……」

一分もかからずに準備は完了した。スラスターの最大加速を慣性補正装置が相殺しようと限界まで力を振りしぼることになるため、身体にかかる力はほとんど感じられないはずだ。惑星の容赦ない引力に加えて余分の噴射が艦の速度を増し、惑星を周回したあと、艦は広い楕円形の軌道をとる。

だが、その前に猛スピードで超弩級戦艦を通り過ぎる。先頭の〈ウォリアー〉が、後ろから来る艦隊を守りながら。

これが作戦行動〈グレンジャー・オメガ3〉と呼ばれる理由は、明らかだ。およそグレンジャーが実行しそうもない、最後《オメガ》の手段だからだ。

「残り時間は？」と、グレンジャー。ブリッジは水を打ったように静まった。

「六十秒です」

グレンジャーはうなずいた。

「スラスターのスイッチを切れ。艦体を回転させ、艦尾を横方向に向けろ。敵に、腹を見せてやるんだ」

「実行しました」すぐにプリンス少尉が答えた。

「全艦隊」グレンジャーは艦体内通信装置に顔を向けて言った。「わたしの号令に応じて発砲できるよう、準備しろ。落ち着きを失わず、パターンを忘れるな」チラリとプロクターを見た。プロクターはうなずいて、準備万端だと知らせた。「もし、この作戦をうまく遂行できなかったとしても……きみたちとともに軍務につけたのは名誉なことだった。だが――」十人の士官が厳しい顔で見つめている戦術ステーションに、うなずいてみせた。「――あの〝おもらし野郎〟のくそが破壊されるまで、きみたちが死ぬことは許さない。ねらえ……撃て！」

3

ブリタニア星区　惑星インディラ　低軌道
恒星間貨物船〈ラッキー・バンディット〉

　貨物船がまた横揺れし、エルザとトマスはハーネスに拘束されたまま、不安げに跳びあがった。ロドリゲス大尉には、船長が何度も急に船の方向を変えるせいだとわかった。大群《スウォーム》の戦闘艇や、何十個もの極小特異点の衝撃を受けて眼下の大陸から噴《ふ》きあがる残骸を避けるためだ。

　子供たちをなだめてから、ロドリゲスは乗客区画にひとつだけある舷窓に目を走らせた。直径半メートルもない、円形の窓だ。惑星インディラの大気は、包囲された壊れやすい惑星を包む薄い殻のように見える。あざやかな生き生きとした青は、地面が外へ噴きあがった何十もの地点の上空では、あっというまに不快な灰茶色に変わった。数えきれないほどのキノコ雲が上空へ広がり、大気の端を通り過ぎて宇宙へ伸びてゆく。

惑星は出血した生き物のようだった。

何人が死んだのだろう？ 急いで難民キャンプから出たとき最後に聞こえた音が、まだ耳に残っている——赤ん坊たちの、胸をえぐるような泣き声。もう黙っただろうか？ たぶん、まだだ——スウォームは、まず大都市をねらう。小さな難民キャンプを襲うのは、人口の多い地域が煙を上げるクレーターと化したあとだ。だが、ほかの場所にいる赤ん坊たちは、声を立てなくなっただろう。

ロドリゲスは泣きたくなった。だが、損失の規模が大きすぎてピンとこない。すでに失った自分の居住惑星メリダを悼《いた》んだ。各惑星に広がった一族を、自分の住んでいた町を、すべての知人の死を悼んだ。

死んだ妻を悼んだ。このうえ何を悼めばいいのだろう？

貨物船がまたしても横揺れした。もういちど。さらに、もういちど。

それが何を意味するか、ロドリゲスにはわかった——貨物船が攻撃を受けている。この船を操縦しているのは、民間の貨物船の船長だ。スウォーム戦闘艇をかわした経験など、ないに等しい。ちくしょう、スウォーム戦闘艇の攻撃をかわした経験など、誰にもない。

だが、二人の子供の運命を、民間貨物船のパイロットにゆだねるわけにはいかない。ロドリゲスは座席のハーネスを引きちぎるようにはずし、座席の列のあいだを走った。乗客たちの脚につまずいて転びかけながら、コックピットへ向かった。

コックピットのドアを開けると、なかでパイロットと副操縦士が言い合いをしていた。コックピットの展望窓をひとめ見れば、知りたいことはわかった――そこらじゅうスウォーム艇だらけだ。センサー表示を見て、ロドリゲスは顔をゆがめた。スウォーム戦闘艇が三艇、三方向から接近してくる。

船はスウォーム艇に囲まれていた。

「スピードではあいつらにかなわないと言ってるんだ、エイビ。猛スピードで通り過ぎたって、向こうが無視してくれるとは――」

副操縦士は首を振って、悪態をついた。

「ラフ、おれが言ってるのは、何かするほうが何もしないよりましだってことだ。黙って引きさがって、運を天にまかせて着陸するなんぞ――」

「で、なんだ？　適当に方向を選んで、戦闘艇のそばを通りませんようにと祈るのか？　まったく、いま、敵が三艇、向かってきてるんだぞ！」

ロドリゲスは副操縦士の肩をつかんだ。

「ちょっと失礼、おふたかた」

副操縦士が危険な顔つきで振り返った。背の低いずんぐりした男で、短い黒い口ひげを生やしている。

「席へ戻ってください。われわれの死にかたが決まったら、船室へ飲み物をおとどけします」

ロドリゲスは顔をしかめた。

「いいですか、わたしは――」

副操縦士は突然、座席をグルリとまわしてロドリゲスのほうを向き、自分のベストのふくらんだ部分を叩いた。

「同じことを何度も言わせないでくれ」

ロドリゲスはチラリとベストのふくらみを見た。武器かもしれないが、たぶん、嚙《か》みタバコの缶だろう。パイロットがまた進行方向を変えて貨物船がガクンと揺れ、ロドリゲスは悪態をついた。

「ちょっと、これが見えますか？」ロドリゲスはフライトスーツの肩章の下にとめてある一対の小さな勲章を指さした。「ここにある、これです。火の上の翼。これが何を表わすか、わかりますか？」副操縦士が答えないうちに、自分で言った。「戦闘艇による宇宙戦です。それから、この隣の、〝十五〟という数字がついたものは？　見当がつきますか？」

いちばん近くのスウォーム戦闘艇が近づき、接近警報が鳴った。パイロットのラフが悪態をつき、ボタンを叩いて警報音を切った。

「すわってください、戦闘艇乗りさん。それとも――」

「これは、わたしが十五回、外にいるろくでなしの〝おもらし野郎〟との軌道上の戦闘艇戦に参加したしるしです」ロドリゲスは展望窓を指さした。遠くのスウォーム戦闘艇がまたたくまに近づき、肉眼でも見えるほどになっている。「ですから、死にたくなければ、わたしに操縦をまかせてください。いますぐ」

副操縦士のエイビは、いまにも席から跳びあがってロドリゲスの腕を引きちぎりそうな顔になった。

「なんだと、この何も知らない無断離隊のちび野郎が」ベストの下に手を伸ばして銃を取り出した。「ひとつ数えるあいだに出ていかないと、地獄へ――」

「エイビ」パイロットが口をはさんだ。「立って、この人に席をゆずれ」親指でコックピットのドアを指した。「そんな顔をするな。とにかく、おまえは酔っぱらいかけてる。コックピットから出ろ。さあ、立て」副操縦士がためらって、銃からロドリゲスへ……

副操縦士席のスイッチ類へ視線を動かすと、パイロットはもういちど言った。「コックピットを出ろ。おまえが船体に穴をあけないうちにな。さあ」

副操縦士はぶつぶつ言いながら席から立ちあがり、コックピットを出た。パイロットはその後ろ姿をにらみつけた。

「心配ありませんよ」パイロットは、副操縦士席につくロドリゲスに目を向けていった。「あの銃は空《から》です。ただ見せびらかすために持ち歩いてる。臆病者の強がりみたいなもんです。さて、曲芸飛行か何か、見せてくれるんですか？」

「それもいい考えだが……」ロドリゲスはスイッチ類を調べた。戦闘艇のコックピットとよく似ているが、少し迷う程度の違いはある。「交戦時刻は？」

パイロットはセンサー表示に目をやった。

「あの敵艇は二十秒後です」

「この船の最大加速は、どのくらいだ？」

「慣性相殺の範囲内では、およそ二・五――」

「慣性相殺の範囲をたずねたのではない。教えてくれ。最大加速は？」

パイロットは一瞬、考えた。

「五Gです。だが、そこまで加速すれば乗客がおびえる。もし――」

「死にはしない」ロドリゲスは操縦桿を最大限まで押し、加速調速機《ガバナー》のスイッチを切った。「たぶん」

大きな推進力に、ロドリゲスは息が止まりそうになった。背後で、子供たちが悲鳴を上げた。乗客区画の全員が乱暴にハーネスに押しつけられ、副操縦士が宙を飛んで隔壁にたたきつけられる音が聞こえた。だが、いま問題なのは全員を安全な場所へ連れてゆくことだ。それがどこであろうと。

「敵が迫ってきます。われわれの軌道は、まっすぐ惑星に向かっていて——」パイロットの顔から血の気《け》が引いた。「——ニュー・バンガロールだった地点から上がる噴煙に向かっています……」

「噴煙のてっぺんの縁《へり》を突っきるぞ。つかまれ……」

大波のようにうねる残骸の雲が、目の前の展望窓にのしかかってきた。遠くからは静止しているように見えた雲は、近づくと超音速と思われるスピードで広がっている。この貨物船の防御シールドは持ちこたえるだろうか？

パイロットはロドリゲスの心を読んだらしい。

「砂粒より大きな破片があったら、われわれはおだぶつです」

「どっちみち、おだぶつだ。行くぞ……」

貨物船は破片の雲に突入し、噴煙の乱流に叩かれて船は猛烈に揺れた。数秒後にロドリゲスは操縦桿の位置を変え、船を急激に左へ向けた。最大加速のまま左回転を続け、ほぼ一回転した。

パイロットは意図を理解して、うなずいた。

「敵艇が直進しつづけるあいだに、こっちは、入ったところから雲の外へ出るんですね？」

「そういうことだ……」

次の瞬間、船は破片の雲を抜け、荒々しい揺れがおさまった。だが、ロドリゲスは猛烈な加速をゆるめない。すばやくセンサー表示に目をやると、策略は部分的に成功していた——貨物船を追ってきたスウォーム艇は、どこにも見えない。おそらく、いまごろは巨大な噴煙の向こう側にいるだろう。

だが、貨物船の前には新たな悪夢が立ちはだかった。

両側に普通の大きさの航宙母艦をしたがえた、スウォームの超弩級戦艦だ。緑色の反物質ビームを惑星に向けて発射し、町や小さな都市を切り裂いてゆく。巨大な艦のまわりに、六個の明るい光点がまたたいていた——人工特異点を成長させ、いまにも発射しようとしている。

「お手あげだ」パイロットがあえいだ。

センサー画面に奇妙な表示が出た。ロドリゲスは異常を調べた。巨大なかたまりが、目がまわりそうな猛スピードで接近してくる。いや、かたまりではない。いくつかの目立たない破片に分かれているが、まとまったひとつの集団として近づいてくる。スウォーム航宙母艦が一隻、破壊されたのだろうか？

パイロットは表示を調べ、目を見開いた。

「おれの考えているとおりかな？」

ロドリゲスは応答機の周波数をスキャンした。あれは統合防衛軍の艦だ。見たこともないほど密集した隊形をとって、どんな艦隊にも許されないような高速で動いている。

「そうだ」

ロドリゲスはニヤリと笑った。

ようやく〝地球を救った英雄〟が到着したのだ。

4

ブリタニア星区　惑星インディラ
X・25戦闘艇　コックピット

肝っ玉《ボールジー》ことタイラー・フォルツ大尉は、戦闘艇の操縦桿を握りしめた。飛行手袋をはめていなければ、緊張で白くなった指の関節が見えるだろう。無理もない——作戦行動〈グレンジャー・オメガ3〉は練習したことがないのだ。最近は、どんな練習もあまりしていない。

　ボールジーの頭のなかには、尻振り《フィッシュテイル》のことしかなかった。毎日のようにフィッシュテイルを見舞いに訪れた。むしろ、〝フィッシュテイルを乗っ取ったもの〟と言うべきかもしれない。うぬぼれの強い、自信過剰の大群《スウォーム》のエージェントだ——少なくとも、完全な鎮静状態にないときは。本来のフィッシュテイルの穏やかな機知や皮肉など、おおらかな魅力は消え失せていた。代わりに……異質なものがある。人間とはまったく違う存在が。

「全艇、射出に備えろ」ヘッドセットから機動戦闘艇部隊長ピアース中佐の声がした。

「気をつけろ、諸君。きみたちはこのスピードで射出されたことがないし、今日やろうとしているように、いちどに全艇が射出されたこともない」部隊長は、最後にもういちど指示を確認した。各戦闘艇は次々と、正確に三分の一秒ごとに射出される。百五十艇すべてがだ。恐ろしいほどの加速になる。艇の間隔は、不安になるほど狭い。

今回は、失敗できる余地はない。

各艇の降着装置に大きなオスミウムのかたまりが結びつけられ、艇の質量は二倍以上になっている。小回りがきかないだろう。

作戦行動〈グレンジャー・オメガ3〉。最後《オメガ》——ふさわしい言葉だ。この作戦は、ほかに手段がなくならないかぎり、まず実行しないはずだった。

ボールジーは、自分の左側でエンジンをアイドリングさせている戦闘艇の列を見た。宇宙の覇者《スペースチャンプ》。ピューピューと、兄弟の消耗品《フォダー》。あの三人がいなくなったら、寂しいだろう。ピアース中佐の声がヘッドセットに響いた。

「待機しろ……五秒……三、二、一、**射出！**」

ボールジーの右側に並んだ戦闘艇の列が、戦闘艇ベイの巨大なドアから、三分の一秒ごとに一艇ずつ飛び立ちはじめた。ほとんどがコンピューター制御だが、実際の作戦行動は違う。ボールジーの番になると自動的にエンジンがとどろき、艇首を出口へ向ける時間もほとんどないほどの速さで外の宇宙へ飛び出した。

五十秒後、戦闘艇はすべて位置につき、ＩＳＳ〈ウォリアー〉のまわりを巨大な後光のように取り囲んだ。三十数隻の重巡航艦が、タングステンの装甲をまとった大きな〈ウォリアー〉の背後にひとかたまりになっている。艦隊全体が猛スピードで前方の惑星へ向かった。荒らされた惑星の上方には、見たこともないほど巨大なスウォーム艦が立ちはだかっていた。まだちっぽけな点だが、しだいに大きくなってくる。

「全艇」ピアースの声が届いた。「わたしの号令に合わせてレンガを発射しろ」

ボールジーはもういちどコンピューターの計算結果をチェックし、艇のスラスターが照準コンピューターと正しくリンクしていることを確認した。問題なし。

「発射」

戦闘艇が右前方へ飛び出し、ボールジーは座席に叩きつけられた。次の瞬間、オスミウムが切り離されるガチャンという音が、まぎれもなく感じられた。ボールジーは艇に逆噴射させて艇首を〈ウォリアー〉の巨体の端と並べ、艦のまわりをまわらせた。全艇が戦闘艇ベイに着艦する時間はないし、通過するあいだ、戦いが始まるまでただ待つのは意味がない。われわれにできるのは、ほかの重巡航艦と同じように〈ウォリアー〉の陰に隠れることだけだ。

隠れて、祈るばかりだ。

5

ブリタニア星区　惑星インディラ　低軌道
恒星間貨物船〈ラッキー・バンディット〉

　何かが、ひどく間違っているようだ。

「艦隊の接近速度が速すぎる。意味がない……」ロドリゲスはセンサー表示を調べ、軌道を描く自分たちの貨物船の船首を指さした。最終的には惑星の周回軌道を離れ、最初のQジャンプをする。

「なんであれ」と、パイロット。「連中がろくでなしどもの注意をそらしてくれてるあいだに、こっちは脱出できます。この船だけじゃない――逃げるチャンスをうかがってる何千もの貨物船やコロニー輸送船も――」

　大群《スウォーム》の超弩級戦艦の表面から、何千という小さな爆発が噴出した。

「やった！」ロドリゲスは驚嘆してその光景を見つめた。グレンジャーはすぐ後ろに艦隊を引き連れて、〈ウォリアー〉の艦体の底部全体を超弩級戦艦と二隻の航宙母艦にさらすよう、向きを変えた。だが、〈ウォリアー〉の影のなかから、密集した巡航艦の何百もの電磁投射砲がのぞいている。どの艦も〈ウォリアー〉に守られるよう配置されているが、超弩級戦艦の姿をはっきりとらえられる位置におり、超高速で電磁投射砲弾をいくつも同時に発射できる。

　グレンジャーの艦隊が電磁投射砲を発射した。巨大なスウォーム戦艦は表面一帯に何千もの衝撃を受け、中身を噴《ふ》き出した。スウォーム戦艦は二隻の航宙母艦と一緒になって、急速に近づく〈ウォリアー〉に猛烈な砲撃を浴びせはじめ、何十本もの反物質ビームで艦体の下側を掃射した。下部デッキの損壊ぶりを、ロドリゲスは想像するしかなかった。

「ずいぶん大胆ですが、十秒以内に通り過ぎるでしょうね。どれだけ役に立つかは、まだわかりませんが」パイロットのラフは、言いながら頭を振った。

「見ていろ。おれにはわかった」ロドリゲスが口をはさみ、センサー表示を指さした。〈ウォリアー〉から飛び出した百個以上の小さな物体が、かろうじて感知されている。小さいが、その質量は標準的な電磁投射砲弾の何千倍もある。それが秒速五十キロで移動していた。

近づいてくる統合防衛軍艦隊は、〈ウォリアー〉の陰に隠れたまま、敵の超弩級戦艦を連打しつづけた。戦艦を護衛する二隻のスウォーム航宙母艦をねらいはじめた艦もいる。だが、ロドリゲスにはわかった——型にはまった砲撃は策略だ。まもなく、その考えは、目のくらむような激しい爆発という形で証明された。

百五十個の、まばゆい爆発だ。

「信じられない」と、ラフ。崩れはじめた超弩級戦艦から目が離せない。長さ百キロの艦体にくまなく開《あ》いた百五十個の巨大な穴から、百五十本の破片と煙と炎の流れが噴出した。「信じられない」息を切らして繰り返した。

「あれがグレンジャーという男だ」ロドリゲスは貨物船を激しく加速させた。すぐ近くのスウォーム艦は統合防衛軍の艦隊にレーザーのように集中しているから、ここから逃げ出す絶好のチャンスだ。

「しかし、勝てないでしょうね。あの超弩級戦艦がいなくても、軌道上には二十隻以上のスウォーム航宙母艦がいます。グレンジャーには〈ウォリアー〉と三十六隻の重巡航艦しかない。それに、大変な高速で入ってきたから、あと二分で奇跡的な速度制御をしないと、星系外へ飛び出してしまうでしょう」

ロドリゲスは首を振った。

「グレンジャーは何か考え出すさ。いつもそうだ」

パイロットは、無神論者がゆるぎない信仰を持つきまじめな人間を見るような疑わしげな目を向けたが、肩をすくめ、Qジャンプをしても安全な位置に向けて船の針路をセットしはじめた。少なくとも、そうしようとした。だが、ぽかんとセンサー表示を見つめたままだ。

「はあ、しかし、グレンジャーはあれをどうする気でしょう？」

ロドリゲスの目が、パイロットの伸ばした指先を見た。

センサー表示には新たに、もっと悪い情報が現われていた。

6

ブリタニア星区　惑星インディラ
ISS〈ウォリアー〉ブリッジ

グレンジャーは自分の出した命令を後悔しはじめていた。作戦行動〈グレンジャー・オメガ3〉は下部デッキに大混乱をもたらした。艦は震動し、荒々しく揺れた。大群《スウォーム》の超弩級戦艦と二隻の航宙母艦は、持っているビームすべてを使って〈ウォリアー〉の腹部を襲い、下部デッキをずたずたに引き裂いている。

だが、結果ははっきりしている――艦隊による爆撃の二十秒後、超弩級戦艦は、控えめに言えば自滅寸前のいらだちに似た症状を示しはじめた。

「敵戦艦が大きなパワー変動を示しています！」センサー・ステーションのダイアモンド少尉が叫んだ。

グレンジャーはうなずき、プロクター副長を見て頭を傾《かし》げた。

「レンガの状態は？」

「十秒後に発射されます」

グレンジャーは超弩級戦艦のセンサー表示を調べてから、通信ステーションへ手を振った。

「艦隊全体に送信しろ。戦艦を護衛する航宙母艦をねらえ――と」

「了解しました」と、プルーハ少尉。まもなく〈ウォリアー〉の陰に隠れていた統合防衛軍艦隊は、超弩級戦艦の近くに浮かんでいる二隻の航宙母艦に向けて発砲した。航宙母艦も、電磁投射砲弾で引き裂かれた艦体に無数の小さな爆発を起こしはじめた。この三隻は終わりだな――グレンジャーは思った。

だが、〈ウォリアー〉はその報いを受けなければならなかった。大きな犠牲だ。数本の反物質ビームがメイン慣性相殺装置のひとつに食い入り、ブリッジは激しく右に傾いた。慣性相殺装置は下部艦体の五つのデッキに組みこまれている。ちくしょう。傷は深い。ブリッジがふたたびガクンと傾き、グレンジャーの視野の隅に、入口に立つ宙兵隊員たちがふらついてよろめき、足を踏みしめる様子が映った。

グレンジャーは頭のなかでカウントダウンした。プロクターが大きな声で告げた。

「オスミウム・レンガ発射。五秒後に衝突します。姿勢制御に備えなさい」

「スクリーンに出せ」と、グレンジャー。艦体に降り注ぐ反物質ビームの嵐に振りまわされないよう、椅子の肘かけをきつくつかんだ。「われわれがショーを楽しめるように」

スクリーンにスウォーム超弩級戦艦の姿が映った。接近するオスミウムのかたまりに照準を定めなおして破壊しようという努力もむなしく、まばゆい爆発をいくつも発して、巨大な艦体が割れた。オスミウム・レンガ一個は数トンしかないが、高速で移動するので、百メガトン級の核弾頭と同じエネルギーで衝突する。

長さ数キロに及ぶ航宙母艦も、それほどの爆発エネルギーを受けてはひとたまりもない。〈ウォリアー〉と艦隊が秒速五十キロで通り過ぎ、小さな巡航艦が〈ウォリアー〉の影のなかにとどまるよう態勢を立てなおしたとき、超弩級戦艦が艦体を震わせて砕け、何百ものくすぶる破片になった。

ブリッジ内は興奮した歓声と喝采に沸いた。グレンジャーは、その日はじめて小さな笑みを漏らした。

「回頭しろ。二度の安全限界。スウォーム航宙母艦の次の集団に向かう軌道をとれ」

プロクター中佐が状況表示から顔を上げた。

「下部デッキはひどく損傷しています、艦長。メイン慣性相殺装置がダウンしました。第六、第七デッキには死傷者が多数います」苦しげに顔をこわばらせた。「損傷はメイン機関室まで及んでいます。あと何秒か遅ければ、われわれは死んでいたでしょう」

「どのくらいの推力を維持できる？」スピードをいくらか抑えなければならない。さもないと、荒らされた惑星を置き去りにして、戦闘から何十万キロもかなたへ吹っ飛んでしまう。惑星センサーの表示から見ると、スウォームはすでに特異点の爆発で何十もの都市を破壊し、何百万人も殺した。何千万人も。だが、まだひとにぎりの大都市と何百もの小さな町が残っている。守らなければならない。

「補助スラスターは、メイン・スラスターの安全限界の半分とされています」

「では、全面回頭だ——補助スラスターの安全基準を倍にしろ」グレンジャーは艦内通信装置のボタンを叩いた。「しっかりつかまれ、諸君。荒っぽい動きをする」プロクターが片眉を上げてグレンジャーを見た。「もういちどだ」と、グレンジャー。

反転スラスターが働き、ブリッジ・クルーはハーネスに身体をとめられたまま、座席から放り出されそうになった。前方へ……後方へと、振り子のように揺れる。慣性相殺装置が力を振りしぼり、極端な加速ベクトルのあいだでバランスをとろうとした。床板がうなりを上げ、壁の奥で金属がよじれるきしみが聞こえた。〝老鳥〟は、あとどのくらい持ちこたえられるだろう？

グレンジャーは頭を振った。くそ。〝老鳥〟――〈コンスティテューション〉――は死んだ。ソルトレイクシティ大都市圏の大通りに安置されている。そこに不時着し、すべって止まり、長い破壊の跡を残した。統合防衛軍の技術者たちは〈コンスティテューション〉をその場に残すと決め、壊れた艦体のまわりに巨大な足場を組んで修理した――目標は〈コンスティテューション〉を復活させることだが、何カ月たっても準備はできそうもない。だが、グレンジャーは自分がいる艦を、つい〝老鳥〟と考えてしまう。

センサー・ステーションからうめき声が聞こえ、同時にプロクターが小声で悪態をついた。グレンジャーはチラリとプロクターに目を走らせた。

「ありがたくない情報が入ったらしいな……」

プロクターは顔を上げた。この戦闘が自分たちの最期になると思っているかのような、無念の表情だ。

「Qジャンプで、さらに二隻の超弩級戦艦が現われました。この針路だと、五分後にわれわれと交戦します」

グレンジャーの頭のなかで、数字が重みを増しはじめた。惑星の周回軌道上にまだ二十隻のスウォーム航宙母艦がいて、荒らされた地表をいまも攻撃している。惑星上に生き残っている者は、もとの人口の三分の一以下だろう。いまわしい超弩級戦艦を新たに二隻、相手にしなければならない。〈ウォリアー〉は難破する一歩手前だ。ジンガノ元帥は艦隊とともに、何光年も離れた場所で敵の侵入阻止に忙殺されている。

「艦長？」プロクターがグレンジャーに目を向けた。

グレンジャーはため息をついて答えた。

「Qジャンプの準備をしろ」

7

ブリタニア星区　惑星インディラ
ISS〈ウォリアー〉ブリッジ

Qジャンプの準備命令のショックで、ブリッジは静まり返った。クルーの目つきから、戦略的撤退だと思っていることは明らかだ。また別の日に立ち向かって戦う。どこか別の場所で。ブリッジ・クルーは目に苦しげな色を浮かべながら、みなQジャンプの準備を——逃げる準備をしていた。

だが、グレンジャーは退却したことがない。いちども。

退却を開始するつもりはなかった。

「この座標へQジャンプする準備をしろ」グレンジャーは一連の数字を打ちこんで航法士に送った。プリンス少尉は数字を見て、ようやくグレンジャーの言葉の意味を理解した。

「もういちど通過攻撃をするのですか？」

「そうだ、少尉」グレンジャーはブリッジを見まわした。「異議はあるか？」

誰も口を開かない。グレンジャーが先を続ける前に、プロクター中佐が咳払いした。

「われわれはみな、艦長を支持しています――」と、プロクター。何を言うつもりか、グレンジャーにはわかった――戦略的撤退のほうが賢明だという意見だ。だが、グレンジャーに受け入れる気はない。いままで、プロクターにも、ジンガノ元帥にも、ほかの艦長たちにも、数えきれないほど何度も言ってきた。一歩も引かずに戦って、大群《スウォーム》に、奪った星系すべての代償を支払わせる。撤退はしない。意志の弱さを見せるな。それが無理なら、退却して、次の星系でスウォームと戦う。そして、その次の星系で。そして、その次。

そうだとも。人類がけっして降伏しないことを、スウォームに教えてやるのだ。いずれは、やつらも学ぶだろう。自分たちの損失を計算し、人類の最後の前哨基地が完全に消滅するまで、本当に勝ったことにはならないと悟るだろう。

「よろしい」と、グレンジャー。プロクターは口を開きかけたまま沈黙したが、すぐに言いはじめた。

「艦長、失礼ながら、〈ウォリアー〉の艦体下部は三十六カ所が破損しています。機関室は、ひどいありさまです。戦闘艇はすべてベイに戻っていますが、どれも新たにオスミウム・レンガを積んではいません。この状態で、あの超弩級戦艦二隻に対して〈グレンジャー・オメガ3〉を実行するのですか？　いまの時点でできることは、ほかにもあるはずです」

　グレンジャーはため息をついた。もちろん、プロクターの言うとおりだが、選択の余地がない。グレンジャーは両手を上げた。

「もっといい案があれば聞こう、中佐」

　これがほかの士官なら、グレンジャーは相手をブリッジから退去させただろう、だが、プロクターには何度となく、窮地におちいったところを救われた。しかし、二カ月以上も前からプロクターとの関係が緊張していた。戦闘艇パイロットの肝っ玉《ボールジー》ことフォルツが女性パイロット尻振《フィッシュテイル》りを連れて戻ってきて、〝特異点の向こう側の、スウォームにあやつられたグレンジャー艦長から逃げてきた〟と主張してからだ。プロクターは——ちくしょう、ジンガノ元帥もだ——おれを、統合参謀本部議長のノートン陸軍大将から守ってくれた。いまも〈ウォリアー〉の艦長を続けていられるとはいえ、おれに対する周囲の疑惑はこれまで以上に高まっている。

「艦隊を分けます。三隻か四隻のグループをたくさん作り、グループごとに敵の航宙母艦と交戦させます——現在、敵航宙母艦はすべて単独で、それぞれ違う軌道を描いて惑星を周回していますから。このほうが、艦隊が長持ちするでしょうし、敵艦をたくさん破壊できます。運がよければ、われわれ全員が死ぬより先に、ジンガノ元帥の艦隊が現われるでしょう」

ジンガノ元帥が救援に来るだと。ちくしょう、救援はおれの役目だ。

だが、もちろん、プロクターの言うとおりだ。最善の結果を、おれのプライドで邪魔するつもりはない。それは政治家のやることだし、おれは政治家ではない。おれはエイブリー大統領ではないし、あの、とんでもないアイザクスン副大統領でもない。

「そいつを実行しろ」グレンジャーは戦術ステーションを指さした。「各グループに標的を割り当てろ。残っている、人口の多い中心地へ向かう敵艦に焦点を絞《しぼ》れ、中佐」プロクターに向きなおった。「艦隊の各グループの任務を作成しろ」

プロクターはうなずき、艦隊を分けてほかの艦長たちに知らせる作業に注意を集中した。やがて、顔を上げてたずねた。

「〈ウォリアー〉はどこへ行きましょうか、艦長?」

「わたしの、前の命令どおりだ。艦隊がそれぞれの任務で分散したら、われわれはQジャンプする」と、グレンジャー。スクリーン上で遠ざかりはじめた惑星を見つめた。〈ウォリアー〉はまだ細長い楕円形の針路をとっている。「二隻の超弩級戦艦の喉もとを、まっすぐ通り過ぎる」

プロクターはためらった。

「単独でですか？」

「単独でだ」

8

ブリタニア星区　惑星インディラ　高軌道
恒星間貨物船〈ラッキー・バンディット〉

ロドリゲス大尉は自分の目が信じられなかった。ほんの数分前には、見たこともないほど巨大な戦闘艦が惑星に砲火を降らせ、大陸を巨大な帯状に削ったと思ったら、次の瞬間にはその艦がこなごなに砕けた。

不可能だ。おれはいつも、〝地球を救った英雄〟にまつわる話は、飾りや陰影をつけて誇張されていると……グレンジャー艦長の周囲のクルーや救われた人々が、度を超えてほめそやしているのだと思っていた。

その種の噂話は、自分で目撃した事実に比べれば、むしろ安っぽい空想的な嘘だった。

「ほら、ひょっとしたら……うまくいけばだが、なんとか抜け出せるかもしれないぞ」

と、ロドリゲス。

パイロットのラフは、のろのろとうなずいた。壊れてゆく超弩級戦艦を、目を丸くして見つめたままだ。

「ええ。そうかもしれません」まもなく、パイロットはわれに返って、エンジンをかけた。「あそこの戦闘艇に気をつけてください」

ロドリゲスはうなずいた。

「ほら」超弩級戦艦の破片を指さした。さらに小さく割れて、赤熱したかたまりになってゆく。「破片から出た戦闘艇が、一目散に逃げていく。さあ、難しい作業に入るぞ」

「あの破片の嵐のなかへ飛びこむんですか？」

「いや、違う。あそこを突き抜けるんじゃなく、すぐ近くまで行ったら、戦闘艇を避けられるよう、周辺をまわる」

パイロットは頭を振ったが、近づいてくる大群《スウォーム》の戦闘艇の群れを見ると、弱気になった。ロドリゲスは貨物船を、砕け散る超弩級戦艦の残骸へ向けた。大きな破片のひとつ——長さが一キロもある、艦体の一区画——に近づくにつれ、何百もの敵戦闘艇は背後に小さくなった。

「近すぎます」パイロットが不安げに言った。

「大丈夫だ」ロドリゲスは操縦桿を引き上げ、すばやく艦体側面の破片をまわった。

驚いたことに突然、破片が閃光を発して消えた。爆発の光とは違う、明るい白光だ。

前にも、この光を見たことがある。

「気をつけろ――」

パイロットに、特異点を警戒させようとした。小さくて見えにくく、気づいたときはもう衝突している――と。だが、時間がなかった。

貨物船の針路上に特異点があった。ちらちらと輝く、死のように。

コックピットはほんの一瞬、まばゆい白に輝き、ロドリゲスは頭をなぐられたような気がした。眠気がこみあげ、ロドリゲスは平穏な忘却を約束するその感覚と戦った。失神する寸前だ。貨物船を安全に航宙させるために、意識を保っていなければならない。自分の命がかかっているのだ。子供たちの命が。

展望窓の外の風景が変わっていた。惑星インディラを背景にした、砕けた超弩級戦艦のいくつもの巨大な破片ではなく、落下するひとつの破片しか見えない。

さまざまな物体が造る大きな渦《うず》のほうへ、落下していた。岩、氷、破片、塵《ちり》――すべてが中心へ落ちこみ、中心部のかたまりと衝突している。

ロドリゲスたちの貨物船も落ちてゆく。エンジンは止まっている。ロドリゲスの意識が遠のいた。最後に見たのは、展望窓全体を埋《う》めてのしかかってくる巨大な球体の表面だった。何百という岩が雹《ひょう》のように船体外殻を打った。だが、その騒音もロドリゲスの意識を保つ役には立たなかった。

9

ブリタニア星区　惑星インディラ
ISS〈ウォリアー〉　ブリッジ

「残り時間は？」と、グレンジャー。

「向かってくる超弩級戦艦の速度に匹敵するスピードが出せるまで、あと二分です、艦長」と、ダイアモンド少尉。

グレンジャーはうなずいた。

「一分でQジャンプしろ。ジャンプしたあとは減速する。少しは、戦況の評価をする時間があるだろう」

プロクターが用心深い目を向けた。〝評価するようなものが、ありますか？〟と、いぶかる目だ。グレンジャーはプロクターが口にしなかった質問に答えた。

「大群《スウオーム》の超弩級戦艦にどんな戦術上の利点があるか、われわれはまだ知らない――」

「つまり、敵戦艦の大きさが〈ウォリアー〉の百倍だという事実以外は――ということですか？」

　プロクターはそう言って、おどけてウィンクした。だが、グレンジャーは聞こえなかったかのように先を続けた。ユーモアを聞いている暇はない。それがブラック・ユーモアでもだ。

「おそらく、あの艦にも弱点はあるだろう……ちゃんとスキャンして内部の配置を研究する時間があれば、わかるだろうが」

「一分で敵戦艦の構造を研究して、破壊する方法を考え出せると思いますか？　排気口に飛びこんで、敵艦のメイン反応炉を吹っ飛ばすといったようなことですか？」

「そんなようなことだ」

「ちょっと、ありきたりですね」プロクターは探るようにグレンジャーの顔を見た。「何か、思い出せませんか？　超弩級戦艦とか？　ほんの短い記憶でもありませんか？」

　最近のプロクターは、前よりもグレンジャーの〝休暇〟のことを質問するようになった――グレンジャーが〈コンスティテューション〉ごと行方不明になっていた十秒半……

…実質三日半のことだ。グレンジャー自身の記憶は、まだはっきりしない。とくに、異星人ドルマシの将官ヴィシュゲイン・カーサに精神を加工され、スウォームの母星を見ていると思わされてからは、思い出せない。グレンジャーはスウォーム発祥の地を思い出したつもりだったが、それは偽《にせ》の記憶だった。その記憶をもとに、実際はドルマシの母星であるヴォラリ第三惑星をスウォームの母星と考え、スウォームのおおもとを攻撃しているつもりで、結果的にドルマシの解放に手を貸した。

ドルマシには、願ってもない結果となった――それ以来、ドルマシは求められてもめったに戦闘には姿を見せない。盟友とは名ばかりだ。

グレンジャーは首を振った。

「何も。戦艦のことは何も思い出せない」

「艦長？」プリンス少尉がよびかけた。

グレンジャーは時間が過ぎたことに気づいて、命じた。

「Ｑジャンプ開始」

プリンス少尉はエンジンを駆動させ、グレンジャーはＱジャンプの特徴である一瞬の揺れを感じた。スクリーン上の星原が変わり、Ｑジャンプの成功を示した。惑星など大きな重力井戸の近くでは、Ｑジャンプのような量子効果は、どうしても予測不能の度合が高まる。

「減速を続けろ」と、グレンジャー。「接近するあいだに、敵艦をフル・スキャンしろ。全帯域。全方面を。中性子、ガンマ線、無線電子、超空間、量子特性――すべてだ」

「で、戦術は？」と、プロクター。ブリッジ後部の科学ステーション付近に立っている。戦術クルーがプロクターとグレンジャーに注目していた。

「敵に、また腹を見せる。艦の下部デッキはすでに明かりも消えた。第一デッキから第五デッキまでのクルーは避難しているな？」

「はい。ですが――」

「第六デッキから第八デッキのクルーも避難させろ」

プロクターは困惑の表情になった。こんな表情を見せたのは、はじめてだ。戦闘に悩まされるようになったのか。あるいは、グレンジャーに悩まされているのか。

「艦長、機関室は第七デッキから始まります。機関室からも避難させるのですか？」

「いや、機関室のクルーは残る」

「艦長、これは非常に変則的な――」

「これに関しては正規のものなど何もないのだ、シェルビー。なぜ、いま正規の戦いを期待する？」なぜクルーの面前で、おれの命令に疑問を差しはさむ？　これ以上、逆らうようなら、プロクターを解任しなければならない――命令に公然とけちをつけるなど、されたことがない。とりわけ、いまは戦闘の真っ最中だ。

だが、心の奥では、プロクターの行動の理由がわかっていた。肝っ玉《ボールジー》が特異点を通って戻ってきてからのことだ。スウォームに支配された尻振《フィッシュテイル》りが目覚め、おれをスウォームのエージェントだったと名指しして、ボールジーの言葉を裏づけた――フォルツは、特異点を通って出た先の世界で、スウォームのエージェントとなったグレンジャーと話したと報告していた。

この件がプロクターを悩ませている。それは明らかだ。おれの命令に疑念を抱き、おれの行動ひとつひとつがいまなおスウォームに支配されているのではないかと怪しんでいる。この副長の完全な信頼を取り戻す方法を考えなければならない。プロクターは、失うにはあまりにも貴重な人材だ。態度を変えてもらわなければ、おれはプロクターを失ってしまう。

〝人材〟という言葉が頭に残った。プロクターは、おれにとってただの人材なのか？　敵に投げつける、人間レンガのひとつか？　任務を完了させ、全面的な勝利を手に入れるための道具か？

だが、そのとおりじゃないか。おれ自身も道具だ。われわれは、みな道具だ。種族が生き残るという点では、個人は問題ではない。みな群れのメンバーだ。生き残るために猛然と戦うという、人類の大事な遺伝的指令の運び手だが、一人一人は消耗品だ。プロクターも例外ではない。おれもだ。プロクターに、その点を理解してもらわなければならない。

「われわれはみなレンガだ、中佐」

グレンジャーはプロクターの目を見た。目に浮かんだ苦痛の色が、グレンジャーの言葉を理解したしるしだ。

「よくわかりました」と、プロクター。そっけなくうなずいた。

「機動戦闘艇部隊長に伝えろ。人間のレンガがもう少し必要だ」

10

ブリタニア星区　惑星インディラ
ＩＳＳ〈ウォリアー〉　戦闘艇作戦指揮所

ピアース中佐はパイロットの勤務当番表を見つめた。〈ウォリアー〉の安全に……ひいては全人類の安全に命を――そして死を――かける百五十名の男女の名簿だ。この百五十名は、納得して入隊したのだ――ピアースは自分に言い聞かせた――全員が。

ただ、本当にそうか？　全員が本当に納得して入隊したのか？　もちろん、戦闘艇パイロットは徴兵された一般人ではない。だが、人類は、この戦争にみずから加わったわけではない。この戦争は押しつけられたものだ。ロシアから、あるいはドルマシから……でなければエイブリー大統領とアイザクスン副大統領から……戦争を始めた犯人だと陰謀論者が主張する者から、無理やり与えられたものだ。

わたしは納得して入隊した。父のせいだ。第一次コロニー戦争以来、三百年にわたって、ピアース家の者はみな入隊してきた。父は、そう主張した。ピアース一族で惑星ブリタニアのロイヤル艦隊士官学校《フリート・アカデミー》を首席で卒業しなかった者は、宇宙の廃棄物だとほのめかした。だから、罪悪感と一族としての義務感から、タイラー・ピアースは首席で卒業し、入隊した。ピアース一族なら当然だ。

だが、ピアースは幸福ではなかった。

いまからくださなければならない決定のことを考えると、幸福ではなかった。さらに十秒、決定を遅らせたとき、ふたたび耳のなかで声がした。

「部隊長、いますぐ戦闘艇が必要です。三十艇を選んで射出しなさい」

「わたしは――わたしには、これ以上、死者を選ぶことはできません」ピアースは、かすれた声で通信器に向かって言った。

「ピアース」プロクター中佐の声が、前よりも柔らかな口調で言いはじめた。「あなたにはできます。難しいことはわかっているわ。三十人が死ぬけれど、その三十人は何千人という人々を救うのよ。何百万人かもしれない。三十人のパイロットは英雄になります」

ピアースはため息をついた。

「そうでしょうか？　ただの犠牲者になるのではありませんか？」

「部隊長、あなたがいますぐ行動を起こさないと、わたしたち全員が犠牲者になるのよ」

「わかりました」と、ピアース。しゃがれ声だ。アルファベット順に、ＡからＨまでの三十人を選んだ。「命令を出します、副長」

「ありがとう、部隊長。プロクターより、以上」

ピアースはコンピューターに指示を打ちこみ、選ばれた戦闘艇とパイロットに公開通信した。

「これが聞こえた者は、特攻命令《オメガ・ラン》を命じられた。ただちに射出せよ。最高速度で、十五マーク二の位置にいる超弩級戦艦へ向かえ。敵艦に突っこむ前に、魚雷や砲はすべて撃ち尽くせ」

ピアースは通信を切り、ぐったりと椅子の背にもたれた。補佐官のシュウィッツァー大尉とスピリティ少尉が、意味ありげないかめしい表情を向けてきた。普通の戦闘でも三十人以上のパイロットを失うものだと、誰でもわかっている。だが、これは、はるかに悪い。非人間的だ。ピアースは決死の突撃を命じるたびに、人間性を失ってゆくような気がした。

ピアースはチラリと家族の写真を見た。惑星ヨークの森で、ピアースと妻が膝に二人の子供をもたれさせ、カメラに向かってポーズをとっている。わたしの戦う理由は、これだ。家族のために、いままで生きてこられた。

奇跡が起これば、人類は戦争に勝つかもしれない。だが、人間の魂を救うには、もっと大きな奇跡が必要だ。

11

ブリタニア星区　惑星インディラ
ISS〈ウォリアー〉　ブリッジ

グレンジャーはセンサー表示を見つめ、正しいタイミングを待った。戦闘艇が次々とベイを離れる。三十艇すべてが一隻の超弩級戦艦の中心を標的としていた。戦闘艇がとったのが通常の隊形であれば〈ウォリアー〉は発砲を開始できたのだが、今回は、発砲すると味方の艇を撃ってしまう恐れがある。

それが問題だというわけではない——どうせ、みな三十秒のうちに死ぬのだ。考えると恐ろしいが、これが真実だ。

戦闘艇は環状《リング》隊形を作り、グレンジャーは命令を出した。

「砲撃開始！」

秒速五十キロで移動する〈ウォリアー〉の、機能する全電磁投射砲が、いっせいに秒速十二キロで砲弾を撃ち出した。

それに応じて、敵の二隻の超弩級戦艦も〈ウォリアー〉に発砲し、何十本もの反物質ビームで〈ウォリアー〉の下部艦腹を引き裂いた。艦が震動した。続いて、何層か下のデッキで爆発が起こり、ブリッジ・クルーがハーネスにとめられたまま座席から浮きあがった。ハーネスをはずして、その後とめなおすのを忘れていた士官が天井まで放りあげられ、照明設備に頭をぶつけた。落ちてきて床に叩きつけられたが、その前に死んでいただろう。

「第七デッキ全体で艦体破損!」プロクターがどなった。「機関室区画の一部が破壊されました。メイン・パワー設備が壊れたら、修復のしようがありません!」

ねらった超弩級戦艦は、すでに横に動きはじめているはずだ。その結果、発射した電磁投射砲弾の三分の二以上がはずれたが、それは問題ではない。もう一隻の戦艦はよりすばやく接近してきたため、砲弾を避けきれなかった。数秒後に、超弩級戦艦はコンデンサー・バンクか予備パワー・ラインにいくつか砲弾を受けたらしく、艦体のあちこちからまばゆい爆発光を発した。

あと数秒で破壊できる。一回の戦闘で二隻の超弩級戦艦を倒す。悪くないな――グレンジャーは思った。新たな爆発で、〈ウォリアー〉の下部デッキが引き裂かれた。いくつかの接合部や端子盤に負荷がかかりすぎたため、ブリッジ内でいくつも閃光が飛び、火花が散った。代償は、おれが〈ウォリアー〉を破壊に追いこむだけか——グレンジャーは顔をゆがめた。

ところが次の瞬間、スクリーン上に胃がむかつきそうな光景が現われた。突然、超弩級戦艦の前に、三十個のちらつく光点が現われた。しかし、一秒間しか続かなかった。現われた直後に、〈ウォリアー〉の戦闘艇がそれぞれの光点に激突し、三十個とも閃光を発して消えたからだ。

くそ。

またしても爆発音が聞こえた。

「艦長」と、プロクター。「メイン・パワーが失われました。修復の見こみはありません。機関室のスコット機関長は応答しません。終わりです」

グレンジャーは目を閉じた。

「プリンス少尉、推力はどのくらいある？」

若い少尉は青い顔でコンソールを見た。

「メイン・パワーが働きませんから、側面スラスターの半数と艦尾のひとつだけです」

「進ませろ。敵艦の側面をかすめろ。運がよければ、〈ウォリアー〉の一部が撥《は》ね返って、もう一方の敵艦にぶつかるだろう」

五秒しかない。〈ウォリアー〉が信じがたい速度で衝突コースを進むと、スクリーン上の巨大な艦がみるみる大きくなった。

これが最後だな――グレンジャーは思った。今度こそ、本当に。

あと二秒。

一秒。

超弩級戦艦が消えた。衝突しただろうか？　われわれは、みな死んだのか？　グレンジャーは呆然としているブリッジ・クルーを見まわした。死は、もっと苦しいものだと……激しいものだと思っていた。

「いったい、どこへ行ったんだ？」

戦術ステーションのダイアモンド少尉が、センサー表示を調べて答えた。

「わかりません。敵艦のそばを飛びました。しかし、標的は……ただ消えました」眉を寄せた。「ああ。艦長、Qジャンプの特性が現われています。標的はQジャンプで逃げました。行き先はわかりません」

グレンジャーは椅子の肘かけを叩いた。信じられずにいるところへ、プロクターの声がもっと悪いニュースを伝えた。

「艦長、われわれが通り過ぎた艦が、加速して追ってきます。一分以内に、こちらと同じ速度になるでしょう。敵がこのまま加速を続ければ、八十秒で向こうの射程に入ります」

ちくしょう。今日はまっとうな自殺もできないのか。

12

ブリタニア星区　惑星インディラ
ＩＳＳ〈ウォリアー〉　ブリッジ

「われわれのベクトルは？　どんな軌道に乗っている？」と、グレンジャー。

プリンス少尉は、自分がまだ生きていることに呆然としているようだが、何度か頭を振ってから答えた。

「ええと、惑星に向かって大きく傾いた軌道面に入るようです。ただ、そのう、脱出速度をはるかに超えています。大気圏の上方で、宇宙空間へ弾《はじ》き飛ばされるはずです」

プロクター中佐が付け加えた。

「軌道上にいる数隻の大群《スウォーム》航宙母艦の、すぐそばを飛ぶことになります。こちらが通り過ぎるまでに、残っている超弩級戦艦に追いつかれます」

「その時間はどれくらいだ？」グレンジャーは近づいてくる惑星を見つめた。うねるキノコ雲が地表をほとんどおおい隠している。艦隊の残りは、残っているスウォーム航宙母艦にどう対応したのだろう？

「五十秒です」と、プロクター。

「で、艦隊は？」

プロクターは、ディアス大尉が艦隊の調整に使っていた特務戦隊の戦術画面に目を走らせた。

「大部分は持ちこたえています。スウォーム航宙母艦は五隻が破壊されました。艦隊は九隻の巡航艦を失いました」

グレンジャーは暗算し、恐ろしい結論に達した。このままではスウォームが勝つ。

「超弩級戦艦が妨害するまで三十秒です。われわれが三隻のスウォーム航宙母艦を通り過ぎるまでの時間と、ほぼ同じです」プロクターはそう言うと、顔を上げた。「われわれがうまく急角度で曲がれば、三隻とも片づけられるかも……」

グレンジャーは、ゆがんだすさまじい笑いを浮かべた。

「いちど失敗した自殺をやりなおすチャンスがあるのか？　よろしい。実行しろ」

航法ステーションのクルーが計算するあいだ、ブリッジにはまた恐ろしい沈黙が降りた。プリンス少尉は艦の向きをかえ、軌道ベクトルをわずかに修正して、敵の航宙母艦の一隻に向けて直進させた。運がよければ、〈ウォリアー〉は猛スピードでその艦を突き抜けて二隻目に突っこむだろう。爆発が、針路から少しずれている三隻目を片づけてくれるといいが。

敵の航宙母艦を三隻とも道連れにできるなんて、最高の自殺だ。

「あのう、艦長」と、プルーハ少尉。「通信が入っています」

ようやくジンガノ元帥が現われたと言ってくれ。

「発信源は？」

「間違っているかもしれませんが、超弩級戦艦から来ているようです」

グレンジャーはクルリと振り返った。

「スウォームからだと？」

「そのようです」プルーハは自分のコンソールを見たまま、驚いて目をしばたたいた。

「映像通信です」

グレンジャーは頭を少し傾けて前面スクリーンを指し、信じられない思いでうなずいた。

「つないでくれ」

荒らされた惑星の姿が消え、別の映像が現われた。異星人だ。スウォームではない。ドルマシでもない。新しい種族だ。どことなく人間に似て見えるが、皮膚が堅そうで青みがかっている。

「グレンジャー艦長。われわれと手を組みませんか？」

グレンジャーが反射的に口にした返事は、自分でも非現実的に聞こえた。

「組もう」実際、それしか言葉はない。「で、そちらは何者かな？」

「〈七種族協定〉の第五種族です。あなたのおかげで、盟主を放り出すことができるとわかりました。あなたがドルマシを解放したのと同じように」

グレンジャーがプルーハを見ながら喉もとで手を振ると、プルーハは通信の音声を消した。グレンジャーはプロクター中佐にチラリと目をやった。

「策略に違いない。われわれを思いどおりに動かす気だ」

「そうかもしれません」と、プロクター。「しかし、ほかに選択肢がありますか？」

グレンジャーは肩をすくめ、プルーハに向かってうなずいた。音声スイッチが入った。

「よろしい。そちらの誠意を証明するために、いま射程に入ってくるヴァラリシの三隻の航宙母艦を無力化していただきたい」グレンジャーは、スウォームが自分たちを呼ぶときの正式名称を使った。

驚いたことに、異星人はいちどだけうなずいた。

「もちろんです、艦長。あなたの艦を、こちらの艦の陰にまわりこませてください――あなたの艦は、これ以上の損傷を受けられない状態です」

グレンジャーがプリンス少尉に合図すると、プリンスは〈ウォリアー〉を異星人が提案したとおりに動かし、向かってくる三隻のスウォーム航宙母艦とのあいだに超弩級戦艦を割りこませた。

「艦長、超弩級戦艦が航宙母艦に対して発砲を開始しています」と、ダイアモンド少尉。「全反物質ビーム砲による攻撃です」

スクリーンの画面が分割された。半分は新しい異星人の姿を映し、もう半分は大虐殺の光景を出している。超弩級戦艦のビーム砲塔の数は、敵航宙母艦の十倍以上だ。十五秒のフライバイのあいだに標的は残骸と化し、破片が惑星の大気圏上層部を通って燃えあがった。

「艦長」プロクターの声は不信の色を隠せない。「艦隊から連絡が入りました。残りの航宙母艦は撤退を開始したそうです。一隻は、すでにQジャンプで姿を消しました」顔を上げてグレンジャーを見た。「追跡を命じましょうか？」

グレンジャーは自分でもまだ信じきれずに呆然としたまま、すばやくうなずいた。事態は意外な展開を見せ、新しい局面を迎えた。突然すぎて、あまりにも……非論理的で、まだ頭がついていかない。

「新しい通信が入りました、艦長」ダイアモンド少尉が大きくニヤリと笑った。「ジンガノ元帥の艦隊です」

超弩級戦艦は〈ウォリアー〉に随伴するベクトルをはずれ、別のスウォーム航宙母艦へ向かって加速した。航宙母艦は急いで惑星から離れ、逃げようとしている。超弩級戦艦から百本以上の緑のビームが飛び出し。航宙母艦を撃ち砕いた。巨大な戦艦が、はるかに小さな航宙母艦の炎に包まれた断末魔の姿をおおい隠した。

「ひょっとしたら、超弩級戦艦はジンガノ元帥の艦隊が到着することを探知して、行動を決めたのでしょうか？」

「そうかもしれない」と、グレンジャー。「まもなく、あの異星人から説明が聞けるだろう」超弩級戦艦が向きを変えて〈ウォリアー〉の航宙ベクトルに合わせる様子を見つめた。うまくだまされたとしか思えない。あるいは、だましたのは別の誰かかもしれないが。だますのは簡単だったろう。われわれは死を目前にしていたのだから。二度も。あの異星人には、相当うまい説明をしてもらわなければならない。

13

地球　アラバマ州　アセンズ
ジョーゼフ・P・ヒル上院議員記念造船所

エイモン・アイザクスン副大統領は、疲れ果ててこわばった頬が許すかぎり大きな笑みを浮かべた。近くの数台のホバリング・カメラが空中へ後退し、グルリと広範囲を映しはじめると、アイザクスンは派手な笑みを少しゆるめた。付きまとうカメラに近づけるだけ近づいても、下の通りに集まっている群衆に、おれの顔なんか見えはしない。かすかなため息を漏らしても、誰にもわからないはずだ。

群衆は、あの女のようにはおれが見えない。あの女は、なんでもお見通しだ。いつも、そばにいる。おれが目覚める瞬間に。おれの思考を、感情を支配する。それに、もちろん、行動を支配し、少し程度は落ちるが言葉をも支配する。少なくとも、おれが話す言葉を。だが、おれは心のなかですら、批判めいた考えをしっかり抑えこまなければならない。

もう、あの女を〝鬼婆〟と呼ぶこともできない。少なくとも、心のなかでは。とんでもない苦悶を味わう覚悟をしなければそんなことはできない——体内に埋《う》めこまれた三十個のインプラントがおれの心と感情を読んで、それぞれが五十四ミリジュールの理解不能な刺激を与えるからだ。ある条件下においては、つまり、ある種の上院議員や、扇動者のリーダー格であるロシアのスパイたちなどと話す場合は、何もかもバーバラ・エイブリー大統領のせいにし、感情にまかせて大統領をありとあらゆる下品な呼び名でののしることもできた。この種の相手と一緒のときは、アイザクスンが残忍な裏切り者の姿を維持しなければならないから、エイブリーも大目に見てくれるのだ。だが、ほかの者に対しては、公然とチアリーダーをやらされる。エイブリーのいちばんの代理人だ。

「ありがとう。ありがとう、みなさん。ご親切に」と、アイザクスン。一メートル前に浮かんでいるマイクで、声が増幅された。副大統領を生《なま》で見ようと、広場や隣接するいくつかの通りに何千人もの人々が集まっている。近くの造船所で完成した新しい重巡航艦のたんなるリボンカット・セレモニーにすぎなかったが、アラバマ州アセンズの人々は戦争への貢献を誇りにしていた。

戦争が始まってから、アセンズの造船所で完成した五隻目の艦だ。いままでに作られた四隻は、もちろん、近年の新造艦の六十パーセント以上がそうだったように、すべて失われた。だが、群衆の誇りは疑いようもない。

「わたしがヒル上院議員のもとで研修生をつとめていたころ」アイザクスンは劇的効果をねらって短い間《ま》を置いた。「みなさんのなかにも、上院議員の噂を聞いたことがある人がおいででしょうが」群衆が沸《わ》いた。いまは亡きヒル上院議員はアラバマ生まれだった。「わたしが老ヒル議員のもとで研修生をつとめていたころ、上院議員はよく言っていました――〝エイモン、ここの上院議員選挙区は、銀河系最高の人々の集まりだ〟と」

さらに歓声が上がった。

アイザクスンは言葉を続けた。群衆はアイザクスンのねらいどおりに熱狂している。いやおうなしにエイブリーの思うがままに動かされる立場は憎いが、この役割は――戦争で疲弊した群衆の崇拝を受けるのは、楽しい。

「老ヒル議員は言いました――〝エイモン、ここの上院議員選挙区は、銀河系最高の人々の集まりだ〟と」アイザクスンは繰り返した。経験から、よい政治家の演説は一にも二にも繰り返しだとわかっている。「〝どうして最高か、わかるかね、エイモン？

それは、けっしてあきらめないからだ。けっしてあきらめない。この惑星上でいちばん、とてつもない不屈の人々だ。けっしてあきらめない。わかるな、エイモン？　わかるな？　大群《スウオーム》がまた来れば、あのまぬけどもは〟——失礼、みなさん、ヒル上院議員はかなり荒っぽい話しかたをする人でした……わたしの言う意味はおわかりだと思いますが——〝あのまぬけどもは、何に撃たれたかもわからずに死ぬだろうさ〟」

アイザクスンは言葉を切り、群衆が恍惚《こうこつ》の叫びを上げるにまかせた。老ヒル上院議員はアラバマの伝説だ。ヒルが育ったこの町では、とくに。アイザクスンがヒルについて架空の話をでっちあげようが、それがあつかましくも百パーセント作り話だろうが、問題ではない。聴衆はそのまま受け入れた。

「数年後にヒル議員が亡くなったとき」アイザクスンは声に重々しさを加え、ゆっくりした口調で話を再開した。群衆は静まった。「ヒル議員が亡くなった次の週に、わたしは郵便受けに手紙を見つけました。本人の遺言で、発送されるようになっていたのです。考えてもみてください——青二才の研修生にすぎないわたしが、地球連合上院の伝説的存在である議員から直接、手紙を受け取ったのですよ。封筒を開く手が震えました」

聴衆は咳ひとつしない。

「手紙を出して、読みました。読み終えてから、もういちど。涙があふれました」アイザクスンは、次は何を言おうかと無理やり頭を働かせながら、無意味な言葉を並べた。手紙など、もらっていない。年老いた偏屈議員のもとで研修生をつとめたのは、老人が死ぬ前の一週間だけだ。どこかの娼婦にフェラチオをさせている最中に、心臓発作で急死した。アイザクスンはヒル本人に会ったこともない。だが、群衆にはいい話を聞かせてやるものだ。「涙でかすんだ目に、しっかりした手書きのサインが映りました。あの偉大な老愛国者のサインです」咳払いし、それらしい感情をうまく表明しようとした。「手紙の内容は、次のとおりです。引用します——〝あなたがたと同郷の仲間たちが軍務で出す犠牲は、本当は犠牲ではない〟」

見事だ、エイモン——群衆が沸き立ち、アイザクスンは思った。片手を上げて言った。「みなさんが払われた犠牲に感謝します。わたしは知っています——みなさんは飢えや苦痛、喪失、終わりの見えない戦争を味わってこられた。どれも、あきらめることなく乗り越えてこられた。宿敵と戦うチャンスを、われわれに与えてくれました。みなさんは、あれを与えてくれました」アイザクスンは一キロほど先の乾ドックに入っている巨大な巡航艦を指さした。

さらにいくつかの逸話を紹介し、古風で素朴な手作りの知恵を披露し、チアリーダーとして群衆をもう少し高揚させて、その日の仕事を終えた。立てつづけに三つの式典があった。どれも戦闘艦の命名式だ。タングステン＝イリジウムの艦体外殻にボトルをぶつけて割る儀式が、三回。何百人もの地方の高官や工場長、シフト・マネージャーたち。何千回もの握手。手が痛い。背中が痛い。頭が痛い。ようやく帰宅してベッドに倒れこんだとき、通信カードが呼出音を立て、アイザクスンはうめいた。あの女からだ。

心のなかで毒づくこともできない。侮辱の言葉や悪態を工夫して、あの女を打ち負かすこともできない。おれにできるのは、深呼吸をして、とっておきの卑俗な悪口と同じリズムで脚を指で叩くことくらいだ。頭のなかで言葉を発してはならない——エイブリーに聞かれる。その罰は厳しい。アイザクスンはリズムをとった。タ・タタ・タ。タ・タタ・タ。これが唯一の解放感だ。無力なままではあるが、エイブリーにやり返せる。

もういちど呼出音が鳴り、アイザクスンの体内の三十個のインプラントのひとつが、かすかにブーンと音を立てた。痛みはないが、警告だ——わたしを待たせないで、副大統領閣下。わたしは辛抱強い女じゃないのよ。

アイザクスンは通信カードを引っぱり出して叩いた。

「はい、大統領閣下？」

「今日はよくやったわ、ミスタ・アイザクスン。疲れすぎたんじゃない？　三隻の命名式。三隻よ！　まぎれもなく退屈そうね！」笑い声がした。

タ・タタ・タ。

「心配しないで。すぐ眠らせてあげる。ボロディン大使から何か連絡は？」

「まだです。ボロディンが言うには、マラーホフ大統領に拝謁するのはまず無理だが、あらゆるコネを利用して手配するとのことです」

「けっこう」と、エイブリー。「あなたを送りこむ必要があるわね。多くのことが、そこにかかっている」

「よろしければ教えていただきたいのですが、大統領閣下、なぜ、ご自分でマラーホフ大統領に会われないのですか？　あなたがロシアの大統領に送りたいメッセージが、それほど重要なものなら……届けるのは地球連合大統領のほうが、外交上の威力も増すのではありませんか？」

エイブリーは笑った。

「ああ、エイモン。あなたはときどき、信じられないくらい単純ね」

タ・タタ・タ。

「そうですか？」声に皮肉の色が混じるのを抑えきれない。さいわい、エイブリーは聞き流した――インプラントは痛い刺激を与えてこない。

「ミスタ・アイザクスン、届けてほしいメッセージは、誰よりもあなたにふさわしいものです」エイブリーはまた声を上げて笑い、付け加えた。「それに、ミスタ・マラーホフと交渉するのがわたしでは、見た目がよくないでしょう。世論を考えてごらんなさい！　わたしはすご腕の、まじめな、とことんやる気の地球連合大統領よ。戦犯に話しかけているところなんか、見られるわけにはいかないわ」

起き上がって寝室へ行こうとしていたアイザクスンは、凍りついた。

「なんとおっしゃいました、大統領閣下？」本気で、おれ一人を送る気か？　宿敵と話すために、自分の影響力の及ばないところへ？

「聞こえたでしょう、エイモン」と、エイブリー。アイザクスンをファースト・ネームで呼んだのは、この二カ月間で、はじめてだ。「あなたはマラーホフ大統領との交渉に行く。直接、会談するの。マラーホフの執務室でね。相手の頭のなかを探って、考えていることを突きとめなさい。さもないと、われわれにチャンスはないわ」

エイブリーが手にした飲み物をひとくち含む音が聞こえ、氷がグラスに当たってチリンと鳴った。エイブリーは言葉を続けた。

「これがうまくいかなければ、マラーホフの秘密のコンピューター・ネットワークに破壊工作をしなさい。爆弾か何かが望ましいわ。ライブのテレビ・カメラいっぱいに爆発が映るようにね。銀河系じゅうがそのライブ映像を見るのよ」またしても笑った。「大騒ぎになると思わない？　われわれがついに、ろくでなしのロシア人どもに仕返しした光景を、人々が見る。ああ、心配はいらないわ。あなたが何を考えているかは、わかる。あなたは確実に爆発をまぬかれるわ。まあ、かなり確実なはずよ。ハハッ！」

タ・タタ・タ。

14

惑星ブリタニア　高軌道
ＩＳＳ〈ウォリアー〉医務室

肝っ玉《ボールジー》ことフォルツ大尉は医務室の窓から、なかの女性パイロット尻振《フィッシュテイル》りを見た。太い革ひもと手錠でベッドに拘束されたまま、眠っている。危険をおかすわけにはいかない——プロクター中佐は超空間通信を含むいくつかのテストを行ない、意識がないときのフィッシュテイルは大群《スウォーム》にあやつられておらず、スウォームの通信を受け取ることもできないと結論を出した。だが、拘束しておくのがいちばん安全だ。

フィッシュテイルは指一本で触れるだけで、体内のスウォーム・ウィルスを他人に伝染させることができる——確実にわかるのは、それだけだ。医務スタッフやほかの患者がうっかりフィッシュテイルの皮膚に接触しないよう、ベッドのまわりに透明なパネルがめぐらされた。だが、それ以外は、ケガ人を収容するあたりまえの医務室だ。こうしておけば、フィッシュテイルをたやすく鎮静状態に置き、常時モニターできる。

ボールジーはフィッシュテイルを見た。この二カ月間、ほぼ毎晩のように見ている。自分の戦闘艇を飛ばさないときや、分隊の訓練をしないとき……眠ったり食事をしたりしていないときには、ここに来る。

この身体のどこかに、本当のフィッシュテイルがいるのだろうか？　救うことはできるのか？　プロクター中佐は、救えると断言した。グレンジャー艦長も救われたのだから、と。だが、ボールジーはフィッシュテイルを見つめて何時間も過ごすうちに、プロクター副長の言葉を信じきれなくなっていた。

「こんなにいつもフィッシュテイルを見てるなら、コールサインを〝ストーカー〟と変えたほうがいいんじゃありませんか？　タイラー・〝ストーカー〟・フォルツですね」

宇宙の覇者《スペースチャンプ》の言葉に、ボールジーは短く気のない笑い声を漏らした。

「ストーカーのことなんて、何を知ってるんだ、スペースチャンプ？」

スペースチャンプはボールジーの隣に立って、眠っているもとパイロットを見つめていた。

「もちろん、あなたほどは知りませんよ、ボールジー。でも、どこかの男がわたしをつけまわす気なら、少なくともチョコレートか何か残してってほしいわね。話のタネになるでしょ。もしわたしが本当に酔っぱらってたら、簡単にやらせちゃうかもしれないから」

ボールジーは仰天してスペースチャンプを見た。

「冗談よ、ボールジー」スペースチャンプはボールジーを見た。「まじめな話、あなたは彼女にとらわれすぎてるわ。どうしたの？　こんなふうに焦がれてちゃいけないわ。カップルには、なれないでしょ？　彼女は結婚してるし、子供も……」

ボールジーは片手を振って打ち消した。

「違う、そんなことじゃないんだ。ただ……フィッシュテイルはおれの分隊にいて、艦を救うために、あれに飛びこんだ。自分の子供に〝すべてうまくいく〟と知らせるよう、おれに約束させた。だから、おれは……。しばらくは死んだと思われていたのに、奇跡的に生きていた。そして、おれが救助した。それなのに、いまは宙ぶらりんの状態で……おれは困ってるんだ、スペースチャンプ。説明しにくい」

自分でも、なぜここにいるのか、よくわからない。

「あなた、自分も同じ状態になって終わるのが怖いだけじゃない？」スペースチャンプは腕組みをして、眠るパイロットを観察した。「虚空《こくう》に突入して、戻ってきたら……変わってるのが？　違う存在になってる？　自分が自分でなくなる？　悪魔に取りつかれてる？」

　ボールジーは眼球をグルリとまわした。

「これはB級のスペース・ホラー映画じゃないんだ」

「でも、彼女はあそこにいる。変わってしまった。異星人に身体を乗っ取られた。わたしにはホラー映画みたいに思えるわ」

「ああ」ボールジーは両腕をさすった。長いあいだ手を背後で組んでいたので、ひりひりする。「おれも、ホラー映画だと思う。いつ、誰に起こってもおかしくない。田舎町《ドッグタウン》はスウォームに乗っ取られたあと、殺された。ほかの二人のパイロットはどうなった？　ハンラハン大佐は？　ドクター・ワイアットは？」

　スペースチャンプは片手でボールジーの肩を叩いた。

「心配しないで。とにかく、もう異星人があなたの胸を食い破って跳び出して、バーで踊ったりはしないわ。それから、忘れないで——グレンジャー艦長は人間に戻ったのよ。あの人が戻れたのなら、フィッシュテイルだって戻れるわ」

「ああ、わかってる。いつも自分に言い聞かせてる」

　スペースチャンプは向きを変えて立ち去ろうとし、ためらった。

「わたしがなぜスペースチャンプと呼ばれるか、知ってる？」

「そのう……きみが自分で、カッコいいと思って選んだんじゃないのか？」

「フッ。あなたのコールサインだって、自分で選んだわけじゃないでしょ。わたしは最初の艦〈オレゴン〉に配属されたときに、こう呼ばれたの。わたしが髪を丸く結《ゆ》ってたから、仲間が、子供のころ見たマンガのキャラクターみたいだと言ったのよ。覚えてる？　スペースチャンプ。運まかせのこっけいなオタクの女の子が、宙賊になる話。恒星間宇宙の大富豪たちからお宝を奪って、貧乏人に与える話よ」

ボールジーは肩をすくめた。

「おれはバスケットボールに夢中だった。マンガは、あまり読んでない」

「とにかく、そのマンガでは、スペースチャンプはまぬけだったの。身なりをかまわない、髪を変な形で丸くまとめてる、トータルゲーマー。仲間の男の子たちがわたしをスペースチャンプと呼んだのは、お世辞のつもりじゃなかった。本当よ。わたしのいないところでは、〝永遠の処女《エテルナ＝ビルジ》〟と呼んでたわ。わたしが一生、セックスできないと信じてたのね。最初の一週間は、ぞっとした。わたしがどうしたか、わかる？　コックピットに入って、まわりのろくでなし連中が見たこともない、最高の戦闘機乗りになってやると決心したの。自分のロッカーに、スペースチャンプの等身大のポスターを貼った。へルメットに、その名前を貼りつけた。この名前を自分のものにしたの。自分が何者か、ほかの連中に決められるのはごめんだったから。一カ月が過ぎるころには、わたしは最優秀のパイロットになってたわ。なぜだか、わかる？」

「なぜだ？」

「主として、ほかの者がスウォームに殺されたから。ろくでなし連中には当然の報いよね——死者たちに神の祝福を」十字を切った。スペースチャンプが信心深いことを、ボールジーは忘れていた。「でも、わたしは死ななかった。生き延びた。ほかのまぬけどもが殺されているときに、わたしは戦って道を切り開き、敵をかき分けて脱出した。〈オレゴン〉を離れるころには、スペースチャンプの名はわたしの自慢になってたわ。わたしの称号よ——〝くたばれ、タマなし、情けないあんたら全員より、わたしのほうがうまいんだ〟というしるしね」

スペースチャンプは医務室に向きなおり、なかのフィッシュテイルを指さした。

「彼女は生き延びた。したたかなパイロットだったから……それと、あなたがあらゆる危険をおかして連れ帰ったから。フィッシュテイルは、わたしたち全員のために自分の命を危険にさらし、艦を救うためにあそこへ飛びこむ度胸の持ち主だった。彼女は今度も、戦って勝つという気がするわ。見てなさい」

ボールジーは頭を振り、ようやくスペースチャンプのほうを向いた。

「きみは、あれに話しかけたことがないだろう、スペースチャンプ。きみは知らないんだ。あれがどんなものか、知らない。完全にフィッシュテイルを乗っ取った。口を開《ひら》けばスウォームの言葉しか出ない。憎悪と悪意と大言壮語と、これ見よがしの自慢ばかりだ——どうやってわれわれを打ち負かし、われわれ全員を盟友にするかという……でなければ、抵抗すれば殺すという内容の。おれは……その、フィッシュテイルは勇敢だったし、おれが連れ帰ったのもたしかだが、結局は彼女を失った……それが気になるだけだ」唇を嚙《か》んだ。「それに、もういちどあの家へ行かなきゃならない。あそこの人たちに、あなたがたの娘は……きみの母親は死んだと、もういちど知らせなきゃならないんだ。そんなことができるかどうか、わからない」

ボールジーはスペースチャンプの目を見ていたが、相手はボールジーを見ていない。スペースチャンプの視線をたどって医務室のなかに目を向け、何を見ているのかに気づいて、ボールジーは息をのんだ。

フィッシュテイルが目を覚ましていた。生気のないガラス玉のような目で、まっすぐボールジーを見つめている。その顔が口角を引きあげ、機械的な笑みを浮かべた。

ボールジーは窓に片手をついた。フィッシュテイルの意識が戻ったことを知らせるモニターのブザー音に、看護師の一人が気づいて、ベッドを囲む透明なパネルに駆け寄った。新たに鎮静剤が投与されるよう、自動点滴装置を何度か叩いた。

まもなくフィッシュテイルはまた目を閉じ、眠りに落ちた。

あの表情。フィッシュテイルの、あの表情——ボールジーは身震いした。あの顔の表情にはぞっとしたが、まだ希望はありそうだ。フィッシュテイルは、あの身体のなかにいる。ボールジーは窓に置いた手を引っこめ、決心した。

フィッシュテイルと話さなければならない。怪物を切り離して本人にたどり着き、家へ連れ帰るのだ。

もういちど。

15

惑星ブリタニア　高軌道
ISS〈リンカーン〉会議室

「あの女性は、シジア・クリュール副元首と名乗っています。あの種族はスキオーラといい、何千年も大群《スウォーム》に召使として仕えてきたそうです。クリュールによれば、ドルマシがスウォームの影響力をうまく撥《は》ねのけたのを知って、自分たちも同じことをしようと考えたとのことです」

ジンガノ元帥は無精ひげをかきながら、会議室の壁に投影された超弩級戦艦の設計図を調べて、言った。

「わたしの意見を言えば、きわめて怪しいというところだな、グレンジャー」

聞いているグレンジャーは、頭のどこかで何かがうごめくのを感じた。かつて誰かが、スウォームに関して言ったことだ。だが、はっきり思い出さないうちに消えてしまった。おれは〝休暇〟のあいだに知ったことを思い出しかけているのか？

　設計図が投影された壁の向かい側には、エイブリー大統領の姿が映し出されていた。新しい大統領専用艇〈ギャラクティック1〉の司令センターに、ノートン大将とひとにぎりの軍事顧問や情報顧問に囲まれてすわっている。〈インターステラー1〉は二カ月前に、何者かの手によって破壊された。大統領暗殺は何度もくわだてられたが、なぜかエイブリーは首尾よく逃げおおせている。

「いまにも元帥の艦隊が到着するというときに、その種族のものの見方が逆転するなんて、なんて虫のいい言いぐさ」エイブリーはフンと鼻を鳴らした。

　グレンジャーはうなずいた。

「たしかに、不安をかきたてられる言いかたではあります。クリュールは、ジンガノ元帥の艦隊がこちらへ向かっているという情報を受け取るまで、行動を起こす決心がつかなかったと言いました。あの女性は――男性かもしれませんが……スキオーラの性別は簡単にはわからないようです――大きな戦闘の最中に寝返るほうが、自分たちだけで離脱するよりスウォームに大きなダメージを与えられると考えたのだそうです。クリュールはもともと、われわれが味方することがはっきりした時点で、戦線を離脱したいと考えていました。単独で離脱すれば、スキオーラの残りの各艦がスウォームに破壊されると思ったそうです」

「ろくでなし」エイブリーがつぶやいた。「まぬけのカーサと変わらないわ。自分たちの利益のためにわれわれを利用し、盾《たて》として使った――ヴィシュゲイン・カーサの場合、槍として使ったと言うほうがいいかしらね。自分の母星を解放するために、自分たちの代わりに人類の命を危険にさらした。いいですか、みなさん。われわれがスウォームとの戦争から抜け出しても、スウォーム以外のろくでなしどもと核攻撃のバカ騒ぎを続けることになるんです――ロシア人と、とっくに消えたはずのスウォームの脅威だけを心配していればよかったころは、もっと単純だった」シェルビー・プロクター中佐がわずかに目を見開いたことに気づいたらしく、含み笑いをした。「心配しないで、シェルビー、わたしはそんなに血に飢えていないわ。でも、政治にはうんざりしはじめているの。わかってる――政治がわたしの商売よ。わたしが得意とする仕事。ああ、もう、これが生きがいなの。でも、銀河間や種族間の政治は、わたしの好みからすると、ちょっと負担が大きすぎるわ。関係者全員の動機を、わたしは知りもしないんだから」

ジンガノ元帥は壁に投影された超弩級戦艦の設計図で、なかの配置を調べながら眉を寄せ、手でプロクターに注意をうながした。

「で、きみはこれをどう思う、中佐？　この超弩級戦艦は、要するに通常のスウォーム航宙母艦の特大版だ。内部の設計は同じで、武器も同じだ。ドルマシの艦とは似ていない」

　プロクターはうなずいた。

「ふたつのうち、どちらかのように見えます。スキオーラがスウォームに供与された艦を使っているか、おそらく自分たちの艦を、スウォームに供与された設計図にもとづいて建造したか……」口ごもり、何かに気づいたかのように眉を寄せた。

「あるいは……？」と、ジンガノ。全員がプロクターに注目した。

「あるいは、スキオーラがスウォームに設計図を与えたか、航宙母艦自体を建造して与えたか。考えてみてください――スウォームは液体状なのに、航宙母艦には通路やコンソール、ドアの取っ手などがあります。なぜでしょう？　通路やコンソール、ドアの取っ手の大きさを見ると、どれも超弩級戦艦内部のものと同じ大きさです。超弩級戦艦は、たまたまスキオーラにとって、使い勝手がいい形になっています。人間が使うには、少し小さすぎるようですね。われわれよりも小さな手にあわせてありますから」プロクターはエイブリーに顔を向けた。「スウォームがどこで艦を手に入れ、その艦がなぜ、このような造りになっているかという謎が、解けたように思います」

エイブリーが画面のなかで身を乗り出した。

「スキオーラがスウォームの造船担当種族だと考えているの？　スキオーラの離反とともに、スウォームは造船能力を失ったと？」

プロクターは肩をすくめた。

「現時点での考察にすぎません、閣下」

「それに、スキオーラがわれわれを利用している可能性もあります」と、グレンジャー。

「これが、どうも気になる」

「利用？」ジンガノがすわったまま、そわそわと身じろぎした。「スキオーラはスウォームが逃げだす前に、五隻の航宙母艦を破壊した。とりたてて効果的な戦略には見えない――われわれの仲間のふりをして、スウォーム航宙母艦を破壊するのか？　〝気をつけろ、人類が来るぞ！　早く味方のふりをして、盟友を地獄へ吹っ飛ばそう〟と？」フンと鼻を鳴らした。「スパイ戦での皮肉な偽旗作戦というやつは、小説なら大きな働きをするだろうが、現実の軍の戦略で使うか？　信じられん」

プロクターは頭を振った。

「スウォームの盟友たちが独立した個人ではないことを、お忘れですか？」チラリとグレンジャーを見た。意識してかどうかはわからないが、プロクターが何をほのめかしているのか、グレンジャーにはわかった。不愉快になったが、不快感を覚えるほうが不公平だ。「ドルマシは、スウォームの支配を跳ねのける前は、完全にスウォームの絶対的なコントロールを受けていました。わたしたちが収容したあの戦闘艇パイロット——尻振り《フィッシュテイル》と同じです。あの女性はいまもスウォームです。ドクター・ワイアットやハンラハン大佐と同じ——あの人たちはスウォームの盟友ではなく、スウォームそのものでした。ですから、スキオーラがわれわれと手を結ぶためにスウォーム航宙母艦を何隻か撃ったという仮説は筋が通らず、的はずれです」

「要は、どういうことだ、中佐？」と、ジンガノ。いらだたしげだ。

「要は、スキオーラがわれわれを利用しているとすれば、本当にそれを実行しているのはスキオーラではなく、スウォームだということになります。スキオーラがスウォームの支配力から脱していないと、仮定してみましょう。この場合、スキオーラの行動ひとつひとつが自分のものではなく、スウォームの行動になります」

　エイブリーはうなずいた。

「で、裏の意味は？　何を考えているの、シェルビー？」

　プロクターは重々しく肩をすくめた。

「われわれはスキオーラの動機を解読しようとしていますが、スキオーラの視点から見ることはできません。しかし、スウォームの立場からは見る必要があります。スウォームが、結局は戦略的に優位に立てると思えば、自分たちの艦に対する偽旗攻撃を許容することは、たしかに考えられます」

　グレンジャーは首を振った。

「スウォームは火力と数量でまさっている。われわれとの戦いで、純粋な主力の武器以外のものに頼ったことがない。連中の戦術は、なんというか、パッとしなかった。急速に変わる軌道上の戦況に対して、適応が遅い。スウォームには、ふたつの戦術しかない――勝てると思ったら、圧倒的な力で攻撃する。敗北が近いと思えば退却する」

　ジンガノ元帥がうなずいた。

「そのとおりだ。だまされんぞ。これは、まったくスウォームらしくない。わたしの経験は、きみの見解と一致する、グレンジャー。スウォームが急に、こんな見当違いな口実を使うようになるだろうか？　なるとしたら、なぜだ？」

　エイブリー大統領がチラリと一同に目を走らせ、口を引き結んだ。

「よろしい。では、スキオーラの言うことを言葉どおりに受け取りましょう。少なくとも、それが間違いだと信じる理由が見つかるまでは。でも、そのあいだ、気をつけてちょうだい、みなさん。ドルマシに対する場合と同じく、艦体の動きや能力に関する情報は知られないように。ついでに」グレンジャーを見た。「スキオーラの艦隊は、どのくらいの大きさ？」

「ああ、そこが、またおもしろい点です。クリュール副元首によれば、スキオーラが配備する艦は超弩級戦艦だけで、六隻しかないそうです。昨日までは七隻でした。Qジャンプで逃げなければ、もう一隻、われわれに破壊されるところでした」

エイブリーはうなずいた。

「見事でした。あの超弩級戦艦の力は〈ウォリアー〉やあなたの艦隊より、はるかにまさっています――どのくらい？　二百倍だったかしら？　それを一分で破壊したのでしょう？　大したものです」

「ありがとうございます、閣下」

「それに、自分の命を危険にさらして、艦隊のほかの艦の盾になった。非常に立派な行為です、ミスタ・グレンジャー。あなたを〝レンガ積み〟とかいうあだ名で呼ぶ人々もいますが――」ノートン大将に目を走らせ、大将は不機嫌な表情をこわばらせた。「――あなたは、ろくでなしどもを止めるためには喜んで自分の命を投げ出すことを、見せてくれたと思います。根性のある人です。最近の出来事がどうあれ、わたしはあなたに全幅の信頼を置いています」

エイブリーの目がふたたび会議室の面々を見まわし、集まった将官や艦長に目をとめた。言いたいことは明らかだ。戦闘艇パイロットの肝っ玉《ボールジー》ことフォルツ大尉は、フィッシュテイルことジェシカ・ミラー大尉を連れ帰ったさいに、特異点を通って出た向こう側の世界では、グレンジャーがスウォームにあやつられていたと主張している。軍の上層部は、ジンガノ元帥を唯一の例外として、前ほどグレンジャーを信用していないようだ。いつかジンガノが姿を消したら、グレンジャーは中央軍情報部の奥深くにある独房に入れられるか、悪くすればエアロックから放り出されるだろう。

「最近の出来事と言えば」と、プロクター。「統合防衛軍科学部は、フォルツ大尉の特異点を使った往復について、結論を出しましたか？」

エイブリーは隣席の男にチラリと目を向けた。統合防衛軍科学部のトップであるローム中佐だ。中佐は咳払いして言った。

「われわれの知るかぎり、フォルツの戦闘艇が向こうへ行っていた時間は、搭載コンピューターのデータから判断すると約半時間です。その記録に細工された形跡はありません。〈ウォリアー〉から見ると、フォルツは一時間弱、姿を消していました。〝出来事〟について示された時間の遅れは、フォルツの場合のほうが明らかに短い」グレンジャーの消失に関して、グレンジャーのいないところで誰もが使う〝休暇〟を避け、より穏やかな〝出来事〟という言葉を使った。

ロームは言葉を続けた。

「しかし、ミラー大尉は、われわれから見ると二カ月以上、消失していました。ミラー艇にアクセスする方法はありませんが、ミラーのDNAを分析し、末端小粒《テロメア》の長さと、ほかにいくつかの遺伝子マーカーを見て、前のミラーの身体検査結果と照合し、注目すべき結論に達しました――ミラーから見ると、せいぜい数分しか消失していなかったのです」

プロクターは心得顔にうなずいた。ほかの者たちは当惑の表情だ。

「奇妙ですね」と、プロクター。ほかの者たちのために、点をつないで全体像を描いた。「グレンジャー艦長は十五秒間、消えていましたが、本人にとっては三日間でした。フォルツ大尉が消えていたのは半時間で、われわれが見たところでは、大尉が自分で、向こう側へ行っていたのはそれくらいだと考えている時間です。しかし、フィッシュテイルが消えていたのは二カ月間で、本人にとっては時間は遅れず、なぜか逆に早まりました。フィッシュテイルにとっては、自分が消えていたのはほんの数分間です」プロクターはローム中佐にたずねた。「統合防衛軍科学部は、ワームホールとつながっている極小特異点を物質が通り抜けるシミュレーションを、何度も行ないましたね？」

「休みなしにやっている」と、ローム。「もちろん、特異点について、われわれはほとんど知りません。間接的に、今回を入れて三回観察したというだけです。しかし、われわれのシミュレーションは、本質的にわれわれは物理的な物質であり、これには量子力学の法則が適用されるという厳しい真実に逆らって実施してきました。事象の地平面の内側では――人工の極小特異点であろうとも――一般相対性の法則が適用されます。われわれのモデルはどれも崩壊し、当て推量しかできなくなります。つまり、特異点に飛びこんだ三人が原子レベルの粒子のスープになってしまわず、五体満足のまま戻ってきたのは奇跡だ――ということですが」

エイブリーが咳払いして言った。

「シェルビー？　あなたは何か秘密を隠しているようね。吐き出してしまいなさい。特異点を通過する旅では、何が起こっていると思うの？」

「ええと、はっきりしたことは何も。ですが、この三つの特異点事件のタイミングは、ふたつの可能性のうちどちらかを示唆しているようです。時間の遅れが完全にランダムなものであるか、でなければ、向こう側から精密に制御されているかです」

ノートン大将がグルリと眼球をまわした。

「精密に制御だと？　向こう側に誰がいるにせよ、そいつは――過去にいるとすれば、誰が来ても、いつの、どの場所へ送り返せばいいか知っているというのか？」

ローム中佐が片手を上げた。

「未来にいるのかもしれません。正直のところ、四ヵ月前まで、わたしは、もしタイムトラベルが可能だとしたら、移動できる方向は未来だけだと思っていました。もっとも、ヴィシュゲイン・カーサの話をもとに、血液検査を通してスウォームを探知するというプロクター中佐の革新的な仕事と併せて考えると、グレンジャー艦長が〝出来事〟のあいだ、過去のどこかの時点へ行っていたのは否定しようがありません。つまり、グレンジャー艦長には明らかに、前にスウォームの影響を受けていたことを表わす血液マーカーがあるのです」

グレンジャーは自分がかつてスウォームに支配されていたことを思い出し、顔をしかめたくなるのをこらえた。だが、プロクターはまたしても、うなずいただけだ。ローム中佐の言葉の意味を、グレンジャーよりも深くとらえたらしい。あとでたずねようと、グレンジャーは心にとめた。たぶん、時間が許すときにプロクターが新しいチームを指揮して進めている、スウォーム物質の秘密の研究に関係があるのだろう。プロクターは、研究で小さな前進があったと言っていた。だが、昨日の戦闘以来、入浴する暇すらなく、まして研究結果について問いつめる暇などなかった。

グレンジャーがまだなんらかの形でスウォームの影響下にあるかもしれないことを、全員が思い出し、テーブルのまわりに沈黙が降りた。

「さあ、それで？」と、エイブリー。「わたしが聞きたいのは計画です。ヴォラリ第三惑星での事件以来、われわれはもっぱら防戦にまわっている。少なくとも、いまのところは超弩級戦艦と戦わずにすむことをあてにしている。しかし、スウォームは果敢に攻め立て、われわれは大負けしています。ひどく。何か計画を提案して、みなさん。何か、大胆なことを。勇敢なことを」

　ジンガノ元帥は首を振った。

「四カ月たっても、まだスウォームの本当の母星がどこにあるのか、わかりません」

「スキオーラの艦長は知らないの？　なんといったっけ、クリル副元首――」

「クリュールです」と、プロクター。

「なんでもいいわ。グレンジャー、あの副元首に、母星の位置を知っているかどうか、たずねてみた？」

　グレンジャーは首を振った。

「クリュールとは五分くらいしか話していません。その話は出ませんでした。しかし、われわれは定期通信の予定を立て、いまから二日後に、どこの領域でもない宇宙空間の、ある場所で会って、もっと話し合うことを決めました」

　エイブリーは視線でグレンジャーを釘づけにした。

「スキオーラが、自分で言ったとおり何千年も前からスウォームの奴隷だったのなら、やつらの母星の位置を知らずにいるとは思えないわ。スウォームの造船担当なら、とくに。主人のために艦隊を造って、主人がその艦をくそみたいなベトベトでいっぱいにするのに、その現場を知らないなんてこと、ありうるかしら？　その情報を手に入れなさい、グレンジャー。たとえスキオーラの艦を攻撃して侵入し、自分でコンピューターから情報をむしりとらなきゃならないとしてもね。ちくしょう、二千万人の宙兵隊員が、自分たちも戦闘に参加したくてうずうずしているのよ。宇宙戦続きだから、宙兵隊が意気消沈して、安眠できなくなっているんじゃないかと心配だわ。全員が閉所性のストレスを抱えているわよ。少し狭い区域で、あのちびの気取り屋のスキオーラと接近戦をすれば、息抜きができるかもしれない」

「スキオーラ艦の一隻を敵対的に乗っ取るなど、賢明とは言えないと――」ジンガノが言いかけた。

「冗談よ、元帥。でも、半分だけ冗談。賢明なんてイヤなこった――スキオーラがわれわれに協力しないなら、こっちも向こうを敵みたいに扱って、戦争資源として利用すればいいのよ。自分をごまかしてはだめよ、みなさん。戦争に勝つまでは……スキオーラも、ドルマシも、ロシア人も――ちくしょう、とくにロシア人は、敵です。われわれがまだ幸せな大家族であるふりをしようとも、敵です」

エイブリー大統領はノートン大将に顔を向けた。副官に肩を叩かれた大将は、猛烈な勢いでなにかをささやいている。

「大将？　どうかしたの？」

「はい、閣下。ブリタニア星区内にある惑星ヨークの惑星防衛司令部から、超空間救難信号が届きました。ヨークが攻撃を受けています」

16

ブリタニア星系　巨大ガス惑星カレー
ウェリントン造船所

その考えが頭に浮かんだとき、もちろんリトルフィールド准将には予想外だった。そのような考えを予期する者はいない。計画する者もいない。准将にわかるのは、ノボ・ジャネイロの工業センターに送る五十三個の新しいQジャンプ・マニホールドの徴発令にサインしていたと思ったら、次の瞬間にはその考えを明確に意識したということだけだ。

これらの艦はどれも欠陥がある。ゼロからやりなおさなければならない。

リトルフィールドは手を止め、頭を振った。なんと奇妙な考えだろう。窮屈な執務室の椅子にかけているときは習慣でいつも丸めている背を伸ばし、首を伸ばして窓の外を見た。近くに浮かんだ六十隻の新造重巡航艦が、きらめいた。造船所のナセルから延びたケーブルにつながれ、半数はまだ足場に囲まれたまま、新しく徴兵され乗艦してくるクルーを待っている。

だが、なぜかどの艦も欠陥がある。なぜ、わかったのだろう？　リトルフィールドは頭を振り、心にとめた――もっと睡眠をとる。コーヒーを減らす。もしかしたら……もしかしたら、ドクターに命じられた訓練メニューを再開したほうがいいかもしれない。いや、おれはそこまで悪くはない――状況が悪化すれば、そんな死に物狂いの方策も用いるだろうが。しかし、睡眠とコーヒーの量は気にすることにしよう。

これらの艦はどれも欠陥がある。ゼロからやりなおさなければならない。

その考えが前より強くなり、リトルフィールドは椅子から跳びあがりそうになった。いったい、どういうことだ？

しかし、一方では、これは完璧に筋が通っているようにも思えた。最近、手抜きを余儀なくされた。対大群《スウォーム》戦争は絶望的な様相を呈しはじめている。戦争前には標準だった、通常の六百点に及ぶ長い安全チェックリストを採用している時間は、もうない。チェックは必須項目だけにした。基本的に、最初のＱジャンプで爆発しないことを確認するだけだ。二百回目のＱジャンプで爆発するのではないか？　そこまで考える必要はない。たいていの艦は、Ｑジャンプを五十回もこなすことは期待されていない。平均的な航宙艦の耐用年数は、発進後一カ月。そんなものだ。

　これらの艦はどれも欠陥がある。ゼロからやりなおさなければならない。それだけでなく、造船所そのものも修復が必要だ。

　リトルフィールドは立ちあがり、狭い執務室のなかを行ったり来たりした。わたしは准将だ。履歴は整然として汚点ひとつなく、命令に対しては忠実で細心だ。ときたま戦略的なごますりを発揮したおかげでここに赴任し、履歴の頂点に達した。そして、ここ――ブリタニア星系の荒涼とした巨大ガス惑星をめぐる、前世紀から一時的に操業を停止していた軌道上施設で、クローゼットを改造したちっぽけな執務室にいる。あの考えはどこから出たか知らないが、わたしは間違っていない。この施設は完全に時代遅れだ。

　窓の外では、眼下の惑星カレーの表面に、二酸化硫黄とアンモニアの赤とオレンジ色の雲が、ほとんど見えないくらいに渦《うず》を巻いている。高層大気はヘリウム3を含む宝の山だ。正しく機能するQジャンプ・エンジンに必要だ。だから、そもそもウェリントン造船所がここに置かれた理由はうなずける。

だが、理解できないのは配置だ。規模だ。実際、巨大な建造物の細部すべてがはるか遠くへと尾を引くように消えていくのは、准将にとっては意味不明だった。なぜ、三十個の独立した足場構造物があって、各構造物の内部に艦全体がおさまっているのだ？　もっと小さな構造物を百個……あるいは二百個……二千個でもいい……たくさん造って、先へ進むにしたがって少しずつ艦が組み立てられるようにしたほうが、はるかに効率がいい。フォード社は七百年前に気づいていたはずだ——その後、その計画を見なおしたのだろうか？

造船所そのものも修復が必要だ。ゼロから始めるのは、どうだ？

　リトルフィールドは自分の意見を比較検討した。大胆な計画だ。ゼロから始める。わたしは刷新者になる。破壊者だ。軍全体が、根本的な枠組みの変化を必要としているのだ。それを実行するのは、取るに足らないリトルフィールド准将だ。

友人たちは立派に報いてくれるだろう。

友人たち？　いったい誰のことだ？　わたしに友人はいない。わたしよりたくさんのことを知っているつもりの上官たちと、わたしの命令にしぶしぶしたがう部下たちだけだ。だが、わたしは知っている。わかっている——みな、ひそかにわたしを嫌悪している。本当の友人たちは、わたしを理解してくれる。大家族と一緒に。

リトルフィールドはまたしても頭を振り、さまざまな要求書を承認するために、もとどおり腰をおろした。七十二の核融合パワー・プラントを、地球から。二千の電磁投射砲塔を、ノボ・ジャネイロから。荷台にして五百個のパワー・コンジットを、ブランズウィックから。八百三十二トンの——

リトルフィールドはデータパッドを落とし、椅子ごと窓へ向きなおった。全部、どうでもいい。われわれは負ける。わたしがここでの造船に大変革をもたらさないかぎり……そして、ほかの五カ所の造船所に同じ成功をもたらさないかぎり。統合防衛軍が艦の製造を二倍に……三倍にしなければ、人類に希望はない。

これらの艦はどれも欠陥がある。ゼロからやりなおさなければならない。それだけでなく、造船所そのものもゼロから再建する必要がある。わたしだけができることだ。わたしだけが――われわれだけが人類を救える。アダナシが助けを求めて叫んでいる。われわれの指導を求めている。われわれの友情と仲間意識。アダナシには、われわれが必要だ。われわれだけが救える。

すべてが完璧に筋の通った話だ。少し前には空想のような考えだったのに。

〝われわれが補修する〟――リトルフィールドは誓った。つかのま、これが自分の考えか、われわれの考えか、自信が持てなかったが、次の瞬間、混乱は去った。わたしの、わたし、われわれ、われわれに、われわれの――どれもみな同じだ。わたし自身の声だろうと、召使たちの声だろうと、家族の声だろうと、友人たちの声だろうと、同じことだ。

壁の司令端末でいいだろう。保安網につながっている――司令端末は十個しかないし、そのうちふたつは、この造船所にある。リトルフィールドはログインしてセキュリティ証明を打ちこみ、網膜スキャンを受け、パスワードの音声入力で声紋認証を受けた。特殊軍備司令システムはセキュリティが厳しい。これより甘ければ危険だ。敵に、反物質兵器コントロールに侵入されるわけにはいかない。

リトルフィールドはリストをスキャンした。最適の状態とは言えない――ここウェリントン造船所では、反物質魚雷を貯蔵している艦は半数だけだ。予定より遅れている。エイブリー大統領は、どの艦も最低千個の魚雷を貯蔵することに固執した。軍上層部は、使われずに終わるのではないかと思っている。最適状態に達するのはもっと先だが、リトルフィールドの目的には、いまの状態で充分だ。魚雷一個でも、立派に役に立つ。

命令を入力し、確認し、再確認してロックすると、椅子ごと窓へ向きなおった。十秒から秒読みが始まった。

十。

九。

これは栄誉ある仕事だ――リトルフィールドは思った――われわれが秩序をもたらすのだ。

われわれ？　いったい、なんの……？

八。

七。

なぜ、秒読みをしている？　わたしは、なぜ秒読みを？

心のどこかがぼんやりしていたが、何が起こっているか、はっきりと思い出した。

六。

リトルフィールドは椅子から跳びあがり、端末へ駆け寄った。まだ時間はある。まだ、ある。

五。

四。

猛烈な勢いで兵器コントロール画面を出した。指が震える。

「中断しろ。認証、リトルフィールド、アルファ＝オメガ＝パイ＝ゼロ＝ゼロ」

三。

二。

コンピューターが無情に答えた。

「認証は拒否されました。開始手続きがロックされています」

一。

リトルフィールドは身体ごと窓を振り返った。同時に、外の三十隻の艦が爆発した。

爆発は数秒しか続かなかったが、残骸が恐ろしい速さで外側へ飛び、艦が接続されていた造船所のナセル区画をのみこんだ。リトルフィールドは目を凝《こ》らした——何十キロもかなたで、反物質兵器の貯蔵庫が、ぼんやりした炎と残骸のなかに消えた。

リトルフィールドは床にくずおれた。終わりだ。やつらが、こんなに遠くまで……こんな上層部まで浸透できるなら……もう、終わりだ。

よつんばいになり、手さぐりでデスクまで進むと、いちばん下の引き出しから拳銃を取り出した。

終わりだ。もう、終わりだ。二度と、連中にあやつられてたまるか。拳銃を上げ、頭に向けた。ほかに何人いるんだろう？——それが、最後の意識だった。

拳銃が発射され、頭の中身が飛び散り、リトルフィールド准将はドサッと床に倒れた。

17

地球　タンザニア
銀河系間サファリ探検社自然保護区

アイザクスンは高性能ライフルの照準に目を据《す》え、十字線を標的に固定した。もちろん、自分はエキスパートだから、電子の力で安定させた銃より優秀だと思っている。自分の腕をあてにできるのに、電子機器などに頼る必要はない。世界じゅうに信用できる相手など一人もいないのだから、意味のある唯一の人間を信用したほうがいい。大事なのは自分だけだ。おれだけが本物だ。

おれは神だ。アイザクスンは皮肉な含み笑いを漏らしてライフルをおろし、ハンカチを引っぱり出して額《ひたい》を拭《ぬぐ》った。北半球では真冬だが、ここタンザニアは夏で、うんざりするほど暑い。アイザクスンはロシア大使ボロディンを、〝富裕層の遊び場〟と呼ばれる自然保護区での大型動物の狩りに連れ出した。自然保護区とは言っても、銀河系じゅうのエリートが狩りで必要とする快適さがすべてそろった場所だ。アイザクスンは自然に近い環境を味わうため、携帯用空調装置を使わないことにしていた。

おれは男だ。頼るものは自分だけ、自分の機知や自分の筋力だ。それがエイモン・アイザクスンだ。不屈の精神と、高性能のティーセン&ウェルズ重力補助型自動弾道修正ライフルで勝負する。

「何を笑っているのです、エイモン?」と、友人のユーリイ・ボロディン大使。自分の照準をのぞいて、サバンナの遠くにいる獲物を見ている。獲物は、もちろん本物の動物ではない。これは銀河系間サファリ探検社の顧客全員に必要な、何度も行なわれる練習用だ。銀河系のエリートのほとんど——政治家や支配者、〝資産家〟一族の裕福な子孫など——は、必ずしも熟練したハンターではない。ここに来る目的は、自分たちの腕前ではなく地位をひけらかすことだ。だから決まって、広範囲の保険と同時に手厚い指導と支援が必要になる。

「自分を笑っていたのさ、ユーリイ」

「あなたの何がおかしいんです? 自分を笑ったことなど、いちどもないでしょう。あなたはエイモン・アイザクスン、地球連合の——既知の銀河系のなかで、いちばん統合されていない政府の、副大統領ですよ」

アイザクスンはふたたび銃を肩に当て、照準をのぞいた。百メートルほど先の標的はゾウの大きさで、的《まと》の中心円が、いくつもの同心円に囲まれている。

「自分のバカげた状況を笑ったんだ。わたしはここにいる。われわれが大群《スウォーム》とロシア連邦に対する両面戦争のまっただなかにいるから、エイブリーはうなぎ登りの支持率を記録して楽しんでいる。そしてきみは停戦を決める方法を……双方がスウォームを攻撃しても同士打ちだけは避ける方法を、考え出そうとしている。やれやれ。われわれは一緒にいるが、何を相談するっていうんだ？」

「相談する価値のあることは、ひとつだけです、エイモン」ボロディンは答え、銃を持つ手に力をこめた。「われわれのことです」

「だが、きみのよき友マラーホフ大統領については、どうだ？」

アイザクスンは発砲した。一瞬後に中心円の中央に穴が現われた。ねらいをはずしたはずだったが、優秀な自動弾道修正技術のおかげだ。

「マラーホフは役に立つ道具ですよ、エイモン」ボロディンも発砲した。「わたしと同じようにね。そして、あなたと同じように。われわれは、みな道具だ。みな、誰かほかの者が目的を達成するための道具なんですよ」

おれは違う——嘘だと知りながら、アイザクスンは強く思った。自分こそ最大の道具であるという事実と、向き合いたくない。最初はロシアのあやつり人形だった。次にエイブリー大統領の小道具になった。そのあいだじゅう、ずっと自己の利益しか頭になかった。いま、ここでもエイブリーの指図で動きながら、ボロディンに対して利己的な茶番を維持しようとしている。

「マラーホフが？　道具？　きみは、自分の大統領を思いどおりに動かしているというのか？　大統領は、きみに何をしてくれる？　どんな立場だ？」

「何をしてくれるか？　わたしには何もしてくれません。立場は、エイブリーと同じです。ああいう人たちは、みな同じです。惑星の支配。銀河系の支配。それが、われわれにトップを支配する力を与えてくれる。われわれは盤面全体を見るが、彼らは目の前の一角しか見ない。彼らに不平を言わせるものが何かを知っているわれわれは、彼らの努力を……もっと価値ある目的へ向けることができます」

アイザクスンはもういちど発砲し、銃を放り出した。近くのインストラクターがその動作にぎょっとしたが、その場を離れはせず、仮設バーのそばにとどまった。政治的なスピーチを聞かされるだけでも苦痛なのだから、このうえ邪魔をされたくないと、副大統領から言われている。

「で、もっと価値ある目的とは？　きみがそんなに高貴な精神の持ち主だとは知らなかったよ、ユーリィ。われわれは何年もエイブリーの命を奪う陰謀をめぐらせてきたのに、いまになって、きみは、もっと高尚な目的に身を捧げたいというのか？」

　ボロディンは微笑し、訓練を積んだ熟練の狙撃兵のように、注意深くライフルを置いた。そういえば、この男は若いころ、ロシアの歩兵隊にいたのだった。

「前は、エイブリーを排除することが高尚な目的でした。しかし、活動しているエイブリーを見ると、この人も、より高尚な目的の一部になりうるかもしれないと思えます。われわれの何人かが、マラーホフを高尚な目的のために働かせているのと同じように」

　アイザクスンは大股に地上車へ向かった。自然保護区の、もっと〝ワイルドな〟場所へ連れていってくれる車だ。そこには、逃げないよう薬で弱らせた何十頭ものゾウのクローンが待っている。地球連合の法は大型動物の狩りを禁じているが、ちょっとした奇抜な抜け道がある。すでに撃ち殺されたゾウは除外されるのだ。誰かが抜け道を探し、死んだゾウのクローンを造れば法の枠内で狩りができると思いついた。薬で弱らせてあろうがなかろうが、アイザクスンは気にしなかった。ただ何かを殺したいのだ。いまはゾウがその〝何か〟だ。

「で、きみの頭にある〝より高尚な目的〟とはなんだ、ユーリィ？」

「簡単です。もちろん、人類を救うこと。スウォームからだけでなく、人類自身からも救う。まわりをごらんなさい、エイモン。地球連合が勝つとしても、正確には、勝って何を手にするのですか？　もしロシア連邦が勝つとしたら、非常に多くの犠牲を払った勝利になります。エイブリーと地球連合政府と軍上層部は、おとなしく去りはしないでしょう。スウォームがいなくなったら、全面的な内戦を止めるものはありません。あなたも報告を読んだでしょう。ヴォラリ第三惑星で何が起こったか、知っていますね」

　アイザクスンはフンと鼻を鳴らした。

「読んだとも。史上最大の宇宙戦で、五十隻のロシア巡航艦が形勢を一変させかけた。もう少しで、スウォームが最終的に勝利するところだった」

「そして三週間後、統合防衛軍は惑星ニュー・ペテルブルクを徹底的に爆撃しました」

　アイザクスンは微笑した。

「報復だよ、わが友。それに、わたしはきみの希望どおり、スモレンスクの代わりにニュー・ペテルブルクを攻撃しろとエイブリーを説得した」少なくとも、半分は本当だ。エイブリーの考えを変えさせてほしいと、ボロディンがアイザクスンに頼んできたのはたしかで、アイザクスンはエイブリーにそのまま伝えた。エイブリーは、自分の道具と化したアイザクスンをボロディンが完全に信用することを望み、アイザクスンが〝大統領を説得した〟とボロディンに言うことを許可して、ロシアの希望どおりニュー・ペテルブルクを攻撃した。

「まあ、それでもわれわれは傷つきましたがね。スモレンスクへの攻撃ほどではないにしても」と、ボロディン。車に近づき、そばで足を止めた。「あなたはずっと、いい友だちでした、エイモン。わたしにとっても、ロシアの人々にとっても。そして、あなたがたにとっても、われわれとのあいだに善意を育てるような行動をとれば、いざというとき役に立つでしょう。いざというときが来ればですが」口調はよそよそしく、あきらめの色がある。

「遅すぎるかもしれないというのか？」

「その恐れはあります。スウォームが勝てば、われわれは負ける。ロシア連邦が勝てば、人類の半分が負ける。統合防衛軍が勝てば、人類の別の半分が負ける。好きなのを選んでください」

「で、それを、どうすればいい？　きみの政府が戦争でスウォームに味方したのは、しょうがない。われわれがとるべき論理的な選択肢はなんだ？　頭を下げて、ロシア＝スウォーム政権に加われとでも？」

「いいや、エイモン。第三の道があります。わたしが知っているあなたなら、このチャンスに跳びつくでしょう」

二人が車のそばにいる様子を見て、狩りを開始する合図だと運転手が解釈し、近づいてきた。運転手とともに車内に入ると、二人は会話をやめた。ゾウのクローンの生息地まで、車で十五分しかかからなかった。途中、外界から隔絶されているさまざまなサバンナの環境が見えた。おそらく、そのどれにも野生動物のクローンが集められているのだろう。ライオンやキリンの群れがいくつかと、サイが一頭、見えた——銃を持った上流階級の富裕層が狩りたがる動物だ。

ゾウの生息地に着くと、運転手は車を生息地周辺部の定位置に止めた。何十メートルもそびえるスクリーンが空中でちらちら光り、透明な障壁を造っている。動物が生息地を離れて寄ってきて、ハンターに害を加えるのを避けるためだろう。

「スクリーンは、あなたがたにとっては透明です」と、運転手。「動物から見れば反射板で、空しか映らない角度で設置されています。動物には、あなたがたは見えません」

運転手は車内に退避し、アイザクスンはケースからライフルを出した。ボロディンはアイザクスンを見ている。アイザクスンはスクリーンに寄りかかって外を見ながら、木製の手すりに肘を置いた。そのときになって、ボロディンが銃の用意をしようとしていないことに気づいた。

「狩りをしないのか？」

「これは狩りではありません、エイモン。わたしは、殺すなら……もっと価値のある獲物のほうがいい」

「好きにしろ」アイザクスンはサバンナをスキャンし、木の近くで小さな池の水を飲んでいるゾウを見つけた。「それで？　言いかけていただろう？　きみがほのめかした第三の道とは、どんなものだ？」

　ボロディンは微笑した。

「教えてください、エイモン。われわれは長年、エイブリーの死をめざして働いてきました。あなたは、そのあとエイブリーに取って代わる。教えてください。そうなったら、あなたは何をしますか？」

大統領になる――アイザクスンはそう思うと、ひるんだ。考えればエイブリーに聞かれることを、忘れていた。

「エイブリーとは逆のことを、すべてやる」と、アイザクスン。ボロディンとエイブリーに対して、ひと芝居打つ必要がある。ボロディンに、おれがエイブリーの処置をまかされているように聞こえなければならない。エイブリーには、おれがもっともらしくボロディンの相手をしている様子を聞かせるのだ。ちくしょう、たえず注意しているのが難しくなってきた。

「さあ、さあ、エイモン、エイブリーは悪いことばかりはしていませんよ。あなたは、本当は何をする気ですか？」

アイザクスンはゾウに銃を向け、頭をねらった。ゾウは頭を下げて水を飲んでおり、自分が置かれた危険な状況には気づいていない。

「戦争が始まる前、エイブリーは近年まれにみる最悪の大統領だった。軍を骨抜きにし、増税した。重要な一族や会社と争った。われわれの生活様式を破壊しようとした。災害も同然の存在だった」アイザクスンは政治上の不満を次々と機械的にとなえた。対立候補たちがエイブリーをねらうときに使う文句で、エイブリー派は業績と主張する項目だ。現実には、アイザクスンはどれにも興味がない。エイブリーを個人として憎み、その地位を欲していただけだ。人々に〝アイザクスン大統領〟と呼ばれたい。最高権力者になりたい。室内の全員に尊重される人間でありたい。

「わたしは、自分の国に生き残ってほしいだけです、エイモン。教えてください。あなたが地球連合の大統領になり、わたしがロシア連邦の大統領になったら、何が起こると思いますか？」

アイザクスンは引き金を引いた。弾丸は一直線にゾウの頭に届き、頭の向こう側から赤い雲が噴《ふ》き出した。ゾウは反射的に駆け出したが、数歩で倒れて動かなくなった。

「冗談だろう？」

「お願いですから、答えてください。何が起こりますか？」

アイザクスンは肩をすくめ、別のゾウをねらった。ゾウを一頭殺すたびに天文学的な金額の料金がかかることはわかっているが、気にしなかった。どっちみち、請求書はエイブリーの陣営におくられる。

「まず第一に、スウォームはわれわれのどちらに対しても勝てないということだ。だから、戦争が終われば、われわれは最終的な平和と協調を手にするだろう。際限のない疑惑や正反対の目的で行なう作業は、もう終わりだ。人類はいままでになかったほど安全になるだろう」

「おっしゃるとおりでしょうね、エイモン。本当に、宇宙のいたるところにスウォームがいると思いますか？　思いがけなく、突然ドルマシが現われました。われわれは、あなたがたとスキオーラの会談に関する情報を受け取っています。〈七種族協定〉という名前からだけでも、宇宙には少なくとも七つの知的生命体がいるらしいとわかります。七つの種族がいるのなら、もっといてもおかしくありません。そのなかで、本当にスウォームが最悪の異星人だと思いますか？」

　また銃声が響いた。別のゾウが地面にくずおれた。百メートル離れたところに三頭目がいた。安定したペースであごを動かし、ほおばった木の葉を咀嚼《そしゃく》している。薬で神経が鈍くなり、何も気にせず、近くの仲間に降りかかった災難にも気づいていない。

「そうは思わないよ。だが、殺しに来る敵はいちどにひとつだ。昔なら、きみの政府はスウォームと〈七種族協定〉について知っておくべきことは、すべて知っているものだと思っただろうな」

「そして、間違ったでしょうね。われわれについての認識は正しいですよ、副大統領閣下。われわれの政府は自衛本能から、スウォームと手を組みました。しかし、われわれはスウォームについて初歩的なことしか知りません。ドルマシについては、あなたがたよりあとで学びました。スキオーラについても、そうです。われわれがスウォームの一家に加わっているからといって、兄弟姉妹の全部を知っているとはかぎりません。酔っぱらって暴力をふるう父親のことしか知りません。われわれから望むものを手に入れてしまえば、われわれに死んでほしいと思っているような父親ですよ」

　三発目。三頭目のゾウが死んだ。アイザクスンに、遠く三百メートルほど離れた四頭目が見えた。自動弾道修正システムのおかげで、あれも倒せるだろうか？　アイザクスンは銃を構えた。

「いまは衝動買いを後悔する消費者の気分だってことかね、ユーリイ？　きみの政府には、自分の種族に忠実なままでいてほしかったのか？　地球連合にも？」

ボロディンは声を落とし、左右に目を走らせた。運転手はすでに車に退避して、二人きりだ。

「もちろん、勇み足を後悔していますよ。何ヵ月も後悔してきました。われわれは完全にスウォームを見くびっていました。それに」言葉を切り、またしても監視ドローンでも探すかのように顔を動かし、空を見あげた。「政界にいるロシア人のほとんどは、マラーホフのことで後悔しています。いま、大統領の任期の四期目です」

「早期選挙を要求しようというのか？」

「ある意味では、そうです、エイモン。あなたの助けが必要です。成功すれば、われわれ二人が人類全体を救うことになると言っても過言ではありません」

四発目の弾丸が乾いた音を立てた。次の瞬間、四頭目のゾウが倒れ、アイザクスンはニヤリと笑った。

「ほう？　どんな助けだ？」

「エイモン、マラーホフを殺すのに手を貸してほしいのです」

18

惑星ブリタニア　高軌道
ＩＳＳ〈ウォリアー〉ブリッジ

「惑星ヨークは、ここから七光年しか離れていません」ブリッジへ急ぎながら、プロクターが言った。「ジンガノ元帥がここを攻撃部隊の基地にしていることは、敵も知っているはずです。ヨークに対する攻撃は、陽動作戦ではないでしょうか？　われわれを惑星ブリタニアから引き離しているあいだに、主要な惑星を攻撃するという」

「わたしも、それはちょっと考えた」と、グレンジャー。「元帥がここにとどまって、〈ウォリアー〉に自分の艦隊の艦をつけて送るだろう。ひょっとしたら、ブリタニア星系のウェリントン造船所にある第三艦隊の新造艦から、何隻か加えるかもしれない。すぐにわかる」

　二人は、壊れた砲塔の代わりに新しい電磁投射砲塔の後部を設置中の作業クルーをかわして、すばやく通り過ぎた。

「シェルビー、きみがほのめかしていた研究は、何か結果が出たか？　新しいチームと何週間も閉じこもっていたな」

　プロクターは角を曲がってグレンジャーに追いついた。

「先月の、地球での補給を覚えていらっしゃいますか？　そのう、どんな積荷目録にも出ていなかった小さな装置をひとつ、わたしが艦内に持ちこみました」

「そうか？」グレンジャーはプロクターを振り返って両眉を上げた。通路を急ぐ足取りはゆるめない。

　肝っ玉《ボールジー》が尻振《フィッシュテイル》りを連れ帰ってからというもの、プロクターは動揺していた。ボールジーが、記憶はあいまいながらも、大群《スウォーム》に完全に支配されているグレンジャーと話したと報告したからだ。グレンジャー自身も、宙兵隊のハンラハン大佐を操作したとき、なぜか心を通じて相手を説得でき、武器をおろさせたと認めている。それでグレンジャーに対する疑惑がいくらか深まったが、いまもスウォームとつながっているという確固たる証拠はない。少なくとも、いまは。だがそれも、すぐに変わるはず——プロクターは思った。

「〈コンスティテューション〉の機関室を覚えていますか？　艦長があの〝出来事〟から戻られた、あとのことを？　〈コンスティテューション〉が地球へ墜落してゆくあいだに、わたしがどうやってあなたを機関室へ運んだか、思い出せますか？」

「まだぼんやりしているが、その部分は確信している」

「その時間帯の大部分は失神していらしたので、覚えていらっしゃらないかもしれませんが、機関室には新しい装置がたくさん設置されていました」

　グレンジャーはうなずき、身体をよじって、戦闘艇デッキへ向かうパイロットたちのそばを通り過ぎた。警報が鳴り響き、全員に戦闘配置につくよううながしている。

「覚えている。あまり考える暇がなかった。どんな装置だったか、報告を受けたか？　ロシアのものだろう？」

「そうです。医務室の音声記録で聞いた声は、ロシア人のものでした。艦長は、少なくともしばらくのあいだはロシア人の支配下にあった——これは明らかです。設置された装置はロシア製であることもわかりました。応急処置で、ダクトテープが巻いてありました——急いで設置したように見えました」

　グレンジャーは一瞬、足を止め、肩をすぼめた。

「その装置を、ここへ持ってきたというのか？」

「はい」

「いつ、わたしに言うつもりだった？」足は止めないが、いらだたしげな口調になった。

「それが何かを突きとめたら――です。すみません。確信を得たかったので」

「わたしがスウォームの支配を受けていないと、確信できたか？」

「スウォームの支配下にないことは、九十九パーセント確信しています。まあ、悪くても九十五パーセントです」

グレンジャーはチラリとプロクターを見た。少なくとも、おれもまだ冗談を笑ってすませられるようだ――スウォームの攻撃が激しくなってから、先月はとくにずっとピリピリしていたからな。

「とにかく」プロクターはグレンジャーの本来の質問をかわして言った。「統合防衛軍科学部の技術者たちが、それを特異点生成に関係のある装置だとにらみました。そして、そのとおりでした」

グレンジャーはふたたび足を止め、振り返った。

「つまり……」

「いまは、わたしのラボにあります。テストしました。もちろん、大きなものではありませんが――」

　グレンジャーは目を丸くした。

「〈ウォリアー〉の艦内で特異点を造ったのか？」

「かろうじて」プロクターは二本の指を立てた。「極小特異点です。千兆分の一。スウォームがわれわれにぶつけた特異点の、十億分の一のさらに十億分の一の大きさです」

　グレンジャーはプロクターをにらみつけたが、ふたたび急ぎ足でブリッジへ向かいはじめた。

「それが、きみの言いたかった大きな結果か？」

「正確には、少し違います。本当におもしろいのは、それをスウォーム物質でテストした結果です。わたしはスウォーム物質の小さなサンプルを、われわれが造った特異点のペアに通してみました。反対側から出てきたとき、スウォーム物質は変化していました。根本的な変化です。構造をコード化する複雑なタンパク質の多くが、ばらばらに壊れていました。もう超空間信号での操作には反応しませんでした」

「死んだのか？」

　プロクターは首を振った。

「はっきりしませんが、違うと言っておきましょう。まだ、ぎりぎり電気的化学的活動を探知できますから。しかし、もはやその物質を、スウォーム・ウィルスを生産する生命体に戻すことはできません。人々を支配する物質には戻せないのです」

「おもしろい」と、グレンジャー。二人はドアからブリッジに入った。入口で二人の宙兵隊員が敬礼した。「それで、きみの結論は？」

「まだ結論は出せません。でも――」プロクターは声を低めた。上官が入ってきたことを知ってクルーがわずかに背をこわばらせたのを、無意識に心にとめた。「これは、われわれが前に話し合ったことに関係があるのではないかと思います。統合防衛軍科学部の部長が話していたことです。量子力学と一般相対性理論。この両者は水と油です。しかし、スウォーム物質は一般相対性理論にもとづく超空間信号に強く反応するようですから、スウォームは一般相対性理論ベースの生命体に違いないと思いますが……よくわかりません。スウォームがなんであろうと、量子力学と一般相対性理論の交差点を……説明しにくい交差点を――つまり、量子特異点ですが――通す行為は、スウォームを無力化する解決策になりえます。あるいは、少なくとも、通常の物質に及ぼすスウォームの影響を消すことができます」

グレンジャーはプロクターのほうへ身体を傾けた。

「非常に思弁的に聞こえるな」

「たしかに思弁的です。われわれのチームに、何十年もこの研究だけを続ける科学者が千人もいたら、やがては適切な科学が実現するでしょうね。専門家どうしの評価や、会議、研究論文、各種の作業。でも、わたしがここでやっているのはとても荒っぽい科学で、ときには憶測やダクトテープでのつぎはぎが交《ま》じります。勘をたよりに進めているんですから」

あらゆる部署のトップからの即応状態報告が、疾風のように入りはじめた。グレンジャーはプロクターにうなずいた。

「その研究を続けろ。スウォームを永久に打ち負かす希望を持ちたいなら、この件を理解する必要がありそうだ」艦長席に腰をおろし、プロクターを振り返った。「それから、シェルビー、この次、艦内で量子特異点を造ろうとする場合は、わたしに知らせてもらえるとありがたい」

プロクターは後ろにさがると、副長のステーションに戻った。どうやら期待どおりにみんな取り組んでるようね……。

前回の、惑星インディラ上空の戦いで破壊された範囲が広いため、ほとんどの部署は、まだプロクターが満足するほど準備はできていない。だが、これでやらなければならない。目の前の画面上に赤いメッセージ受信連絡が輝き、プロクターは顔を上げた。ジンガノ元帥からの最優先通信だ。プロクターは内容を読み、その知らせを頭に刻んだ。これ以上はないという最悪の状況だ。

「艦長」鋭い声で呼びかけ、航法士に注意を向けているグレンジャーを無理やり振り向かせた。「ウェリントン造船所で非常事態です」

　グレンジャーは片眉を上げた。もう何を聞いても動じないようだ。

「なんだ？」

「リトルフィールド准将が死亡し、約三十隻の艦が破壊あるいは無力化されました。造船所はめちゃくちゃです」

　グレンジャーは静かにうなずき、その知らせを吟味して、新しい戦況を分析しなおした。

「われわれの小さな艦隊は、また支援を得られなくなったようだな」航法ステーションのプリンス少尉に顔を向けた。「三分でＱジャンプしろ」

　プロクターは顔をしかめた。

「ジンガノ元帥の命令を待たないのですか？　前の命令は変更されたでしょう――ウェリントン造船所から、少なくとも二十隻の新造艦を連れていくことになっていましたから」

　グレンジャーは肩をすくめた。

「なぜ待つ？　元帥がなんというか、わたしにはよくわかる。わたしが自分に出す命令と同じだ」グレンジャーの目は深いしわに埋《う》もれ、目の下が大きくたるんでいる。年齢と疲労とたえまないストレスが、真っ先に艦長を倒そうと争っているかのようだ。「われわれは消耗品だ、シェルビー。われわれがヨークで敵を止めなければ、惑星ブリタニアへの道が開《ひら》け、敵は邪魔されずに通れるようになる。そしてブリタニアが陥落すれば、全地球連合の主要な防衛中枢は、ただひとつになる。地球だ」

プロクターのコンソールがビーッと柔らかな音を立て、ジンガノからの新しい命令を伝えた。グレンジャーの言うとおりだった――〝護衛艦なしで、ただちにヨークへ進め。成功を祈る〟。

19

肝っ玉《ボールジー》ことタイラー・フォルツは夢を見ていた。夢だということは、わかっている。この夢が始まるたびに、自分の戦闘艇を飛ばして射撃戦のまっただなかを通っているような気がするからだ。

普通の、現実の射撃戦は、いつも夢のような気がする——自分の行動は反射的で、本能的だ。だから、実際に夢を見ているときに生死にかかわる戦闘のような気がするというのは、筋が通る。

周囲の宇宙がくるくるまわった。自分が、回転する物体の先端にとまっているかのようだ。頭上で星々が大きくまわる。何が起こっているのか、自分が何をしたのか、思い出せない。自分が何を捜しているのかも。

何かを捜している。

また眠りに落ちたが、目覚めると思い出した。捜していたのは声だ。知っている、聞きなれた声――だが、誰の声かまったく思い出せない。コックピットの舷窓から、外のたくさんの艦が見えた――敵に囲まれている。一隻が向かってきた。

ボールジーは艇体をひるがえして敵をかわし、進行方向を変えた。理由は自分でもわからないが、目的があることはわかっている。前方に、それらが見えた。

それら？

それは、ふたつあった。二艇の戦闘艇。どちらも危機に瀕している。ボールジーは、どちらかを選ばなければならない――恐ろしい選択だ。

さらに敵をかわした。数発、発砲した。大群《スウォーム》がいると、わかっていた。ふたたび耳のなかで声が鳴り、われわれはみな裏切られたと告げた。

だが、まだ選ぶ時間はある。一人を救うために。

そして、もう一人を、スウォームが到着する前に殺すために。

20

ブリタニア星区　惑星ヨーク
ISS〈ウォリアー〉パイロットのロッカー・ルーム

警報が鳴りだしたとき、肝っ玉《ボールジー》はまだ寝ぼけていた。ちくしょう、また戦闘か。準備ができてない。ボールジーは転がって狭いベッドから降り、ふらふらしながらフライト・スーツにすべりこんだ。ブーツをはき、カチリと磁力エア・シールをとめた。ブーツは、まだ蒸れたにおいがする——今日はクルーを厳しく走らせ、牽引ケーブルや炭素複合ネットを使った新しい作戦や、オスミウムの代わりに残骸を特異点へ放りこんだり、孤立無援のパイロットを乗せた、損傷した戦闘艇が特異点へただよいこむのを防いだりする、新しい照準アルゴリズムの練習をした。

士気は下がっている。〝幸運な三十人〟——犠牲になったパイロットたちに、ピューピューがつけたあだ名だ——の記憶は、誰にとってもまだ新しい。大群《スウォーム》との平均的な交戦で失われる人数としては、普通だ。だが、姓の最初の文字がたまたま該当したという理由で、あんな失われかたをするのは……とても……機械的で不名誉で……間違ってる。

みんな——特異点に消えたパイロットは全員——必要なことだとわかっていた。そのために、みんなサインしたのだ。死ぬことに同意した。

「どう思います、ボールジー？　今日があんたの〝幸運〟の日だとしたら？」と、ピューピュー。「AからHまでは全員、入れ替わった。今日はRからZまでかもしれない」

ほかのパイロットたちは飛行手袋をはめ、スーツに密着させた。

消耗品《フォダー》はしのび笑いを漏らした。

「おれは毎日が幸運の日だよ。おれは名字を公式に変更した。〝フォダー〟ことデイブ・ザバレリとは、おさらばさ。これからは、〝フォダー〟ことデイブ・アステリスク＝ワン＝ビッグ＝ユニットだ」

ボールジーはグルリと眼球をまわした。

「ビッグ・ユニット？」

「そう。おれはビッグ・ユニットです。知りませんでした？」

ピューピューは鳴り響く警報にチラリと目をやり、スティック状のデオドラントを取って使うと、頭を振ってロッカーに戻した。

「フォダーは釣り合いをとろうとしてるだけですよ。故郷では、尻のでかいトラックを運転してました。ちびが釣り合いをとろうとするときにやる、古典的なパターンです」

「星印《アステリスク》＝1《ワン》？」と、ボールジー。少しぼんやりしている。最近は、ロッカー・ルームでの冗談にいらいらしがちだ。

「ええ。字は書かずに、記号ですませますがね。アステリスク＝ワン＝ビッグ＝ユニット。そうすれば、アルファベットで戦略的な位置に来ます――ピアース部隊長が、望ましくない任務の分配について、もっとさえたアイデアを持ち出す場合に備えたんです」

「いったい、アステリスク＝ワン＝ビッグ＝ユニットという名前が、どう助けになるんだ、まぬけ？」と、ピューピュー。ブーツをはこうと、もがいている。

「明らかだよ、バキューム・チンコ。アステリスクは文字じゃない。この次、部隊長が〝AからHまでの者〟とかなんとか言って特異点に消えるメンバーを呼び出すとき、おれは逃げられる」

ピューピューはフンと鼻を鳴らしたが、フォダーはロッカーからヘルメットを引っぱり出し、横に貼ったラベルを指さした。明るい赤の文字で、〝デイブ・＊《アステリスク》＝1《ワン》＝ビッグ＝ユニット〟と書いてある。

周囲のパイロットたちが笑った。ボールジーとピューピューがフォダーの身支度を待っていると、ドアから宇宙の覇者《スペースチャンプ》が頭を差し入れた。

「ほら！　ブリーフィング・ルームへ行くわよ！　いますぐ！　部隊長が待ってるわ」

ボールジーの分隊は駆け足で通路を進み、パイロットのブリーフィング・ルームへ向かった。すでにピアース戦闘艇部隊長が、交戦前の檄《げき》を飛ばしていた。ただ、このところ、ピアースの檄は重苦しい雰囲気になっている。もともとチアリーダーふうとは言えなかったが、何週間も何カ月も、戦闘艇パイロットを次々と死へ送り出すばかりで、神経がすり減っているに違いない。

「――現状では、着くまでわからない。アルファ隊は、荷物を運ぶベータ隊のために、敵艇の妨害をしろ」ピアースは顔を上げ、遅れて入ってきたボールジーの分隊を見た。「〝触れるな危険《アンタッチャブル》〟、来てくれてよかった。フォルツ大尉、きみの分隊を待機させ、特別作戦行動の準備をさせてもらいたい――」

「そいつはFからKの連中にとっておいてください」ピューピューが不平がましく言った。クスクス笑う数人の声が聞こえ、不安げな沈黙がブラック・ユーモアで一段落した。

「口答えはママのためにとっておけ、大尉」と、ピアース。だが、顔は青ざめている。

「言ったとおり、戦況は着いてみるまでわからない――」状況表示に目を走らせた。

「――あと八分で着く。忘れるな。惑星ヨークは小さく、大都市は数えるほどしかない。人口の半分は、大きな大陸の小さな町や村に散らばっている。交戦で利用できる軌道上の建造物は、非常に少ない。戦闘行動のほとんどは主力艦の近くで起こるだろうが、避難する輸送船や貨物船にも気をつけてくれ――輸送船や貨物船がQジャンプするまで、掩護《えんご》しろ。そして――」言葉を切り、うつむいてから、あらためて先を話しだした。「この惑星を救え。過去数週間、われわれの記録は汚点だらけだ。この惑星を救え」

ピアースの態度は少しおかしかった。不自然と言っていい。普段は貴族的ななまりが堅苦しく聞こえるが、今回は冷静な戦闘艇部隊長にも似ず、押し殺した感情がそれとなくうかがえる。ボールジーは隣の席についたスペースチャンプに、チラリと問いかける目を向けた。スペースチャンプは上体をボールジーに寄せて、ささやいた。

「部隊長の家族がヨークにいるのよ」

「五分後に射出する。以上」

パイロットたちは分隊に分かれ、ブリーフィング・ルームの横にある両開きのドアから出て、戦闘艇ベイへ走った。技術者や飛行クルーがやっきになって最後の調整をし、射出路を掃除し、戦闘艇をとめてある拘束具をはずしている。ボールジーは自分の艇に乗りこみ、ハーネスをとめた。自動操縦にし、ひととおり飛行前のチェックをした。過去四カ月、ほぼ毎日のように行なってきた作業だ。弾薬レベルの確認――チェック。オスミウムの放出に使う液圧装置の確認――チェック。尻振《フィッシュテイル》りを見つける。

チェック。

チェック、チェック、チェック、チェック――例外は、フィッシュテイルが死んでおらず、生きてもいないことだけだ。あれはフィッシュテイルではない。それに、グレンジャーのせいでもない。特異点の向こう側に関する記憶全体は、まだぼんやりしている。プロクター中佐によれば、相対論的量子特異点を横切った副作用だろうとのことだが、おれは、はっきりした記憶もある。グレンジャーは、少なくとも一時的にはスウォームに汚染されていた。その点は自信がある。あの巨大な超弩級戦艦も見た覚えがある。ステーションも。〈コンスティテューション〉も。なんらかの形でロシア人がかかわっている。だが、おれはグレンジャーを避けた。フィッシュテイルを見つけ、なぜか奇跡的に、自分が出てきた特異点を見つけて飛びこんだ。どうやってフィッシュテイルを見つけたんだろう？　そこは、ひどくぼやけている。宇宙を覚えている。残骸。ただよっていた。空気を求めて、あえいでいた。だが、およそ実現しそうもない状況で、おれはフィッシュテイルを救った。

そしていま、あらゆる努力にもかかわらず、フィッシュテイルはかつてのグレンジャーと同じ状態になった。生きてはいるが、もう本人ではない。

あの坊や――ザックはメッセージを送ってきた。ザックの祖母は、〈ウォリアー〉が補給やクルーの移転のために地球に近づくたびに、映像通信を依頼してくる。だが、すべて無視していた。あの人たちの顔を見られない。ニュースを知らせられない。情報が極秘だというだけでなく、真実があまりにも恐ろしく、苦しすぎて、とても身内には知らせられない。あなたの娘さんは……きみのお母さんは、怪物だ。死んではいないが、生きてもいない。断じて人間ではない。

「射出に備えろ」ピアース部隊長の声が届いた。ボールジーはコックピットの外を見て、分隊員に両手の親指を立ててみせた。スペースチャンプとピューピューとフォダーが、ボールジーを見てうなずいた。戦術画面を見ると、パッと緑の表示がともった。着いた。最後のＱジャンプで、〈ウォリアー〉が惑星ヨークから五万キロの位置に出た。この速度では、細長い楕円軌道に入るだろう。戦闘艇は数分以内に射出されるはずだ。

ただ……。

スペースチャンプの悪態が、ボールジーのヘッドセットに伝わってきた。

「くそったれ」フォダーがあえいだ。ボールジーは画面を惑星の光景に切り替えた。ヨークはすでに蹂躙《じゅうりん》されていた。艦隊はまに合わなかった。

女性の声がヘッドセットに届いた。ピアース部隊長の補佐官シュウィッツァー大尉だ。

「全パイロット、警戒を解除。待機を続けてください。シュウィッツァーより、以上」

ピアースは普通、交戦も撤退も自分で命令を出す。ボールジーはコックピットから、外の司令センターを見た。司令センターの窓から、なかで司令ステーションに向かっているシュウィッツァーが見えた。機動戦闘艇部隊司令官のピアース中佐は、近くのベンチにすわっている。

両手で、額縁に入れた写真を持っている。前方に向けた目は、うつろだった。

21

ブリタニア星区　惑星ヨーク
ＩＳＳ〈ウォリアー〉ブリッジ

グレンジャー艦長は、スクリーン上の荒涼とした光景を見た。何十何百というキノコ雲が、青い大気のなかを波打って立ちのぼり、惑星全体を不気味な灰色の塵《ちり》と稲妻の渦《うず》がおおっている。

「少尉？　最後のセンサー報告は？」

ダイアモンド少尉がうなずいた。

「そろそろ出ます」ダイアモンドはセンサー・クルーの数人を指さし、それぞれのスキャンをまとめるよう、身振りで指示した。少し間《ま》を置いて、あとを続けた。「破壊は、ほぼ惑星全土に及んでいます。大都市や町は、すべて消滅しました。中心部から離れた集落は、まだあります。ほかに……たぶん、孤立した家が数千戸、農場や牧場に……ボーレン連山やハクスリー・ヒルズの上のほうに点在しています」

ダイアモンドはいったん言葉を切った。息つぎのためかもしれない。破壊の大きさを充分に理解させるためだろうか。

「およそ百二十五個の特異点が、地殻に打ちこまれたようです。大気中の塵の割合は九十九パーセントです」

「大群《スウォーム》艦隊の気配はないか？」

「皆無です、艦長」

皆無だと。いや、ろくでなしどもめ。そんなに早々と立ち去りはしないだろう。

「スキャンを続けろ。ほかの内惑星方向もスキャンしろ。アテナはヨークのすぐ外側の惑星だし、さらに外側の小惑星帯《アステロイド・ベルト》には、いくつか採鉱コロニーもある」

「了解、艦長」

「艦長」科学ステーションのクルーと話していたプロクターが言った。「大気中に、およそ二十億トンの物質がうねっていて、太陽光の大部分を遮断しています。太陽が完全にさえぎられれば、惑星の気温は数日中に下がりはじめるでしょう。ただちに地球から強制疎開のための艦隊を出してもらうよう、要請することをおすすめします」

「実行しろ」と、グレンジャー。

強制疎開か。おそらく、一千万人はいた住民のうち、二万人くらいが残っているだろう。

グレンジャーは、この事態にうんざりしていた。敵に戦《いくさ》をしかけるだけでなく、自分たちの武器を敵に向けるときだ。

ハンラハン。ハンラハン大佐。スウォームに汚染された宙兵隊分遣隊の指揮官。おれはハンラハンと対決したとき、なぜかスウォームの通信方法を使った。いまでも自分が何をしたのか、どうやったのか、わからない。わかっているのは、ある時点で自分がスウォームの通信網につながり、一秒だけだとしても、どうにかしてハンラハンを説得して銃をおろさせたことだけだ。

グレンジャーは目を閉じた。

(どこだ? いったい、おまえたちはどこにいる? 情けない卑怯なろくでなしども?)

いや、こんな精神状態では見つけられない。いまのおれは怒り狂っている。ハンラハンの考えを変えさせたときは、怒りにまかせて呼びかけたりはしなかった。グレンジャーは深くゆっくりと息を吸い、心を落ち着かせた。

（どこにいる？　どこにいるんだ、友人たち？）

　グレンジャーは自分の心を探り、迷い出た思考をつかんだ。スウォームの居場所のヒントになりそうなものは、ないか？　連中は必ずどこかにいる。敵がヨークの陥落後に近くをうろつく理由などないが、心のどこかで、あっさり急降下して惑星を破壊し、その結果を見ようともしないという考えかたに怒りを覚えた。必ず結果が出る。やつらを罰しなければならない。

（どこにいる、友人たち？）

（われらはここだ、友よ。立ち去りはしなかった。いつも、おまえとともにいる）

　グレンジャーは目を開いた。

「新しい針路をとれ。この針路を、艦隊全体に知らせろ」グレンジャーは一連の座標をプリンス少尉に送った。

「艦長？　これは……この座標は、惑星アテナを通り越してアステロイド・ベルトのなかになります」

「わかっている、少尉」

「ですが、センサーはその位置に何もとらえていません。アステロイドしかありません」

グレンジャーはチラリとプリンスを見た。続いて、プロクターを見た。ブリッジ・クルー全員がグレンジャーを見つめている。

「とにかく、そこへ行けば、こんな真似をしたろくでなしが見つかる。ヨークの重力井戸を出たら、Qジャンプしろ」

「どうしてわかるのですか、艦長？」プロクターが進み出た。全員がプロクターを見ている。それから、視線がグレンジャーへ戻った。まるで意志の対決の試合を観戦しているかのようだ。プロクターはグレンジャーに挑戦しているわけではないが、全員の疑念を口にしていた。全員の、グレンジャーに対する口に出さない疑念を。

「ただ、わかるんだ。そこで、ヨークを破壊した〝おもらし野郎〟の艦が見つかる。問題があるか？　われわれは敵艦を破壊しに、そこへ行く。異議のある者は？　ピアース中佐は異議がないだろう。中佐の家族はあの惑星に埋《う》もれた。ISS〈ランカスター〉も異論はないだろう――〈ランカスター〉のクルーはヨーク出身の者たちだ。いままでは艦隊の一員だ――先頭に立って突撃してくれるだろう」

「しかし、艦長、あそこには何もありません」と、プロクター。データパッドを上げた。

「ほら、ご自分で見てください。視覚スキャンは、どれも――」

「三十分前の情報だ」と、グレンジャー。「いまは違うかもしれない。敵艦が発する光は、あと三十分たたないと、こちらのセンサーには届かない。だが、連中はいる。わたしにはわかる」グレンジャーはブリッジ・クルーの注視を浴びて立ちあがった。「ほかに、異議のある者は？」

沈黙。

「よし。最大推力」

クルーは警戒しながらも行動に移った。五分後に、〈ウォリアー〉は安全にQジャンプを開始できる程度に、ヨークの重力場から遠ざかった。

「艦隊に知らせろ。わたしの合図でQジャンプする」と、グレンジャー。通信ステーションのプルーハ少尉が全体の準備ができたことを知らせるまで、待った。「いまだ」

22

ブリタニア星区　惑星ヨーク
ISS〈ウォリアー〉ブリッジ

次の瞬間、スクリーンの映像が変化し、稲妻に満ちた渦《うず》を巻く塵《ちり》の雲は消え去って、小惑星《アステロイド》が散らばる星原になった。

「スキャンしています」と、ダイアモンド少尉。「映像には何も現われません。電磁波帯域のほかの部分をスキャンしています」

グレンジャーは指先でコツコツとコンソールを叩いた。連中は**ここに**いる。わかっている。

「あきらめずに続けろ、ミスタ・ダイアモンド」顔を上げた。「ミスタ・ピアース、戦闘艇の準備はできているか？」

女性の声が答えた。

「こちらはシュウィッツァー大尉です。ピアース中佐は、ちょっと体調がすぐれません、艦長。ですが、戦闘艇はすべて射出準備ができています」

グレンジャーにはわかった。

「われわれは敵を捜索していると、ピアース中佐に伝えろ」と、グレンジャー。戦闘艇部隊長のデスクに、家族写真があったことを覚えている。「今回は、逃がしはしない」

一分が経過した。

「まだ何も見つかりません」と、ダイアモンド少尉。

グレンジャーはこぶしを固めた。いったい、どこにいる？

刻々と時が過ぎた。どのセンサーも、どの帯域でも、何もとらえない。アステロイドと広大な宇宙空間ばかりだ。

「艦長」プロクターが、ほかの者たちに聞かれないよう、上体を寄せて言いはじめた。

「お話があります」

グレンジャーは鋭い視線を向けた。プロクターの口調は、ただひとつの意味しかない——あなたは正気を失っていますよ、艦長。

グレンジャーは歯を食いしばって目を閉じた。

（わたしはここだ。わたしはここだ、友人たち。姿を現わしてくれ）

さらに一分が過ぎた。プロクターは艦長席の隣に低く身をかがめて、ささやいた。

「艦長、中止する時期です」

グレンジャーは目を閉じたままだ。さらに一分。

プロクターの手が、静かにグレンジャーの腕に置かれた。ついにグレンジャーは深いため息をつき、目を開いて立ちあがった。

「わかった。ヨークへ戻る針路をとって、救出活動を開始しろ」と、グレンジャー。艦長控室へ向かって歩きだした。プロクターがついてくる。「ディアス大尉、ブリッジをまかせる。もしも――」

「艦長！」ダイアモンド少尉が叫んだ。「大群《スウォーム》の航宙母艦が十隻、どこからともなく現われました！　われわれの真上にQジャンプしてきました！」

23

ブリタニア星区　ヨーク星系　小惑星帯《アステロイド・ベルト》
ISS〈ウォリアー〉ブリッジ

　艦体外殻が反物質ビームで連打され、〈ウォリアー〉は激しく揺れた。グレンジャーは、ドアのそばの宙兵隊員が伸ばした手をつかんで身体を支え、「回避行動」とどなった。

「回頭！　戦闘艇射出！　艦隊全艦、攻撃隊形を構成して、交戦せよ！」戦術ステーションに駆けつけていたプロクターが、戦闘命令を出しはじめた。この戦闘からは逃れようがない。グレンジャーも、逃れたくはなかった。大群《スウォーム》をここまで狩り出した。ちくしょう、おれが呼び出したのだ。

　グレンジャーはよろよろと艦長席に戻り、戦闘をモニターした。不意打ちを受けたが、勝算は五分五分だ——こちらの艦は二十四隻だが、敵は十隻。接近戦になる——死傷者は恐ろしい数になるだろうが、われわれは勝利を引き寄せる。とくに、敵を出し抜ければ、可能だ。グレンジャーの目は戦術表示と、アステロイドだらけの周囲を映し出した画面へ走った。ほとんどは小さな天体だが、いくつか役に立ちそうな、少し大きなものがある。

「操舵士、あのアステロイドへ向かえ。十五マーク八にある、あれだ」

「了解、艦長」

　小さな点はすばやく大きくなり、まもなく〈ウォリアー〉と攻撃部隊の十二隻の艦は、巨大な岩をまわった。

「新しい針路だ。あの岩の影を利用して、あの小さいアステロイドへ向かえ」

　戦術画面を指さして、近くの幅百キロあまりの岩を示した。

　背景に響く低い音は、四隻のスウォーム航宙母艦が猛スピードで追ってくるしるしだ。

「艦長、〈ミシガン〉が消滅しました。〈ブダペスト〉はパワーを失いかけています」

　と、ディアス大尉。

「あの岩へ行け。裏へまわって加速し、敵とそれなりのスピードで出会うようにしろ」

　めざすアステロイドが大きくなった。クレーターのあるあばただらけの表面が、遠い太陽の光で白く輝いている。反対側へまわると、プリンス少尉がスラスターを吹かした。慣性相殺装置の推奨限界を、はるかに超える勢いだ。システムが状態を保とうとしながら、荒々しく変化するモーメントに振りまわされ、艦が震動した。後部デッキではゴロゴロという爆発音が大きくなっている。

「連中を振りきれません。ずっと、ついてきます」ディアス大尉の言葉が、爆発音にさえぎられた。「第四エンジンを失いました」

グレンジャーはふたたび目を閉じた。やつらをここに呼び寄せたのは、おれだ。もしかしたら、おれが追い払えるのではないか？　やつらの針路をそらせるかもしれない。やつらをコントロールできるかもしれない。

（友人たちよ、止まれ。友人たちよ、止まれ。われわれは話し合わなければならない）

返事は笑い声だけだった。あるいは、それに相当するものだ。聞こえたのではなく、感じた。敵はおれをもてあそび、だまされたおれを、あざけっている。だが、何かほかのものがある。別の声だ。群れと調和しないもの。怒り、吠えている。

〝われわれが来たぞ〟と言っている。言葉ではない——言葉はひとこともないが、グレンジャーは相手の感情を受け止め、その意味を知った。意味は間違いようがない。

グレンジャーは目を開《あ》けた。ダイアモンド少尉が大きな声で知らせたとき、少しも驚かなかった。

「新しい相手が現われました。ドルマシの艦です。一隻ではなく、五十隻です」

ドルマシ艦は小さなアステロイドのすぐ隣に突然、現われた。そのまま、迫ってくる敵艦へ直進してゆく。ドルマシ艦隊は間《ま》を置かずに、〈ウォリアー〉とその艦隊を追ってくる四隻のスウォーム航宙母艦に発砲した。

「戦術ステーション、ドルマシ艦隊を手伝え」

「電磁投射砲、全展開」と、プロクター。「レーザー砲列、ドルマシの反物質ビームが当たった個所をねらって撃って、穴を広げなさい」

一分以内に、四隻の敵艦はすばやく片づけられた。戦術画面を見つめていたグレンジャーは、残った六隻のスウォーム航宙母艦が姿を消し、ドルマシの攻撃を受けないうちに逃げたのを見て、安堵の息をついた。

「ぎりぎりだったな」グレンジャーは声に出して言った。ドルマシは来た。ようやく来た。この種族が母星を取り返すのを手助けしてから二カ月間、ドルマシはいちども戦闘の掩護《えんご》には現われなかった。必死で呼んでも、現われて侵略を退ける手伝いをしようとはしなかった。グレンジャーは、ドルマシの母星を解放する手助けをしたと考えると……不注意から、ほかの者の計画の道具として利用されたと考えると、たまらない嫌悪感を覚えるようになっていた。

だが、ついにドルマシは来た。来る必要はないときに来た。何も手に入らないときに。

グレンジャーは背後のプロクターに上体を寄せて言った。

「もう、ドルマシを信用していいと思うか？」

24

地球　高軌道
〈フリゲート1〉大統領特別室

「ボロディンは、わたしをペナンブラ星系の第三惑星へ連れていきたがっています。おそらく、マラーホフ大統領が数日中に視察旅行で訪れる予定だからでしょう」

エイブリー大統領は、膝に置いたコンピューター端末のキーを猛烈な勢いで叩いていたが、アイザクスンが口にした惑星名にチラリと目を上げた。

「ペナンブラ第三惑星。なぜ、その名前に心当たりがあるのかしら？」

アイザクスンは肩をすくめた。気難しく、不機嫌になっている。近くにある別のコンピューター・モニターに表示されるアイザクスンの感情の状態を、エイブリーはつねに見ていられる。画面のボックスのひとつに現われる、まとまった言葉も見える。もともと、アイザクスンの顔から考えを読み取れた。アイザクスンの皮膚の下に埋《う》めこまれたインプラントのおかげで、そのプロセスが、もっと……逐語的になった。だが、アイザクスンはこのごろ面倒な自制心を発達させ、本当は何を考えているのかが読みにくくなっている。

　もちろん、感情はむき出しのまま画面に出る。体内の三十個あまりのインプラントに対して、感情を隠しきれるものではない。エイブリーに対する憎悪でアイザクスンの目もとが引きつり、鼻孔が広がり、口角がピクピク動いている。画面上の感情表示が怒りと嫌悪感をほとんど隠し切れないときには、左目がかすかに引きつっている。これがアイザクスンを苦しめ、エイブリーはその一分一分を楽しんだ。

「わかりません、閣下」

　エイブリーはしばらく後ろにもたれてから、うなずいた。

「思い出したわ。二カ月前にグレンジャーの艦隊が、ロシア人の居住地に出くわした場所よ。大群《スウォーム》の支配宙域らしいけど。わたしの記憶が間違っていなければ、艦隊は早々に追い返された。なぜ？　ペナンブラ第三惑星で、ボロディンはあなたに何を見せたいのかしら？」

「マラーホフ大統領に会わせたいのでしょうか？　もしかしたら、大統領を殺すなら、地球から遠く離れた場所のほうが――」

エイブリーはフンと鼻を鳴らした。

「まあ、そんな無邪気なふりをしないで、アイザクスン。本当に、ボロディンが自分の政府のトップを殺したがっていると思う？」片手を上げた。「はい、はい、トップを殺したがった政治家たちもたくさんいることは、知っているわ。でも……違う。とにかく、これは策略よ。ボロディンは別の理由で、あなたをそこへ連れていきたいんだわ。その理由を知る必要がある」

「それじゃ、わたしをここにとどめておくつもりですか？　ボロディンから聞き出せと？　ペナンブラ第三惑星にどんな特別なことがあるのか、話すよう説得しろということですか？」

「もちろん、違うわ。あなたをペナンブラ第三惑星へ送るわよ。それがいちばん簡単な方法。それに、そうすればボロディンがあなたを完全に味方だと、前よりも信じるようになるでしょ。もちろん、表向きは、わたしは抗議するわ。何人かのほらふき上院議員たちに、あなたがバカげた外交任務で、敵対するロシアのまんなかへ行ってしまうと文句を言うわ。それが漏れてボロディンの耳に届けば、あなたの忠誠は本物だという保証になる。で、ボロディンが本当の意図を明かしたら、あなたは本来の計画どおりに動きつづければいいわ。わたしには和平条約が必要なの。われわれの艦隊も、少しは息をつく余地が必要よ――ロシアとの境界宙域を、ずっとパトロールしつづけることはできないの」

「それから？」アイザクスンは注意深くたずねた。

ずいぶんと慎重なのね――エイブリーはまたしてもアイザクスンを見て笑った。その瞬間、端末の感情表示に怒りのしるしが現われた。

「それから、ミスタ・アイザクスン、あなたは自由になります。この仕事を片づけてくれたら、あなたを解放します。インプラントは無力化する。ああ、もう、あなたがちゃんとわたしを信じてくれれば、インプラントは完全に除去するよう、手配するわ。あるいは、あなたが自分で取り除けるようにする。どっちにしても、あなたが除去を選べば、インプラントは無力化されて害はなくなります」

アイザクスンは面食らった表情を浮かべた。

「本当に？　除去してくれるんですか？」

「もちろんよ、エイモン。あなたは自分の罪滅ぼしのために、見事な努力をした。まだ汚点がすっかり消えたとは言えないけど、マラーホフとの平和条約が実現すれば、あなたはわたしの信頼を取り戻せると言っていいでしょう。それと、軍上層部と民衆の信頼もね。例のヴォラリ第三惑星での裏切り以来、ロシア連邦に関する世論の支持率は過去最低水準よ、エイモン。人々は、ロシアと平和条約を結んだわたしを憎み、結果的に、あなたを前よりも愛するでしょう。いったんこれが終われば、われわれが核攻撃でろくでなしのロシア人どもを来世まで吹っ飛ばすことなんて、気にしちゃだめよ。でも、いまは軽蔑すべき新ロシア帝国の指導者と一時的な休戦交渉をするだけで、十億人の目には、あなたが英雄に見えるわ」

　ほんの一瞬、アイザクスンの目がきらめいた。やれやれ。この男は本当に丸めこみやすい。民衆の崇拝を受けると言われただけで、その気になってしまう。エイブリーは眼球をグルリとまわしそうになるのをこらえた。

「本気ですか、閣下？　つまり、わたしをペナンブラ第三惑星へ送れば、あなたの……監視の目が、届かなくなりますが……？」

　エイブリーは片眉を上げた。

「あら、心配しないで。あなたはちゃんとモニターされるわよ。インプラントの責任者チームは大わらわになって、すぐにインプラントにアップロードできるファームウェア・プログラムを書いたわ。あなたが危険すぎることを考えないようにし、あなたの思考や感情のパラメーターを記録して、あなたが帰ってきたら、わたしがアクセスできるようにしたプログラムよ。スクリプトから逸脱すると……」エイブリーは抜け目のない表情で肩をすくめ、いびつな笑みを浮かべてコーヒーに手を伸ばした。結果を忘れさせる気はない。インプラントは、エイブリーの命令があれば体内に毒を放出する――アイザクスンはこめかみをさすった。苦痛は、どのくらい激しいのかしら？　いつかテストするべきね――エイブリーは思った。

「それで、もしマラーホフ大統領が、断固として拒否したら？　こちらがとても応じられないような譲歩を要求してきたら？　もし、わたしが――」

「エイモン、エイモン……あなたの問題を何もかも、わたしが代わって解決するなんて無理よ。そういう場合は、ちょっとしたアドリブが必要になるでしょうね。アドリブなら、あなたは優秀だわ。正直に言うけど、自分の頭で考えられないのに、ここまで上達するとは思えないもの」

「わたしは――」

「以上よ、ミスタ・アイザクスン。いい子だから、艦を離れるときにノートン大将をよこして。見送りは勘弁してね」

アイザクスンは立ちあがり、何かほかのことを言いたげな様子を見せたが、結局、言わないことにして部屋を出た。だが、エイブリーは近くの画面で、アイザクスンが言わずにすませた思考を読んだ――もしプログラムが失敗して、わたしがロシア連邦へ行っているあいだに、あなたを裏切ったら？

ドアが閉まり、エイブリーは一人になった。

「心配しないで、エイモン。あなたは裏切らないわ。いまでは、あなたが何をしようと、わたしを裏切ることはできないのよ」

25

ブリタニア星区　ヨーク星系　小惑星帯《アステロイド・ベルト》
ISS〈ウォリアー〉ブリッジ

「艦長、ドルマシの主要艦から通信が入っています。艦長を、名指しで希望しています」

　グレンジャーはスクリーンに向けて片手を振った。スクリーンに現われたヴィシュゲイン・カーサは、ドルマシとしては最高に勝ち誇った表情に見える。笑いや肩をすくめる動作、しかめっつらといった、人類の社交上の合図を真似たしぐさをすべてやめていたが、グレンジャーにはカーサの気取った態度が感じられた。

「ヴィシュゲイン、また会えてうれしい。よく来てくれた」

「グレンジャー、あなたはここにいるべきではない」

「われわれがここにいることが、どうしてわかった？　こんなに早く来るとは、ずいぶん近くにいたに違いない」

カーサは片手を差し出した。グレンジャーには正確な意味はわからなかったが、カーサの言葉で明らかになった。

「あなたがわれわれを呼んだのだ、グレンジャー。われわれは数光年しか離れていないところにいて、ブリタニア付近のヴァラリシの活動をモニターしていた。そのとき、あなたの声が聞こえた」

「われわれ？」

「われわれ。全員だ。われわれは、あなたと同じようなものだ、グレンジャー。いちどヴァラリシの影響下に置かれた者は、接続を保っている。あなたも、われわれも、もはやヴァラリシに支配はされないが、われわれの目を通してヴァラリシに見られないよう、気をつけなければならない。いまも接続があるのは事実だ。われわれ全員が、あなたの声を聞いた。そして決断した。グレンジャー、あなたがわれわれのためにしてくれたことに対する感謝の気持ちから、あなたの支援に来ることにした」

大群《スウォーム》とのつながりをおおっぴらに口にされて、グレンジャーは居心地が悪かったが、どうしようもない。秘密は明るみに出た。プロクターは知っていたし、ブリッジ・クルーも疑念を抱いていた。いま、それが事実だとわかった。認めたほうがいい。自分のものにしたほうがいい。自分の仲間のために公表して、武器として利用しよう。

「きみはヴァラリシをコントロールできるのか？　わたしにも、できるか？」

「ある意味では、できる。だがたいていの場合は、できない」

グレンジャーは詳しい説明を待った。カーサの返事が来る前に、プロクターが割りこんだ。

「艦長、ジンガノ元帥から超空間通信が入っています。そちらの端末へ転送します」

グレンジャーはチラリと表示を見おろした。〈ウォリアー〉と艦隊は戦闘が終わりしだい、できるだけ早く惑星ブリタニアへ戻り、ジンガノ元帥が〈地上戦作戦〉と呼んでいる活動を始めるように――とある。

「出かけなければならないのだな。わかっている」と、カーサ。どうしてわかったのか、グレンジャーには見当もつかない。おれの思考を読めるのだろうか？　「グレンジャー、あなたが発する思考は、ときどき勢いが強すぎる。何光年も離れているわれわれに聞こえたのも、そのせいだ。百光年以内にいるヴァラリシ艦すべてと〈七種族協定〉のほかの種族の艦の半数が、この位置に集合しなかったのが不思議なくらいだ」

「もっと注意する」と、グレンジャー。自分の思念が強すぎるとは、不安な言葉だ。いままでずっと、まったくの不注意から、自分の意思をドルマシに……スウォームに……スキオーラに伝えていたのかもしれない。ちくしょう、ロシア人にもだ。

「グレンジャー、出発する前に警告をひとつ。あなたはスキオーラとの交渉に入ろうとしているな」

「そうだ」と、グレンジャー。高度な機密情報を、あっさり認めた。「スキオーラを知っているのか？」

「いや。つまり、直接の接触はない。前にも言ったように、ヴァラリシは〈七種族協定〉のメンバーどうしが接触しないよう、種族の居住領域を分けている。われわれはスキオーラを遠くの種族として知ってはいるが、それだけだ。評判しか知らない」

「説明してくれ」

「〈七種族協定〉のメンバーは、どの種族もそれぞれに強みと弱みがある。ヴァラリシは、わたしの種族を征服したとき、われわれの能力を資源調達に利用した。われわれは資源のエキスパートだった。直径何千光年もの範囲に広がっていて、無数の原子星や死んだ褐色矮星、小惑星《アステロイド》原から、原料とエネルギーを集めた。その基本的な施設の大部分はあちこちに残っていて、ヴァラリシが支配している」

「きみたちは、もとの世界を取り戻したのではないのか？　取り戻したのは母星だけか?」

「われわれには単純に資源がないのだ。われわれの艦隊はすべて母星に呼び戻され、ヴァラリシが脅威にならないことがはっきりするまで、母星にいる。そうしないと、われわれは絶滅するしかない。あなたもよく知っている恐怖だ。ヴァラリシがアダナシのなかに……あなたがたの……ロシア人のなかに見た、強みのひとつでもある。あなたがたは、生き残るためなら何があっても戦う。だが、ヴァラリシがロシア人から吸収して適合させた最大の道具は、裏切りの能力だ。二心《ふたごころ》。ごまかし」

「スウォームがスキオーラから得たものは?」

カーサは低いうなり声を漏らした。用心深い怒りか恐怖、でなければ深い懸念だろう。

「スキオーラか。もちろん、偉大な造船技術者だが、恐ろしい戦士だ。外見からは、わからないかもしれない。身体的には小柄だ。しかし、身体の小ささを、おそるべき強さとすぐれた技術で補っている。スキオーラが攻撃するときは、大変な力を発揮する。反物質ビームはスキオーラが発明し、われわれの艦すべてに複製品を配備した。スキオーラはヴァラリシの艦隊を造ったが、大きさを自分たちの艦より縮めたところが、意味深長だ。あなたが本当に用心しなければならない相手は、スキオーラだ、グレンジャー艦長」

「信用できない相手だというのか？　われわれとの停戦協定を裏切ると？」

「わからない。われわれはスキオーラと接触していない。だが、スウォームにコントロールされていようがいまいが、あの種族は、自分たちが望むなら、あなたがたを殺戮《さつりく》するだろう。スキオーラは、ヴァラリシによって〈七種族協定〉に加えられる前に、五つ以上の種族を滅ぼしている。ヴァラリシは、おそらくスキオーラから冷酷さを学んだのだろう。破壊と傷害に対する完璧な集中力を。ヴァラリシが追求する主要目標は統合だが」

「それは、ちょっと矛盾しているようだな」

カーサは、また片手を差し出した。この身振りは同意を表わすに違いない。

「そのとおりだ。ヴァラリシは……あるいは、むしろ〈七種族協定〉は、根本的に矛盾している。グレンジャー、あなたはよく知っているだろうが、ヴァラリシはわれわれを〝盟友〟とみなしている。すべての生命体を、自分たちの一部とみなす——すべての生命体は自分たちと統合され、自分たちに含められ、最終的には自分たちにコントロールされる運命だと考えている。それを友情と言えるだろうか？　あなたは答えを知っている。ヴァラリシはスキオーラから能力を吸収した——それを能力と呼べるならだが——圧倒的な、恐ろしい力を投射する能力を。幸運にも、ヴァラリシはまだスキオーラの戦術能力の多くは手にしていない。惑星を攻撃するさいのヴァラリシ艦を見て、あれがもっとも革新的な戦闘艦ではないことは、あなたも気づいただろう。それだけは、われわれの重要な利点だ」

「で、ほかは？　ほかの種族については？　われわれは、きみの種族とスウォーム、スキオーラ、それとロシア人を知っている。あと三種族、残っている」

「われわれは、その三種族についてはほとんど知らない。そのうちふたつは、ほとんど恐れる必要はない。銀河系の反対側にいて、ほかの種族とかかわりを持ちたがらない。攻撃されれば防衛に乗り出すだけだ」

「平和的な種族なのか？」

「そうは言えない。生物というより、むしろ人工遺物と言えそうだ。ふたつとも、ヴァラリシが征服した最初の種族だ。ひとつの種族から、ヴァラリシはライフ・サイクルを吸収した。生息域を拡大しては休息するパターンを。ヴァラリシが、あなたがたの数えかたで七十五年ごとに現われることには、気づいているだろう」

「そこまでは探り出したが、なぜそうなるのかはわからない」

「それについては、あなたの種族のお仲間にたずねたほうがいい、艦長」

〈ホルスキー事件〉か。わかっている。十二年前のあの日以来、おれはロシア人のスウォームへの関与を疑ってきた。

「ロシア人か？」

「あなたは、答えを知っていると思う」カーサはもういちど片手を差し出して、同意を示した。「問題は、〝なぜ〟だ」

26

地球　高軌道
〈フリゲート1〉　大統領特別室

ノートン大将は、護衛の宙兵隊員に警護官《シークレット・サービス》と一緒に外で待つよう合図して、ドアを通った。

「大統領閣下」ノートンは挨拶して、腰をおろした。「アイザクスンとの会談は、実りがありましたか？」

「大いにあったわ。アイザクスンがここにすわっているあいだに、わたしのチームが新しいプログラムをアップロードしたの」

「あの男は、何か疑っていますかね？」

エイブリー大統領はクスクス笑った。

「ああ、いろいろと疑っているわ。でも、最大の疑惑がアイザクスンの破滅のもとになるでしょうよ。あいつは、わたしが本当のことを言っているんじゃないかと思っている。わたしがマラーホフと協定を結ぶために、あいつを送り出すんじゃないかと……実現したら、わたしが解放してくれるんじゃないかと思っているわ」

「なぜ、やつはそんなことを考えるんです、大統領閣下？」

「ナルシストだからよ、大将。自分が世界の中心にいるの。われわれは――わたしや、あなたや、ほかの人たちは――皮膚とか肉とか、あの男を包む殻として存在しているにすぎない。アイザクスンの心のなかでは、われわれは本物の人間として存在してはいないの。少なくとも、自我や感情を持つ個人ではない。あいつは本物の異常性格者《サイコパス》よ。他人の身になって考えることができない。感情移入の能力がないのよ。だから、大衆から崇拝されて本物の権力を握るという餌を目の前にぶらさげられると、抵抗できないの」

ノートンは顔をしかめた。

「本当に、そんなにうぶな男ですか？」

エイブリーは、いかにもわかりやすい表情を浮かべた――あなた、からかっているの？

「大将、わたしたちはエイモン・アイザクスンの話をしているのよ。にこやかな笑みを浮かべる若々しい美男の、少数独裁の好きな道化者……一族やコネ、富、権力があるにもかかわらず、副大統領をつとめた三年のあいだ、わたしを殺そうとするばかりで、それも見るべき成果はなかった。例外は、いちどわたしがヘアカットの予約の時間に遅れたことだけね。あいつは、パンにはさんであれば、ソーセージと自分のイチモツも区別できないまぬけよ。ずばぬけて頭が空《から》っぽだから、技術者チームは頭蓋内モニター・システムの新しい感度設定を創案して、わたしがそれを植えつけなければならなかったわ」エイブリーは言い、アイザクスンの思考と心理状態を表示している端末をパタパタと叩いた。

ノートンはうなずいた。

「たしかに、あの男は歯が何本か足りないフォークですが、見くびってはなりません、大統領閣下。数カ月前に、暗殺計画にボロディンが加わると、あいつはもう少しで暗殺に成功しそうになりました。〈インターステラー1〉のことをお忘れなく。〈ヴァーソ〉と〈レクト〉のことも」もとは快速艇だった大統領専用艇と、二隻の護衛フリゲート艦のことを付け加えた。

「ええ、ボロディンと言えば」エイブリーはため息をついた。「彼からサンプルは採れたの?」

「いいえ、閣下。ＣＩＡはまだ作業中です。しかし、サンプルを採るまで、ボロディンは大群《スウォーム》だと仮定しておくのが安全だと思います。ロシア最高司令部のほかの者たちと同じように」

「同感よ」エイブリーはコーヒーをひとくち飲んだ。「この艦の、ブリタニアへの到着予定時刻は？」

「二時間後です。ジンガノ元帥は、すでに到着しています。〝地球を救った英雄〟も向かっています」あざけるように鼻を鳴らして、付け加えた。

エイブリーはノートンに鋭い視線を向けた。

「あなたはグレンジャーのことを気にしすぎよ、大将。怒りを敵に集中させなさい。われわれの最高の兵器ではなく」

「わたしは敵に集中しています、閣下。グレンジャーを信用しすぎるのは賢明ではないと思います。あの男は、かつてスウォームに支配されていました。あろうことか、本人も認めています」

「だからこそ信用するのよ、大将。自分の忠誠心に自信がなく、気おくれし、かつてスウォームの支配下に置かれたことに苦悩しているという事実――それだけが、グレンジャーがわれわれの味方だと知らせてくれてるのよ。それに、あの男がまだスウォームにコントロールされているなら、戦術家としてのスウォームは銀河系で最低だわ。連中は何カ月も前に、地球を破壊できたはずよ。地球も、ニュー・ダブリンも、マルセイユも、ジョンソンの惑星も、ティアも……グレンジャーがいなければ、どの惑星も敵の手に落ちていたわ。グレンジャーには気骨がある。あらけずりで、不服従すれすれの態度だとしても、そのままでいい——あの男は、われわれの最高の武器よ」

「いやはや、神に祈るほかありませんな。わたしはグレンジャーを信用しておりません。〈ホルスキー事件〉のあとからではありません。そして命令に反抗し、議会で質問されたさいに上官を身代わりに差し出すようになったころからでもありませんよ」

「ここは学校の運動場じゃないのよ、大将。いちど告げ口したというだけでグレンジャーが悪いやつだとはかぎらないし、先生のお気に入りだとも、人気がないともかぎらない。あなたが問題だと思うことすべてが事実だとはかぎらないのよ。いがみ合いはいっさいなしで、毅然《きぜん》としてこの戦争に勝ってほしいの。わかった？」エイブリーはノートンをにらみつけはじめた。ノートンもにらみ返した。明らかに、民間人に仕事のやりかたを指示されるのが気に入らないのだ。だが、あっぱれなことに、ノートンは堅苦しくうなずいた。

「はい、閣下」

「グレンジャーの報告を、どう思う？」

「やっかいです。スキオーラは、われわれが直面しているつぎはぎ細工に新たなしわを付け加えました。あの超弩級戦艦の力は圧倒的です。惑星インディラ上空での戦闘は、わが軍の指揮官たちが敵艦を負かした、はじめての——」

「それでも、あなたはまだグレンジャーを信用しないというの？」と、エイブリー。あざけるような口調だ。「続けて」

ノートンはふたたび顔をしかめた。

「グレンジャーの最初の報告では、超弩級戦艦は六隻となっており——」

「六隻？　統合防衛軍情報部は三隻と言っていたはずよ。多くても四隻」

「情報部が、グレンジャーに嘘をついたのかもしれません。いずれにせよ、情報部が要求したグレンジャーとの会談は明日です」

エイブリーは椅子ごとクルリと身体をまわし、窓の外の無数の星と空虚な恒星間宇宙を見つめた。

「何か大きなことが必要なのよ、大将。われわれは負けかけている。こっぴどく負けそうなの。何か大胆なことをする必要があるわ。完全に予想外のことを。負けないために、外部の出来事をあてにしてばかりはいられないの。わたしがアイザクスンを使ってやっていることと同じように、戦術の結果がどうあろうと、われわれの収穫になるようなことをしなければならないわ。われわれは勇敢に戦った。必死で戦ってきた。そろそろ、賢く冷酷に戦うときよ」

「何かアイデアをお持ちですか、大統領閣下？」

「もちろん。パーマー将軍に超空間メッセージを送って」

「陸軍参謀本部長ですか？」ノートンは驚いて言った。「地上部隊の？」

エイブリーはうなずいて答えた。

「結果がどう出ようと、われわれがもっと強い立場に置かれるようなことをする。アイザクスンを使ってやっていることと同じように」

「わたしはまだ、アイザクスンをボロディンと一緒にペナンブラ第三惑星へ行かせることになさったという事実に、ついていけません。頭痛の種を抱えこむだけだと思います。あの男を閣下が直接コントロールできない宙域へ出してしまえば、閣下のお望みどおりに行動させるすべはもうありません。それどころか、帰ってこないかもしれませんぞ」

「それは問題じゃないわ。わたしはようやく、気のきいたやりかたをしているのよ、大将。アイザクスンがペナンブラ第三惑星へ行って、仕事を最後までやり通すかどうかには関係なく、わたしがインプラントにアップロードしたプログラムがわれわれの目標を達成するわ」

「科学者たちは確信していますか？　そのプログラムが機能すると、絶対的な自信を持っていますか？」

「確実なことなど何もないわ、大将。これはギャンブルよ。戦争は、運に左右される勝負。ほかに手はないでしょう？」

27

惑星ブリタニア　高軌道
ISS〈ウォリアー〉　ブリッジ

〈ウォリアー〉がブリタニア星系へQジャンプすると同時に、グレンジャーの端末にジンガノ元帥からのメッセージが現われた――〝到着しだい、〈ヴィクトリー〉で会おう。プロクター同伴のこと〟。

「ディアス、ブリッジをまかせる。補給と修理を始めろ」

「了解しました、艦長」

グレンジャーはブリッジを出て、プロクターのラボへ向かった。どっちみちシャトルベイへ行く途中にあるから、直接、話しておいたほうがいい。それに、プロクターが〈コンスティテューション〉から移した特異点生成装置を見せてもらえるかもしれない。

二時間前に荒れはてたヨーク星系をあとにしたばかりなのに、プロクターは、ブリッジで必要とされない時間はすべて、寝るまも惜しんでラボにこもっている。ラボで寝ているのだろうか？　グレンジャーの許可を得て、プロクターは艦隊本部から新たに十五人の科学者チームをラボに配属させた。〈ウォリアー〉艦内のラボは、おもてむきは統合防衛軍科学部のサテライト・ラボにすぎない。前線での任務も可能な移動ラボで、最初にデータを手に入れたり、サンプルを採取したり、観察したりできる。だが、実際は、プロクターが腕をふるう場だ。とにかく、グレンジャーはそう思っている。統合防衛軍科学部で、学者たちに会ったことがある。口先ばかりの連中だった。いまどきの科学の最優秀頭脳の大半は、医学方面か材料工学か、兵器工学方面に行っているのだ。

「艦長。来てくださって、よかった。これを見てください」と、プロクター。

グレンジャーは、分子イメージング・スコープに向かっているプロクターの隣にすわり、プロクターが手で示した接眼レンズをのぞいた。

「これはなんだ？」

「完全に確信があるわけではありませんが、わたしは、大群《スウォーム》ウィルスの三種類の変異株を分離できたようです」

「スウォーム物質が三種類に分かれたのか、ええ？」

プロクターは次のサンプルを選んで、スコープの視野に入れた。

「完全にとはいきません。覚えておいでかどうかわかりませんが、数カ月前に、わたしはスウォーム物質がウィルスそのものではなく、ウィルスの前駆体にすぎないことを発見しました。前駆体は何十億もの違ったタイプのタンパク質や酵素……それに、あまりにもたくさんの官能基を持つため、なんと呼んだらいいかわからない構造を、生産できます。そのとき、わたしはスウォーム物質を、集中させた超空間フィールドで打ちました。すると、ほら、ウィルスができました。強い感染力を持ちますが、ありがたいことに空気感染ではありません。おもに粘液です。唾液や血液など」

「で、きみはわたしのデートの歴史を知りたいというのか？」グレンジャーは無表情に冗談を口にした。接眼レンズから目を離さない。プロクターがダイヤルをまわし、さらに次のサンプルに焦点を合わせた。

「実際、研究すればするほど、艦長はまったく大丈夫だという確信が強くなってきます。最近の、まだスウォームとつながっているという証言なんか、くそくらえだわ……本当に、艦長、新たに身についた変異体のテレパシー能力を行く先々でひけらかす必要がありますか？　間違いなく、ブリッジ・クルーの気力を奪っています」

グレンジャーはサンプルをのぞきながら、うなずいた。

「きみの言うとおりだ。もっと用心する」

「それに、クルーと言えば……」プロクターはいったん言葉を切った。グレンジャーの視野の隅に、ためらって唇を噛《か》むプロクターの姿が映った。「われわれは四カ月間、休みなしに進んできました、艦長。もとの〈コンスティテューション〉のクルーの、ほぼ三分の二しか生き残っていません。大勢が疲れはてています」

「われわれは戦争をしているんだ、シェルビー」グレンジャーはウィルスから目を離さない。

「わかっています。でも、ときおりは、クルーの心理状態に注意を向けてもバチは当たらないでしょう。スコット機関長はピリピリしています――エンジンを、その、自分の赤ん坊のように大切に面倒を見ていますし、月面基地が破壊されて以来、夜は四時間しか眠っていません」

「レイナは大丈夫だ。きみやわたしよりもタフにできている」

「それは否定しません。しかし、もっとやっかいなのは戦闘艇部隊長のピアース中佐です。自分ではうまく隠しているつもりでしょうが、もう何週間も限界寸前です。ピアースは自分の家族を失って――」

「われわれは、みな家族を失っているんだ、シェルビー」

「ピアースとは違います。あなたもわたしも結婚しておらず、子供もいません」

「ほかの者たちは配偶者や子供を失っているが、それでも、戦っている」

「かろうじてです、艦長。かろうじて。かろうじて戦っているんです。あなたは身内を失ったクルーの、戦闘中ではない時間の姿を見ていない。わたしは見ています。副長ですから。わたしは、科学チームと一緒にこのラボにいないときや、ブリッジにいないときは、下の調理室かレクリエーション・デッキにいます。艦長が全員の心配をしていることを、クルーに知らせてやってください」

「シェルビー、心配するのは、わたしの仕事ではない。われわれ全員を生かしておくのが、わたしの仕事だ」

「心配していることが伝われば、生かしておく役に立ちます。結局は、艦長の仕事の一部です」

　ちくしょう。プロクターの言うとおりだ。またしても。

「わかった。わたしに何ができるか、考えてみよう。さあ、いま見ているこの画像は何か、教えてくれ」

「あなたは立派にやっておいでです、艦長。ほかのすべてをこなすのと同じように。艦長がいなければ、われわれはここにいなかったでしょう」プロクターはグレンジャーの腕に片手を置いた。何をしているんだろう？　だが、グレンジャーは腕を引っこめはせず、そのままにしておいた。ロマンチックな気持ちになりそうだったわけではない。そんな贅沢《ぜいたく》には、時間的にも環境面でも縁がない。友人がいると思うと楽しいだけだ。かつての副長エイブラハム・ホーズが地球上空での戦闘中に死亡したあと、寂しくてたまらなかった――自分が一人ぼっちではないとわかるのは、いいものだ。

　プロクターは咳払いして言葉を続けた。

「しかし、ここで手に入れたものは三つの変異株です。最初のウィルスは、わたしがハンラハンとワイアットから採取したものと一致します。尻振《フィッシュテイル》りのウィルスとも。三人とも、完全にスウォームのコントロールを受けていました――フィッシュテイルは、いまも受けています。二番目は、最初のものとよく似ていますが、はるかに官能基の少ないウィルスです。最初のウィルスが二千の結合の可能性を持っているようなものだとすると、二番目は八つの可能性しか持っていません」

「見こみがありそうだな。八は二千を負かす」グレンジャーは接眼レンズから顔を上げた。「われわれが知っている者で、二番目のウィルスを持っているやつはいるか？」

　プロクターはうなずいた。

「アズビル少将の血液サンプルを手に入れました。少将を覚えていますか？」

「ニュー・ダブリンでの戦闘で、おれたちの作戦をめちゃくちゃにしそうになった防衛艦隊の司令官だ。忘れられるわけがない。どうやってアズビルを説得した？」

　プロクターは肩をすくめた。

「地球を出発する前、新しい技術員の一人に、偶然アズビル少将にぶつかってもらいました。ジンガノ元帥からの命令を捏造して、少将に会わせました。元帥は気にしないはずです。どっちみち、アズビル少将を嫌っていますから」

　グレンジャーはふたたびスコープをのぞきこんだ。

「ジョン・アズビルはスウォーム・ウィルスに感染していると言いたいんだな？」

「わたしは、〝裏口ウィルス〟と呼んでいます。不活性に見えるウィルスです。人の体内では休眠状態で、かぎられた特定の超空間信号を受けたときだけ活性化されます。メインのウィルスはあらゆる種類の信号に反応しますが、裏口ウィルスは、ひとにぎりの信号にしか反応しません」

「官能基の数と同じようにか？」と、グレンジャー。単独の情報ふたつが、つながった。

「そのとおりです。裏口ウィルスは、いくつかの超空間信号に反応して、いくつかの機能を発揮するだけです。リトルフィールド准将の血液を検査すれば、ウェリントン造船所が爆発した理由がはっきりすると思います」

「スウォームが裏口からリトルフィールド准将の心に侵入したと考えているのか？　少将に、新造艦を破壊する程度に影響を与えたと？」

「そうだとしても、驚きませんね。それから、三番目ですが」プロクターが、スコープの視野に最後のサンプルを出した。グレンジャーはのぞきこんだ。

「わたしが知っている相手のサンプルか？」

「はい。あなたのです」

グレンジャーは上体を引いてプロクターを一瞥《いちべつ》し、顔をしかめた。

「わたしの血液から見つかったのか？」

「もちろんです。何を探せばいいかがわかれば」

「で、何を探しているんだ？」

「このサンプルは、わたしが造った極小特異点に送りこんだウィルスと一致します。特異点によって不活性化された、メイン・ウィルス——最初のウィルスです。しかし、特異点のペアを渡ったショックか何かで、ウィルスの反応機能の大部分が破壊されました。いまでは、超空間信号のたったひとつの波形にしか反応しません。しかし、これは艦長が、ある時点では完全なウィルスに感染していたことを意味します。つまり、フォルツ大尉の言葉は、おそらく正しい——あなたはフォルツ大尉が通った特異点の向こう側にいて、スウォームの手先として活動していたのです」

　グレンジャーはスコープの視野にあるウィルスを見た。何百もの突起と、たくさんの繊毛らしいものや腕がある。ウィルスの一部に、分子構造のラベルがついていた。混然とした言葉のなかには〝ケトン〟や〝メチル〟というものが多いが、ほかのいくつかの言葉がグレンジャーの目を引いた。

「三酸化ランタン？　イリジウム？　トリウム？　ウラン二三八？」グレンジャーは上体を引き、そわそわとプロクターに目をやった。「わたしの血液のなかをウランが流れているというのか、シェルビー？」

「あら、落ち着いてください。非放射性の同位体です。それに、千兆分の一グラムより少ない量です。大丈夫ですよ。第一万ステージの癌《がん》より健康だと思いませんか？」

　グレンジャーは肩をすくめた。

「そうか。証拠が手に入ったな。実際の身体的なデータだ。わたしは、いつ爆発するかわからない、狂った時限爆弾ではないんだな」グレンジャーは立ちあがり、長いこと身をかがめてスコープをのぞきこんでいた首を伸ばした。「これで、ノートン大将やおえらがたの半数は、おとなしくなるかもしれない。この連中は間違いなく、最初の日から私をクビにしろと要求していた。ジンガノ元帥が死んだら、歯止めはきかなくなる」

プロクターはスコープを閉じ、サンプルをデスクにしまった。

「証拠？　それは言いすぎですね。有力な根拠ではありますが、まだ証明されていません。これでノートン大将の確信が揺らぐかどうかは、疑問です。正直のところ、エイブリー大統領がいなければ、いまごろノートン大将は艦長をエアロックから放り出させていたでしょう」

二人はシャトルベイへ向かった。シャトルベイでは、艦長用シャトルの外でパイロットが待っていた。二人が乗りこんでハーネスを装着すると、シャトルはなめらかにベイのドアから出て、深い青の大気とその向こうの緑の大陸から遠ざかった。ブリタニアは、人類の居住が可能な惑星として最初に発見されたもののひとつだ。いままでに人類が移住した惑星のうちで、もっとも地球に似ており、地球よりも地球らしいとまで言われている。そのため人口が増大し、人類発祥の地は急速に色あせた。人口密度は地球よりわずかに低いものの、惑星そのものが大きく、陸地は地球のほぼ二倍あり、何百もの都市が各大陸の海岸線をまだらに縁取っている。

「シェルビー」コックピットに通じるハッチがピタリと閉まって、二人きりになると、グレンジャーは言った。「われわれは、スウォームの超空間信号をブロックできるようにならなければならない。やつらは信号を送っている。最初に接触した四ヵ月前から、われわれに信号を送りつづけてきた。それをブロックする手段がほしい――やつらの航宙母艦から一定の範囲内にある艦は、敵航宙母艦が無力化されるまで超空間通信がブロックされるような……そんな手段が必要だ」

　プロクターは目を閉じた。可能性を次々と探り、頭のなかで誰が何を知っているかを確認し、すぐさま問題解決に向けて動きだすかのようだ。これがプロクターという人物だ。手に余る問題の前でも、まばたきひとつしない。ただ……考え出し、それから解決策を提供し、人員と資源を巧妙に処理する。それゆえ、将官たちがいちはやくプロクターを奪おうとねらっている。ちくしょう、プロクターが艦長をつとめるISS〈チェサピーク〉が、そろそろ完成する。改装には、もっと時間がかかる予定だったが、数週間以内に終わりそうだ。だが、プロクターを、大佐を飛び超えて将官に昇進させようとしているといううわさがある。うわさの半分は、まず間違いなくおれへの嫌がらせだが、残りの半分はプロクターの能力に対する純粋な賞賛の念から出たものだ。プロクターは注意しないと、いつか統合防衛軍のトップにのぼりつめ、おれから哀悼の意を送られるはめになるだろう。

「それと、もうひとつ。生きているスウォーム・ウィルスをシャットダウンできるようにしなければならない」

プロクターは目を開《ひら》いた。

「われわれは必死に努力してきました。しかし、ワイアットに注射した治療法を越えることはできないような気がします。このままでは、治療法が人を殺すことになります」

「何か一時的な処置はどうだ？　治療するのではなく、ブロックするだけの。治療法で命を落とすなら、その方法は忘れろ。ブロックすることだけに集中するんだ。あるいは、ウィルスの官能基のいくつかに標的を定めろ。そうすれば、犠牲者に戦うチャンスを与えられるかもしれない。スウォームのコントロールと戦えるようにしろ」

「おもしろいですね」プロクターは窓の外に目を向けた。シャトルは〈ヴィクトリー〉に近づいている。〈ウォリアー〉や〈コンスティテューション〉とそっくりの艦だ。

「そのような中途半端な方法を考えようとは思いませんでした」チラリとグレンジャーを見やった。「悪気じゃありません」

「気にしないさ。きみは中途半端な人間じゃなかったからな」

「その方向で考えてみます。どちらのアイデアについても」

〈ヴィクトリー〉のシャトルベイでジンガノ元帥が出迎え、すぐプロクターに小さなブリーフケースを渡した。

「なんですか、これ？」

「血液サンプルだ」

プロクターとグレンジャーは目を見かわした。

「誰のです？」と、グレンジャー。

ジンガノは親指で自分の胸を刺した。

「ひとつは、わたしのだ。ほかは、このブリタニア星系の基地にいる将官と大佐の血液だ。リトルフィールド准将は自殺と判明した。自分でまっすぐに頭を撃ち抜いた。ウェリントン造船所にあるすべての反物質爆弾を、自爆させたあとで」

「指揮系統にスウォームが侵入しているとお考えですか？」グレンジャーはたずねた。

「明らかに、そうだ。きみがそうだった」

「アズビル少将もです」と、プロクター。

ジンガノは薄笑いを浮かべた。

「ろくでなしめ。すぐに統合防衛軍中央軍に連絡して、アズビルを拘束させる」

グレンジャーは首を振った。

「スウォームは、われわれが連中の影響を探知できることを知りません。いまは連中に、われわれをだましていると思わせておくのが得策ではないでしょうか？」

ジンガノは選択肢を秤《はかり》にかけた。

「いまのところは、そうだな。だが、この事態で、信用できる仲間が少なくなっていることがわかった。わたしもテストしてもらおう。ノートン大将も、チャンドラセカール大将――わたしの副司令官もだ」

「エイブリー大統領は？」と、プロクター。

　ジンガノは首を振った。

「大統領が感染していたら……まあ、われわれは終わりだな」

　プロクターは別れの挨拶の代わりに会釈し、ブリーフケースを持ち上げた。プロクターを乗せたシャトルのドアが閉まると、シャトルはグレンジャーとジンガノを残して飛び去った。

「わかっていると思うが」ジンガノが言いながら、親指で遠ざかるシャトルを指した。

「プロクターは数週間後に〈チェサピーク〉に配属される予定だ」

「知っています。いまプロクターを失うのは、賢明なこととは思えません」

「失う？　ふむ。艦隊で最高の指揮官の一人に最高の艦の舵をとらせることを、わたしなら失うとは言わんな」

「わたしの言う意味は、おわかりでしょう、元帥。それに、なんとなく、プロクターは艦の指揮をとるよりも科学方面で必要とされていると思います」

「統合防衛軍科学部は順調な進捗を見せているぞ。スウォームの研究をしているのはプロクターだけではない」

「はい。しかし、自分が何をしているかを心得ているのは、プロクターだけです」

ジンガノは肩をすくめた。

「大統領が、どこかで秘密の科学者部隊に問題解決の努力をさせているとしても、わたしは驚かんぞ。それくらいはやりかねんからな。あの人は、誰よりも多くの鍋をいちどに沸《わ》かしている」ポケットのなかをあさって、小さなデータパッドを取り出した。「そういえば、大統領がわれわれにくれたものがある」

グレンジャーはパッドを調べた。

「反物質魚雷？」

「〈ウォリアー〉は、こいつ専用のベイを設置することになっている。発射機能はブリッジに直結させる。大統領は、ヴォラリ第三惑星の戦闘中に技術者のミスで引き起こされた反物質魚雷の失敗を避けたいらしい。リモート・コントロールは、もう使わない。すべて直接操作だ」

「しかし、なぜです？　戦闘では、いくつか試作品をテストしました。反物質魚雷は遅すぎて、役に立ちません——スウォームは、反物質魚雷が発射管から出て百メートルも進まないうちに破壊してしまいますよ」

ジンガノは、またしても肩をすくめた。

「わたしとしては、これはスウォームよりロシア人に関係があると思う。ロシアとは公然と戦争はしていないが、ひそかに爆撃を命じられるのではないかな。ロシアの惑星のいくつかに裏切りの代償を支払わせるために、反物質魚雷はトリックとして使える」

グレンジャーは首を振った。

「なんてこった。いまや、われわれはスウォームと同じくらい邪悪になったようですね。人類の惑星を、そこの指導者たちが間違っているからといって爆撃するとは」

「戦争とは汚いものだよ、ティム。いまごろはもう、きみもわかっていると思っていた」

「わたしの人間性は、そう簡単には削り落とされないと思いますよ」と、グレンジャー。皮肉な口調だ。

ジンガノはうなり声を漏らした。

「気持ちとしては、きみに賛成したい。だが、いずれにせよ、きみがここブリタニアにいるあいだに、チームが〈ウォリアー〉のブリッジに装置を設置する。明日の朝、大統領が招集したトップレベルの会議がある。〈地上戦作戦〉と呼んでいるものについて論議する」

グレンジャーは片眉を上げた。

「地上戦？　標的にしようにも、スウォームの惑星はひとつも見つかっていませんよ。ロシアの惑星ですか？」

ジンガノは、みたび肩をすくめた。

「わからん。明日になれば、わかるだろう。わたしが知らされたのは、大きな作戦というだけだ」

「大きな？」

「形勢を一変させるほどのな」

28

ペナンブラ第三惑星　高軌道
地球連合航宙艦《UESS》〈オルブライト〉

「ペナンブラ星系に到着しました、副大統領閣下。現在、第三惑星の高軌道に接近しています」地球連合国務省フリゲート艦〈オルブライト〉の航法士が言った。ロシア人は統合防衛軍の軍用艦が惑星に近づくのを許さないだろうが、ボロディンは、外交艦船で近づけばメイン・ステーションへのドッキングを許されると請け合った。

「スキャナーは何をとらえている？」艦長席にすわっているアイザクスンがたずねた。近くに立っている女性艦長は古い貨物船のパイロットだったが、徴兵され、戦争中は国務省に仕えることになっていた。にらんでいるのは、自分の席が不法占拠されているからだ。だが、アイザクスンは艦長になんと思われようと気にしなかった。

「惑星は、ほとんどが水で、長い原子連鎖を含むタンパク質とアミノ酸、ほかに、わたしには特定できない風変わりな原料がたくさん含まれています」センサー・ステーションの士官が言った。「惑星が公転している恒星は、実際は連星です——三十恒星質量のブラックホールを周回する主系列の星です。しかし、ブラックホール自体はあまり活発ではありません。まだ、あと十億年かそこらは、恒星がのみこまれる危険はありません」

「おもしろい」と、アイザクスン。「われわれは何かの危険にさらされているのか？」

艦長は含み笑いをした。宇宙初心者のうるさい質問には慣れているかのように。

「実際は、相対的に言えば、きわめてありふれた状態です。銀河系には何百万ものブラックホールがありますが、たいていは連星や三連星の星系を抱えています」

「何百万も？」

「副大統領閣下、ブラックホールは銀河系内をうろついて恒星や惑星やくそを食い散らかす、危険な恐ろしい巨人ではありません。基本的にはただの恒星で、光を発しないだけです。現実の星に向かって直進して、すぐ脇を通ろうなどとは夢にも考えないのと同じように、ブラックホールに対しても、そんなことはしないでしょう。どちらの星に対しても、安全に軌道に乗ることができます。ペナンブラ第三惑星のように。ブラックホールが魔法のように手を伸ばして艦を捕まえ、なかに引きずりこんだりはしません。われわれは完璧に安全です、ミスタ・アイザクスン」

「それは知っている」アイザクスンはむっとして答えた。もちろん、嘘だ——そもそも銀河系の構成についてなど知らないし、ましてブラックホールの力学などは論外だ。だが、周囲の人々にバカだと思われたくない。

「もちろんです、閣下」艦長はグルリと目をまわした。センサー・ステーションへ向きを変え、たずねた。「ウーチン、ステーションは見つかった？」

「いま映像が出ます、艦長。もとは大きめの小惑星《アステロイド》で、なかをくりぬいたもののようです」

アイザクスンはうなずいた。ボロディンがその話をしていた。ロシア人が、自分たちが大群《スウォーム》をコントロールしており、その逆ではないと思っていたころのことを。ロシア人は、スウォームに命じて簡単な仕事をさせられることを確認するために、スウォームに巨大なアステロイドをくりぬかせた——巨大な宇宙ステーションだ。スクリーン上に、大きな岩にドッキングしている何十隻ものロシア戦闘艦が見えた。クレーターであばたになった表面のあちこちにつぎを当てたように金属がのぞき、地下の広大な洞穴に似た構造を暗示している。

「何千もの……その……重力異常が表示されていると言ってもいいかと思います」と、センサー士官ウーチン。若い男だ。

「どこに？」

「ステーションを囲んでいます。惑星を周回しています。ステーションの内部にも。本当に、いたるところに点在しています。ステーションの向こう側、宇宙ゴミ《デブリ》フィールドの中央に、小さな衛星のようなものがあります。異常は、そのあたりに集中しているようです」

　艦長は立ちあがり、モニターを調べようとセンサー・ステーションへ向かった。

「何千もの異常ね。ふうん。まんいちに備えて迂回《うかい》しなさい」艦長はアイザクスンに向きなおった。「さて、閣下の来訪は予期されているとのことでしたね？　こんな戦闘艦だらけの場所をうろうろするのは気に入りません。ご承知のように、ＵＥＳＳ〈オルブライト〉は防衛手段がありませんから」

「心配するな、ホール艦長。われわれは完璧に安全だ」と、アイザクスン。少し前に艦長が使った言葉を真似た。同じ口調だが、わざとらしさが加わっている。「ボロディン大使は、秘密の和平交渉のために、わたしを無事に通してくれると保証した」

「本当に、ロシア人を説得して戦争行為を終わらせ、われわれとともにスウォームと戦うようにさせられるとお考えですか?」

アイザクスンはグルリと目をまわした。

「ホール艦長、それはきみの知ったことではない」立ちあがって通信ステーションへ歩いていった。「保安回線を開いてくれ。外交コード十五だ。ボロディン大使に、われわれが到着したことを知らせろ」

やがて、通信ステーションの若者がうなずいて言った。

「確認を受信しました。大使がご挨拶を送ってきています。ロシア元首が、ここで副大統領閣下をお待ちだと言って――」

「マラーホフ大統領本人が、ここに来ているの?」艦長が驚いて、激しくあえいだ。

「言っただろう、ホール艦長。きみの知ったことではない」と、アイザクスン。艦長の目に浮かぶ恐怖の色に気づいた。「トップと話さないことには、帝国との和平交渉はできない」安心させるように付け加えた。もちろん、艦長の感情を心配したのではなく、ペナンブラ・ステーションに送り届ける任務を間違いなく実行してもらうためだ。

通信士が先を続けた。

「国家元首がお待ちです。ドッキングの座標を与えられました」

「針路を変えて、ジル」艦長は航法士に言った。「ステーションに向かうコースよ。艦をドッキングの座標に合わせなさい」

「艦長」ウーチンが口をはさんだ。「本艦とステーションのあいだには大きなデブリ・フィールドがあります。われわれの軌道を百キロほど修正し、ドッキング前にあらためて針路を戻す必要があります」

ホール艦長はうなずいた。

「よろしい。調整しなさい」

女性航法士が、航法コンピューターに指示を打ちこんだ。アイザクスンは、スクリーンでしだいに大きくなる惑星を見つめた。高軌道から少しずつ惑星に近づいてゆく。

「なんてこと」航法士のジルがつぶやいた。「緊急針路変更！　つかまって――」

一瞬、艦の加速が慣性相殺装置の力を超え、艦体は左に傾いて全員が右舷に投げ出された。

「いったい何が起こったの？」と、艦長。

「もうひとつのデブリ・フィールドです。どこからともなく現われました。あの軌道は、降下する前にちゃんとスキャンしたのに」

艦長はセンサー士官のほうを向いて「ウーチン？」と呼びかけた。

ウーチンはうなずいた。

「スキャンしました、艦長。あのデブリ・フィールドはひどく速く動いていて、とらえきれなかったに違いありません。それとも、本艦と大きなデブリ・フィールドのあいだにあって、センサーがふたつのデブリ・フィールドを区別できなかったのかもしれません」

「抜けました、艦長」と、航法士。「針路を戻します」

艦長はうなずいた。

「フル・センサー・スイープを続けなさい。ほかの予想外の何かに踏みこみたくないわ」

29

今回も夢だとわかっているが、見るたびに現実との区別が難しくなってくる。自分でも、ただの夢ではないとわかっているからだ。肝っ玉《ボールジー》は、この場所にいた。この行動をとった。戦闘艇を飛ばしてほかの艦と競走し、たくさんの声を聞いていた——ありえない声を。そして、自分が恐ろしい選択をしなければならないことを知っていた。

どちらも、おれの友だちだ。どちらも死なせてはならない。

だが、記憶に新しいのは田舎町《ドッグタウン》の運命だ。大群《スウォーム》に奪われた。ハンラハンも。ドクターも。スウォームによって、言いようもない恐ろしいものに変えられた。スウォームがやってくる——いまや、おれの周囲は航宙艦だらけだ。やつらに友人たちを奪われてたまるか。今度は許さない。

ボールジーは選択した。

夢は恐ろしい速さで進み、ボールジーが宇宙空間をただよっている場面へ飛んだ。与圧されたフライトスーツに身を包み、曳航策の端にぶらさがっている。手を伸ばし、さらに身体を伸ばした——もちろん、つかめない可能性もある。そうなれば二人とも永久に失われる。

だが、ボールジーはつかんだ。パッドに非常開艇コードを打ちこみ、グイとハッチを引き開《あ》けた。

彼女は死にかけていた。血を流し、意識が混濁して、いまにも死にそうだ。

だが、まだ彼女を救う時間はある。

30

惑星ブリタニア　高軌道
ISS〈ウォリアー〉医務室

　肝っ玉《ボールジー》は驚いて目を覚ました。夢は前よりもはっきりするようになってきたが、やはり細部を思い出すのは難しい。尻振《フィッシュテイル》りの身体を膝に置き、あの特異点から出て、気絶しないうちに〈ウォリアー〉の戦闘艇デッキに着艦しようとしていたときには、何が起こったかわかっている自信があった。

　ちょうど、夢のあとで目覚めた瞬間に似ている。夢で何を見たかは正確にわかっていて、細部もしっかり覚えている。ときには夢のなかで、すごいアイデアが浮かんだりする——戦隊の新しい作戦行動や、気のきいた侮辱などだ。だが、書きとめようと手を伸ばしたとたん、アイデアはかすみ、ぼやけてあいまいになってしまう。着艦したときには、たくさんのことを確信していた――〈コンスティテューション〉を見たこと。大きな大群《スウォーム》の航宙母艦も――見たこともないほど巨大だった。それから、グレンジャー艦長の声を聞いたこと。別の声も。聞こえるはずのない声だった。

　そこから、ぼやけはじめた。なぜ、聞こえるはずがないんだ？　それに、グレンジャー艦長の声をどうやって聞いたか、確信があるか？　そして、フィッシュテイルを救った――そこは間違いないが、どうやって救った？　夢を現実から切り離すのが難しくなってくる。夢のなかでは、もっとたくさん思い出せたのに。だが、恐ろしい選択をさせられたことは、なぜかよく覚えていた。

　そして、フィッシュテイルはそこにいる。恐ろしい選択の結果として、医務室のベッドに横たわっている。ボールジーは医務室の外の通路で、窓に額《ひたい》を押しつけたまま不寝番をつとめ、フィッシュテイルの呼吸の様子を見ていた。そいつの呼吸だ。彼女は、あの身体のなかにいるのだろうか？

　ボールジーは医務室のなかに入り、ベッドにめぐらせた透明な囲いのそばに立った。ほかの者をスウォームの感染から守るためのものだ。ベッドの隣のモニターには、フィッシュテイルの鼓動や呼吸パターンなど、すべての生命徴候が示されている――スウォーム・ウィルスが体内の組織をうろつき、前よりも強く健康で望ましい状態に変えているため、表示の多くは通常の人間が示す範囲をじわじわと超えている。

装置は、患者の体内の鎮静剤のレベルも示していた。低くなってきている。ボールジーは待った。薬が完全に切れたときに鳴りはじめるブザー音を、待ちつづけた。チラリと目を上げると、当番の看護師たちはほかの患者の世話で忙しそうだ。だが、医務室の大部分は人気《ひとけ》がない。

ボールジーは指を構えた。モニターがビーッと音を立てた。ボールジーは、すばやく指を動かして音を切った。スウォームとの何十回もの生死を分ける戦いで身についた、発砲するときの動作と同じだ。ボールジーは、ふたたび顔を上げた。看護師たちは、急にとぎれたブザー音に気づいていない。

フィッシュテイルが身動きしはじめた。まもなく、まぶたが震えて持ちあがり、目がボールジーをとらえた。

その顔に、またしても気取った笑いが浮かんだ。冷たい、死んだ、ガラスのような目。くそ。やつらは本当にフィッシュテイルを手に入れちまった。

「ボールジー、わたしを見守ってくれるなんて、なんて親切なこと」と、フィッシュテイル。あざけるような口調だ。「わたしを見守ってるあなたを見てたわ。ほぼ毎日のようにね」声が、なまめかしさを真似た暗い低音に変わった。「わたしを愛してる?」

からから言葉を無視して、ボールジーは言った。

「われわれはおまえを破壊する。降参したほうがいいぞ」

フィッシュテイルはグルリと目をまわした。

「聞いて。あんたたちは弱くて、混乱して、ばらばらになってる。指導者は、別の指導者の土台を崩そうとし、国家は隣の国家に対して陰謀をくわだてる。あんたたちには焦点がない。目的がない。人類にとっては、ほかの全員を犠牲にして自分の身は自分で守らなければならない状態だ」

「おまえは間違ってる。われわれは助け合う。たがいに向上させあう。おまえがフィッシュテイルを少しでも知ってたら、そのことも知ってるはずだ」

フィッシュテイルは冷たい目で突き刺すようにボールジーを見た。

「助け合う？　向上させあう？　嘘を言うんじゃない、パイロット。おまえたちは自分の部族を助ける。それだけだ。人類は部族民だ。つねにそうだった。自分たちの原始的な装置しか使えなければ、これからもそうだろう。そこでわれわれの登場だ。われわれはおまえたちを高める。おまえたちは一族に加わり、われわれの盟友となって、〈七種族協定〉内に正当な位置を占める」

ボールジーは透明な囲いの上端から身をかがめて、フィッシュテイルをのぞいた。

「おまえたちの〈協定〉内の位置なんか、ほしくない。それに、おまえは間違ってる。われわれは部族民というだけじゃない。そうだったのは遠い昔だ。われわれは――」

「ボールジー」フィッシュテイルは冷笑とともに口をはさんだ。「人類は十万年のあいだ、変化していない。槍を振りまわして、ちっぽけな取るに足らない丘の頂上を奪い合う、ひとにぎりの感情的愛国主義の部族だ。信じてほしい。われわれは知っているのだ。ずっと見てきた。ロシア人は、おまえたちを滅ぼそうとしている。おまえたちはロシア人を滅ぼそうとしている。イスラム教徒はどちらの政府にも滅んでほしがっているが、おまえたちとのこの前の戦争で滅ぼされかけたから、もはやそんな力はない。それに、おまえたちは政府内でさえ、党派が言い争いやケンカをし、相手を殺す陰謀をめぐらして、ほかの者たちにまさる強い力を手に入れようと争っている。みな、自分と似た考えの者とけちなごますり屋からなる、小さなグループのために戦っている。声の大きい、いちばん下品な指導者が勝ち、理性的で静かな声を出す者はつぶされる。われわれは違う、ボールジー。いまにわかる。われわれと一緒にいるほうがよい。〈協定〉に加われば、調和を知る。統合を。平和と繁栄を」

　議論のしにくい相手だ。おおむね、相手の言うとおりだから――ボールジーは政治家のやつらが嫌いだ。それより嫌いなのが、政治的な争いを超越したふりをしながら政治的にも力を持っている富豪層だ。部外者をよそおいながらも、実際にはどの階級よりも深くその種の価値観を叩きこまれ、自分たちの金と地位を守ろうと争っている。だが、スウォームの提示する解決法は論外だ。強制された自由など、自由ではない。

「なあ、フィッシュテイル、話題を変えよう」

「そうしましょう」フィッシュテイルは、また薄ら笑いを浮かべた。

「きみが実行した、ぞっとする作戦行動を覚えてるか？　スウォーム艦の砲塔に突進したときだ。何Gがかかったか誰にもわからないくらいの勢いで、らせんを描いて砲塔を撃ち落とし、火球を突き抜けたやつだよ」

「それが何か？」

ボールジーは、心から笑みを浮かべようとした。ひょっとしたら、スウォームの雲を突き抜ければ、フィッシュテイル本人に到達し、接続できるかもしれない。本物の感情が、本人に届くかもしれない。

「朝飯前だったな。おれがいまやってる動きを見せてやりたいよ。信じられないぞ。仲間に、おれのコールサインを〝やばすぎ《オー＝マイ＝ゴジー》〟と変えられたくらいだ」と、ボールジー。ウィンクを加えた。なんでもいいから、何か届いてほしい。

だが、フィッシュテイルの表情は石のように硬い。

「なあ、フィッシュテイル……おれは——まあ、きみが望んでたとおりにした。指輪を、ご両親に届けた。ザックと遊んだ。ザックにおもちゃをやった。抱きしめた。ザックは大丈夫だと、きみに知らせたかった。それと、きみがいなくてザックは寂しがってる。ひどく」

　フィッシュテイルの目が変わった。大きく見開かれた。一瞬、喉の詰《つ》まったような声を漏らした。何か言おうと、もがいているかのようだ。しかし、言葉は出なかった。目の隅に、水分がたまるのが見えた。涙となるほどではなかったが。

　だが、フィッシュテイルに届いた。ボールジーは確信した。

　まもなく、その表情は消え、尊大な顔つきが戻ってきた。

「ボールジー、ボールジー、ボールジー。あんたはいい人だった。実際、多大な援助を与えてくれた。〈ウォリアー〉はいま、どこにいる？　集合場所にはまに合いそう？　あんたが艦にいるあいだに、不意打ちを食らわせたくない」

　くそ。大きなミスをしたことに、いま気づいた。いったん目覚めたら、スウォームはフィッシュテイルを通して話せるだけでなく、フィッシュテイルの位置を追尾できるらしい。少なくとも、いまの言葉はそんな印象を与えた。ボールジーは指でモニターをつついた。ブザーが大きな音を出し、患者の血中に鎮静剤が少なくなったことを知らせた。

いちばん近くの看護師が顔を上げ、悪態をついて駆け寄ってくると、ボタンやスイッチを叩いて、列をなす鎮静剤の次の一回分を投入した。

「また会おう、ボールジー」と、フィッシュテイル。まぶたが震えて閉じた。

31

惑星ブリタニア　高軌道
〈フリゲート1〉大統領司令センター

「計画の呼び名は〈地上戦作戦〉です。明日以降、大群《スウォーム》は、宙兵隊にちょっかいを出すものではないと学ぶでしょう」と、エイブリー大統領。「みなさん、いまの状態は長すぎるくらい続いています。そろそろ、われわれが主導権を握る時機です。二カ月前にも試み、そのときはグレンジャーが賞賛に値《あたい》する仕事をしました。しかし、そのときでさえ、われわれは敵の攻撃に反応するだけでした。自分たちが主導権を握り、敵に戦いをしかけたと思っていたのに、あらゆる努力にもかかわらず、われわれの動きは予想されていました。今度は、完全に予想外のことをしなければなりません。大胆でドラマチックなことを……戦争の針路を変え、湯気の立つ死んだスウォームのくそをわれわれに届けてちょうだい。われわれは、それを洗い流して前向きに進みます」

エイブリーはノートン大将に手を振って合図し、自分の席にもたれた。ノートンは立ちあがり、会議室の正面に近づいた。前にあるテーブルの上の空中の一点から、スキオーラの超弩級戦艦の三次元映像が広がった。

「われわれの標的です。明日、グレンジャー艦長がスキオーラ艦とランデブーすることになっています」ノートンは向きを変え、グレンジャーに話しかけた。「約束を守って、協力するふりをしろ。相手から、できるだけ多くの情報を引き出せ。できるかぎり時間を稼げ。きみの戦術クルーが、スキオーラ艦の徹底的なスキャンを始める。もちろん、スキオーラはこれを予想しているだろう。向こうも、きみの艦をスキャンするはずだ。きみは、スキオーラ艦の位置と浮遊ベクトルをロックしたら、その正確な座標と速度を、〇・一光年離れた位置にいるわたしの艦隊に送る」背後にいる、白髪まじりの髪を短く刈りこんだ男を振り返った。「バーナード大佐？」

バーナードは進み出てノートンと代わり、ホログラムを前方へ押すように手を動かした。映像は、巨大な艦内のある一画を拡大して焦点を当て、部隊を表わす小さい透明なホログラムがひとつ、その場所に現われてチラチラ光った。隣にデータの表と部隊の数、輸送能力が表示された。

「突入艦隊で待機するのは、おおまかに五千隻の兵員輸送艦で、一隻が百九十五人の宙兵隊員を乗せています。そのほかに兵站、技術関係、支援クルーが五十万人です。この前の遭遇中にＩＳＳ〈ウォリアー〉がスキャンした結果を分析して、スキオーラ艦が積んでいるのは、個体としてはせいぜい二十万人の生命体と表示されました。そして、その大部分は兵士ではなく、巨大な艦を維持するのに必要なクルーであると思われます。もし、すべてのドッキングがうまくいけば、われわれの人数はスキオーラの倍以上になります」

「その〝もし〟は、大きな要素です」と、グレンジャー。頭のなかで、すでに計画自体に対する警報が盛大に鳴っている。スキオーラの真の意図も知らない段階で、攻撃するというのか？

「〈ウォリアー〉のスキャンで、われわれのドッキング・ポートはスキオーラ艦のそれと適合することがわかりました」バーナード大佐は片眉を上げたグレンジャーに応じて、詳しい説明を始めた。「われわれは、できるだけうまく磁力ロックを使い、爆薬を使った発射物でスキオーラ艦のハッチを突破するつもりです。ハッチを開《あ》けたら円筒状の連結チューブを投入します。しなやかな特殊合成素材で造ったチューブで、一群の微小ロボットが監督します。連結チューブは拡張し、それに応じて微小ロボットが、小さな亀裂や切れこみなど、空気が逃げそうな個所を見つけてふさぎます。まんいちに備えて、二重の安全装置を――」

「要点だけ話して、大佐」と、エイブリー。「ばかでかい艦を盗んで、探知できるスウォーム艦隊すべての喉もとに突きつけるのよ」

「ああ――はい、閣下。まさに、わたしが言おうとしていたことです。宙兵隊が艦内のデッキを次々と進むと、われわれはすばやくスキオーラの指揮管制機構を占拠し、艦の重要な区画を占領して、有効な対抗勢力を無力化します」超弩級戦艦のホログラムがさらに拡張し、艦体外殻全体の内側に何千もの赤い光点が現われた。まるで何かの感染症にかかったかのようだ。「損失が中程度なら、八時間で艦全体を制圧できると、われわれは予想しています」

「おもしろそうな計画だな」と、ジンガノ元帥。「欠点は？」

ノートン大将が、ふたたび進み出て言った。

「欠点はありません。標準的な艦ベースの戦闘モデルを用いて失敗の危険を計算したところ、十二パーセントと出ましたが、大統領は許容範囲だとお考えでした」

「ふざけるな」と、グレンジャー。

全員がグレンジャーを振り返った。エイブリーの両眉が高く跳ねあがった。

「失礼しました、大統領閣下。あなたのことを言ったのではなく、戦闘モデルの作成者たちのことです」

ノートン大将が脅《おど》すように一歩グレンジャーに近づいた。いまにもドアのそばにいる宙兵隊員たちを呼んで、グレンジャーを拘禁室へ護送させそうな勢いだ。だが、エイブリーが手を振って止めた。

「説明して、艦長」と、エイブリー。

「まず第一に、われわれはスキオーラに直接、会ったことがありません。あの種族の能力を知りません。強さも、速さも、戦闘能力も——スキオーラのことは何ひとつ知りません。知っているのは、二足歩行の種族で、おそらく銃を持ち運べるということだけです」

ノートンが片手を上げた。

「われわれのモデル作成者は、不確実な点もすべて考慮した。完全には理解していない相手であっても、われわれの数と適応力を考えれば、計算では、危険の標準偏差ひとつについて七十五パーセントの——」

「それに」グレンジャーが口をはさんだ。「ひとつ、忘れていますよ。スキオーラが本当にスウォームから自由になったのかどうか、まだわかりません。まだ支配されていたら、われわれは問題を抱えこむことになります。そうでしょう? 二十万人の高度な訓練を受けた戦士。われわれには破壊することも作動停止させることもできない、ハチの巣のような集団頭脳と通信できる相手。通信回線を切れるかどうかは問題じゃありません――連中は一体となって艦の防衛を調整できます。それも、われわれがドッキングできたとしての話です。われわれの知るかぎり、スキオーラはわれわれを泳がせています。兵員輸送艦が現われたら、すぐさま五十隻のスウォーム航宙母艦がQジャンプしてきて、一撃で宙兵隊の十分の一を蒸発させるでしょう」

「グレンジャー艦長、少しは敬意を――」

「それと最後に、しかし、けっして最小ではない欠点です。スキオーラが実際にスウォームから解放されていたとしても、通信の問題があります。われわれは最近、ちょっとした試行錯誤の末に、個人がスウォームの支配を脱したあとでも、スウォームの通信網に接続できることを知りました。しくみは理解できませんが、事実として知っています」

「どうすれば、それがわれわれにわかるのだ、グレンジャー? きみが仲間のスウォームに通信して、惑星ヨークで会おうと言ったのかね?」と、ノートン。態勢を立てなおし、怒りもあらわにグレンジャーを指さした。

全員が驚いたことに、グレンジャーはうなずいた。

「実際問題として、わたしが通信しました」

沈黙。

「誤解のないように説明しますが、これは連中が立ち去るまで、起こりませんでした。ヨークの破壊が終わってからです。しかし、わたしは現場に着いたとき、スウォームを呼び戻しました。連中は戻ってきました。わたしは無意識に、ドルマシを呼び出しました。ドルマシも来て、われわれの窮地を救い、スキオーラに関する重要な情報を与えてくれました」

ノートンはエイブリー大統領に向かって言った。

「閣下、われわれが何を相手にしているかは、はっきりしています。この男については、何度も閣下に警告しました。われわれのまんなかに保安上の脅威を置いて、このまま続けることはできません。まったく、グレンジャーは機密情報である艦隊の動向をスウォームに送ったと、認めたのですよ！」

エイブリーは疑わしげにグレンジャーを見た。

「艦長？　ほかに言うことはないの？　わたしは戦争中、あなたを隔離しておきたいくらいよ。われわれが勝つか、スウォームがやってきてあなたを解放し、征服の功労者として故郷へ連れ帰るまでね」

「もうひとつ、あります、大統領閣下。ウェリントン造船所の事故のあと、閣下みずからプロクター中佐に許可を与えて、防衛関係の上級公務員と幹部士官全員の血液検査を実施させました。明らかに、うわっつらをなでただけではありますが、プロクターはかなり多くの者の血液を検査しました。三十人以上の大佐と将官といったあたりです。残念ですが、プロクターから憂慮すべきニュースをお伝えしなければなりません」

　全員の目がプロクターに移った。

「もちろん、予備段階ではありますが――」

　プロクターが言いかけると、エイブリーがフンと鼻を鳴らした。

「ぶちまけちゃいなさい」

「その人たちは、スウォーム・ウィルスの、ある特定の型について陽性反応が出ました」

　エイブリーがプロクターの言葉の意味をつかむまで、少し間《ま》があった。

「〝その人たち〟と言ったけど……」

「文字どおり、その人たちです。全員です。わたしがテストした大佐全員、将官全員。ウェリントン造船所にいたリトルフィールド准将の、最近の血液も検査しました。同じ結果でした。全員が、裏ロウィルスに感染しています。全員がリトルフィールド准将のように、われわれへの攻撃に使われる可能性があります」

32

冷たい、明るい光が頭上から照りつけてくる。その光に注意を集中しようとしたが、眠気に負けた。

次に気がつくと、窓の前に立っていた。ほんの少し前には横になって、上の照明設備を見つめ、背後の存在に耐えていた。見えない位置に誰かが立っていた。いまは窓に向かって立ち、外の惑星から目が離せないでいる。

惑星——ああ、惑星だ。美しい。深緑で、湖や雲がまだらになっている。おれに呼びかけてくる——

いや、待て。緑じゃないし、湖だらけでもない。深い青で、水よりも目立つ色合いだが、海王星の渦《うず》を巻く雲のように冷たくはない。この惑星のほうが深く、暖かく、青く、生き生きしている。

背後の存在が戻ってきた。ドアを開《あ》け、固く閉めた。

振り返らなかった。その必要はない。結局は、その存在が話しかけてくるはずだ。おれが気にするのは、あの惑星だけだ。そして、あの向こうに……。

33

惑星ブリタニア　高軌道
ISS〈ウォリアー〉艦長私室

グレンジャーは驚いて目を覚ました。眠る前は何度も寝返りを打ち、一時間以上も〈地上戦作戦〉の心配をしていた。ようやく眠れたと思ったら、いつもの夢だ――自信があるのは、四カ月前にロシア人と大群《スウォーム》によって拘束されていたという、現実の記憶だ。シーツが汗に濡れているが、毛布を蹴りのけていて、身体が震えていた。チラリと時計を見ると、三時間は眠った計算になる。グレンジャーはため息をつき、転がって上体を起こすと、ベッドから降りた。三時間は、このごろでは充分な睡眠とみなされる。冷たいシャワーを浴びると眠気が消え、手早く身支度した。ドアのチャイムが鳴ったのが、ちょうど身支度を終えたときで、助かった。

「入れ」グレンジャーはうなるような声で言った。

ドアがスライドして開くと、外に二人の宙兵隊員がシェルビー・プロクター中佐をはさんで立っていた。プロクターがドアのなかに頭を突っこんだ。

「身支度は終わりました？」

「なんとかな。入りたまえ」グレンジャーはプロクターを手招きし、椅子を引き寄せた。

「すみません。おしゃべりしている暇はないんです」プロクターは椅子を辞退した。

「お知らせしたいことがあって……その、いいニュースと悪いニュースがあります」

「教えてくれ」と、グレンジャー。無精ひげにシェービング・クリームを塗った。鏡を見ると、洗面台の強い光を受けて、なぐられたような目が映っている。だが、疲労で目がくぼみ、影ができているだけだ。

「悪いニュースですが――すみません、艦長。チームとともに、考えつくかぎりの方法でテストを重ねましたが、われわれはスウォームと違って超空間信号をブロックできないようです。いつかは方法を考えつくはずですが、いまは無理です」

グレンジャーはうなった。たしかに悪いニュースだ。とくに、昨日プロクターが発見した血液検査の結果を考えると。将官と艦長のほとんどが裏口ウィルスに感染しているなら、誰が信用できるかわからない。さいわい、ジンガノ元帥は感染していなかったが、感染している将官や艦長を全員、隔離するわけにもいかない。艦隊が崩壊してしまう。

「埋《う》め合わせに、いいニュースを聞かせてくれ」

「埋め合わせになればいいのですが。チームのメンバー数人にいくつかテストを実施させましたが、そのメンバーは、統合防衛軍科学部の同僚たちと共同でテストを進めました。薬理学的な解決策があるかもしれません。一時的な解決法ですが」

「薬理学的？　全員に薬を与えるつもりか？」グレンジャーは頬にカミソリを走らせた。無精ひげの下から、しわの寄ったきれいな皮膚が現われた。このしわも、なんとかしたほうがいい。チェッ、ちくしょう、おれは何をしてるんだ？

「そのつもりです。裏口ウィルスが活性化したときの作用のひとつが、脳内のオキシトシンとセロトニンの増加だとわかりました。どちらも、われわれの愛や友情、それと似たような絆《きずな》を覚える感情に影響を及ぼし、ウィルスが残りの作業をしやすくなるようにします——宿主に、ある種の行動をさせる作用があります。しかし、われわれが単純にオキシトシンやセロトニンをブロックして抑えれば、ウィルスは通常の作用を及ぼせなくなります」

「では、基本的に、われわれ全員をひねくれ者にするわけだな。すごい。きみは、これをテストしたのか？」顔のひげを剃《そ》り終え、首に移って、喉ぼとけの上に注意深くカミソリを走らせた。

「わたしたちが見つけた、感染している統合防衛軍科学部の大尉でテストしました。はじめに、スウォームの信号を模した超空間信号を送ると、大尉のオキシトシンとセロトニンのレベルが上がりました。それから、抑制剤を注射したあと、もういちど信号を送ると、今度はレベルは変わりませんでした」

「役に立つだろうか？」

「実際のスウォームの信号が、裏口ウィルスに感染している人に何かをするよう命令しないかぎり、断言はできません。最低限、信号が来たときに投薬されていれば、命令されてもためらうかもしれません――ちょっと頭がすっきりする瞬間に、自分が何をしているかを自覚して、行動を遅らせるかも……そのあいだにほかの者に見られて、何が起こっているか気づくことができるかもしれません」

グレンジャーはひげ剃りを終えて顔を拭《ぬぐ》った。

「リスクがありそうだが、それしか手はなさそうだ。それに」グレンジャーは腰をおろしてブーツをはいた。「リスクは、われわれの名刺みたいなものだからな」

プロクターは、立ちあがったグレンジャーのあとについてドアまで来た。

「オキシトシンとセロトニンの抑制剤を錠剤にして、〈地上戦作戦〉にかかわる艦隊の上層部と、大佐と中佐全員に配りました」

「けっこう。任務はまさしく無鉄砲だが、そのうえ艦長たちの頭のねじがゆるんでいては、なんの益もない。ジンガノ元帥からメッセージが届いた――三時間後に出発するとのことだ。準備はいいか？」

「あのう、抑制剤の仕事で夜を明かしたあと、前にお知らせした、両立しない量子場と相対論的重力場理論の作業を続けようと、科学チームと秘密裏に相談しました――」

グレンジャーは足を止め、プロクターの腕をつかんだ。

「待て、シェルビー。昨夜は寝ていないというのか？」プロクターが振り向くと、グレンジャーはその顔をのぞきこんだ。疲れた様子で、グレンジャーと同じくらい老けて見える。少なくとも三十歳は年下のはずなのに。

「テストの分析のあいまに、仮眠しました」と、プロクター。弁解する口調だ。「いいですか、艦長、睡眠はあとまわしにできます。心配しないでください。コーヒーをたっぷり飲みました。疲労回復剤も、何粒か。それから、もう少しコーヒーを。嘘じゃありません。わたしは元気です」

グレンジャーはプロクターの腕を放し、歩きながら不平がましく言った。

「警告しておくぞ。今夜も徹夜したら、わたしは、きみに寝ろと命令するからな」もちろん、冗談だが」グレンジャーは口調をやわらげた。「きみが心配だ、シェルビー。自分を追いこんで、無理をしているんじゃないかな」

プロクターは微笑を返した。

「感動しました、艦長、本当に。今度は、ほかのクルーにも同じ心づかいを示してあげてください。みな、艦長の心づかいが必要です」

ブリッジに入る前に、グレンジャーはプロクターに向かってのろのろと敬礼した。

「了解、副長」

34

恒星間宇宙　シリウスから二・四光年の位置
ＩＳＳ〈ウォリアー〉ブリッジ

「次のＱジャンプはちょっと待て」と、グレンジャー。「距離は？」

「〇・一光年です」と、プリンス少尉。

疑念がグレンジャーを悩ませていた。エイブリー大統領とノートン大将が提案した計画に、不安を感じる。遠慮なく言えば、冷酷きわまる計画で、実行がためらわれる。これから友人になるかもしれない相手を、その性質を明らかにする前に利用するのだ。相手を理解する前に……相手について何も知らないうちに、大群《スウォーム》に対する道具として利用する。

だが、エイブリーの論理は、乱暴な形ではあるが、理にかなっている。人類は崖っぷちに追いつめられている。種としての生存という基本的な問題になれば――人類が必ず宇宙のどこかで生き残っているようにするために――何があっても、何があろうと、完全なる絶滅を防ぐことをあきらめるわけにはいかない。たとえ相手に対する裏切りが、自分たちの命を確保する代わりに魂を手放すことであっても。

だが、グレンジャーは自分の命は気にしなかった。エイブリーもそうだろう。二人が気にかけるのは未来だ。いまは、自分たちが罠に踏みこんでゆくのではないことを確認しなければならない。

「最後のQジャンプを変更する。現場へ入る道筋は同じだが、一千万キロ手前でジャンプをやめる。ジャンプでいきなり現場に出る前に、何が起こっているかを見る必要がある」

「了解、艦長」

まもなく、スクリーン上の星原がふたたび変化した。

「フル・スキャンだ、ミスタ・ダイアモンド。可視光線帯域も電磁波帯域も」

ダイアモンド少尉はうなずいて言った。

「一千万キロ離れていますので、光は約三十秒前のものです」

「わかった、少尉」

センサー・クルーがスキャンを実行した。

「超弩級戦艦をとらえました。ランデブー・ポイントにいます」

「一隻だけか？」

「はい」

グレンジャーはあごをなでた。ようやく無精ひげを剃《そ》ったので、なめらかだ。身体は大変な強行スケジュールに悲鳴を上げているが、すべてが終われば、いくらでも浜辺で眠れるだろう。あるいは、終わったときには死んでいるかもしれない。正直なところ、そちらの可能性のほうが高そうだ。

「スキャン領域を全方向に拡大しろ。何かとらえたか？」

センサー・クルーは忙しく作業し、一分後にダイアモンド少尉が首を振った。

「何もありません。ここは恒星間宇宙のまっただなかで——何光年にもわたって、何もありません。少なくとも、半径数光分の範囲では、確実に何もありません」

「もちろん、一光日離れた位置にスウォーム艦隊が待ちかまえていることもありうる」と、グレンジャー。「連中がそこで半日間、待ちかまえていたとしても、われわれにはそれを知ることはできない」

「はい、艦長」と、ダイアモンド。

グレンジャーはブリッジ内を何度か行ったり来たりした末に、決断した。

「けっこう。残りの距離を進め。いまごろは向こうも、われわれを探知しただろう。たぶん、向こうにとっても、いいことだ。遠くから、われわれが単独で来るところを確認させてやろう」

われわれの後ろから、五十万の強力な部隊がついてくるとしてもだ。

「五分後にＱジャンプします」と、プリンス少尉。

グレンジャーは副長のステーションをチラリと振り返り、ディアス大尉の目をとらえた。副長代理のディアスはうなずき、準備ができていることを示した。副長のプロクターはラボに戻って、本人の言う〝荒っぽい研究〟を続けている。戦闘作戦行動が始まる時刻まで続けるそうだ。グレンジャーは少なくとも一時間、スキオーラと話を続けなければならない。

スクリーンの映像が最後の一回の変化を迎え、巨大で、気が遠くなるほど長い超弩級戦艦を映し出した。はるかかなたまで延びている。艦体外殻は黒っぽく、恒星の光がないところでは見えにくいが、何千もの明るい舷窓が一定の間隔で並んでいる。

「あの大きさは、どうも慣れませんね」と、ディアス。

グレンジャーはブリッジの中央で足を止めた。

「それに、あの巨大戦艦は全部で六隻いる」と、グレンジャー。戦術ステーションに顔を向けた。「スキャン開始。バーナード大佐から供給された確認すべき項目のリストにしたがって、調べろ。艦内の配置、大気の状態、生命徴候の数、自動システム。すべてだ。わたしが、できるだけ時間を稼ぐ」

「呼びかけてきています、艦長」と、プルーハ少尉。

「つないでくれ」

見慣れたシジア・クリュール副元首の姿がスクリーンを埋《う》めた。近くに立っている副元首の副官らしきスキオーラの女性が一人、注意深くグレンジャーを見つめている。

「グレンジャー艦長。来ましたね。いらっしゃるかどうか、われわれは決めかねていました」

「もちろん、来たとも。あなたがたには大きな借りがある。来なければ失礼だ」

われわれが、どれほど失礼なことをしようとしているか、あなたがたは知らない。

「ありがとうございます、グレンジャー艦長。われわれの民族の……を召喚しました。あなたがたの言語に近い翻訳ができるよう……〈七民族結合評議会〉——われわれの指導者たちと女族長たちです。このメンバーは、戦争評議会のために来ました。全家族を盟主から最終的に解放するための戦争です」

グレンジャーは片眉を上げた。

「あなたがたにも、独自の〈七種族協定〉があるのか?」

「スウォームがわれわれから社会構造を吸収して、自分たちの社会にあてはめたのです。およそ一万年前でした。スウォームは自分の考えを持っていません、艦長。それが、あの種族の欠陥です。スウォームが本当に生き物かどうかについて、わたしは姉妹たちと討論しました。生き物は生存のために、創り出さなければなりません。スウォームは創りません。外部のものをあてはめます。群がり、汚染し、支配します。スウォームはわれわれの惑星に来たとき、自分たちの役に立つと思うものを奪って、ほかは破壊しました」

「しかし、あなたがたはここにいる」と、グレンジャー。スキオーラとの会話で、こんな早い段階から疑い深い態度を示して、どんな利益があるだろう? だが、相手が予想している態度で会話に入るなら、最初に疑い深い口調で話すほうが自然だ。どちらにしても、クリュール副元首はうまく対処した。

「何千年にもわたって、スウォームはわれわれの文化の、自分の役に立つと思った部分の保持を許しました。そしていま、ようやく、われわれはスウォームの支配を妨害する鍵を見つけたのです」

　グレンジャーの疑念は刻々と深まった。何千年もスウォームに支配されたあとで突然、支配を逃れる方法を考えつくものだろうか？　スウォームの支配は、征服した個人すべてに完全に行きわたっているのに。どうやって、完全な支配をいきなり自発的に撥《は》ねのけるのだろう？　だが、ドルマシはすでに、それが可能なことを証明した。

「それで、どうやるのだ？　あなたがたはどうやって、急にスウォームの支配から逃れた？　正直、そこが疑わしい」

　クリュール副元首の顔が、少したるんだ。なんの表情か、グレンジャーには見当もつかない。

「グレンジャー艦長、われわれはここにいます。われわれ全員……種族の全員が、あなたのおかげで。あなたがここで見ているこの艦は——ほかの五隻も——かつて誇りあるスキオーラだった種族の、生き残り全員を乗せています。われわれはここにいて、自由です。あなたのおかげで」

35

ペナンブラ第三惑星　高軌道
ロシア特異点製造施設

「ペナンブラ・ステーションへようこそ、エイモン」ドッキング・ハッチを出たところで、ユーリイ・ボロディン大使が出迎えた。〈オルブライト〉のクルーは艦に残るよう、指示されていた。エイモン・アイザクスン副大統領を護衛する警護官《シークレット・サービス》だけが同行を許されたが、アイザクスンはそれも追い返そうかと思った。二カ月前の命を落としかけた爆発や、そのすぐあとに受けた戦闘艇による攻撃で、シークレット・サービスがなんの役にも立たなかったからだ。大群《スウォーム》は官僚組織の奥深くまで入りこんでいる。護衛であっても、信用はできない。

「ユーリイ、信じられない。この、岩をくりぬいたステーションは……あれだな？」

「そうです。もちろん、実際のステーション建設はもっとずっと長くかかりましたが、掘削には数カ月しかかかりませんでした」ボロディンは通路を進みはじめた。「こちらへ。マラーホフ大統領がお待ちです」

ボロディンはアイザクスンたちを複合施設の奥へ案内した。まず、装置や大きなコンテナ、保管箱などをおさめた一連のベイを通り過ぎた。ベイはしだいにステーションの一画をなす実験場に変わった。きらりと光るハイテク・ラボや高エネルギーのパワー源、ガス室、それと管理区画らしい場所のそばを通った。たくさんのデスクや個室が、広間に変わった。ペナンブラ星系の太陽光が反射されて取りこまれ、自然光らしい明かりに満ちている。広間の中央には少なくとも十五階分のフロアがあり、各フロアは中央の自由な空間を囲む手すりで区切られている。

混雑してはいないが、ときおり作業員が一行に目を向け、アイザクスンの顔を認めて目を見張った。だが、誰も足を止めたり話しかけたりはしない。ボロディンはアイザクスンたちを連れて、フロア中央の手すりの近くにあるエレベーターへ進んだ。エレベーターの壁は透明で、何もない空間を勢いよく昇るあいだに、アイザクスンは一瞬めまいを覚えた。

少なくとも百メートル上の最上階に着くと、管理職の執務室が並んでいた。広間の床の一部は贅沢《ぜいたく》なカーペットにおおわれ、いたるところに大理石や御影石や水晶の、なめらかな表面がきらめいている。近くの別の受付には、サンゴや色彩豊かなめずらしい魚の入った巨大な水槽まである。

壁には、マラーホフ大統領の写真がずらりと並んでいた。さまざまな男らしいポーズをとっている。ひとつはエベレスト山の頂上で、上半身裸のまま、見えるところに酸素タンクも着けず、双眼鏡でどこか遠くの景色を見ている。もうひとつは、ブリタニアの首都にある、ふたつの塔を地上二キロの位置でつないでいる有名なウィッティンガムの吊り橋からぶらさがって、懸垂をしているらしい。男性的な魅力に満ちた肉体の偉業を誇る写真が次々と続き、ときおり不規則に、別の種類の写真が交《ま》じる。しわだらけの哀れな祖母の顔を愛撫する姿。絵のように美しい場所で倒れた木の幹にすわり、子供たちが膝に載《の》ったりまわりを囲んだりして、ふざけて甘えながらも、どこかに崇拝の念をただよわせている姿。アイザクスンは昔の安っぽいキリストの絵を思い出した。同じような設定で、どれも聖書にはない場面だが、単純な人々は生きてゆくうえで、そのような粗野で愚かな鼓舞を必要としたのだろう。

ああ、哀れな一般大衆。こんなつまらない写真やプロパガンダで丸めこまれて。しかし、アイザクスンはこの手法を賞賛せずにはいられなかった。あらけずりだが、見事だ。

エイブリーを片づけたら、この手法を取ってみるのもいいかもしれない……。

　反射的に縮みあがった。大統領に対する反逆の気持ちをうっかり意識すると、体内のインプラントからいつものショックが来る。間違いなく、苦痛で頭が締めつけられ、よじれるような思いをする。苦痛は一瞬だが、身体が揺れ、足もとがふらつく。エイブリーが、こんなに遠く離れたおれをモニターできるはずはない。この反応は、単におれの条件反射か？

「エイモン？　大丈夫ですか？」

　アイザクスンは手を振ってボロディンを退《しりぞ》けた。

「大丈夫。ちょっとめまいがしただけだ」

　近くのドアが開《あ》いた。保安員たちが入ってくるのだろうと、アイザクスンは思った。おれを、ロシア大統領のところまで護送するためだ。ところが、入ってきたのは一人の男だった。簡素なビジネス・スーツに赤の勝負ネクタイ。センスのいい流行の黒い靴で、大理石の床にコツコツと足音を響かせ、自信に満ちた足取りで近づいてくる。まっすぐアイザクスンに目を向け、片手を差し出した。

　マラーホフ大統領だ。

36

恒星間宇宙　シリウスから二・四光年の位置
ISS〈ウォリアー〉ブリッジ

おれのおかげ？

その言葉の意味が少しずつわかりはじめ、やがて、その重みがグレンジャーにのしかかってきた。

「つまり、あなたがたの艦に、あなたがたの全社会が乗っているのか？　全家族が？　子供も含めて？　その艦と、ほかの五隻に、スキオーラ文明全体が含まれていると？」

「おっしゃるとおりです、艦長」

グレンジャーは大量虐殺に対する罪の意識を覚えた。少なくとも、種族の七分の一は殺したことになる。

「それで、わたしが破壊した一隻は？　惑星インディラ上空で」

「あの艦〈調和〉には、かつて名門だったトレル一族が乗っていました。〈七民族結合評議会〉の、第五の一族です。ティリー・トレル副元首はわたしのみいとこで、トレル一族の女族長でした」

　グレンジャーはよろけて艦長席にすわりこんだ。

「何人だった？」

「はい？」

「あの艦――〈調和〉か？　あれには何人のスキオーラが乗っていた？」

「それは問題ではありません、グレンジャー艦長。問題なのは、われわれが計画を――」

　グレンジャーは片手を振ってさえぎった。

「わたしには問題だ。何人いた？」

　クリュール副元首は躊躇《ちゅうちょ》の色を見せた。

「約五百億人です」

　グレンジャーは心臓を突き刺されたような気がした。自分の頭上からこの場を観察しているような、うつろで遠い気分だ。

「しかし……そんなことがありうるか？　われわれがそちらの艦をスキャンしたときは、生命徴候は二十万しか表示されなかった。あなたの艦も、同じような数を乗せているのか？」

「〈調和〉と同じくらいという意味ですか？　いいえ、もっとずっと少ない数です。この〈仁愛〉に乗っているクリュール一族の者は、百四十億人しかいません。あなたがたの生命徴候表示は、正確です。しかし、われわれの大半は母親です。われわれの子供たちは、すでに体内に生まれていて、対外生活を与えられるのを待っています、わたしの体内には、二万二千人以上の子供がいます」

「二万二千？」グレンジャーは信じられない思いで、あえいだ。「どうして、そんなことができる？」

「もちろん、これは胎児で、ほとんどが脳組織だけです。しかし、身体のほかの部分がなくても、どれも完全に発達した個人です。一人一人、人格があります」

「みな、あとで生まれるのか？　体外生活に入るのか？」

「何人かは体外へ出ますが、ほとんどの者は死ぬまで体内生活を送ります。そして、わたしとつながっています。彼らは、わたしの一部です。わたしは彼らの思考や情熱、恐怖、希望を聞き取ります。一人一人に記憶があり、ある種のことやある概念を記憶するのに向いている者もいます。わたしの子供の大多数は通信や外交、関係などの記憶に向いています。それで、解放の瞬間に、わたしが一族の副元首に選ばれました」

「それは、いつのことだ？　いつ、解放された？」

「知らないのですか？」クリュールの顔が長くなった。驚きだろうか？　「二日前のことです。あなたがたの惑星――インディラと呼んでいましたね、あの惑星の上空で行なわれた戦闘中に起こりました。われわれはヴァラリシの奴隷でした。そこへ、あなたが来ました。あなたは〈調和〉を破壊しました。大変な速度で来て破壊したので、〈調和〉はこなごなになりました。破片のいくつかが飛んでいって、特異点に衝突しました。最初の解放はそのときで、そこから広がってゆきました。われわれの超空間接続を通して……どう翻訳したらいいか……〝絆《きずな》〟でしょうか、その効果がわれわれ全体に広がりました。あなたが実行した何かが、われわれ全員を救ったのです。その……考えられないような破壊ではありましたが」

　グレンジャーにも、ようやくわかった。特異点。大群物質《スウォーム》。艦を破壊されたスキオーラが特異点に落ちこんだとき、ウィルスが浄化され、やがてどこかで……。

　おれと同じだ。

　超空間接続を通して、ウィルス浄化の効果が種族全体に広がったのだ。だが、クリュール副元首には、それがどのように起こったか、わかっていないらしい。いいことだ——浄化のしくみを知る者は、できるだけ少ないほうがいい。スウォームにこのしくみを知られないようにすれば、戦術上、優位に立てる。

だが、グレンジャーはまだ警戒を解いていなかった。何か裏があるのではないか？　スウォームが、言うべき言葉をクリュールに指示して、おれを引きこみ、信用させ、おれが警戒を解くのを待っているのではないか？

ただ……なぜ、そんなことをする？　超弩級戦艦〈仁愛〉は、パワーでも武器でも〈ウォリアー〉の千倍はまさっている。スウォームがおれをしとめたければ、口実なんか必要ない。怪物みたいな艦で、戦闘中に一瞬でしとめられる。

ただし——グレンジャーは可能性を秤《はかり》にかけた——スウォームのねらいがほかにあるのなら、話は別だ。

37

恒星間宇宙　シリウスから二・五光年の位置
ISS〈リンカーン〉ブリッジ

「ノートン大将、一時間たちました」

ノートンはISS〈リンカーン〉の艦長席をまわって、ブリッジを進んだ。艦長は、戦闘に入れという命令を待っている。

「グレンジャーから連絡はないか？」と、ノートン。

「ありません」と、通信士。「超空間通信もありません。背景に、大将閣下が教えてくださった周波数と位相パターンで、つねに大群《スウォーム》の通信の雑音が入っているだけです」

ノートンはクスクス笑った。ああ、プロクター中佐。少なくともきみは、グレンジャーの愛玩犬になる以外にも期待できる人物だ。

ノートンは科学ステーションに向きなおった。統合防衛軍の科学部副主任で、スウォーム内通信の責任者であるアロンソ中佐が立って、科学クルーの作業の進み具合をモニターしている。

「中佐、連中が何を言っているか分析する作業に、進歩はあったか？」

「いいえ。しかし、プロクター中佐の仕事をもとに明確に分析しました。プロクター中佐はわれわれと違って、緊密な位相を識別することはできませんでした」

「プロクターは自信過剰だ、アロンソ中佐。自信過剰、傲慢、不遜。どれもグレンジャーのコールサインだ。その悪癖が副長にも移った。プロクターが自分一人で踏み出す代わりに、もっと統合防衛軍科学部と共同で作業を進めていれば……英雄になろうとしたり、自分は規則を超越した特別な存在だと考えたりしなければ、われわれは何カ月も前にこの戦争に勝っていたかもしれない。だが、プロクターも〝レンガ職人〟によく似ている。グレンジャーそっくりだ」

アロンソ中佐は肩をすくめた。

「プロクターは完璧なアイデアを与えてくれましたよ。少々あらけずりで、いくつか結論を急ぎすぎてはいますが、本当に……充分な仕事をしました……」

「だが、プロクターがきみと共同で仕事をしていたら、裏口ウィルスの周波数を正しい位相状況でスキャンしただろう。そうしない理由は明らかだ。わたしは、プロクターにできないとは思っていない、中佐。しようとしないのだ。その知識を漏らせばグレンジャーの作業能力を損なうと、わかっているからだ。そいつを実行中のグレンジャーを、わたしが捕まえるからな。スウォームと会話中の……共同作業中のグレンジャーをだ。いまも、その最中だろう」

科学部副主任は、もじもじと足を踏みかえた。

「そのう、閣下、それは、このデータのひとつの解釈で……」

ノートンは脅《おど》すようにクルリとアロンソ中佐に向きなおった。

「ほかに、どんな正当な解釈がある？　グレンジャーがスウォームの超弩級戦艦と一緒に、あそこにいる。やつらに話しかけている。ウィルスどうしが心と心で話している。われわれの秘密を与え合っている。われわれには超空間信号が、はっきり見える。それ以外に、いったい連中が何をしているというのだ？」

沈黙。アロンソ中佐は答えようがなかった。

「そういうことだ」ノートンは向きを変えてスクリーンを見た。カメラが広くパンし、待機する艦隊をはずれまで映し出した。何千隻もの兵員輸送艦。何十万人もの宙兵隊員を乗せている。それと、まんいちに備えて、ジンガノ元帥の艦隊の半分も待機している。

　そして、艦隊の向こう側に、別の一隻がある。艦はどれも明かりをつけていないが、艦体外殻に沿って舷窓がいくつか、薄く弱い光を放《はな》っている。だが、明かりがなくても、星々が艦体にさえぎられて艦の形が黒く浮きあがり、統合防衛軍が集結させた最大の艦隊だとわかる。

「あと十分、待とう。十分たってもグレンジャーから何も連絡がなければ、われわれは現場へＱジャンプする。命令を、元帥とバーナード大佐に伝えろ」

　アロンソ中佐は、最後の抵抗を試みた。

「しかし、大将閣下、おっしゃったことが本当なら……グレンジャーがスウォームにだまされていると、あるいはスウォームと結託しているとお考えなら、グレンジャーはすでに、われわれの戦闘計画を知っています。われわれの秘密をです。撤退して再編制し、じっくり考えたほうがよくありませんか？」

　ノートンはフンと荒々しく鼻を鳴らし、短い笑い声を上げた。

「まあ、わたしがグレンジャーに秘密をすっかり教えなかったのが、さいわいだな」アロンソ中佐をにらみつけた。「数字とデータに専念しろ、中佐。戦術はわたしにまかせておけ」

38

恒星間宇宙　シリウスから二・四光年の位置
ISS〈ウォリアー〉ブリッジ

　グレンジャーはカウントダウン・タイマーに目をやった。ノートン大将とジンガノ元帥に、少なくとも一時間はスキオーラと話すと約束した。一時間あれば、〈ウォリアー〉が超弩級戦艦を精密にスキャンして、もとの表示やノートンの戦術モデル作成クルーの予測と比較するには充分だ。侵入軍が現われたとき、訂正すべき個所を送れる。

　三十九分たった。

　侵入軍に現われてほしいのかどうか、グレンジャーは自信がなかった。残った六隻に、スキオーラ文明のすべてが乗っている。おれは本当に、大群《スウォーム》の奴隷だった種族の大量虐殺に参加する気か？　それが自分自身の解放につながるとしてもか？

あまりにも疑問が多い。

「ちょっと失礼、副元首」

グレンジャーは通信士プルーハ少尉に音声を消すよう合図し、親指で、ラボにいるプロクターにつなぐよう指示した。

「聞いていたか、シェルビー？」

「はい。分析のあいまに。大変おもしろい話です。艦長はスキオーラを信じますか？」

「わからない。きみに来てもらったほうがよさそうだ。スキオーラ艦の近辺に、超空間スキャンをしてほしい」

「ずっとスキャンしていました。わたしにわかるかぎり、信号は皆無です。もちろん、わたしは超空間の専門家ではありませんが――」

グレンジャーはスクリーン上の、音声の消えたスキオーラの女族長をチラリと見た。

「それでも、来てもらいたい」

「すぐ行きます」通信が切れた。グレンジャーはプルーハに合図し、クリュール副元首に向きなおった。

「副元首、わたしの難しい立場をご理解いただきたい。一方では、あなたがたとわれわれが信頼しあい、協力してスウォームを――ヴァラリシを負かさなければならないという緊急の必要性を認めている。しかし、あなたがたがスウォームの支配下にはないという証拠が必要なことも、わかってほしい。あなたの言葉をうのみにして、われわれの運命をあなたの手にゆだねるのはバカげた行為だ。通常、このような関係を築くには時間がかかる。だが、時間はなくなりつつある」

クリュールは手のひらを見せて両手を上げた。三本の細長い指と、一本の太い親指がある。

「それは、われわれにとっても同じです、グレンジャー。ヴァラリシは〈七種族協定〉のほかの盟友たちに関する情報を、非常に用心深く隠しています。たとえば、われわれはドルマシのことは、ほとんど知りません。知っているのは、あなたがドルマシと接触していたという事実だけです。ドルマシが盟友になって〈七種族協定〉に加わったとき、われわれはその場にいましたが、その後も何千年もドルマシの姿を見ていません。同様に、あなたがたの種族の一部で盟友になったアダナシについても、ほとんど知りません。あなたのクルーのうち、誰がヴァラリシと親しく交《まじ》わっているのかも、わかりません。グレンジャー、たとえあなたがヴァラリシと交流している本人だとしても、わからないのです。仲間たちの絆《きずな》を通して、あなたが少なくとも昔は盟友だったことを感じます。しかし、いまは？」

「断言する。いまは盟友ではない。しかし、テストを提案したい、副元首。われわれは、血液中のスウォーム物質の存在を探知する能力がある。あなたがたにも血液はあると思うが？」

「もちろんです」

そのとき、プロクターが入ってきた。グレンジャーはプロクターを手招きした。

「ここにいるわたしの同僚は、その人物がスウォームの支配下にあるかどうかを明らかにするテストを開発した。そのテストを受けてもらえるか？ あなたの血液だけで充分だろう。同時に、わたしの血液も検査してもらい、その様子をあなたに見てもらう。あるいは、お望みなら、テスト方法をそちらに送って、そちらの科学者たちに試してもらってもいい」

プロクターは、ごくわずかだが目を見開いた。スウォームの影響を探知する方法を考え出したとスキオーラに知らせるのは、大きな賭けだ。スキオーラがスウォームに操られていた場合、人類は数少ない有利な情報を手放すことになる。

「提案を受け入れます」と、クリュール副元首。「そちらのラボでの結果を見るだけで、充分でしょう。それを、われわれが確認することを許していただければ。わたしはすぐにシャトルで出発します。シャトルどうしで会いましょうか？ それとも、わたしがそちらに乗艦しますか？」

〝確認〟とは具体的にどういうことか、わからなかったが、グレンジャーはうなずいた。

「できるだけ早く、こちらの艦のシャトルベイで会おう——上官たちから期限を決められていて、逆らえない。期限を守らないと不愉快な結果になるかもしれない。すぐに座標を送る」グレンジャーはプルーハ少尉のほうへ頭を傾け、プルーハはシャトルベイの座標をスキオーラに送るために入力しはじめた。

スクリーンの映像がちらついて消えた。プロクターが片眉を上げて言った。

「危険です」

「わかっている」

「でも、向こうは本当のことを言っていると思います」

「わたしもだ」グレンジャーは手を振ってドアを指した。「行こう」チラリと副長代理のディアス大尉を振り返った。「ワシントン軍曹に、シャトルベイを見張らせてくれ。ドアを見張る。それと、少なくとも二十人以上を通路に配置する。それから、一級射手たちも。だが、ワシントンには、目立たないよう注意しろと言っておけ」

「了解、艦長」と、ディアス。

プロクターとともにブリッジを出ようとして、グレンジャーは戦術ステーションに呼びかけた。

「ミスタ・ダイアモンド、時間はどのくらいたった?」

「四十五分です、艦長」

「ちくしょう」グレンジャーはつぶやいた。「残り時間がちょっと少ないな」

39

恒星間宇宙　シリウスから二・四光年の位置

ISS〈ウォリアー〉シャトルベイ

グレンジャーとプロクターはシャトルベイへ急ぐ途中、まわり道をしてプロクターのラボに寄り、いくつかのサンプル瓶《びん》と血液吸引用ハイパワー注射器を一本、取ってきた。二人が着いたとき、スキオーラのシャトルは、すでに空気を保持するフォース・フィールドを通り抜けてベイに入ってくるところだった。グレンジャーはシャトルベイの周辺を囲む二階の通路に、ワシントン軍曹を含む三人の宙兵隊員が立っていることに気づいた。武器は見えないが、必要な場合は二秒以内に構えられるはずだ。

シャトルが着艦した――大群《スウォーム》の航宙母艦のミニチュア版のような形だ。傾斜路が降りると、先端が床に着くのも待たずに、すばやくクリュール副元首が降りてきた。身長は百五十センチ程度だが、小柄な人物にしては当惑するほど速い足取りだ。

スクリーンでは、クリュールの姿は充分に映し出されていなかった。細くしなやかだが、しわひとつない、ほのかに青みがかったベージュの肌の下に、力強い筋肉組織が動いている。グレンジャーは、ひょっとしたらヴィシュゲイン・カーサの言うとおりかもしれないと思いはじめた。クリュールの話しぶりは悪意ある戦士のようではないし、外見もそうは見えないが、足取りや動きかたを見ていると、閉鎖された室内で戦ったら恐ろしい力を発揮する相手ではないかと疑いたくなる。

「グレンジャー」クリュールは両手を横に広げて肩より高く上げ、手を外側へ向けた。挨拶のしぐさだ。グレンジャーは同じ動作を返した。意外にも、クリュールは笑い声を上げた。なんとおもしろい——表情も身振りも人類とは違うが、笑いは普遍的なものらしい。少なくとも、人類とドルマシとスキオーラについては、共通だ。「わたしを尊重して、同じ挨拶を返してくださったのですね。それが、われわれの習慣だと思われたのでしょう。ですが、わたしたちのあいだでは、男性は手を横にではなく、前に伸ばします」

「失礼しました」と、グレンジャー。両腕を前方のクリュールに向けて伸ばした。

「お詫びの必要はありません。われわれの習慣を優先してくださる必要もありません。

あなたがたの習慣がわかれば、わたしがそちらに合わせたいと思います」

「簡単に握手《ハンドシェイク》をする習慣があります」グレンジャーは答え、それは避けたほうがいいと考えて口をつぐんだ。前に、会ったばかりの異星人と握手したとき、何が起こったかを思い出したのだ。ヴィシュゲイン・カーサに、スウォームの母星を見たという偽《にせ》の記憶を植えつけられ、大惨事に追いこまれるところだった。

クリュールの両手が横に伸び、震えはじめた。何をしているつもりなのだろうか——手《ハンド》を震わせ《シェイク》ている——それに気づいたグレンジャーも、うなるような笑い声を漏らした。

「いや、わたしが言ったのは、双方が手を握り合うということです。しかし、それはあとまわしでいい。おたがいに、よく知り合ってからにしましょう」

「わかりました」クリュールは手をおろした。

グレンジャーの合図で、プロクターが進み出た。

「わたしの副長、シェルビー・プロクターです」プロクターとクリュールは、たがいに会釈した。

「わたしの子供たちもみな、お二人に挨拶し、感謝しています」と、クリュール。

「あなたのお子さんたち」と、プロクター。「あなたは、お子さんたちが体内で生きていて、すでに一人一人が人格を備えているとおっしゃいましたね。お子さんたちに、自覚はあるのですか？　意識は？」

「もちろん、あります。わたしは個人個人、全員を知っています。体外生活が実現すれば、成長するにしたがって、彼らの知識と人格はますます発達するでしょう。しかし、彼らには知性があります。子供たちがいなければ、わたしはいまの一分派としての勢力は保てなかったでしょう。子供たちのほとんどは体外生活を経験せずに終わりますが、体内生活は充実した美しいものです」

「お子さんたちを頼りにしていらっしゃるのですね？」と、プロクター。

「はい。子供たちが記憶をたくわえます。わたしは彼らと相談します。子供たちは、わたしが論理的に考え、判断を下し、問題を解決するのを手伝います。ヴァラリシの支配下でも、そうでした。ある意味で、ヴァラリシの支配は第二の天性と言っていい状態でした。心のなかに聞こえる、余分の声でした。逆らえない、全能の、最重要の声ではありましたが。そしていま、数千年間ではじめて、わたしの思考はヴァラリシから解放されています。わたしも、いまここにいる子供たちも」クリュールは自分の頭に触れた。

「質問してよろしければ、副元首、あなたは正確には何歳ですか？」

「われわれの母船の時間サイクルで測ると、千七歳です。あなたがたの時間で、七百五十歳になります。わたしは最年長の一人です。わたしの子供たちは各艦に乗っています。

何千人もいます。わたしは何万人もの男性と交《まじ》わりました」

グレンジャーとプロクターは落ち着かない気分で、意味ありげに目を見かわした。だが、魅惑的だ。ひとつの種が、これほどさまざまな形態を見せるとは、グレンジャーは考えたこともなかった。地球上でさえ生物は非常に多様だから、驚くことではないのかもしれない。クリュールと何時間も対談したい。何日も。スキオーラという種族と文化が、美しく感じられはじめた。

だが、時間がない。

「副元首、よろしければ、プロクターに血液サンプルを採取させていただきたい」と、グレンジャー。プロクターが持っているハイパワー注射器を指した。クリュールは長い腕を差し出した。皮膚の下で、筋肉がかすかに波打っている。たるみやしわはない。スキオーラは何歳くらいまで生きるのだろう？　一個人は、どのくらい老けて見えるようになるのだろう？　知りたいことがたくさんある。学びたいことは多く、時間はあまりにも少ない。

サンプル瓶がすばやく血液で満たされた。人類と同じ赤い色なのが、グレンジャーにとっては驚きだった。なぜか、青か、緑か、ほかの見慣れない色だろうと思っていた。スキオーラも、切れば赤い血が流れるのだ。

プロクターはうなずいた。

「すべて終わりました。数分で分析できます」プロクターはデータパッドを取り出し、画面を出してクリュールに渡した。「ここに、グレンジャー艦長の検査結果があります。お二人で、詳しく討議できるでしょう。では、失礼して……」

プロクターはシャトルベイから走り去り、ラボへ向かった。グレンジャーはクリュールに向きなおった。

「ごらんのとおり、わたしの血中にはまだウィルスがありますが、不活性になっています。わたしは、いまでもこれを利用できます……なんと言いましたか……〝絆《きずな》〟?……そういうものとして。しかし、支配する力はありません」

クリュールは画面に表示されたデータを調べた。英語をきちんと身につけているらしいが、文字はどれほど理解しているだろう?

「わかりました」と、クリュール。

「何か、確認するというようなことをおっしゃいましたね?」

「はい。〝絆〟を通して。心のつながりでも確認できますが、身体的に接触したほうが、より正確です。必要なのは、あなたの手です」

グレンジャーは、これが心配だった。クリュールは、カーサと同じ動作をしたいと言っている。おれの頭になかに入り、調べまわるのか。記憶を変えることもできるだろうか？　おれをあやつることも？　グレンジャーは迷った。

クリュールはグレンジャーの不安を感知したらしい。

「恐れることはありません。わたしは、あなたを支配することはできません。自分の子供たちさえ、コントロールできません。最年少の九十サイクルの子供でも猛烈な自分の意志を持っていて、わたしは朝の挨拶をするだけでも耳がつまるような思いをします。ですから、あなたのようなお年寄りが、わたしから影響を受ける危険はありません」

最年少が九十？　グレンジャーは、自分が六十五歳で、四カ月前に死にかけたことは、言わないことにした。

「触れる必要があるのですか？」

「いいえ。わたしは体外の子供たち全員と、〝絆〟で通信できます――ヴァラリシに対する従属から得た、唯一無二の利点です。それに、あなたとも〝絆〟で通信できます。しかし、体内の子供たちは身体的にわたしとつながっているので、彼らがわたしに見せたがっているもの全部に直接アクセスできます。それに、通信のあいだに、誰かがごまかしを見抜けます。ヴァラリシについても、そうです――ヴァラリシに嘘をつくことはできません。子供たちも同じです。彼らがごまかそうとすれば、わたしにはわかります」クリュールは笑った。異星人らしい外見にもかかわらず、なぜか人好きのする笑いだ。「母親はいつも知っています。あなたとわたしが心を交わしているあいだは、本質的に、あなたはわたしの子供です。あなたは、わたしに嘘はつけません。そして、わたしもあなたの子供です。わたしは、あなたに嘘をつけません」

ほかに方法はない。少なくとも、時宜《じぎ》を得た方法はない。すでに時間はほとんどなくなっている。いまにもノートン大将と侵入軍が現われそうだ。グレンジャーは勢いをつけて片手を差し出した。クリュールが手を伸ばし、二人は手を握り合った。

グレンジャーはクリュールを感じた。心のなかに。押しつけがましい存在感ではなく、隣人のような感じで、辛抱強くグレンジャーの心の玄関先に立っている。最初のうち、グレンジャーはどうしたらいいのかわからなかった。クリュールは立って、期待をこめて待っているだけで、どんな意味でもグレンジャーの思考に押し入ろうとはしない。そこで、グレンジャーは自分の思考をクリュールに向けて投影した。

いくらか努力して、プロクターがグレンジャーの腕から血液のサンプルを採取する場面を思い浮かべた。プロクターはガラス瓶を受け取って、ラボのイメージング・スコープにさしこんだ。実際の分析の場面にグレンジャーは同席しておらず、分析の手順を思い浮かべて伝えることはできなかったが、プロクターに呼び戻されて結果を見せられたことは覚えていた。ウィルスは壊れ、不活性化していた。スウォームがもはやグレンジャーに影響を及ぼせないことをプロクターから知らされたときの安堵を、グレンジャーはクリュールに伝えた。ウィルスに何が起こったにせよ、この結果は完全に良性とのことだった。害はないが、ウィルスはまだ役に立つ。

ふいに、グレンジャーの心理的作業が止まった。ウィルスが不活性になった理由が思い出され、その記憶をシャットダウンした。そこまでクリュールに漏らす理由はない。なんらかの形で量子特異点を通過すれば、スウォーム・ウィルスを不活性にできる。グレンジャーは手をおろした。

「わかりました」クリュールはゆっくりと言った——すっかりさらけ出すのは気が進まないという気持ちに気づかれたかどうか、グレンジャーにはよくわからない。「あなたは本当のことを言っています。あなたは本当にヴァラリシと戦い、あなたの血は浄化されています。しかし、意図的に、わたしへの提示を差し控えた知識がありますね」クリュールは言葉を吟味するかのように、自分の足を見おろした。「問題ありません。あなたの意図を感じます。害意ではありません。救うためのものです」挨拶のときと同じように、両腕を横に広げた。「あなたを信じます。グレンジャー艦長」

グレンジャーは反射的に相手の動きを真似たが、前に言われたことを思い出し、スキオーラの男性のしぐさだと教えられたとおり、両腕を前に出した。クリュールは、また笑った。

「いえ、最初の形で正しいですよ。男性として挨拶するときは、腕は前に出します。腕を横に出すのは、そのう……」

「友情ですか？」と、グレンジャー。

「家族愛です。ヴァラリシに対しては、われわれは盟友でした。少なくとも、その腐敗したバージョンです。しかし、あなたに対しては、家族の一員と同じ感じです」クリュールはいったん言葉を切り、つかのま目を閉じた。「いまのあなたとの接触を、〈七民族結合評議会〉の、ほかの女族長と副元首に伝えました。わたしの意見に同意されました。われわれは、あなたの味方として戦います。自由のため、そして家族のために」

グレンジャーは微笑した。そろそろ艦隊に超空間信号を送る時刻だ。予想より、いいニュースを送れる。

シャトルベイの静けさを破って、プロクターの声が割りこんできた。

「艦長、分析を終えました。クリュール副元首は浄化されています。艦長と同じように、不活性ウィルスを持っています。わずかに違うものの、スキオーラの生理はわれわれと同じではありませんから、想定内です。とにかく、明らかに不活性化されたウィルスです」

「なぜ違いが出たか、わかるか？」

「たぶん、種の違いによるものでしょう。つまり、クリュール副元首はスキオーラで、艦長は人間です。わたしの予想では、違いは、スウォーム・ウィルスが宿主と行なう相互作用――」

だしぬけにディアス大尉の声が割りこみ、プロクターの声はとぎれた。

「艦長！　なんの前触れもなく、艦隊が到着しました。そして、超弩級戦艦に向けて発砲を開始しました」

40

ペナンブラ第三惑星　高軌道
ロシア特異点製造施設　幹部司令センター

「副大統領閣下、ようやく会えましたな」と、マラーホフ大統領。アイザクスンの手はマラーホフに、痛くはないが恐ろしいほど固く握られた。プロパガンダやらニュース映像やらをたくさん見て、統合防衛軍情報部からロシアの実力者に関する報告を聞いたあとでは、実際に血肉を備えたマラーホフ本人に会うのは夢のような気がした。噂でも、カリカチュアでも、西側の大衆文化が恐怖と描写する男でもない、現実の人間。なまりはあるが、きつくはない。明らかに、英語を巧みに使いこなしている。

「ミスタ・マラーホフ、こちらこそ。エイブリー大統領が……よろしくとのことです」

アイザクスンは注意深く言葉を選んだ。

「そうでしょうとも」マラーホフはボロディンに顔を向けた。「もういいぞ、ユーリイ」

アイザクスンの隣で、ボロディンが身を固くした。明らかに、自分が追い返されるとは予想していなかったのだろう——それは計画になかった。アイザクスンとボロディンは、会合がどう運ぶか、その可能性を話し合った。どうすればマラーホフを殺せるほど危うい状況に追いこめるか、アイザクスンにはわからず、二人は一緒にさまざまなシナリオをリハーサルした。

アイザクスンがマラーホフ大統領と二人きりになるシナリオは、なかった。

「しかし、大統領閣下、われわれは協議を——」

マラーホフは手を振ってボロディンの言葉をさえぎった。

「あとでな」マラーホフは、エレベーターを指さした。「行け。いますぐだ」

ボロディンは不安げにじりじりとドアへ向かい、ためらいがちにチラリとアイザクスンを見た。アイザクスンは、ボロディンをこの場に残してほしいと抗議したかった。

「ミスタ・アイザクスン、お気づきでしょうが、ここでは、わたしに保安員はついていません。必要ないのです。あなたにも必要ありません。護衛のかたには、ミスタ・ボロディンと一緒に下で待ってもらいましょう」

アイザクスンの頭のなかで危険信号が鳴りだした。警護官《シークレット・サービス》の主任は抗議した。

「副大統領閣下、われわれには、閣下をミスタ・マラーホフと二人きりにすることは許されていません」

マラーホフはアイザクスンのほうを向いた。その表情は、間違いようもない――あなたは男か？　違うのか？　その顔つき、姿勢、上げた片眉、すべてが同じことを言っている。勇気を出して護衛を追い払えとすすめ、アイザクスンの決断力を……男らしさを疑問視している。ちくしょう、こんな軽蔑には我慢できない。

「いや、いや。わたしは大丈夫だ。ここではまったく安全だ。下で待っていろ」

「しかし――」

「行け！」アイザクスンはどなり、ボロディンが待っているエレベーターのドアを指した。裏をかかれるつもりはないし、ロシア大統領の前で自分の権威に疑問を差しはさまれるのを許す気もない。マラーホフのほうが、自分の状況をうまく掌握《しょうあく》しているようだ。おれも掌握しなければ、ちくしょう。

シークレット・サービスは、しぶしぶ列を作ってエレベーターに乗りこんだ。数秒後、アイザクスンはマラーホフと二人きりになった。驚いたことに、マラーホフは騒々しい笑い声を上げた。

「ハッ！　あの連中の顔を見ましたか？　おべっか使いども。偽善者で目立ちたがり屋。みな、そうです。旧友ユーリイも含めて。さあ、こちらへ、ミスタ・アイザクスン。わたしの展望台で話し合いましょう」

マラーホフは、自分が出てきたドアのほうへ歩きはじめた。アイザクスンは混乱して、その場から動かなかった。

マラーホフは足を止めて振り返った。

「あなたはわたしを信用していませんね、ミスタ・アイザクスン」

「わたしはあなたを知りません、ミスタ・マラーホフ。それに、われわれは戦争中です。どうしてあなたを信用――」

「なぜなら、エイモン――エイモンと呼んでもいいですか？　賞賛すべき敵よ、理由は、たとえ戦争中であっても――それは、わたしも認めます――われわれは、本当は味方どうしだからです。あなたにはわからないかもしれませんがね」

「そうですか」アイザクスンは片眉を上げ、腕組みをした。「どのように味方なのです？」

マラーホフはアイザクスンのところまで戻ってくると、アイザクスンの肩に腕をまわし、ドアへ導きはじめた。

「なぜなら、われわれはどちらも人類だからです。われわれはどちらも、生きるために戦います。個人的に、国家として、そしてもっと大事なことは、種として戦います。ひとつの文明として」

「あなたは大群《スウォーム》と戦っているのですか？」

「わたしはスウォームを利用しています、エイモン。不快な下水のような種族に支配されたり、利用されたりはしません。わたしはスウォームより頭のいい汚い相手をだましてきました。大統領にのぼりつめるまでに、たくさんの人々を手玉に取ってきました。地球連合の上院、エイブリー大統領、その前任者、地球連合の惑星と連邦の惑星すべての政治家全員を。だが、わたしがだました最悪の相手はスウォームです。わたしの最高の業績です。経歴の頂点です」

　アイザクスンはグルリと眼球をまわした。マラーホフに導かれるまま、ドアを通って大きな部屋に入った。執務室というより科学ラボのように見える。あるいは……マラーホフはなんと言ったか……〝展望台〟？

「教えてください、ミスタ・マラーホフ。あなたは、ずっとわれわれの味方だったと主張しているわけではありませんね？　スウォームと手を組むふりをして、見返りがいちばん大きくなるときに、背後から連中を刺すつもりでしょう？　わたしは、もう少し頭がいつもりです」

「あなたがたの味方？　あなたやエイブリーや地球連合政府や上院のですか？　いいや。わたしはそっちの味方ではありません。しかし、人類の味方です。わたしは人類の最良の友です」

アイザクスンは足を上げかけて止まった。

「その言いかたは、前に聞いたことがあります。スウォームは、われわれ全員を〝友〟にしたがっている。あなたは、その一人でしょう？　あなたはスウォームに感染している。わたしは、いまスウォームに話しているのですね」

マラーホフは声を上げて笑った。

また笑った。

「エイモン、友よ、わたしはこの数日であなたが話した数少ない、スウォームに感染していない人間の一人ですよ」

アイザクスンはあんぐりと口を開《あ》けた。

「ユーリイは？」

「スウォームです」マラーホフは断言した。

「わたしのシークレット・サービスは？」

「スウォームです。ただ、あなたの護衛が感染しているのは、裏ロウィルスですがね」

マラーホフは天井の電子装置と、ドアの上方の別の装置を指さした。「超空間探知グリッドです。このステーションのどこでスウォームの通信が起こっても、わたしには必ずわかります。あなたの警護部隊がスウォームに支配されていることは、警護部隊がこのステーションに足を踏み入れたときから、わかっていました。毎日のように支配されるわけではありませんが、必要な場合には、裏ロウィルスは……効《き》き目があります。あなたがたも、ウェリントン・ステーションの事件で発見したと思いますが」

あれこれ考えあわせて、アイザクスンにもその言葉の意味がわかった。

「すると……暗殺計画も？　モスクワでの車の爆発――」

「明らかに、あなたの同行者たちの手でしかけられたものです。もちろん、意識的にではありませんが、それが真相です。それに、翌日、あなたが帰られてから、北アメリカ上空で二艇の戦闘艇に襲われた事件――あれも、あなたのお仲間によるものです。エイブリーの選抜部隊も同じです。もっとも、少なくともエイブリーには、護衛の大部分を軍に引き渡すだけの分別があった。それに、シークレット・サービスの全員が感染しているわけではありません。しかし、充分な数です。信じてください。スウォームは両方の政府を無力化することしか望んでいません」

アイザクスンは疑わしげに横目でマラーホフを見た。

「そういうことを、どうして知っているのですか？ どうすれば、あなたを信じられますか？」

「おもな理由は、〝それで筋が通るから〟です。あなたの直感を信じてください」マラーホフは自信に満ちた足取りで、ある台のそばへ歩いていった。上に、大きな不透明な囲いが載《の》っている。「あなたは政治家です、エイモン。優秀な政治家で、非常に頭がいい。あなたはこの種のことに関する良識があり、わたしが本当のことを言っているとわかっている」囲いには電子スイッチがいくつかあり、マラーホフは自分の指を認証スキャンにかけてから、いくつかボタンを押した。「しかし、もうひとつの理由はこれです」

囲いの半分が、ガラスのように透明になった。囲いの下に、裸の男がうつぶせになっていた。意識はあるようだが、目は動かず、焦点が合わずにどんよりしている。頭から金属の棒や電極が突き出て、やや開《ひら》いた口からは酸素チューブが延びている。

「誰ですか？」と、アイザクスン。

驚いたことに、マラーホフは囲いのなかのうつぶせの男に向かって敬礼した。

「この男は愛国者です。イーゴリ・パブレンコ准士官。母国に命を捧げた……もっとも」マラーホフは厳粛《げんしゅく》な顔でチラリとアイザクスンを見あげた。「そのときは、そんなことは知らなかった。本人は、特別任務に志願したつもりでいました。その任務が、十年間ここに横たわることだとは気づいていなかった」

アイザクスンは、男の頭部から突き出た電極や管や棒を見ながら、断片をつなぎあわせて理解しはじめた。

「これが任務ですか？」と、アイザクスン。恐怖を感じるべきか畏敬の念を抱くべきか、よくわからない。どちらも感じるようだ。「スウォームを研究するための実験台ですね。スウォーム物質が人体にどんな作用をするかを見るための。スウォームをどうコントロールするか、この男で学んだのですね」

マラーホフは首を振った。

「いや、そうともかぎりません。彼がこの任務に志願したときまでには、わたしはスウォームの通信と支配のしくみを、大まかにつかんでいました。パブレンコ准士官の任務は実験台になることではなく、スウォーム自体の裏口になることでした。彼は完全に感染しています。全面的にスウォームの支配を受けている。しかし、わたしは彼に強い鎮静剤を与え、電子的に直接、彼の脳幹と側頭葉と海馬に結びつけました。脳のこれらの場所を押さえると、彼の動きや能力を封じるだけでなく、彼がスウォームとのリンクを通して何を聞くか……彼の脳が信号をどのように解釈するかが解読できます」

「あなたはスウォームをスパイしているのですか？　こんなことをして、なぜ邪魔をされないのです？」アイザクスンは抑えようもなくまごついた。マラーホフは、おれをからかっているのか――だが、なぜだ？――偽《にせ》の情報を提供して、エイブリーのもとへ持ち帰らせようとしているのだろうか。でなければ……ひょっとしたら、もしかしたらだが……本当のことを言っているのか。政治家が？　戦争中の政治家が、敵に本当のことを話したりするだろうか？

「疑っていますね、ミスタ・アイザクスン。わたしを信じていない――それは、わかります。ですが、わたしが言うことは真実です。なぜ真実かをお知らせしましょう。わたしはロシアの文化や人民に対する自分の野望を、秘密にはしていません。自由に話します。わたしは西側諸国の没落などは願っていませんが、自分たちがこの戦争に勝って終わり、西側が謙虚になって、こころよくわれわれを友として受け入れてくれることを望んでいます。上位の者としてではなく、対等な者として。だから、真実を話すのです。嘘は効果のある道具ですが、真実は何よりも強い武器です」

　ロシアの兵士のどんよりした目を、身をかがめて見つめていたアイザクスンは、上体を起こして背筋を伸ばした。

「で、大統領閣下？　真実とはなんですか？　なぜ今日、わたしをここに連れてきたのです？」

「副大統領閣下、わたしのねらいは、スウォームをコントロールすることではありません。スウォームを使って西側を脅《おど》し、おじけづかせることではありません。わたしの経歴における最終目標は、スウォームを全滅させることです、完膚なきまでにね」

41

恒星間宇宙　シリウスから二・四光年の位置
ISS〈ウォリアー〉　シャトルベイ

グレンジャーは全力でシャトルベイのコントロール・ステーションに駆け寄り、メイン・パネルに戦術画面を出した。ちくしょう。ノートン大将は侵入部隊を乗せた艦と数隻の護衛巡航艦だけでなく、艦隊全体を連れてきている。ジンガノ元帥の〈ヴィクトリー〉は、どうやら後ろに控えているようだ。巡航艦の群れは、すでに超弩級戦艦のいくつかの部分をねらい撃ちしていた。侵入部隊が穴を造れるよう、外殻を弱めようとしている。

「ちくしょう」グレンジャーはつぶやき、〈ヴィクトリー〉に通信した。「元帥、いったいなにごとですか？　わたしは、まだ攻撃信号を送っていません！」

メイン・パネルからジンガノの声が響いた。

「すまん、グレンジャー。この任務では、大統領命令によって、作戦実行の権限はノートン大将にあるのだ」

「しかし、元帥、スキオーラは本物です。仲間です。絶対の自信があります」

ジンガノの返答をさえぎって、新たな声がスピーカーからとどろいた。

「それは、連中がわれわれに信じさせたい姿だろう、グレンジャー。それに、おまえがわれわれに信じさせたい姿だ。だが、われわれはこの一時間、おまえが発する超空間信号をモニターしていた。おまえが連中と協力して動いていることは、はっきりしている」

超空間通信だと？　グレンジャーは勢いよくクリュールを振り返った。

「あなたは大群《スウォーム》と通信しているのか？　わたしに嘘をつくな……」

クリュールは目を閉じた。口から出た言葉は、「わたしの子供たち。死んでゆく」だけだった。深い青色の目が開いた。「われわれは裏切られた。スキオーラの全力の怒りと、連合した力を、受け止める覚悟はありますか？」その声には、はじめて脅《おど》しの色があった。

ドアのそばの四人の宙兵隊員が、アサルトライフルを構えた。グレンジャーは片手を差し出して止めた。

「待て。具体的に脅されてからだ」と、グレンジャー。じっとクリュールを見た——副元首の目から深みや賢明さが消え、代わって執念深い、激しい怒りが現われている。

「わたしは艦隊に攻撃をやめるよう説得できる。しかし、超空間通信とは——知る必要がある。あなたのせいか？　あなたは、まだスウォームと手を結んでいるのか？」

　クリュールは、すぐには答えなかった。グレンジャーは大股でクリュールに近づき、手を伸ばして相手の手をつかんだ。

「答えろ！」グレンジャーは自分の手から血の気《け》が引くほど強く、クリュールの手を握った。

　グレンジャーはあえいだ。激しい感情の奔流《ほんりゅう》が全身を流れた。十億人の死の苦痛を感じた。さらに一秒ごとに何千人もが死んでゆき、その一人一人が感じられた。想像、思考、印象が目の前をただよった。何も見てはいなかったが、同じことだ。クリュールは本当のことを言っている。否定しようがない。グレンジャーはスウォームを知っている——どんな感じがするか、どんなに無慈悲か……支配に対するほとんど機械的な意志を知っている。これは、それとは違う。

　グレンジャーは勢いよく手を引っこめたが、手が離れたあとも一億人の恐怖が感じられた。

「死にかけている」と、グレンジャー。

　クリュールの目に激しい怒りが燃えあがった。

「わかっています。わたしが、あなたを信用したせいです」

　グレンジャーは端末へ駆け戻り、もういちどジンガノに通信した。

「元帥、言っておきますが、これは狂気の行為です。この人々はわれわれの味方です。このしょうもない戦争に勝つために、われわれを助けてくれるんですよ！　砲撃をやめてください！」

　ジンガノの重いため息が聞こえた。

「グレンジャー、いいか。そういう可能性もあることは、わかっていた。だが、大統領はそれにかまわず、連中の艦を奪うと決定した。そしてスウォーム艦隊の中心部にまっすぐ――」

「しかし、どこが中心部か、われわれは知りもしない！　ちくしょう、元帥、あれが見えないんですか？　この攻撃については、大統領は間違っている！」

　またしてもノートン大将の声が邪魔をした。

「遅すぎたな、グレンジャー。口を出すな。スウォームが現われたぞ。大挙してだ。さあ、計画を実行するぞ。〈ウォリアー〉に命じろ——われわれの侵入部隊の艦を邪魔されないよう、スウォーム艦隊から守れ。チャンスはいちどだけだ、グレンジャー。間違えるんじゃないぞ。命令にしたがわなければ、ディアス大尉に権限を与えて、おまえの頭に弾丸を撃ちこませ、〈ウォリアー〉の指揮をとらせるぞ」

戦術画面を見ると、スウォーム航宙母艦の群れがこちらに向かってくる。少なくとも五十隻。くそ——われわれがここにいることを知っていたな。グレンジャーはドアのそばの宙兵隊員たちに向きなおった。

「彼女を拘束しろ」しぶしぶ命じた。

四人の宙兵隊員が跳びかかった。別の宙兵隊の班が、近くの準備室のドアから跳び出した。最初にクリュールに襲いかかった男を、クリュールは巧みに空中で捕まえ、自分の二倍もある大きさの相手を振りまわして、宙兵隊のふたつめの班に投げつけた。三人の男がクリュールにタックルした。クリュールはわめき声を上げ、一人の顔を肘で突いて昏倒させた。自由に動く片足でもう一人を蹴りあげ、ほかの二人の兵士の顔面に衝突させた。

信じられないほど強い——カーサの言葉は、誇張ではなかった。クリュールの姿と声は、どこか、子グマとともに追いつめられた母グマに似ている。吠え、叫び、取り押さえようとする兵士たちに立ち向かった。さらに二人の兵士が意識を失って倒れた。もう一人が宙を飛んで壁にぶつかり、鼻血を出した。

ようやく宙兵隊員たちはクリュールの両腕を背後で押さえこみ、手錠をかけた。重い合成スチール製の手錠を、一本ではなく二本だ。さらに、足首にも二本かけた。クリュールが勢いよくのけぞり、後頭部を宙兵隊員の一人の胸に打ちつけた。男は胸を押さえたまま、五メートル後ろへ飛ばされた。

「そこの準備室に入れておけ」グレンジャーはシャトルベイに付属する小さな部屋の、開《ひら》いたドアを指さした。「わたしが新たに命令を出すまで、二十名で警護しろ」

兵士たちが敬礼した。クリュールが逃げようとしないことに満足し、グレンジャーはブリッジへ走った。

艦長席にはプロクターがいて、初期作戦行動を指示していた。ちょうど戦闘が激化しはじめたところだ。ジンガノ元帥の艦隊はスキオーラの超弩級戦艦の掩護《えんご》を得て、すでにいくつかの航宙母艦を破壊していた。超弩級戦艦は、行き当たりばったりにスウォーム艦に発砲しているように見える——注意の大部分を艦内に向けているからだろう。宙兵隊を乗せた何百隻もの兵員輸送艦が、すでにドッキングをすませている。手短に言えば、スキオーラ艦はひとつの巨大なかたまりになっていた。

だが、おれは戦闘のまんなかにいる。行動する義務がある。
艦隊を救え。超弩級戦艦を救え。
スウォームに対する人類のチャンスを救え。
そして、なんとかして大量虐殺に手を貸すのを避けろ。

42

恒星間宇宙　シリウスから二・四光年の位置

X-25戦闘艇　コックピット

肝っ玉《ボールジー》の戦闘艇は大群《スウォーム》の小さな群れのまわりに輪を描いて飛びながら、うまく照準の合った敵艇をねらい、それた艇は背後から来るピューピューと消耗品《フォダー》にまかせていた。宇宙の覇者《スペースチャンプ》は雲のような敵艇の群れの中心を、わざと追いつけそうなスピードで飛びながら、敵の目を引いては砲撃をかわし、稲妻のように飛びまわっている。スペースチャンプが敵の注意を引きつけているあいだに、ボールジーとあとに続く双子のパイロットが、スペースチャンプを追う敵艇を破壊した。

「今度は、あなたが囮《おとり》よ、ボールジー」ヘッドセットを通してスペースチャンプがどなった。最後の敵艇が残骸と粘液の煙になって消えると、スペースチャンプ艇は矢のように前方へ進み、向かってくる次のスウォーム艇の群れに飛びこんだ。

「ねえ、ボールジー」耳のなかでフォダーの声ががなりたてた。「おれたちはいつレンガを投入するのか、教えてもらえませんかね？　この混乱ぶりじゃ、姿勢制御もやっかいになってきてるんで」

ボールジー艇は、妨害しようと近づいてくる敵艇の隊形をかわして左に曲がり、その群れを片づけるために周辺に輪を描いた。だが、敵の隊形はボールジーが発砲する前に散らばった。

「特異点は、まだひとつも現われてないから、連中に食らいつくしかない」と、ボールジー。「心配するな、チャンスはあるぞ、ミスタ・アステリスク＝ワン＝ビッグ＝ユニット」

輪を描き終えるあたりで窓外に目を走らせると、戦闘状況がわかった。統合防衛軍の艦隊は二つの攻撃部隊に分かれ、それぞれが、超弩級戦艦に対抗する約二十五隻のスウォーム航宙母艦を攻撃している。スキオーラ艦はときおり近くのスウォーム艦に発砲するが、大部分は、長さ百キロの長い艦体にドッキングした、何千もの兵員輸送艦への対応に追われているようだ。バーナード大佐にひきいられた侵入部隊が、スキオーラ艦内のデッキからデッキへと進んでいるのだろう。もっとも、奇妙なことに、スキオーラ艦の前部全体——少なくとも五キロ——には、統合防衛軍の兵員輸送艦はドッキングしていない。

ボールジー艇の鼻先は〈ウォリアー〉のほうを向いていた。〈ウォリアー〉は、側面から三隻のスウォーム航宙母艦の連打を受けている。反物質イオンのビームが次々と刺さり、艦体をつらぬいた。

「分隊、〈ウォリアー〉を攻撃している敵艦の砲塔を、いくつか破壊しよう。さもないと、おれたちが戻ったときに着艦するデッキがなくなる」

四人の戦闘艇は近くの敵航宙母艦へ突進した。フォダーとピューピューが、砲塔のひとつを守っている敵艇の雲のなかへ飛びこむのを見て、ボールジーはまたしても息を詰《つ》めた。二人がこれを実行するたびに、二人の運の尽きる瞬間が近づく。二人がこの決死の突撃から、いつも生きて帰ってこられるとはかぎらない。

だが、またしても二艇は雲の反対側から現われた。ねらいの正確な数発の魚雷で、敵艦の砲塔は破壊された。

ピューピューの笑い声が通信器から聞こえた。

「あいつは近かったぞ、兄弟。ボールジー、スペースチャンプ、あそこにある一基をほっとく気か？　まあ、あんたらには、しとめるのは無理かもな」

スペースチャンプが声を殺して、いままで最高のパイロットがどうとかブツブツ言った。ボールジーは、医務室でスペースチャンプが激励のために話してくれたことを思い出した。スペースチャンプの言うとおりだ。おれは、尻振《フィッシュテイル》りにとらわれすぎてる。やるべきことに注意を集中し、できるだけたくさんのスウォーム艇を地獄へ吹っとばしてやれ。

「うるさい、ピューピュー、見てろよ。スペースチャンプ、行こう。十六マーク三の砲塔だ」

フォダーがフンと鼻を鳴らす音が聞こえた。

「背後を守りますよ。でも、覚えといてください——おれの兄弟みたいな飛びかたをしちゃいけません」

「それと、忘れないでくださいよ」ピューピューのいつもの返事が届いた。「おれの兄弟みたいな飛びかたをしちゃいけません」

ボールジーは微笑した。これがおれたちの本領だ。おれと、おれの自慢の分隊——〝触れるな危険《アンタッチャブル》〟の。おれたちは、この状況を扱える。ボールジーはまっすぐ前だけを見て、艇を進めはじめた。だが、視野の周辺を飛びまわる敵艇すべてにも、神経を集中している。スペースチャンプがボールジー艇のまん前で敵艇を次々としとめ、ボールジーはスペースチャンプのまわりを飛びまわって破壊した。後方から追ってくる残った敵艇は、ピューピューとフォダーが片づけてくれる。

　永遠とも感じられる長い一分が過ぎ、ボールジー艇は雲の反対側から出た。魚雷の照準を砲塔にロックし、砲塔が爆発するのを見てこぶしを突きあげた。

「フォダー？　どこにいる、おい？」

　沈黙。

「そのうち戻ってきますよ。いつものことです」と、ピューピュー。「本当の話、子供のころ、あいつの首に牛の鈴をつけなきゃならなかったんです――いつ背後にしのびよられるか、わかったもんじゃなかったんでね」

　遠くで〈ウォリアー〉が、外殻の数十カ所から瓦礫《がれき》を噴《ふ》き出しながら近くの航宙母艦へ向かって加速し、何千もの電磁投射砲弾を発射した。

　ボールジーは艇を加速させた。

「行くぞ。〈ウォリアー〉の通過攻撃を楽にしてやろう。最後の一隻が――」スコープに目をやったボールジーは、ハッと見なおした。〈ウォリアー〉がねらいをつけている航宙母艦の全長に沿って上下しながら、一隻の戦闘艇が飛んでいる。電磁投射砲弾の嵐を受けてスウォーム艇がいなくなった瞬間を利用しているらしい。「フォダーか？　もう、そこにいるのか？」

フォダーは笑った。

「エンジンがひとつ、動かなくなりました。ようやくオンラインに戻りましたが、艇のモーメントのおかげで、ここまで来ちまった——と思うんです、もちろん」

「もちろん？　くそったれの〝もちろん〟だ！　そこから離れろ！　〈ウォリアー〉の砲弾の直撃を受けるぞ！」

だが、フォダー艇は嵐のような砲弾をうまくかわして飛び、もういちど通過攻撃して、二基の反物質砲塔を引き裂いた。〈ウォリアー〉の猛攻から無事に逃れて敵艦を離れると、反対側で敵艦を撃っているボールジーたち三艇に加わった。

視野の隅に何かがちらつき、ボールジーは首を伸ばして見まわした。一隻の艦——大きな艦が、Qジャンプで現われたところだ。その艦が、衝突コース上にある超弩級戦艦の前部区画に、まっすぐねらいをつけた。ボールジーは、艦体外殻上のネームプレートに目を凝《こ》らした。だが、見ないうちから直感した。

「うわ、冗談だろう」

43

恒星間宇宙　シリウスから二・四光年の位置
ISS〈ウォリアー〉ブリッジ

「艦長、三隻の敵航宙母艦が猛追してきます！」ディアス大尉がどなった。

「標的への発砲を続けろ」と、グレンジャー。ISS〈トリポリ〉と共同で攻撃している大群《スウォーム》の航宙母艦の状況を、モニターしている。「向かってくる航宙母艦に、こっちの艦の腹を向けろ……もう修理しようもないほど損傷しているから、盾《たて》として使ったほうがいい」

〈ウォリアー〉は艦体を横に傾け、近づいてくる敵艦に艦の腹側を向けた。前部の電磁投射砲塔で、損傷した航宙母艦にねらいをつけたままだ。向かってくる敵艦が、反物質ビームを連射しはじめた。グレンジャーたちの周囲で、壁やデッキが震動した。

グレンジャーは椅子の肘かけをつかみ、両足をデッキに踏んばって、意志の力で艦の分解を防ごうとした。おれは〈コンスティテューション〉を失った。〈ウォリアー〉まで失うつもりはない。助けられるなら、助ける。

「標的の艦の、広範なパワー停止が表示されています。反物質砲塔は、すべて動かなくなりました」と、ダイアモンド少尉。

「回頭しろ。だが、針路はもとのままだ。左側の航宙母艦を標的にし、いま動かなくした航宙母艦の裏側にまわりこんで、盾にしろ。〈トリポリ〉に、われわれとは逆向きにまわりこんで発砲するよう、伝えろ。われわれが掩護《えんご》する」

「了解」何人かの声が聞こえ、ブリッジ・クルーが命令を中継した。

いままでのところ、混戦状態だ。十二隻のスウォーム航宙母艦を破壊して、こちらの損失は十五隻だけだから、まだ最悪の状態ではない。統合防衛軍とグレンジャーの打ち立てた最高記録と言っていいほどだ。だが、スキオーラの超弩級戦艦は、ノートン大将とバーナード大佐の指揮下にある宙兵隊の兵員輸送艦から、激しい攻撃を受けている。すでに何千もの輸送艦がドッキングしていた。おそらくバーナード大佐自身も加わって、何十万人もの宙兵隊員が各デッキを封鎖し、スキオーラと血まみれの戦いを繰り広げているだろう。

無意味な暴力。不要な流血だ。

スキオーラの血は、人類と同じく赤いのに。

だが、グレンジャーには、そこに注意を集中する時間がなかった。ノートン大将は、何があろうと超弩級戦艦の奪取を実行しようと、妥協の余地もなく頑固に思いこんでいる。ジンガノ元帥の艦隊はスウォーム軍の不意打ちに対抗するため、手に入る支援はすべて必要な状態だ。

「〈ヴェノカー〉のディルマン艦長に、この二隻の敵艦の注意を引くのを手伝ってもらえ。そのあいだに、われわれが一隻ずつ片づける」と、グレンジャー。二隻のスウォーム航宙母艦に〈ウォリアー〉の腹側を向けて攻撃を軽減しているが、敵はもっとうまく攻撃できるよう、角度を変えはじめている。まもなく、側面にいた〈ヴェノカー〉が角度を変えて、二隻の航宙母艦の針路を妨害する位置へ移動した。グレンジャーはうなずいた。

「標的は無力化されました。砲塔はすべて機能停止しましたが、〈ヴェノカー〉も大きな損傷を受けました」と、ダイアモンド少尉。

「よくやった、ディルマン」グレンジャーはつぶやいた。「次の標的へ移動しろ」

グレンジャーは戦場を広く見わたした。〈ヴィクトリー〉のジンガノ元帥は戦闘のまったなかにいる。二十隻の新造巡航艦からなる攻撃部隊を結集し、巡航艦の極厚外殻を防壁にして、〈ヴィクトリー〉は何万個もの電磁投射砲弾でスウォーム航宙母艦を攻撃していた。

統合防衛軍の攻撃部隊のひとつが、ひどい状態だった。デルタ隊の巡航艦の半数が緑の反物質ビームに切り裂かれ、瓦礫《がれき》を噴《ふ》き出している。残る半数の艦はすでに分解し、残骸を散乱させていた。ノートン大将のいるISS〈リンカーン〉は戦場のはるか背景にいて、超弩級戦艦のデッキを進んでいる宙兵隊の司令センター代わりになっていた。攻撃部隊が完全にやられたら、〈リンカーン〉はスウォーム艦の近くにいるから、ひとたまりもないだろう。

「回頭。全速で、座標三十二マーク五のスウォーム艦の隊形へ向かえ。デルタ隊を至急、救援する必要がある。通りすがりに、すべての砲で、三番目のスウォーム航宙母艦をねらえ」

〈ウォリアー〉は円を描いて向きを変え、盾にしていた壊れたスウォーム航宙母艦の陰から出た。デルタ隊までの宇宙空間では、何千もの統合防衛軍の戦闘艇が、何万ものスウォーム戦闘艇を相手に宇宙戦を繰り広げていた。スウォーム艦ひとつひとつのメイン戦闘艇ベイを破壊してまわる時間はないので、スウォーム戦闘艇部隊全体と交戦するしかない。七十五年前、スウォームがこの恐ろしい名を獲得したのも、こんな場面だった。何万、何十万という戦闘艇。明白な、圧倒される数だ。統合防衛軍の戦闘艇は善戦しているが、実情は大虐殺だ。

おかしなことに、スウォームは特異点兵器をひとつも使っていなかった。オスミウムのかたまりを投下すべきゆらめく光点は、ひとつも現われていない。その結果、統合防衛軍の戦闘艇は本来の二倍以上の質量で飛んでいた。

「連中は、なぜ特異点を使っていないんだろう、シェルビー？」

「ひょっとしたら、超弩級戦艦を破壊する危険をおかしたくないのでは……？」

グレンジャーはあごをなでた。

「そうかもしれない。それとも、単に特異点が品切れになったのかな」

「それはまず、ありません」と、プロクター。「わたしは〈ウォリアー〉艦内で、自分の特異点を造りました。スウォームが、特異点の大量生産を続けられない理由はありません」

下部デッキから爆発音が響き、ふたたび艦が揺れた。特異点の謎はあとまわしでいい。しかし、オスミウムを運ぶことで戦闘艇の進み具合が遅れるだけなら……。

「ピアース部隊長、こちらはグレンジャーだ」グレンジャーは宙に向かって言った。

一瞬の躊躇《ちゅうちょ》があった。

「ピアースです。なんでしょう、艦長？」重苦しい声だ。グレンジャーはプロクターにさとされたことを思い出し、プロクターの提案をまだ実行していなかったことで、自責の念を覚えた。

「百五十個のレンガを捨てては、まずいだろうか？」

「レンガのために、艇のスピードはかなり落ちています、艦長」

グレンジャーはうなずいた。

「今後五分間、特異点が現われなければ、オスミウムを敵の航宙母艦めがけて発射する計画を提示してほしい。全速力で——少なくとも二十秒。衝突前に、毎秒二キロのスピードに達するようにしろ。ろくでなしどもの外殻に、いくつか大穴が開《あ》くはずだ」

「何ができるか、見てみます、艦長」

「それと、ピアース」グレンジャーは付け加えた。「この戦闘がすべて終わる前に、何度か決死の突撃《オメガ・ラン》が必要になるかもしれない」戦闘艇部隊長には、事前の警告が必要かもしれない。前の数回は急な命令を出して、必要以上のストレスを与えたようだ。だが、ピアースは惑星ヨークに住んでいた家族を失ったために、前よりも決意を固めているはずだ。何もかも失った者ほど恐ろしい存在はない。純粋な絶望と復讐の念と、種族全体に共通する生存本能にもとづいて戦う。失った者たちは、みなその点に達している——グレンジャーは思った。生きている者は誰一人、悲劇を免《まぬか》れない。全員が何かを失っている。

なかには、すべてを失った者もいる。

「わ……わかりました、艦長」と、ピアース。

「よろしい。グレンジャーより、以上」戦術ステーションのほうを向いた。「標的への射程に入るまでの時間は？」

「十秒です。しかし、三番目のスウォーム航宙母艦には、まだ機能する反物質砲塔があります」と、ディアス。

「それはＩＳＳ〈ヴェノカー〉にまかせろ。すべての砲で、デルタ隊を攻撃している隊形の、いちばん近い艦をねらえ」

損傷していない電磁投射砲がいっせいにグルリと向きを変え、隊形からはずれた一隻の航宙母艦にねらいを定めた。敵航宙母艦は、十本以上の反物質ビームの衝撃に震えている統合防衛軍の巡航艦に、注意を集中している。

「艦長、ノートン大将から艦隊向けの通信が入っています」と、プルーハ少尉。「超弩級戦艦の前部区画付近にいる艦は、すべて、いわゆる安全な距離まで退避しろとのことです」

グレンジャーはプロクターを振り返った。

「今度は、どういうつもりでしょう?」と、プロクター。

どういうつもりかは知らないが、いい徴候とは思えない。

「〈リンカーン〉につなげ」

大して間《ま》を置かずに、通信装置からノートンの不機嫌な声が出た。

「いったい、なんの用だ、グレンジャー?」

「なぜ超弩級戦艦から離れなければならないのですか、大将?」

「すまんな、艦長。その情報を、明らかにスウォームの影響下にある相手に漏らすつもりはない」

「ちくしょう、ノートン大将、何をバカなことをしているんです? こうして話しているあいだにも、わたしを通してスウォームに情報が伝わっているんですよ。われわれは、ここであなたのために危険をおかしているんです。気づかないんですか? デルタ隊がやられれば〈リンカーン〉は無防備になり、スウォーム艦の攻撃に数分しか耐えられません」

ノートンはためらった。

「侵入はうまくいっていない。スキオーラの防衛は、ペシミストも予想しなかったほど手ごわい」

「相手の艦の、どのくらいを支配できましたか？」

間《ま》。

「五パーセント以下だ。だが、艦内の配置に関する貴重な情報を手に入れた。連中の中枢部を攻撃するところだ。艦内の人口のほとんどが集まっている場所だ」

「大将、わたしは強く反対します。宙兵隊員を全員、超弩級戦艦の外へ出してください。退却してください。スキオーラは平和的な種族で、強力な同盟者になりえます。大将はご存じないでしょうが――」

「黙れ、グレンジャー。さがって花火を見ていろ。この作戦行動は、おまえにもなじみがあるはずだ」

いったい、どういう意味だろう？

だが、質問を口にする暇もなく通信が切れた。数秒後に、戦術ステーションから騒ぎが伝わってきた。

「なんてこった！」ダイアモンド少尉がわめいた。

グレンジャーは反射的に跳びあがった。

「なんだ？」

「〈コンスティテューション〉です、艦長。あるいは、その残りかすです」

「スクリーンに出せ！」

スクリーンの映像が、スウォーム隊形に包囲されたデルタ隊の戦闘風景から、超弩級戦艦の前面を含んだ広範囲の風景に変わった。遠くに、なつかしい艦が見える。〝老鳥〟だ。最後の戦いと地球への降下で壊れて、動きはぎこちない。稲妻のような速さで、超弩級戦艦へ直進している。

44

ペナンブラ第三惑星　高軌道

ロシア特異点製造施設　幹部司令センター

「あなたが？　大群《スウォーム》を全滅させるのですか？」と、アイザクスン。あざける口調だ。

「完全な根絶です」マラーホフ大統領はうなずいて答えた。

「それは……野心的な」アイザクスンは頭を傾け、これはなんのゲームだろうと思いながら大統領を見た。この男は妄想に取りつかれている。それとも、からかっているのか。

「わたしは野心的な人間です、エイモン。自分のほしいものが目に入れば、手に入れます。手が届かなければ、どうやって手にするか、入念に計画を立てます。誰もがほしがる戦利品に手が届かなければ、わたしはますますほしくなるばかりです。そして、わたしはそれを勝ち取ります」

本気で言っている――マラーホフ大統領のたくましさを売りにした名高い業績の数々を思い出して、アイザクスンは思った。たしかに、何かを証明した男だ。自分を非常に高く評価しているが、この場合は、少しばかり身のほど知らずなことをやろうとしているのではないだろうか？　戦争は、人類にとって、なんともまずい展開になっている。ロシア人にとっては一時的には安全で、おそらくスウォームの味方だとしてもだ。だが、それは長くは続かないだろう。地球連合が敗北すれば、スウォームがロシア連邦に注意を向けるのを止めるものはなくなる。マラーホフが、アイザクスンの知らない軍のありさまについて何か知っているのでなければ、この状態は長続きしない。

「大統領閣下、なぜ、ご自分がスウォームを根絶できるとお考えなのですか？　スウォームはわれわれをコントロールでき、われわれの上層部まで浸透しています。スウォームの艦隊は無限のようで、スキオーラと、ほかに、われわれが聞いていない種族を少なくとも三つ、支配下に置いています。その三つの種族が現われたら、どうなりますか？　この点をお考えになりましたか？」アイザクスンは、参加を許された戦略会議でエイブリー大統領と上級司令官たちから聞いた懸念のリストを、そのまま口にした。

マラーホフは、台の上の電子スイッチに手を触れた。囲いの透明な部分はもとどおり不透明になって、裸の兵士を隠した。マラーホフは手で別のドアを指し、脇の小さな部屋へ案内した。別の科学機器がいくつかある。

「ある話を聞かせましょう、エイモン」マラーホフは機械のひとつに椅子を引き寄せ、機械の隣にあるコンピューター・ディスプレイのいくつかの個所に触れはじめた。

「話は、七十五年前から始まります」と、マラーホフ。ディスプレイのある部分に触れたまま、手をあちこち動かして、いくつかのメニューを次々と移動させた。不運なことにロシア語が読めないアイザクスンは、キリル文字を半分も認識できなかった。「実際は一万年前に始まったのですが、われわれがかかわってくるのは七十五年前で、重要なのはそこだけです。何十年もたって、スウォームが休眠期間を終えた——われわれの科学者たちは、その周期を約百五十年としていました。彼らはやってきて、地球やほかの十個以上の惑星を荒廃させました。しかし、彼らは、人類による予想外の激しい抵抗に出くわしました。戦争がそのまま続いていれば、おそらくスウォームが勝ったのでしょうが、彼らの覚醒期間は終わりに近づいていました。スウォームは、自分たちが休眠に入る前にこの侵略を完了させることはできないと、わかっていました。途中で無反応の時期に入ってしまう、と」

「では、スウォームが姿を消したのは、本当は、ただの幸運だったのですね？」

「基本的には、そうです。彼らは、配下の種族に仕事をまかせて——ドルマシやスキオーラなどです――百五十年たったら、またやってくる予定でした。スウォームの技術や艦を改善し、次に目覚めたときには、簡単に人類を征服できるようになっていると思っていました」

「しかし、連中は早くやってきた」と、アイザクスン。

「早くやってきました」

「それは、何か人類のせいですか？　それとも、自然にそうなったのですか？」

　マラーホフは笑った。

「もちろん、人類のせいですとも。もっと正確に言えば、わたしのせいです」

「あなたの？」アイザクスンは耳を疑った。なぜロシアの大統領が、破壊が待ちかまえていることを知りながら、人類の不倶《ふぐ》戴天《たいてん》の敵を早く目覚めさせたのか？　「なぜです？　信じ難いほどバカげた行為に見えますが」

「ああ、もちろん、わざとやったのではありません。最高の科学者たちが、新しい兵器を発明したのです。またスウォームが来たときに使える武器です。同時に……人類のなかでもあまり友好的でないグループに対しても。ほら、見えるでしょう」マラーホフはコマンドの入力を終えた――前にやったことがあるらしい。マラーホフが技術的な装置をこれほど見事にあやつるのを、アイザクスンは不思議に思った。

兵士の囲いと同じように、不透明だった機械の頂上が透明になった。アイザクスンがなかをのぞくと、中心部で、ようやく見える程度の白い光がチラチラ輝いた。ときどき閃光を発するが、たいていはアイザクスンが目を細めて凝視しなければならないほど、かすかだ。

「これは、わたしが考えているものですか？　極小特異点ですか？」

「そうです。実際は、最初に造られたもの――それと、その兄弟です。ふたつは非常に近い位置にあるので、別々には見えないでしょう」

「どうやって安定させているのです？　どうやって、このステーション全体がのみこまれてしまわないようにしているのですか？」

「極秘事項です、副大統領閣下。しかし、これだけは言っておきましょう――ブラックホールに関するよく知られた理解は、単純化しすぎで、間違っています。たとえば、この特異点の重さは千兆分の一グラムもありません。一キロになるには、これと同じものが十億の十億倍、必要です。平均的な天然のブラックホールの重さは十億キロの十億倍の十億倍の百万倍……プラスマイナス十億キロの十億倍といったところです。言うまでもなく、通常の重力プレートを使ってこれらを操作するのは非常に簡単だ――もちろん、修正重力プレートで、ですがね。しかし、もっとおもしろいものを発見しました。人工特異点は、ペアでなければ造れない。さらに、片方に何かが入ると、少したってもう一方から出てくる。出てくるタイミングは、われわれの重力入力パラメーターしだいです。そこで、わたしは考えました——これを使って、スウォームの母星を破壊できるのではないか？　やつらが二度と来ないようにできるのではないか？」

「しかし、やつらは予定より早く来ました」と、アイザクスン。

「そうです。しかし、わたしは計画を調整しただけでした。やつらに特異点技術を与え、代わりにわたしの自由を確保したのです。わたしの上層部の司令官全員、上層部の指揮官の大部分が、みなスウォーム・ウィルスに感染しました。しかし、特異点技術はスウォームにとって非常に貴重だったので、やつらは、わたしが感染せずに政府をコントロールすることに同意しました。それと、先ほど囲いのなかにいるのをあなたもごらんになった愛国者の兵士を通して、やつらのネットワークがわたしの人民に何を命じているかをモニターすることも、承諾しました」

「しかし、人類への攻撃に使える特異点技術を、なぜスウォームに与えたのですか？」

「理由は、副大統領閣下、一石二鳥をねらったからです。同じ矢で、二種類の敵を片づけようと考えたのです。あなたがた地球連合の上院と以前の行政機関は、頑迷な反ロシア主義者でした。ですから、わたしにとって問題ははっきりしていました——わたしが人民を支えなければ、ほかに支える者はいない。唯一の答えは、西側に泣いてもらうことだ。そして、それをわたしの代わりにスウォームにやらせるのが、いちばんいい方法ではないか？　わたしは自分の手を汚さない人間なのですよ、副大統領閣下。わたしは自分で洗濯はしませんし、トイレも自分で掃除はしません。戦争も、自分で戦うつもりはありません。わたしの二種類の敵がたがいに殺し合ってくれるのに、自分で戦う理由はないでしょう」

　アイザクスンは真空の箱のなかのちらつく光を見ながら、あごをなでた。ときおり閃光が走るのは、まぎれこんだ空気の分子が微細な事象の地平面に近づきすぎて、蒸発したのに違いない。とにかく、おれの推論はそうだ――実際の科学者も似たようなことを、もっと大げさな表現で言うだろう。

「しかし、ミスタ・マラーホフ、スウォームは地球連合を破壊したら、その武器をあなたがたに向けるはずだと、わかっていたでしょう。本当に、あなたをずっと自由なままにさせてくれると思いましたか？」

「もちろん、それもひとつの可能性ではありました。しかし、ミスタ・アイザクスン、そのためにはスウォームが、地球連合との戦争が終わった段階で生きている必要があります。そうはならないでしょう。実際、わたしはスウォームの最期をごらんに入れるために、あなたをここへ連れてきたのです」

「ここへ？　スウォームがここで根絶されるのですか？　艦隊も造船所も、なんの基地も見えませんが」アイザクスンは向きを変えて〝展望台〟の端にある巨大な舷窓へ戻り、外を見た。眼下の惑星が、静かにゆっくりと回転しているだけだ。あざやかな青い表面に点々と雲が見える。小さな衛星が、塵《ちり》や岩の群れを引き連れて、背景の高軌道に浮かんでいる。「それとも……あれは……」アイザクスンは窓の外の惑星を指さした。

「そうです」と、マラーホフ。

そんなことがあるか？　本当か？　ロシア人はずっとスウォームの母星の位置を知っていて、その情報を抑えこんでいたのか？　地球連合が充分に破壊されて、マラーホフが戦争を終わらせ、スウォームを駆除するまで？　人類におけるロシアの覇権《はけん》は、何世紀も……何千年も安泰だと、自信を持っているのか？

そんなはずはない。スウォームが、母星の位置を知っているマラーホフを信用してまかせるはずがない。あいつらも、そこまでバカではない。おそらく、マラーホフにここが母星だと信じさせ、自分たちの都合のいい方向へ誘導しているのだろう。

「では、あなたは、あの惑星に向けて、その特異点を撃ちこもうというのですか？　このステーションは、そのためのものですか？」

マラーホフは片手を振った。

「もちろん、違いますよ。言ったでしょう、わたしは自分の手を汚さないのです。わたしのために、スウォームにやらせてやります。お忘れですね、ミスタ・アイザクスン、特異点はペアで存在します。一方に入ったものは、もう一方から出ます。スウォームは何カ月もこの兵器を使って、何十もの惑星の表面を破壊してきました。何十億トンの何十億倍もの物質を吸いこませてきました。しかし、ここに秘密があります、ミスタ・アイザクスン。わたしは連中に、特異点の半分しか与えませんでした。残る半分――片割れすべてを、ここにとどめてあります。むしろあそこにというべきでしょうか」マラーホフは舷窓の外を指さした。

衛星のほうを。

アイザクスンは立ちあがって窓ガラスに近づき、マラーホフの指の先を見た。そのとき、ようやく奇妙なことに気づいた。何十万キロもかなたの遠い軌道上を漂っているそれは、衛星ではなかった。アイザクスンが思ったより、ずっと近い位置にある。

目を凝《こ》らすと、それは巨大だった。ぼんやりした大気があるらしいが、アイザクスンは、ただの塵と破片だと見当をつけた。ぶつかり合っては削られて微細な粒子になり、弱い重力に引かれて球形に固まっているのだろう。

だが、それだけではなかった。そのかたまりは大きくなっていた。アイザクスンの目の前で塵の玉に閃光が走り、数キロ離れたところに別の巨大な残骸の球が現われた。その球は渦《うず》を巻いて転がりながら、岩と破片の嵐のなかへ落ちこんだ。

「あんな小さな衛星でも惑星の表面にぶつかったら、どんなふうになるか、考えたことがありますか？　地球の月は、そうしてできたそうですよ――大きな小惑星が恐ろしい力で地球にぶつかったため、大量の物質がはがれ落ち、集まって衛星になった。あとには、地獄のような溶けた惑星が残った。もちろん、この衛星はそこまで大きくはありませんが、同じ効果をあげるはずです」

「スウォームは、これを見ていないのですか？　間違いなく、止めようとするでしょう」

「これは特異点の問題です、エイモン。わたしは連中が、いつ、どこで発生したものであろうと、みなこの瞬間にここに到着するよう、調節しました。残骸が集積した衛星は、この数時間でできたものですが、ほぼ完成しています。スウォームはそれに気づいているか？　どうにかしようとするか？　何ができるか？　今日の終わりには、残骸の衛星の軌道は変化し、全体がペナンブラ第三惑星に衝突するでしょう。地表百キロ以内にいる生物は、どれも絶滅します」

アイザクスンはしだいに大きくなる岩屑と破片のかたまりを、畏怖の目で見つめた。あの大きなかたまりが眼下の惑星に衝突したときに起こる徹底的な破壊は、想像するしかない。大気は燃えあがり、上部地殻は液化して溶岩の海になる。生き残れるものは何もないだろう。

この男は本気で、スウォームを根絶しようとしているのだ。

45

恒星間宇宙　シリウスから二・四光年の位置
ＩＳＳ〈ウォリアー〉ブリッジ

グレンジャーにできることは何もない。どうすることもできずに、見ているだけだ。数秒で衝突するだろう。ノートン大将に通信して、停止を嘆願する時間はない。〈ウォリアー〉で妨害に動く時間もない。

時間がない。

とほうもない爆発が起こった。壮大で、目も開《あ》けていられないまばゆさだ。

同時に、地球上で修理され、改良されたとグレンジャーが思っていた〝老鳥〟は、消えた。

二度目の消滅だ。

超弩級戦艦は炎を噴《ふ》き出し、金属や破片、残骸が溶け、金属や固体がゆがんで、外殻の破片がぎらぎらと光を放《はな》った。全長が百キロ近くもある巨大な艦が、恐ろしい速度で突っこんできた〈コンスティテューション〉のモーメントを吸収し、傾いて回転しはじめた。

グレンジャーは頭の奥で、誰かの悲鳴を感じた。誰か近くにいる者の声。

クリュールだ。自分の種族の死の苦しみを味わっている。超弩級戦艦に乗っている何万人もの体外生活者だけでなく、まだ母親の体内にいる何十億人というスキオーラの苦しみだ。

種族の大虐殺だ。

「もういちどノートン大将につなげ」グレンジャーはかすれ声で言った。

「つなぎました、艦長」と、プルーハ。

「大将、このろくでなし、何をした？」

「グレンジャー、わたしが何をしたかだと？　勝利を手にするところだ」

「何十億という無辜《むこ》のスキオーラの命を奪って――」

「無辜のスキオーラの命だと？　妄想にとりつかれているな、グレンジャー。やつらはおまえを手に入れた。おまえの頭のなかにいる。それを考えろ。どうしてスキオーラは大群艦《スウオーム》に対して、ほとんど発砲しないのだ？　なぜやつらの航宙母艦を一隻も破壊していない。理由は明らかだ。やつらは、おまえをだましているのだ」通信の向こう側から何かおしゃべりが聞こえ、ノートンがあらためて言葉を続けた。「ほら、見ろ。超弩級戦艦がわれわれに発砲している。これをどう説明する、グレンジャー？」

　グレンジャーはチラリと戦術画面を見た――本当だ。超弩級戦艦から放たれた反物質ビームが数本、デルタ隊に向かっている。

「明らかに自衛だ。ここで侵略者になっているのは、スキオーラではなく、われわれだ」

「くだらんことを。反逆に値《あたい》するたわごとだぞ、グレンジャー。おまえの命令が引き続き――」

　通信がとぎれた。画面上で超弩級戦艦からビームが数本、ＩＳＳ〈リンカーン〉へ向かって伸びている。もっとも、あまりにも距離があるので、進むにつれてビームは拡散した。だが、おそらく〈リンカーン〉はビームを受けて損傷し、ノートンの通信機がしばらく使えなくなったのだろう。

　すさまじい惨事だ。超弩級戦艦の前部二十キロは完全に破壊され、〈コンスティテューション〉サイズの穴が開いていた。グレンジャーのなつかしい艦の残りは後部が吹っ飛び、十数個の溶けたタングステンのかたまりになっている。スキオーラは激怒にかられていた――グレンジャーの心の奥でクリュールがまだ悲鳴を上げていることからも、明らかだ。スウォームはデルタ隊を激しく攻撃し、ジンガノ元帥とアルファ隊の攻撃は弱まった。

純然たる、完全な大惨事。

「われわれは戦争に負けるだろうな」グレンジャーはつぶやいた。誰に聞かれようが、もはや気にならない。

プロクターが背後に来ていた。

「宙兵隊が、まだスキオーラ艦にいるかも……」

グレンジャーは首を振った。

「いや、もう、いないだろう。きみはクリュールの格闘を見ていない。彼女一人を拘束するのに、小隊の半分が必要だった。クリュールは武装していないのにだ。われわれの宙兵隊のうち何人が〝老鳥〟にやられたか知らないが、スキオーラに対しては、まず見こみがない」

〈ウォリアー〉は電磁投射砲弾で、近くのスウォーム航宙母艦を攻撃していた。その航宙母艦が、デルタ隊を包囲している隊形の中心に入ったので、統合防衛軍の艦はこの機会に隊形を組みなおした。半数は〈リンカーン〉の救援に向かった。残る半数は、ジンガノ元帥が交戦で好んで用いる二面攻撃のために、三叉状に並び、あらためてスウォーム航宙母艦の隊形と交戦した。

「艦長」プロクターが言った。声がいつもと違う。前は、希望を捨てないよう努力しているような口調だったが、今回は絶望の色がある。「見てください。元帥とアルファ隊です」

〈ウォリアー〉がデルタ隊の支援に忙殺されているあいだに、敵の攻撃はアルファ隊に向かっていた。艦が次々と爆発した。無事だった艦も、残っている十五隻のスウォーム航宙母艦に側面を攻撃され、超弩級戦艦の方向へ後退させられていた。超弩級戦艦も、ときおり反物質ビームを向けてくる。〈ヴィクトリー〉はいまにも叩きのめされそうだ。

〈ウォリアー〉は急角度でアルファ隊の下側へ向かった。〈ウォリアー〉も下半分は残骸同然だ。艦体外殻は破られ、機関室まで損傷が及んでいる。電磁投射砲塔は半数が消えた。レーザー砲塔はひとつも機能していない。魚雷発射管もすべて破壊され、統合防衛軍の兵器部がエイブリー大統領の命令で供給してくれた、新しい反物質魚雷の試作品を使うチャンスもなかった。

〈ウォリアー〉は壊れかけている。

グレンジャーは通信ボタンを叩いた。

「ミスタ・ピアース。パイロットたちに派手なレンガ積みをやってもらう時間だ。準備はできているか？」

応答はない。

「ミスタ・ピアース、応答してくれ」

通信が切れているわけではない。背景の雑音や重い呼吸音が聞こえたような気がした。だが、応答はない。グレンジャーは視線を上げてプロクターを見た。今度は、なんだ？

「行ってみてくれ、シェルビー」

46

恒星間宇宙　シリウスから二・四光年の位置
ISS〈ウォリアー〉戦闘艇ベイ

　プロクターは走った。通路が揺れるなか、大群《スウォーム》の航宙母艦に浴びせられた、弱まる気配もない砲撃をくぐり抜け、戦闘艇ベイへ向かった。落ちた大梁《おおばり》や、散らばった残骸を飛び越え、隔壁に投げつけられて血を流している二人のクルーもまた飛び越えた。

　一分もたたないうちに、戦闘艇ベイに跳びこんだ。甲板長が、戦闘艇に燃料を補給している若い技術クルーをどなりつけていたが、驚いて顔を上げた。プロクターは戦闘艇部隊長の執務室へ駆けつけたが、ドアが自動で開かなかったため、ドアに衝突しそうになった。開閉装置が反応しない。

　プロクターは悪態をついて、頭のすぐ上にある窓を見あげた。部隊長とスタッフが交通や戦術行動を指示するときに、デッキの状況を見るための窓だ。

「あなた！」プロクターは、近くで忙しく戦闘艇兵器の新しいコンテナを開《あ》けている技術クルーに呼びかけた。「それをここへ押してきて。早く！」

若い女性技術クルーはいらだたしげに顔を紅潮させ、キャスターつきの大きな弾薬コンテナを窓のほうへ押してきた。プロクターは反対側からコンテナを引っぱり、正しい位置に据《す》えた。

プロクターはコンテナの上に跳びあがり、首を伸ばして、窓から戦闘艇デッキのオペレーション・センターをのぞいた。

ピアース部隊長は一人だった。コンソールの隣の椅子にすわっている。通信機のスピーカーから、グレンジャーのどなり声がかすかに聞こえる。

ピアースの膝の上には、写真があった。

両手で拳銃を持っている。目は、その銃を見つめていた。

「だめ！」プロクターはわめいて、ドンドンと窓を叩いた。

ピアースの頭が勢いよくプロクターに向けられた。目が腫《は》れあがって赤い。顔は苦しげにゆがんでいる。

ああ、なんてこと——プロクターは思った。ピアースの目に浮かんでいるものは、ひとつだけだ。

絶望。ピアースはあきらめたのだ。苦しみに食い尽くされた。

そして選択した。

「だめ！」プロクターはもういちど叫び、窓を激しく叩いた。「ピアース、あなたが必要なの！」

だが、遅かった。ピアースは震える手で拳銃を持ちあげ、口のなかへ向けた。目を閉じた。

窓ごしの銃声がプロクターの耳を圧した。頭頂部から出た弾丸を、赤い流れが追った。

ピアースはビクッと身体を震わせ、くずおれた。鼻から血が流れた。

プロクターはこぶしでガラスを叩きつづけながら、うなだれて額《ひたい》を窓につけた。地球が最初に侵略されたとき以来、はじめて泣いた。

グレンジャー艦長の言うとおりだわ。われわれは負ける。

47

恒星間宇宙　シリウスから二・四光年の位置
ISS〈ウォリアー〉ブリッジ

通信機のスピーカーを通してグレンジャーに銃声が聞こえ、プロクターにたずねるまでもなく、何が起こったか即座にわかった。

「ピアース？」

答えるものは遠い爆発音だけだ。

「ピアース部隊長？」

プロクターの言うことをちゃんと聞くべきだった。アドバイスを、もっと真剣に受け止めればよかった。クルーに、もっと注意を払うべきだった。おれは勝つことに……勝利に……人類を救うのに夢中で、周囲の人間たちを忘れていた。彼らは人間だ。

人間は、折れることがある。

「シェルビー」グレンジャーは低い声で呼びかけた。「聞こえるか？」

通信機が一瞬、雑音を発した。コンピューターが自動的に回線を切り替え、近くの別の受信機にグレンジャーをつないだのだ。

「はい、艦長」

「ピアースは死んだのか？」

「はい、艦長」

またしても爆発が起こり、ブリッジの者たちは席から投げ出されそうになって、ハーネスに引き止められた。〈ウォリアー〉も、長くは持たないだろう。

「シェルビー、戦闘艇部隊長が必要だ。誰か、信頼できるパイロットがいい。最古参は誰だ？」

少し間《ま》を置いて、プロクターが答えた。

「肝っ玉《ボールジー》です」

グレンジャーは反対しようとした――アドレナリンと男性ホルモンに動かされるあんな若い男に、こんな大きな責任は負わせられない。それに、あの若者はおれを恨んでいる。特異点から出てきて以来、向こう側で大群《スウォーム》に感染したグレンジャーを見たと主張している。

　だが、ボールジーは最初から、おれの艦のクルーだった。グレンジャーはある理由で、〈コンスティテューション〉の退役式の時点を〝最初〟と考えていた。おれのクルーが生まれたのは、あのときだ。砲火が降り注いだあのとき。艦の命名式で、艦体にぶつけて壊されるシャンペンの瓶《びん》は、愉快な清めの儀式だ。その後、火の洗礼を浴びて、人ができあがる。クルーになる。

「ボールジーは、そこにいるか？」

「いいえ。戦闘艇で外に出ています」

　グレンジャーはプルーハ少尉に合図した。

「ボールジーにつなげ」

　おれに、できるだろうか？　このグレンジャーに？　この時点では、希望はないような気がする。無意味に感じられる。あと数分で、おれたち全員が宇宙空間で冷たい死を迎えるなら、これ以上、戦いを続けてもしょうがないのではないか？

　グレンジャーは自分に向けられたブリッジ・クルーの、気落ちした目に気づいた。クルーは〝地球を救った英雄〟の活動を見てきた。自信に満ち、自分とクルーを信頼する姿を見慣れている。ちくしょう、まだ英雄が必要か。

最後にもういちど、おれが事態を収拾することは可能だろうか？

「はい、艦長」ボールジーことフォルツ大尉の声がした。

「ボールジー」グレンジャーは、やや品の悪いコールサインで呼びかけた。あと数分だけ、肩で風を切る英雄の役を演じよう。「いまから、きみを戦闘艇部隊長に任命する。きみの任務は、ぶちかますことだ」

「あ……はい、艦長」

「戦闘艇部隊長としての、きみの最初の仕事は、このあと五分間で十隻のスウォーム航宙母艦を破壊することだ。できるか、大尉？」

ボールジーは狼狽《ろうばい》した。

「艦長？　千艇の戦闘艇でさえ片づけられなかったものが――」

「ボールジー、わたしはきみに命令を与えたのだ。言いわけや優柔不断を求めてはいない。わたしの計算では、百以上の艇がオスミウムを運んで飛び、スピードが落ちている。だがいま、特異点はない。〈ウォリアー〉はこれより〈ヴィクトリー〉を攻撃しているスウォーム艦の隊形に対して、決死の突撃《オメガ・ラン》を行なう。最後のオメガ・ランだ。戦闘艇側も、はなばなしいショーを演じてほしい。わかったか？」

「はい、艦長」

「きみが無事に帰投するまで、プロクター中佐が戦闘艇オペレーション・センターにとどまって指示を出す。だが、帰るまでに〝おもらし野郎〟の艦を、いくつか吹っ飛ばしてこい。グレンジャーより、以上」

48

恒星間宇宙　シリウスから二・四光年の位置
ISS〈ウォリアー〉戦闘艇ベイ

戦闘艇デッキの技術者の一人が、戦闘艇オペレーション・センターのドアをなんとか開《あ》けることに成功し、プロクターはいちどに三歩分ほどの大股で跳びこんだ。戦闘艇部隊長の二人の補佐官が、あとに続いた——二人とも、ピアースから外に出ているように命じられていたのだ。プロクターがようやくピアースの遺体を見たとき、驚いたことに、ひるむより怒りを覚えた。

敬意を払って遺体を持ちあげ、そっと隅に横たえたかったが、時間がない。プロクターはピアースを手荒く椅子から押しのけ、椅子の表面にしみこんだり、床にたまったりしている血にはかまわず、腰をおろして背筋を伸ばし、コンソールに向かった。

プロクターは戦況をすぐさま理解した。残っている戦闘艇は九十八艇。肝っ玉《ボールジー》の分隊〝触れるな危険《アンタッチャブル》〟がまだ生きているのを知って、すばやく安堵の息をついた。新しい戦闘艇部隊長はまだ死んでいない。ボールジーがやられていたら、新記録が出るところだった——十分間に二人の部隊長を失うという、最速記録だ。

プロクターは戦闘艇部隊全体に通信した。

「こちらはプロクター。諸君、ボールジーが新しい戦闘艇部隊長です。しかし、ボールジーが〈ウォリアー〉に帰艦するまでは、わたしが部隊長代行をつとめます。戦隊隊形をとりなさい。大群《スウォーム》の戦闘艇は無視しなさい。新しい標的は、現在、われわれの艦隊のアルファ隊を突き崩しているスウォーム艦隊です。航宙母艦一隻につき、二艇の戦闘艇が当たります。無事に離脱できる最大速度に達するまで、全力で加速し、そのあと〝レンガ〟を放出しなさい。標的は……」

プロクターは、いったん言葉を切った。オスミウム・レンガ八個で、スウォーム巡航艦の動きを止めることはできない。少なくとも、このスピードでは無理だ——わかっている。でも、とにかく、九十八の反物質砲塔は無力化できる。〈ウォリアー〉や〈ヴィクトリー〉、アルファ隊のために、もう数分、時間を稼げる。

「レンガ一個で、反物質砲塔一基をねらいます。わたしのかわいい補佐官たちが、個々の戦隊の任務を割り当てます」プロクターはチラリとシュウィッツァー大尉とスピリティ少尉を見た。ちくしょう、二人とも若すぎる。卒業するどころか、航空学校にかようのにも若すぎるみたいに見える。

通信機からグレンジャーの声がとどろいた。

「シェルビー、そっちの準備はいいか？」

プロクターは戦闘艇が命令に答えはじめると、戦術的配置を見つめた。二艇の戦闘艇がスウォームの十字砲火に捕らえられて消える様子に、たじろいだ。

「戦闘艇が位置につくために移動しています、艦長」

「よろしい。〈ウォリアー〉は出発する。敵の注意が、戦闘艇からこっちへ移ってくれるといいが」つながったままの回線から、グレンジャーが命令を出す声が聞こえた——全速力でスウォーム隊形へ向かえ……航宙母艦は十八隻に減った。戦術画面上に、かろうじて残っているアルファ隊が見えた。十五隻だけで、その半数は機能停止しているが、アルファ隊の戦闘艇はまだ死に物狂いで戦っていた。アルファ隊の戦闘艇も、特異点が現われないことによる新しい戦術を理解したらしく、スウォーム航宙母艦めがけてオスミウムを発射しはじめた。だが、標的に近すぎ、低速のため、オスミウム・レンガは期待したほどの効果を上げなかった。実行の手はずを整える時間だ。

〈ウォリアー〉は、デルタ隊付近の戦闘を離れはじめた。毎秒五百メートルまで加速し、やがて毎秒七百五十メートルになった。標的までの距離を半分まで縮めたところで、毎秒一キロに達した。砲が赤熱している。〈ウォリアー〉の――そしてグレンジャーの――得意技だ。

プロクターは、〈ウォリアー〉が一隻の航宙母艦にねらいをつけていることに気づいた。どまんなかの直撃ではなく、〈ウォリアー〉の艦底をかすめる形に角度をつけている。艦の下側は、戦闘中に何度も艦の上部とほかの統合防衛軍の艦を守る盾《たて》として使ったため、すでにボロボロだ。直撃でなければ耐えられそうだ。決定的な決死の突撃《オメガ・ラン》ではないが、楽しい疾走経験にはなりそうもない。

戦闘艇は戦隊ごとに並んで位置につき、すでに標的に向かって加速していた。

いよいよ見せ場だ。

49

恒星間宇宙　シリウスから二・四光年の位置
X‐25戦闘艇　コックピット

肝っ玉《ボールジー》ことフォルツ大尉と〝触れるな危険《アンタッチャブル》〟分隊は、整列してオスミウム・レンガ放出隊形をとった。静的なフォーメーションは組まない——大群《スウォーム》の戦闘艇のねらいやすい標的となっては、意味がないからだ。〈ウォリアー〉の横で最大加速に近いベクトルに入り、割り当てられた標的に照準を合わせながら、はぐれたスウォーム艇を避けるために、ときおり回避行動をとっている。

秒速二キロ、二・五キロ、三キロ……このスピードでは、オスミウムがスウォーム艦の外殻を引き裂くエネルギーは爆発的で、止めようがない。航宙母艦は巨大だが、艦の全長にわたって戦闘艇サイズの金属の固体が外殻を薄くそいで進むとなれば、まったく別の話になる。

「十秒後に放出」通信器を通してプロクターが言った。

ボールジーは、自分が新しい戦闘艇部隊長になることを納得しようと努力していたが、頭から追い払った——帰投するまで、考える必要はない。

「気をつけろ、野郎ども」と、ボールジー。「放出するときも、敵艇から目を離すなよ」艇首を標的の航宙母艦に向け、反物質砲塔を照準の中心に据《す》えた——少なくともひとつは、おれが確実に破壊したほうがよさそうだ。

「三……二……一……放出！」プロクターが叫んだ。

ボールジーは最後の激しい加速のあとで放出ボタンを押し、すぐに逆噴射のスイッチを入れて、艇が航宙母艦に衝突しないうちに、針路を変えて離れた。

燃えあがりそうな猛スピードでスウォーム艦のそばを飛びながら、ボールジーは自動減速サブルーチンが働いていることを確認し、首を伸ばして、一瞬でも攻撃の余波をとらえられないかと周囲を見まわした。ボールジーの分隊が標的とした航宙母艦に、急に三つの穴が開《あ》き、艦を貫通したオスミウムの残骸が裏側から飛び出た。艦全体で、二度目の爆発が起こった。航宙母艦は大破してはいない——ぐらつきながらも停止はせず、突進してくる〈ウォリアー〉から逃れるために針路を変えようとしている。だが、砲はどれも機能しなかった。

「やったぞ！」ピューピューが叫んだ。

消耗品《フォダー》のわめき声は、自信ありげではなかった。

「チェッ、くそ」

「どうしたの？」と、宇宙の覇者《スペースチャンプ》。

「放出メカニズムが故障した」と、フォダー。「レンガが、まだ離れない」

ピューピューはフンと鼻を鳴らした。

「そうだな、ミスタ・アステリスク＝ワン＝ビッグ＝ユニット、われわれが、いつでも行かせてやるよ」

「ベッドで彼女がそう言ってた」フォダーが冗談で答えた。

「ほら、あんたの下側から撃たせてくれ。ひっくり返って、じっとしてろ」

「そんなこと、男から言われるのはイヤだな」

「みんな、そいつは別の機会に頼む」と、ボールジー。舷窓から修正版決死の突撃《オメガ・ラン》の余波を見ていた。まだ活発に砲撃している一隻の航宙母艦に、〈ウォリアー〉が高速で迫ってゆく。破滅をもたらす緑のビームが、〈ウォリアー〉のすでにずたずたにされた外殻をさらに切り裂いた。「おい、あれはただの妨害コースじゃないぞ」

スペースチャンプが声を殺して悪態をついた。フォダーとピューピューは、あまり声を殺していない。

「〈ウォリアー〉は本物のオメガ・ランをする気だ」と、ボールジー。ちくしょう。あの超弩級戦艦には本当に、そうまでして救う価値があるんだろうか。

50

恒星間宇宙　シリウスから二・四光年の位置
ISS〈ウォリアー〉ブリッジ

「時間は？」

「あと十秒です」と、プリンス少尉。

グレンジャーは座席のハーネスを締めなおした。われわれが生き延びられるとしても、荒っぽい航行になるだろう。

「総員、衝撃に備えろ」と、グレンジャー。もういちど、操舵担当のプリンス少尉に言った。「気をつけろ、ミスタ・プリンス。かすめるだけだ。外殻表面に沿ってすべるように移動し、できるだけたくさんの砲塔をなぎ倒す」

「ベストを尽くします」

グレンジャーはうなずいた。

「きみがどんな人間かは知っている。非常に立派な仕事をしていることもな」プロクター に諭《さと》されたことを思い出して、付け加えた。おれはピアース中佐を失望させた。ほかのクルーまで失望させるつもりはない。少なくとも、残された数分のあいだは。

大群《スウォーム》の航宙母艦と〈ウォリアー〉をへだてる距離は、危険なほどの早さでみるみる縮み、グレンジャーが気づかないうちに〈ウォリアー〉は敵艦と接触した。〈ウォリアー〉は敵艦の表面をすり減らしながら進み、双方の外殻がこすれあった。厚さ十メートルもあるタングステンの装甲が〈ウォリアー〉を守り、スウォーム艦の外殻に深くくいこむのを防いだ。

だが、衝突のエネルギーは全員に衝撃を与えた。グレンジャーは椅子から放り出されそうになって、ハーネスに強く引き止められた。首が折れたのではないかと不安になるほどの勢いだ。ブリッジ・クルーのなかにも、グレンジャーのような完全なハーネスを使えずにケガをした士官たちがいる。それに、下層デッキで死亡者が多く出たに違いない。

〈ウォリアー〉はすばやく速度を落とした。航宙母艦を通り過ぎたときには、下部が赤くぎらついていた。

「次も同じようにな、ミスタ・プリンス。航宙母艦のすぐ上をすべるように飛べ」

〈ウォリアー〉は再度、修正版決死の突撃《オメガ・ラン》を実行した。スラスターで予定の位置につき、二隻目のスウォーム航宙母艦の外殻を削りながら飛んで、砲塔を次々と倒していった。ほかの十二隻の航宙母艦が発する反物質ビームが〈ウォリアー〉上部の外殻に食い入り、スクリーン上を緑の閃光が横切ったが、やがて光はほとんど映らなくなった。

「戦闘艇ベイの指揮所から、オスミウム放出の完了報告です。九十五個が放出されました。十隻の航宙母艦で、八十五以上の反物質砲塔が破壊されました」と、ディアス。

スクリーンに緑のビームがきらめいたが、目立って数が少ない。残っているアルファ隊の巡航艦は再編し、まだ武器がやられていないスウォーム航宙母艦に砲撃を集中していた。

「艦長」通信装置から疲れた声が届いた。レイナ・スコット機関長だ。

グレンジャーはこの通信を待っていた。

「なんだ、レイナ？」

「二度目のオメガ・ランで、メイン冷却ラインが切断されました」

「プラントをシャットダウンしたか？」

短い沈黙があった。

「あの……動かないんです。自動シャットオフ装置が壊れ、手動の操作は……そのう、装置がある区画は、いまは外の宇宙空間にさらされています」

　グレンジャーは固く歯を食いしばった。

「時間は、どのくらい残っている?」

「反応炉の封じこめ機能が失われるまで、五分もありません。そのあと、一分もたたずにドカンと行くでしょう。そう……合わせてちょうど五分というところでしょうか」

　二隻目の艦を失うにしては、スコットの口調は奇妙なほど落ち着いていた。グレンジャーの記憶に間違いがなければ、スコットの祖父は現役時代、〈ウォリアー〉の機関長補佐だったはずだ。

　それだけの価値がある艦だったことを祈りたい。

「わかった、スコット機関長」一般警報通信に切り替えた。「総員……」ディアス大尉を見やった。ディアスは重々しくうなずいた。「艦を放棄せよ。総員、救命ポッドへ行け。五分以内に艦が崩壊する。繰り返す。艦を放棄せよ」

　ブリッジ・クルーは座席のハーネスをもぎとるようにはずし、出口へ向かった。ブリッジは艦の深奥部にあり、いちばん近くの救命ポッドまで、たっぷり二分はかかる。グレンジャーは戦術画面を見て、前方にいる三隻目の航宙母艦がまだ発砲していることに気づき、プリンス少尉が操舵席を離れる前に呼び止めた。

「あとひとつだけ、ミスタ・プリンス」グレンジャーは操舵コンソールの戦術画面を指さし、前方のスウォーム艦を指でコツコツと叩いた。「この航宙母艦の戦闘艇ベイは、ドアが開《あ》いている。艦を出る前に、〈ウォリアー〉の鼻先をあそこに突っこませたい」

一分後に、プリンス少尉はうなずき、またしても艦が揺れた。

「処理しました。かなりきっちりと、あそこにはまるでしょう」

「よろしい。行け。救命ポッドへ」

プリンスはドアから走り出た。グレンジャーとプロクターだけが残った——プロクターは、グレンジャーが避難を呼びかけたときに、戦闘艇ベイから駆けあがってきた。

「途中でわたしのラボに寄って、いくつか取ってくる必要があります。それから、尻振《フィッシュテイル》りですが——必要な場合に、まだスウォームとの貴重な接続機能を果たしてくれるかもしれません」

グレンジャーの頭の奥で、ある声が叫んだ。

ちくしょう——最後の最後に、クリュールを忘れていた。まだシャトルベイで拘束されたまま、子供たちと同胞の多くを失って怒り、落胆している。

「行け。わたしもあとひとつ、することがある。〈ヴィクトリー〉へ行け」

二人はドアから駆け出した。いつもブリッジを守っている宙兵隊員もすでに避難し、通路には誰もいない。交差点で二人は別れ、グレンジャーはシャトルベイへ向かって走った。三デッキ下の右舷だ。頭のなかで残っている秒数を数えながら、階段をいちどに二段ずつおりた。もう三分もない。

シャトルベイに人気《ひとけ》はなく、着陸パッドのうえに、〈ウォリアー〉のシャトルと並んでクリュールのシャトルが止めてある。グレンジャーは準備室のドアを開けた。スキオーラの副元首が両手首と両足首に手錠をかけられ、椅子に縛りつけられているはずだ。

死んだ宙兵隊員が一人、ぐったりと壁にもたれかかっていた。椅子は空《から》で、壊れた手錠が床に転がっている。

51

ペナンブラ第三惑星　高軌道
ロシア特異点製造施設　幹部司令センター

「なぜ、こういったことをわたしに教えてくださるのですか?」と、アイザクスン。心のなかでは、答えはふたつしかないとわかっていた。ロシアの大統領が内なる超悪玉を満足させるために、長々と一人芝居をしているか、でなければ……。

「わたしが、あなたを必要としているからですよ、副大統領閣下。これがすべて終わったら、一緒によりよい世界を創りましょう。あなたは、わたしが一緒に仕事ができる人です」

でなければ……マラーホフ大統領が別の道具を探しているか、だ。アイザクスンを、自分の目的のために利用する計画を立てているのだ。エイブリー大統領と同じように。

たったいま思ったが、ボロディンと同じようにだ。

ちくしょう。おれが会った政治家たちや軍の指揮官たちと同じだ。権力や影響力のある人物との交流では、おれ自身も相手に同じ態度で接してきた。こいつは道具。目標を達成する手段。エイブリーは、おれの体内に三十個のインプラントを注入した。大群《スウォーム》を主人に持つボロディンは、おべっかや陰謀でおれを助け、地球を急襲するさいに、統合防衛軍の防衛施設を避けながらエイブリーを殺害するという、おれの最初の計画を支援した。誰にとっても、おれはパートナーではなく、同僚でもない。おれは、ほかの者の野望を実現可能にするための道具だった。それ以上ではない。

アイザクスンの内心に、怒りが湧《わ》きあがった。それ以上ではない。それ以上ではなかった！　これからは、ほかの者を利用してやろう――ほかの者を使って自分を高め、ほかの者を自分の計画に使う。他人の歩《ポーン》になるのはやめて、女王《クィーン》になってやる。それとも……王《キング》か。いや、やっぱり女王《クィーン》だ。ちくしょう。

「同感です、大統領閣下。わたしは、何をする必要があるのですか？」アイザクスンは熱意のある笑みを浮かべた。おれの最初の道具はマラーホフだ。おれが熱心で、やる気のあるパートナーだと信じこませる。この男の信頼を得るためなら、なんでもしてやろう。それから、形勢を逆転させるのだ。おれの計画で、こいつを手先にしてやる。

マラーホフはほんの一瞬、驚いた顔をした。

「まあ、わたしが予想していたより簡単だったことは認めますよ。あなたは、ご自分の政府に反逆することに、そんなに熱心なのですか、エイモン？」

「大統領閣下、あなたがおっしゃったとおり、わたしはそれを自分の政府に対する反逆だとは見ていません。われわれの文明を救うものだと思っています。何世紀もたって、ようやく東西間の平和が達成されるのです」アイザクスンは窓に背を向け、残骸を集める巨大な球から顔をそむけて、ロシアの実力者を見た。「わたしは、どのように力になれるのですか？　これを早く終わらせればそれだけ、わたしがエイブリーに代わって支配者になり、同盟を結んで再建にとりかかる時期も早くなります」

エイブリーに取って代わるたくらみを強調すれば、説得力が出るだろう。なんと言っても、おれは何年もエイブリーを暗殺しようと努力してきたのだ。マラーホフは、おれの誠意を信じるに違いない。

「もちろんです」マラーホフはよどみなく答えた。「実際、あなたをここに連れてきた理由の一部は、それなのです。わたしは最近、ある道具を手に入れました。あなたが、エイブリーを無力化するにも……ひょっとしたら、スウォームの盟友のなかでも非常に恐ろしいいくつかの種族を無力化するにも、利用できるでしょう。スキオーラの艦は…

…そう、とてつもなく大きい。スキオーラは、わたしの計画における不確実な要素のひとつでした。スウォームが滅ぼされたらスキオーラがどう感じるか、わたしにはわかりませんでした。しかし、最近なしとげた進歩によって不確実な部分が少しずつ減ってくるでしょう。われわれの絆《きずな》については、もっとわかってくるはずです、エイモン。わたしはスキオーラを滅ぼす手段を、あなたに提供します。同時に、スウォームとエイブリーを滅ぼします。全人類は、われわれ二人に大いに感謝するでしょう。われわれは……まあ、率直に言いましょう。われわれは終身大統領になります」

「で、いちばん最近の進歩とは、なんですか？」

「こちらへ」マラーホフは特異点をおさめた囲いの画面を消し、囲いの壁を不透明に戻した。部屋の壁をおおう巨大な窓の反対側にある、もうひとつのドアへ大股に進んだ。

ドアがすべるように開《ひら》くと、健康診断室のような部屋があった。壁のひとつに丈の高い窓があり、ほかの壁は監視装置や医療設備、キャビネットなどで埋《う》め尽くされている。室内にひとつしかないベッドの上に、一人の人間が横たわり、診断装置が安定した脈を示していた。

アイザクスンはその部屋に入り、ベッドの上の人間を見つめた。

「ありえない」と、アイザクスン。

「四カ月前に地球上空で起こったことを知って以来、わたしはこの男を待っていました」

ベッドの上の男の身体は、ほとんどが毛布でおおわれていたが、頭部はむき出しのままだった。顔は血の気《け》がなく、やつれて、死病にかかっているかのようだ。

グレンジャー艦長。別の時間から来た男。生きている――いま、この瞬間は。

52

恒星間宇宙　シリウスから二・四光年の位置
ISS〈ウォリアー〉X-25戦闘艇　コックピット

〈ウォリアー〉が大群《スウォーム》の航宙母艦の表面を削りながら進む様子を見て、肝っ玉《ボールジー》は息をのんだ。とてつもない高速で移動し、あっというまに終わったので、自分の目が信じられないくらいだった。航宙母艦の外殻は〈ウォリアー〉ほど頑丈ではないので、外殻から大きなかたまりがはがれて飛んだ。鋼《はがね》に打たれた火打石が、白熱した破片を飛ばすような光景だ。〈ウォリアー〉が接した側面の反物質砲塔はほとんどが削り取られ、〈ウォリアー〉が傾いたまま次の航宙母艦に移ったときには、残りの砲塔も機能しなくなった。

速度をゆるめて次の航宙母艦の端から離れるころには、〈ウォリアー〉はひどい姿になっていた。統合防衛軍の最高の戦闘艦のひとつにはとうてい見えない。無数の穴から小さく炎が噴《ふ》き出し、外の真空に触れて消えてゆく。艦体の半分は赤くぎらつき、白熱せんばかりだった。

そして一分後、莢《さや》が弾《はじ》けて種が飛び散るように、〈ウォリアー〉から救命ポッドが飛び出てきた。

「〈ウォリアー〉がつぶれたぞ」ボールジーはヘッドセットにどなった。オペレーション・センターのプロクターから何か命令があるかと期待したが、通信装置が壊れたらしい。それとも、戦闘艇デッキでは全員が死んだのか。どちらにしても、ボールジーたちの仕事はポッドが安全な場所に着くまで護衛することだ。「ポッドの群れに交《ま》じってる敵の戦闘艇を妨害しろ」見ると、ほとんどのポッドはジンガノ元帥の〈ヴィクトリー〉をめざしていた。双子の片割れの死を不安げに見つめるかのように、〈ウォリアー〉の近くに浮かんでいる艦だ。「ポッドを、無事に〈ヴィクトリー〉まで届けろ」

戦闘艇の集団は勢いよく戦いのなかへ戻り、救命ポッドを襲っているスウォーム戦闘艇をねらった。幸運にも、敵艇はあまり多くない。敵艇の砲火にやられたポッドも、数えるほどしかなかった。だが、数は少なくても慰めにはならない。

ボールジーのコックピットがまばゆい緑の光に照らされた。

「くそ！」ヘッドセットにわめき、目で緑のビームの出どころを追った。近くにいる、無傷のまま残った最後のスウォーム航宙母艦だ。接近しながら救命ポッドをねらい、ひとつずつ撃っている。ポッドに装甲はないので、ほんの一瞬ビームが接触するだけで爆発した。

「全戦闘艇」ボールジーは通信の周波数を広域帯に切り替え、〈ウォリアー〉の戦闘艇だけでなく、戦闘に参加している統合防衛軍の艦すべてに向けて言った。「あの航宙母艦の砲塔をねらえ。味方を掩護《えんご》しろ。実行!」

「その命令は無視しろ」と、誰かの声。消耗品《フォダー》か?

すばやくあたりに目を走らせると、ピューピューと宇宙の覇者《スペースチャンプ》の戦闘艇は近くにいた。

フォダーは、どこにも見えない。

「フォダー、いったいどこだ?」

ヘッドセットから、フォダーの荒い息が聞こえた。

「この状況は間違いなく、アステリスク＝ワン＝ビッグ＝ユニットを要求してる」と、フォダー。奇妙な含み笑いが続いた。ボールジーは首を伸ばして周囲を見まわした。ようやく見えた。

フォダーは隊形を離脱し、安全性限界を超えるスピードで大きな輪を描いていた。フォダーの身体にかかるGを、ボールジーは想像するしかない。

「フォダー、やめろ」と、ボールジー。

「ついに、おれの不発のレンガのいい利用方法を見つけましたよ」と、フォダー。ますます息が荒くなっている。膨大な加速に耐えているのだろう。フォダー艇が描く輪が頂点に達し、艇はグルリとボールジーたちのほうへ戻りはじめた。

ピューピューが何かつぶやいてから、咳払いした。

「おれの兄弟みたいな飛びかたをしちゃいけません」と、ピューピュー。厳粛《げんしゅく》な口調だ。これは別れの挨拶だ。

ボールジーはセンサー・スクリーンを見つめた――フォダー艇は急速にスピードを上げ、秒速四キロに達した。攻撃直前に、フォダーは最後の含み笑いを漏らした。もっとも、前のような無理に笑った感じは薄い。

「向こう側で会おうぜ、相棒たち」フォダーが言った。

そしてフォダー艇は、オスミウムのかたまりを抱えたまま、航宙母艦の鼻先に突進した。一秒後に、ぎらぎら光る火球が航宙母艦の後部から飛び出し、ほとんど間《ま》を置かずに、全長数キロの外殻の十二カ所から、次々と無数の爆発が噴き出した。

緑のビームは消えた。次の襲撃が来ないうちにと、残った救命ポッドは艦と艦のあいだの宇宙空間を疾走し、〈ヴィクトリー〉に着くと、どこでも停泊余地のある部分に着艦しはじめた。

「さよなら、フォダー」と、スペースチャンプ。

ボールジーは手袋の甲で片方の目を拭《ぬぐ》った。熱気箱《ホットボックス》、勇気《ブラック》、田舎町《ドッグタウン》、フォダー、尻振り《フィッシュテイル》。

フィッシュテイル。あいつは〈ウォリアー〉からの脱出に、まに合っただろうか？

53

恒星間宇宙　シリウスから二・四光年の位置
ＩＳＳ〈ウォリアー〉シャトルベイ

「わたしをお捜しですか？」背後から聞こえた重々しい声に、グレンジャーは振り返った。異星人のシャトルの傾斜路にクリュールが立っていた。死んだ宙兵隊員のアサルトライフルで、グレンジャーの胸にねらいをつけている。

「クリュール。ここを出なければならない」グレンジャーは急いで言った。

「われわれ《い、い、い、》は出ます。わたしと、生き残っている子供たちは。しかし、あなたは、ここで死にます」クリュールは銃をグレンジャーの胸に向けたまま、傾斜路を降りてきた。

見ると、片方の肩が血に濡れている。衣類に血が浸《し》みこみ、まだ広がっていた。

「わたしを、一緒に連れていってくれ。わたしが手助けする。まだ勝てる。艦を回収し

「て――」

クリュールは奇妙な喉声を発した。グレンジャーを退《しりぞ》けるかのような、あるいはあざけるかのような音だ。

「われわれは何も回収できません。あなたがたは、われわれを裏切った。わたしの艦〈仁愛〉では、何十億人もが死にました。いまも、何万人もが死にかけています。まだ、あなたのお仲間が艦内を進んで、われわれを狩っています。さいわい、あなたがたは弱く、動きも遅い。われわれは違う。まもなく、侵入したお仲間は全滅し、あなたの艦隊は駆逐される。ヴァラリシの航宙母艦は機能停止し、われわれは出発します」

「どこへ？　大群《スウオーム》はわれわれを滅ぼしたあと、間違いなくあなたがたを追う」と、グレンジャー。近づいてくるクリュールのアサルトライフルに目を向けた。

「そうでしょう。しかし、われわれはとっくに、はるか遠くへ行っています。われわれは、この銀河系を離れます。この銀河系は、数十年以内にヴァラリシの手に落ちる。ヴァラリシは銀河系の端から端まで、中心から渦《うず》巻き状の腕の先まで広がる。それから、彼らは次の銀河系へ移り、またその次をめざす。でも、われわれは追いつかれません」

「しかし、あなたがたはスウォームの影響から脱した。連中が次の再生産周期に入ったら、連中を見つけて狩り、休眠期のあいだに駆除できるのでは？」

クリュールはまたしても、あざける声を発した。

「あなたは、まだわかっていませんね。あなたの種族のアダナシ——あなたがロシア人と呼ぶ人々が、ヴァラリシの周期を壊しました。ヴァラリシはもう休眠しません。わたしは何世紀も、休眠中の管理を手伝いました。ヴァラリシが次の活動期に発揮する征服能力を維持して高めるあいだ、ヴァラリシの艦を安全に隠し、われわれの艦に係留しておき、われわれは小惑星や彗星を捕らえて新しい艦を建造しました。しかし、もう、それは終わりました。ヴァラリシは、あなたがたのあいだに浸透しています。われわれは逃げなければなりません」

グレンジャーは両手を上げ、挨拶として教わったとおり、クリュールに向けて差し出した。

「クリュール、われわれはやつらを負かせる。できるとわかっている。ジグソー・パズルの断片《ピース》が一個なくなっているが、それが見つかれば、われわれもスウォームから解放される。わたしには、わかる」

グレンジャーの胸に向けられた銃口は動かない。グレンジャーは〝絆《きずな》〟を通してクリュールの怒りを感じ、恐怖を覚えた。視線をはずさない。グレンジャーは〝絆〟を通してクリュールの怒りを感じ、恐怖を覚えた。

それに、もちろん、クリュールは完全に正しい。人類はスキオーラを裏切った。クリュールから見れば、グレンジャーを信用する理由はひとつもない。

とくに、いまは――グレンジャーは目をまっすぐ前に向けたまま、動かさないよう気をつけた。クリュールの背後にプロクターがしのびより、ねじれた金属片をグレンジャーに見せたのだ。

「もう、終わりました、グレンジャー艦長。ヴァラリシが勝ちました。アダナシはいまでも、自分たちがヴァラリシをだましたつもりでいるでしょう。アダナシは裏切りのエキスパートです。しかし、ヴァラリシは学び、アダナシのたくらみをアダナシに向けて――」

鋼鉄の棒がクリュールの頭を打ち、次の瞬間、クリュールはプロクターの足もとに倒れた。

「ロシア人が何をたくらんでいるか、もう少しで聞けたのに！」グレンジャーは荒い息をつきながら言った。撃たれずにすんだことはうれしいが、プロクターがあと五秒、待てなかったのが残念だ。

「艦は、あと二十秒で爆発します。艦内でもたもたしていたいのですか？」と、プロクター。壁のコントロール・パネルへ走り、シャトルベイのドアを上げた。空気を艦内に閉じこめているフォース・フィールドが、ちらちら光って見えた——さいわい、フォース・フィールドを維持する予備バッテリーは損傷していないようだ。だが、それも長くは持たない。

一刻も無駄にはできない。グレンジャーはクリュールを肩にかつぎあげた。クリュールの肌に触れると、頭のなかに何千もの悲鳴が聞こえた。クリュールの子供たちだ。体内で生きている子供たち。クリュールがなぐり倒されても、子供たちの意識ははっきりしている。グレンジャーはそのまま傾斜路を登った。すぐあとから来たプロクターが、傾斜路を上げてシャトルのハッチを閉めた。

「尻振《フィッシュテイル》りはどうした？」と、グレンジャー。

「看護師を一人と宙兵隊員を三人つけて、救命ポッドに入れました」プロクターは操舵席の小さな椅子に身体を押しこんだ。

「飛ばせるか？」

「チームが、もう少しで方法を探り出せそうでした」プロクターはスイッチ類を調べ、エンジン点火ボタンらしきものを押した。

何も起こらない。

時間切れだ。〈ウォリアー〉のパワー・プラントは、いつ爆発してもおかしくない。

グレンジャーの片手は、まだかついだままのクリュールに触れていた。突然、頭のなかに子供たちの存在を感じた。（おまえたちが憎い。裏切り者の、恥知らずな嘘つき）——何千人もの子供たちがいっせいに感情を自分なりに表現している。（憎い憎い憎い、でも、おまえたちが必要。いまは。われわれが教える）。スイッチ類を見つめていると、グレンジャーには何をどうすればいいのかがわかった。子供たちが怒りを抱えながらも、教えてくれている。グレンジャーは教えられた順にボタンをいくつか押した。言葉ではなく、映像と印象で伝わってくる。まもなくエンジンがとどろいた。

「いまだ！」グレンジャーが言うとプロクターが操縦桿を引き、シャトルの艇首をドアの外のフォース・フィールドに向けて、思いきり加速した。

シャトルはベイを飛び出し、グレンジャーは安堵の息をついた。二百メートルも進まないうちに、ＩＳＳ〈ウォリアー〉が爆発した。

54

ペナンブラ第三惑星　高軌道
地球連合航宙艦《UESS》〈オルブライト〉ブリッジ

UESS〈オルブライト〉の女性艦長ホールは神経質にブリッジ内を行ったり来たりし、忙しく視線を移動させた。時計……巨大な宇宙ステーションにドッキングしているロシア艦隊……遠くをただよっている、巨大な岩と氷の球体を囲んで大きくなってゆく宇宙ゴミ《デブリ》の雲。ときおり閃光がきらめき、雲に新たな岩のかたまりが加わる。岩はしばしば赤く輝いて、岩というよりまるでマグマの飛沫のようだ。新しく現われたものは中心部のかたまりへ突進して叩きつけられ、噴《ふ》きあげられた塵《ちり》や破片が周囲で渦《うず》を巻く雲に加わった。

ホール艦長は報告を読んで、知っていた——保安上の資格はあまり高くないので、詳しい情報は手に入らないが、何が起こっているかは明らかだ。地球連合の惑星に対して使われた大群《スウォーム》の兵器は、物質を吸いこむようだった。その物質が何光年も離れたこの位置に運ばれ、集められている。

その目的を深く考えることは、ホールにはできない。

「あの破片の雲のスキャンを続けなさい。できるだけたくさんの情報を集めて、統合防衛軍に持って帰れるように」

「了解、艦長」

副大統領の帰りが遅い。ホールは、また時計を見た。搭乗手続きをすませていてもいいはずの時刻だ。少なくとも、警護官《シークレット・サービス》は。アイザクスンからもシークレット・サービスからも、二時間以上、連絡がない。

「まだ連絡はない？」ホールは通信士にたずねた。

「何もありません」

スクリーン上で、デブリ・フィールドの中央部に、また何かが白くきらめいた。むしろ、いちどに十二個の光が走ったかのようだ。

「あれは何？　ウーチン、もっと接近した映像を見せて」

「ズーム・インします」と、センサー担当士官。

　スクリーンに現われた映像は、間違いようがなかった。統合防衛軍の戦闘艇の群れだ。どれもデブリ・フィールドを転がりながら、巨大な岩のかたまりへ突進している。

「ちょうど三十艇います、艦長」

「ドッキング・クランプで回収しなさい。ジル、最大加速。接近して支援しなさい」

　ガチャンという金属音とともに、艦からドッキング・クランプが出た。〈オルブライト〉は、回転しながら移動する戦闘艇に艦首を向けた。まに合うように、あそこに行けるだろうか？　行けたとして、どうすれば支援できる？

　ブリッジ内を爆発が弧《こ》を描いて飛び、操舵士をのみこんだ。ほかのブリッジ・クルーが悲鳴を上げた。

「いったい、何……？」

　スクリーンを見ているホールの顔から、血の気《け》が引いた。三隻のロシア巡航艦が発砲しながら、〈オルブライト〉めがけて降下してくる。〈オルブライト〉は揺れ、またしても爆発音がとどろいた。ホールは爆風を受けて床に倒れた。

　最後にホールの目に映ったのは、三十艇の統合防衛軍戦闘艇が球体に衝突する光景だった。次の瞬間、新たな爆発がブリッジを引き裂いた。

55

恒星間宇宙　シリウスから二・四光年の位置
スキオーラのシャトル

「どこへ行きますか？」〈ウォリアー〉が火を噴《ふ》いて崩壊したショックから立ちなおると、プロクターがたずねた。愛する〈コンスティテューション〉が同じような形で消滅するのを目《ま》の当たりにしてから、一時間もたっていない。さいわい、〈ウォリアー〉が戦闘艇ベイに突っこんだ大群《スウォーム》の航宙母艦は、燃える断末魔を迎えた〈ウォリアー〉を振りきれず、まだ無傷ではあるものの攻撃力を失って、ただよいながら大虐殺の現場を離れてゆく。

「〈ヴィクトリー〉だ」と、グレンジャー。避難するクルーに目的地を言い忘れたことに気づいた。救命ポッドを、周囲でまだ続いている戦闘艇の戦いから比較的安全な位置へ逃がすことだけに、注意を集中していた。グレンジャーはクリュールを床に横たえていたが、握ったままの手を通してクリュールの心に触れ、子供たちに広帯域通信のスイッチについてたずねた。子供たちはしぶしぶ応答し、グレンジャーの心にスイッチの操作方法を示した。

「こちらはグレンジャー艦長、ＩＳＳ〈ウォリアー〉の全救命ポッドへ。〈ヴィクトリー〉へ行け。繰り返す。〈ウォリアー〉の全クルー、〈ヴィクトリー〉へ行け。どこでも、ドッキングできる場所に着艦しろ。戦闘艇ベイでも、シャトルベイでも、救命ポッドを射出したハッチでも。ディアス大尉が調整する」副長代理のディアスが、まだ生きていればいいが。スキオーラのシャトルには、すべての救命ポッドとのインターフェイスを可能にする装置はない。それに、二百個のポッド全部を調整する方法など、ないだろう——統合防衛軍の別の艦に搭載されているコンピューターにしか、できない。

「了解しました、艦長」スピーカーからディアスの声が聞こえた。自信ありげな安定した口調で、ゆるぎない岩のようだ。グレンジャーは思った——おれがこの事態を切り抜けられなかったら、プロクターは優秀な副長を手に入れることになるな。

「ＩＳＳ〈ヴィクトリー〉の戦闘艇ベイ、聞こえるか？　こちらはグレンジャー艦長だ」グレンジャーは艦相互の通信の正しい周波数を思い出そうとして、いくつかの通信スイッチをいじった。

「はい……？」まごついた応答があった。直接グレンジャーの声を聞いて、驚いているらしい。

「わたしは〈ウォリアー〉の全戦闘艇を、そちらの指揮管制にゆだねる。ジンガノ元帥に知らせてもらいたい。グレンジャーより、以上」相手が答える前に通信を切った——ノートン大将がジンガノの艦隊のほかの士官たちに、どんなたわごとを吹きこんだかわからないが、抗議に耳を傾ける暇はない。

「そろそろ着きます」と、プロクター。前部の舷窓の外に、〈ヴィクトリー〉の戦闘艇ベイが大きく迫ってきた。すでに何十もの救命ポッドが、デッキに散らばっている。プロクターは慎重にシャトルを操縦し、脇に、かろうじてスキオーラのシャトルが入れるスペースを見つけた。救命ポッドに加えて、残っている〈ウォリアー〉と〈ヴィクトリー〉の戦闘艇が入っているので、スペースがほとんどない。

　グレンジャーはまたクリュールを肩にかつぎあげ、傾斜路が完全にデッキに着かないうちに降りはじめたプロクターのあとに続いた。救命ポッドから〈ウォリアー〉のクルーが何百人も悲鳴を上げて出てきて、戦闘艇ベイは混沌《こんとん》そのものだ。宇宙空間では故郷と言うべき航宙艦の、二度目の崩壊から逃れてきた者たちは、多くが負傷し、全員が荒々しい目をしている。

クリュールの血は、まだ固まらずに流れていた。グレンジャーの頭の奥で叫ぶ子供たちの声は、巨大なスタジアムを埋《う》めた観衆が上げる叫びのようだ。子供たちの声の音色と感情から、クリュールが危険な傷を負っていることがわかった。

クリュールは重大な情報を持っていた。プロクターに頭を打ちすえられる前、ロシア人の動機に関する秘密を明かそうとしていた。

「わたしは医務室へ行く――クリュールが何を知っているのか、見つけ出す必要がある」グレンジャーはプロクターに言った。「ブリッジへ行って、元帥を見つけろ。この狂気じみた戦闘をやめさせるよう、説得しろ。元帥は、きみの言うことなら聞くかもしれない」

プロクターはうなずき、二人は戦闘艇ベイのドアから走り出て、二方向に分かれた。

幸運にも、艦内の配置は、二、三の例外を除けば〈コンスティテューション〉や〈ウォリアー〉と同じだ。医務室は負傷者であふれかえっていた。外の通路には死体が、置かれたときのまま、壁に接して並んでいる。おそらく、通常どおり遺体安置室に保管している時間がないのだろう。それに、たぶん遺体安置室もいっぱいだ。乗っている艦がこれから爆発するというとき、衛生学や公衆衛生は真っ先に無視される。

何人もがグレンジャーを振り返った。過去数カ月は、人々がグレンジャーを振り返るとすれば、首を伸ばして〝地球を救った英雄〟を見ようとするときだった。グレンジャーは習慣で、厳しく決然とうなずき、すばやく敬礼した。

だが、そこで気づいた――振り返った人々が見ているのは、グレンジャーの肩に載《の》せられている異星人だ。スキオーラの存在はまだ極秘事項で、大統領と軍の高官しか知らない。いまは、そこに五十万人の宙兵隊員も加わった。グレンジャーにかつがれている青みがかった小人のような異星人の姿は、たしかに目を引く光景だ。

「ドクター」グレンジャーは医務長の制服を着た女医に近づきながら、話しかけた。「この人物は緊急の処置が必要だ」

ドクターはクリュールを見て、目を大きく見開いた。

「それは――」

「スウォームかというのか？　違う。だが、この人物がどのように扱われて回復するかに、国家の存亡がかかっている。実際、きみが正しい手当をしなければ、まず間違いなく、われわれ全員が死ぬ」

ドクターは、これ以上はないほど大きく目を剝《む》き、脇の個人用検査室を指さした。

「そちらへ。とにかく、あなたはそこにいる人に会う必要があります」

　グレンジャーはクリュールを検査室のなかへ運び、ベッドに横たわった人物を見おろした。

「元帥？」グレンジャーはぞっとした。ジンガノ元帥の砕けた額《ひたい》には血がにじんでいる。軍服に大量の血がしみこんでいるのは、腹部が数ヵ所、裂けているためだ。

　ドクターはグレンジャーの耳もとでささやいた。

「大規模な内出血があります。器官が機能を停止しはじめていて……われわれには、どうすることもできません、グレンジャー艦長」

　グレンジャーの声で、放心状態のジンガノ元帥がわれに返り、血まみれの手でグレンジャーを手招きした。ジンガノはささやいた。

「ノートンだ」

「ノートン大将に、艦隊の指揮をまかせたいのですか？」グレンジャーはたずねた。ジンガノが何を言いたいのか、よくわからない。

「違う……違う。ノートンは……た……た、たぶん、感染している」ジンガノは苦しげな息のあいまに言葉を絞《しぼ》り出し、乾ききった舌を唇にはわせた。それから、ドクターに顔を向けた。「統合防衛軍規約。服務……服務規程……第十条。指揮権の移譲——」

　ジンガノの目がどんよりと曇り、閉じた。だが、片手は上げたままだ。唇が動いた。

「〈ヴィクトリー〉を、ティモシー・J・グレンジャーに移譲する。知ら……知らせ……知らせろ――」

口ごもった。

息が絶えた。

56

ペナンブラ第三惑星　高軌道
ロシア特異点製造施設　幹部司令センター

病身のグレンジャーの青ざめた弱々しい姿に、アイザクスンはショックを受けた。

アイザクスンはクルリとマラーホフを振り返った。

「しかし、統合防衛軍やエイブリーの幹部スタッフ全員が、グレンジャーは過去へ行ったということで納得しました。ドルマシがそれを保証しました。ヴィシュゲイン・カーサは、グレンジャーが友人だったと言いました。過去に大群《スウォーム》に感染していたが、いまはもう違う——と」

「ヴィシュゲイン・カーサは……嘘をついています」と、マラーホフ。

「では、カーサはまだスウォームと手を組んでいるのですか？」

「いいえ。しかし、われわれとも手を組んでいません。エイブリーとも。グレンジャーとも。ドルマシは自分たちの種族の心配をしています。自分たちの利益になるときだけ、干渉します。グレンジャーについては、ドルマシが彼を利用しました。この男はドルマシのもっとも有効な道具でした。自分がスウォームの母星を破壊しているとグレンジャーに思わせ、そのあいだにカーサがドルマシの母星を解放しようとしていた。わたしに言わせれば、見事です」

「しかし、なぜグレンジャーに、自分が過去へ行ったと思わせておいたのでしょう？」

　マラーホフは肩をすくめた。

「ドルマシの観点から考えてみてください。あなたは自分の母星を解放するのに、グレンジャーを利用した。未来のある時点で過去のグレンジャーが現われ、あなたの母星が解放される前の時期へ戻ることが、わかっている。あなたなら、目の前のグレンジャーにそのことを知らせますか？　ドルマシとしては、知らせたくない。カーサは、自分の母星を脅《おびや》かすようなことは何もしたくない。母星が解放された以上、それを守るためなら何もいとわないでしょう。それが人類の全滅を招こうが、知ったことではない。そうです――カーサはグレンジャーに、〝事件〟のことで――〝休暇〟のことで――嘘をつきました。そうしないと、過去のグレンジャーが未来に現われたとき、現在のグレンジャーが自分を救うために飛び出してゆき、計画を妨害するかもしれないからです。タイムラインとドルマシの母星解放計画が、めちゃくちゃになる恐れがあります」

「なぜ、こういったこと全部を知っているのですか？」

マラーホフは自分の頭を叩いた。

「知ってはいません。しかし、それが唯一、筋の通る説明なのです。わたしならそうする。それに、わたしは過去数年間スウォームを盗聴する恩恵に浴してきて、ドルマシの思考についてはそれなりの洞察力を持っています。実際、ドルマシの解放を、その実現の何年も前に予測しました。スウォームは、そんなことが起こるとは思っていませんでしたが、わたしは予想しました」

アイザクスンはグレンジャーに向きなおった。

「それで？　この男をどうするつもりです？」

「いまのところは、ここにとどめておきます。ドクターたちが癌《がん》の検査をすませました。まあ、一時的には。グレンジャーは今後数日は、死ぬ恐れはありません。さあ、このすべてにおける、あなたの役割を見せてあげましょう」

アイザクスンは〝過去から来た〟グレンジャーの姿を見たショックから完全に立ちなおってはいなかったが、マラーホフのあとについて医務室から〝展望台〟に戻り、さらに外へ出て、エレベーターのそばの吹き抜けのある中央広間に出た。壁にマラーホフの英雄じみた写真が並んでいる。ロシアの大統領はアイザクスンをエレベーターへ連れこみはせず、額に入った自分の写真の列を左に見ながら、広間を進んだ。右側にはガラスの壁があり、その向こうには巨大な断崖が百メートルも下へ続いている。二人は数分間歩き、さまざまなステーションの特徴的な部分を通り過ぎるたびに、マラーホフがそれらを指さして説明した。

　ようやく、行く手の二枚のドアが開《ひら》いて、巨大なベイが現われた。ただ大きいというより、とほうもない大きさだ。アイザクスンは、いままで通ってきた場所が、このステーションの内部の空間だと思っていた。ガラスや手すりや並んだ執務室で内張りされ、頂上にマラーホフの展望台がある、高さ百メートルの広大な空間――それこそが、スウォームがくりぬいた小惑星《アステロイド》の内部だろうと。

　だが、間違っていた。いま、それがどんな大工事だったかがわかった。壁面はほとんどが、ごつごつした岩と何千ものスポットライトだ。内部の空間は、航宙艦をまるごと一隻どころ、何十隻も収容できるほど大きい。一隻のスウォーム航宙母艦を含めて数隻が、足場に係留されている。だが、アイザクスンの目は中央の一隻に引きつけられた。ＩＳＳ〈コンスティテューション〉。地球上空での戦いで叩きのめされ、傷だらけになった姿で、ドッキング・ポートを提供する足場の近くに浮かんでいる。

「ほら、エイモン、あなたへのプレゼントです」

アイザクスンはぽかんと艦を見あげた。

「〈コンスティテューション〉をわたしにくださると？」

「もちろん。あれは、わたしのものではありません。誰かが所有するとすれば、あなたです。もっとも、あなたがすべて了解した場合、われわれはグレンジャーをあれに乗せて送り返す必要があります。そうしないと……つまり、グレンジャーが戻らなかった場合、タイムラインに何が起こるか、わかりませんから」

アイザクスンは頭を振った。

「バカげている。送り返さなかったら、どうなるんです？　宇宙が内側に向けて破裂か何か、するんですか？」

マラーホフは冷笑した。

「もちろん、しませんよ。確実なところはわかりませんが、わが国最高の科学者たちが何も起こらないと言っています。われわれの宇宙とほぼ平行するいくつかの宇宙では、グレンジャーは戻りません。そのタイムラインは、グレンジャーが姿を消した瞬間から、われわれのタイムラインとは違った様相を呈します。しかし、われわれにとっては、戻ったのです。かんじんなことは、それだけ――とにかく、科学者たちはそう主張しています。しかし、あなたのご心配は無理もない。ですから、わたしはグレンジャーを送り返すことに決めました――安全な側に身を置くためです」アイザクスンに向かってニヤリと笑った。「まだ、すっかり安全とは言えませんがね」

アイザクスンは〈コンスティテューション〉の外側で作業する数人のクルーの動きを、目で追った。重力ブーツをはいて外殻の表面を歩き、修理用具と思われる器具の入った箱を運んでいる。

「いつから、あそこにあったんですか？」

「二日半前からです」

それじゃ、四カ月前に起こったようなことが何もかも起これば、〈コンスティテューション〉とグレンジャーは一日もたたないうちに、出てきたのと同じ特異点を通って戻るんだな。さあ、おれが自分でこれに対処するには、どうすればいい？　エイブリーの支配を振り捨てる方法は？　どうすれば、マラーホフにだまされず……ボロディンにも、グレンジャーにも、ノートンにも――そして――くそ――あいつら全員に、だまされずにすむんだ？

マラーホフは低い手すりに寄りかかり、手すりを天井につないでいる棒に軽くつかまっていた。

「二日半前に、われわれは機関室を清掃しました——スウォームの攻撃を受けて、放射線で汚染されていましたからね。あなたがたの任務に非常に役立つ設備を、いくつか設置しました。十個の特異点です。残っている六隻のスキオーラ超弩級戦艦に対して、一個ずつ。一個はエイブリーに。余分の三個は、あなたが必要とされる場合に備えて」

「わたしが〈コンスティテューション〉を受け取って、スキオーラの超弩級戦艦に向けて特異点を発射し、ひとつはエイブリーに撃ちこみ、それから、あなたがグレンジャーをもとどおり治して地球へ送り返すのにまに合うように帰ってくる——と、信用してくださるのですか?」

「信用の問題ではありません、副大統領閣下。利益の問題です。わたしは、あなたを知っています。このプレゼントは、あなたの利益と一致します。あなたはエイブリーに取って代わりたい。わたしと敵対したくない。スウォームを片づけたい。これがあれば、三つとも達成できますよ」

もちろん、この男の言うとおりだ。これを、おれは欲している。三つとも。

だが、疲れた。道具として使われることに気分が悪くなり、うんざりした。他人のゲームの手駒《てごま》になるのは飽《あ》きた。そのアイザクスンは死んだ。もう機能しない。おれは、もう我慢しない。マラーホフはおれをだまし、自分の目的のために利用している。エイブリーと同じだ。もう、たくさんだ。

マラーホフがアイザクスンに大きな笑顔を向け、〈コンスティテューション〉の表面で忙しく動く作業クルーに視線を戻した。

「黙っているのは承諾のしるしと解釈しますよ。準備はすでに終わっていますから――」

マラーホフは、まだ手すりに寄りかかっていた。アイザクスンは、自分でも驚いたことに、マラーホフを捕まえ、全力を振りしぼって手すりの向こう側へ押し出した。

マラーホフは驚くほど強かった。英雄じみた写真は誇張ではなかった。三百メートルの洞穴のなかへ落ちないうちに、手すりを支えている支持架をしっかりつかみ、アイザクスンが立っている岩棚のほうへ弾《はず》みをつけて身体を揺らすと、別の手で手すりをつかんだ。ぶらさがったマラーホフの顔にはショックの色がある。こんな展開は予想もしなかったに違いない。

アイザクスンは怒りをマラーホフに向けた。エイブリーの言いなりになって何カ月も押し殺していた、激しい怒りと暴力のすべてを解放した。心の奥に閉じこめ、何ひとつ見逃さないエイブリーの目から隠していた暴力的な考えや復讐の念と悪意のすべてが、とうとう噴《ふ》き出た。アイザクスンは怒声を上げてマラーホフの腹を蹴り、大きく身を乗り出してマラーホフの顔を何度も何度もなぐった。

アイザクスンに攻撃されながらも、マラーホフはなんとか岩棚まで身体を引きあげた。くそ。こいつが立ちあがったら、おれが負ける。アイザクスンはマラーホフが振りあげて岩棚にかけた脚を蹴り、無意識にポケットから取り出したペンを、相手の目に突き立てた。

マラーホフは悲鳴を上げ、ペンを奪おうと手を伸ばした。アイザクスンは、手すりをつかんでいるマラーホフの手を蹴りつけた。

マラーホフ大統領は落下した。三百メートルの距離を、悲鳴を上げながら落ちていった。

ついにクシャッと音がして、マラーホフが死んだことがわかった。アイザクスンは長いあいだ味わわなかった、あるスリルを感じた。

支配のスリル。勝利のスリル。

おれは自由だ。

57

恒星間宇宙　シリウスから二・四光年の位置
ISS〈ヴィクトリー〉医務室

グレンジャーはジンガノ元帥を見おろした。おれの友。いや――〝友〟という言葉は強すぎる。だが、この人はおれのために立ちあがってくれた――軍上層部では誰もそんなことをしないときにだ。

いま、おれは一人だ。ジンガノ元帥によればスウォームの影響下にあるらしいノートン大将に、一人で立ち向かわなければならない。

「ドクター、元帥の希望をブリッジに知らせてくれ」厳しい表情で女医を見て、言った。

ドクターはのろのろとうなずいた。数分のあいだに、はじめての異星人を見たり指揮官を失ったりしたショックから、まだ立ちなおっていない。

「オッペンハイマー中佐、こちらは医務室……」

「どうぞ、ドクター」応答があった。「手早く頼む。こちらはちょっと危険な状態で……」

そのときになって、グレンジャーは艦全体が揺れていることに気づいた。敵の砲火を浴びているようだ。おれがいなくても戦闘はずっと続いていた。おれが気づいていなかっただけだ。

「中佐、ジンガノ元帥が死亡しました。元帥は、服務規程第十条を発動しました」

「ありがとう、ドクター。わかった。オッペンハイマーより以――」

「いえ、中佐」ドクターがさえぎった。「まだ終わっていません。ジンガノ元帥は〈ヴィクトリー〉の指揮官として、ティム・グレンジャーを指名しました」

沈黙。グレンジャーには、こもった悪態が聞こえた。

「で……ええと……グレンジャーはいま、そこにいるのか？」

「いる、オッペンハイマー中佐」と、グレンジャー。「すぐにブリッジへ行く」

またしても沈黙。悪態が増えたに違いない。

「了解、艦長。ブリッジに到着されるまでのご命令は？」

「戦闘を続けろ。きみは、いままで優秀な指揮をしてきた。それを維持しろ」クリュールが低いうめき声を漏らした。「すぐに行く。グレンジャーより、以上」

グレンジャーがジンガノの遺体を手で示すと、ドクターは看護師を呼んで遺体を検査台からおろさせた。グレンジャーは検査台にクリュールを横たえた。

「艦長……？」ドクターが言いはじめた。「これは……正確には……何者ですか？」

「スキオーラという異星人の女族長だ」と、グレンジャー。クリュールがまたしても、かすかにうめいた。「彼女を助けられるか？」

「わたしは、この異星人の生体構造を知りません、艦長。わたしにわかるのは、彼女が血を流し、二足動物で、われわれと同じような形の頭を持つということだけです。このなかに脳があるのですか？　この人は呼吸しますか？　鼻孔の様子を見ると、たぶんするだろうと思いますが。この人は――」

「わたしにもわからないんだ、ドクター。ただ……全身スキャンか何かを始めてくれ。何か、まずいところが見つかるはずだ」

ドクターは顔をしかめ、装置を取り出してクリュールの頭部にかざし、胸部へ……腹部へと、ゆっくり動かした。

「これも知らせておいたほうがいいと思うが、彼女は……その、体内に約二万二千人の子供を抱えている」と、グレンジャー。無理やり笑みを浮かべ、すぐに消した。「混乱しないようにな」

ドクターは首を振った。

「わたしにはまったく、ちんぷんかんぷんです。あのう、わたしは、器官はわかります。脳があります。でも、この人の正しい血圧がいくらなのか知りませんし、これらの細胞や抗体が――」

「ちょっと待った」グレンジャーは手を伸ばして、クリュールの手をつかんだ。子供たちは、いちど助けてくれた。自分たちの母親を救うためなら、必ず助けてくれるだろう。

グレンジャーはよろめいてあとずさりした。映像の洪水がグレンジャーの心を襲った。子供たちが狂乱状態で叫んでいる。

母親が死にかけているからだ。

（もっとゆっくり）――グレンジャーはクリュールの子供たちに心で呼びかけた。声が多すぎるし、言葉が速すぎる。ドクターの診断装置を通したデータが、画面に現われはじめた。エラー・メッセージがひらめき、異星人の生理機能を解読しようと医療アルゴリズムが悪戦苦闘している。（どうしたらいいか、わたしに教えてくれ。ゆっくりと）

洪水は抑えられ、滴《したた》りに変わった。グレンジャーの心に血液のイメージが現われ、続いて数字が……それからいくつか、ほかの単純な手順が浮かんだ。

「血圧を上げなければならない。ええと……」グレンジャーは子供たちが与える情報をすべて、ドクターに伝えはじめた。情報の流れは、クリュールの頭のケガと、血を流す脳と、化学式で終わった。「プロクターがなぐった部分から、脳が出血している。出血を……何かで止めなければならない」おれは化学者じゃない。

「何を使って？」と、ドクター。

グレンジャーは化学式に注意を集中し、士官学校《アカデミー》時代の基礎化学の講義を思い出そうとした。

「水素のついた炭素がふたつ、ぶらさがって……いくつか窒素がある……リン……」

「それでは役に立ちません」

グレンジャーは両手を上げた。クリュールは死にかけている。ロシアが何をたくらんでいるか……大群《スウォーム》がそれをどう利用するつもりか、知っているのはクリュールだけだ。

「ドクター、脳の出血を治してくれ。患者がわたしの場合ならこうするという手当をしてくれ。元帥にならこうするという手当を」壁ぎわに横たえられたジンガノの遺体を指した。「彼女は血を流し、歩き、話す。われわれと同じだ。わたしにするような手当を頼む」

艦が荒々しく左へ傾き、クリュールが検査台から放り出されそうになった。ドクターは身をかがめて異星人の身体に拘束具をまわしながら、悪態をついた——化学や解剖学についてわめき散らした。なぜ人は基礎科学をもう学ばないのか……正しい設備を与えてくれさえすれば、こんなことは何も必要ないのに……。

「ドクター、わたしはブリッジへ行かなければならない。彼女を生かしておいてくれ。回復させてくれ。これは命令だ。次の患者がわたしだとしても、いまは彼女が最優先だ。わかったか？」

そう言うと、グレンジャーは医務室から走り出てブリッジをめざした。ノートン大将と憤激の対決をすることになるだろう。

大統領にいちばん近い位置にいる陸軍大将がスウォームに感染しているなら、神の加護を祈るしかない。

58

恒星間宇宙　シリウスから二・四光年の位置
ISS〈ヴィクトリー〉ブリッジ

〈ヴィクトリー〉のブリッジの入口を守っているはずの宙兵隊員たちは、入口の外で意識を失って伸びていた。艦の荒々しい震動と爆発のさいの揺れにやられたに違いない。

グレンジャーがブリッジに入ると、全員が振り向いた。オッペンハイマー中佐が立ちあがった。感情を顔に表わしてはいないが、グレンジャーをどう思っているかは明らかだ――〝地球を救った英雄〟は大群《スウォーム》に協力しているという噂だ。ジンガノ元帥は信用していたかもしれないが、おれもそうだとはかぎらないぞ。

「オッペンハイマー中佐、艦長の任を解く」と、グレンジャー。

沈黙が降りた。艦体の震動と遠くの轟音や叫び声のさなかでも、オッペンハイマーがどうするかと、ブリッジの全員が注目した。

「ノートン大将が――われわれがQジャンプで到着する前ですが――われわれ全員に、あなたが裏切ったと発表しました。あなたがスウォームによって腐敗したと」

グレンジャーはオッペンハイマーを見つめた。それは違うと、一同を納得させられる根拠は何も示せない。クルーが下す決断を待つしかない。

「ですが……元帥はあなたを信用しておいででした。ノートン大将との話をやめたあと、元帥が小声で漏らした言葉は、〝くだらん〟でした。それに、ドクターの話では、元帥は亡くなる直前に、指揮権をあなたに移譲したとのことでした」

オッペンハイマーは艦長席の脇に立った。

「わたしは解任されました」オッペンハイマーは副長のステーションへ移動した。「どうか、われわれ全員を殺さないでください」つぶやくように言った。

グレンジャーはいかめしい笑みを浮かべ、艦長席についた。

「われわれはまだ生きているぞ、中佐」と、グレンジャー。「生きているあいだは、戦うチャンスがある」右にある、司令ステーションの戦術表示を調べた。混戦状態だ。残っているスウォーム航宙母艦は、生きている統合防衛軍の艦を連打している。統合防衛軍の艦は、超弩級戦艦のでたらめにしか見えない発砲を受けながら、スウォームに応戦している。超弩級戦艦は、スウォームと統合防衛軍の両方を標的にしているらしい。超弩級戦艦から緑の反物質ビームが飛び出して近くのスウォーム航宙母艦に切りこむと、装甲の弱い部分をうがち、艦をつらぬいた。だが、一瞬後に、その砲塔が〈ヴィクトリー〉の護衛艦のひとつＩＳＳ〈パニカール〉をねらった。〈パニカール〉は反撃した。

乱戦だ。

そして宙兵隊は、まだ全長百キロの超弩級戦艦のなかを重い足取りで進みながら、地上戦を続けているのだろう。

「ノートン大将につないでくれ」グレンジャーは通信ステーションに向かって言った。

通信士がスイッチを操作した。グレンジャーはゆっくりと振り返り、見慣れた顔を捜した。プロクターは、いったいどこだ？

「つながりました、艦長」

「ノートン大将、こちらはＩＳＳ〈ヴィクトリー〉の指揮官グレンジャー艦長です。攻撃をやめて――」

ノートンの怒った声がグレンジャーの言葉をさえぎった。

「なんだと？　グレンジャーか？　オッペンハイマー中佐、これはどういうことだ？」

「大将、ジンガノ元帥の特命により、わたしが〈ヴィクトリー〉の指揮官を引き受けました。もういちど要求します。攻撃をやめて、再編制――」

「必死だな。いいか、グレンジャー、われわれは向こうでうまくやっている。あの敵艦の、約……十パーセントを支配している。だが、あれがこちらに発砲しはじめたから……スウォーム航宙母艦は、まだわれわれを追いまわしていて……」

超弩級戦艦は、なぜスウォームと人類と両側に発砲しているのだろう？　グレンジャーは心のなかで手を伸ばし、クリュールの艦〈仁愛〉にいるスキオーラに呼びかけ、質問を伝えた。

（おまえたちは、みな危険だ。すべて無力化しなければならない）――激怒した多数の声が応答した。そして、スキオーラの考えた戦略が見えた――スウォーム航宙母艦と統合防衛軍をどちらも攻撃し、両者を同等の位置に置く。どちらも相手に対して有利にはならない。〈ヴィクトリー〉はもっとも損傷の少ない航宙母艦に対抗させる。それから〈仁愛〉が両者のあいだに入る。たとえ、女族長の一人が犠牲になるとしても。

（待て）――グレンジャーはスキオーラに言った。（わたしは、きみたちの女族長を救える。われわれは、まだ一緒にヴァラリシを退治できる。チャンスをくれ）

（証明してみせろ）

宙兵隊に、攻撃を中止させなければならない。そうするまで、スキオーラとは交渉できない。

「大将」グレンジャーは言いはじめた。「わたしが、残っているスウォーム航宙母艦を破壊するようスキオーラを説得できたら、攻撃をやめてくれますか？　何が起こるか、考えるチャンスをくれますか？」

ノートンは、すぐには答えなかった。だが、背景に討議の声がこもって聞こえた。

「大将、あまりにも多くの命が危険にさらされています。いま行動しなければ、何十万人もの統合防衛軍の兵士や士官が死にます」

「いいだろう、グレンジャー」と、ノートン。「やつらに、われわれの艦を攻撃するのをやめさせられたら、それでよしとする。われわれが一息ついたら、あとで連中と話すとしよう。連中が、われわれにとっていいことをしてくれるかぎりはな」

「ありがとうございます、大将。グレンジャーより、以上」

グレンジャーは目を閉じた。この説得には全力で当たらなければならない。

（頼む。お願いだ。われわれに対する発砲をやめてくれ。きみたちがヴァラリシの艦を破壊すれば、わたしは、そちらの艦にいる兵士全員を撤退させるよう、上官たちを説得できる）

（嘘だ）

（信じてくれ）

（おまえたちは信用できない。すでに、その証拠を見せてもらった）

（だが、われわれは学べる。きみたちから学べる。きみたちは尊敬すべき古い種族だ。われわれは、きみたちからたくさんのことを学んだ。どうか、われわれにチャンスを与えてくれ）

スキオーラの子供たちが討議しているのを感じた。数秒ごとに別の母親が死に、新たに一万の声が消える。論議は揺れて片方へ重みがかかったかと思うと、もう一方へ傾き、そのあいだも次々と声が消えてゆく。グレンジャーに賭けてみようと考える側が勝ちはじめた。

「艦長」戦術ステーションの誰かが言った。「超弩級戦艦は、艦隊に対する発砲をやめました。スウォーム航宙母艦を攻撃する準備を整えています」

グレンジャーは目を開けた。スクリーン上に見えた風景は、信じられなかった。超弩級戦艦が反物質砲塔すべてをより脆弱なスウォーム航宙母艦に向け、恐ろしい緑の火を放《はな》っている。航宙母艦が一隻、爆発した。続いて、もう一隻。さらに三隻。まもなく、スウォーム艦は五隻しか残らなくなった。

アルファ隊の残った艦すべてが〈仁愛〉による猛烈な虐殺に協力し、またたくまにスウォーム艦はすべて片づけられた。

通信スピーカーからノートンの声が響いた。

「なるほど、グレンジャー、控えめに言っても見事だ。おまえはとんでもない英雄だな。さあ、われわれの始末のしかたを見ていろ」通信が切れた。グレンジャーはスクリーンを見つめ、怒りをたぎらせた。統合防衛軍の艦隊が、超弩級戦艦に発砲しはじめた。

グレンジャーは椅子の肘かけを叩いた。

「くそったれ！」あの、いばりくさった嘘つきのバカ野郎。

ジンガノ元帥の言ったとおりかもしれない。たぶん、ノートンは本当にスウォームに感染している。スウォームにコントロールされている。裏ロウィルスだけではなく、徹底的な乗っ取りウィルスに。

もし、そうなら、おれがノートンをあやつれるかもしれない。ひょっとしたら、ハンラハンをあやつったように、短時間でも、瞬間的にでもノートンをあやつれるのではないか？　グレンジャーは目を閉じて、ＩＳＳ〈リンカーン〉のほうへ意識を伸ばした。絆《きずな》を通してノートンの心に触れた。

（友よ、やめろ）

　この作戦を停止することを、スウォームにどうやって納得させればいいだろう？　ノートンが本当にスウォームに支配されているなら、統合防衛軍を使って、自分たちのために超弩級戦艦を奪取しようとしているに違いない。その理由は明らかだ――あの艦は無敵だ。一隻で、スウォーム航宙母艦五十隻分の価値がある。

（友よ、わたしは、スキオーラがあなたがたから隠している情報を持っている。攻撃をやめろ。そうすれば、スキオーラを説得して、連中の情報を話させる。そこに、すべてがかかっている）

　何も起こらない。ノートンを通したスウォームからの応答はない。〈リンカーン〉艦内の、スウォームに感染しているほかの人物からの応答も、近くの別の艦からの応答もなかった。スキオーラの子供たちは、ふたたび悲鳴を上げていた。宙兵隊は攻撃を続け、子供たちの声はまとまって弱まりつづけている。

　くそったれ。

「操舵士、Ｑジャンプ・エンジンは働くか？」と、グレンジャー。

「はい……」操舵士は混乱した表情で言いはじめた。

「わたしの合図で、この座標へＱジャンプを開始しろ」グレンジャーは目の前のコンソールに一連の数字を入力した。同時に、意識をスキオーラに向けて公開送信した。

（ジャンプしろ。わたしと一緒に来い。わたしと一緒に来れば、兵士たちを止められる）

選択の余地はない。子供たちは、グレンジャーの要求を拒絶して攻撃を求めたが、大多数が放つ戦闘の恐怖と疲れが、不信の声に勝った。グレンジャーやその言葉を信用したためではなく、絶望からだ。

（行く）

「ミスタ・オッペンハイマー、〈ウォリアー〉の救命ポッドはすべて収容されたか？」

「はい、艦長」

「戦闘艇を回収しろ。〈ヴィクトリー〉のも、〈ウォリアー〉のもだ。アルファ隊の、破壊された艦の戦闘艇もすべて、収容できるだけ収容しろ。三分で着艦させろ。三分たったらジャンプする。戦闘艇ベイに入りきらなければ、シャトルベイや貨物ベイに送れ。詰《つ》めこめ」

ノートンは、おれたちを止めようとするだろう。これは基本的に反乱だ。単なる不服従ではない。後戻りのできない道だ。ノートン大将はエイブリー大統領と軍上層部に、おれが裏切ったと……グレンジャーは公然とスウォームに味方したと言うだろう。

やる価値のあることであってくれ。

二分後、戦闘艇はすべて着艦した。

「ジャンプしろ」グレンジャーは命じ、同時に超弩級戦艦に同じ思念を伝えた。

スクリーン上の風景が変わり、戦闘艇による宇宙戦の名残が、何もない宇宙空間になった。

まもなく、超弩級戦艦が現われた。ISS〈コンスティテューション〉の衝突でえぐられた大きな穴から、流れ出る破片を引きずっている。無数のデッキでまだ戦闘が行なわれており、事実上、宇宙空間で大きな地上戦が進行していた。

「侵入部隊の回線につなげ」と、グレンジャー。通信士が、準備ができたしるしにうなずくのを待って、話しはじめた。「統合防衛軍の侵入部隊、こちらはグレンジャー艦長だ。射撃をやめて、武器を置け。繰り返す。射撃をやめろ。最高司令官たるエイブリー大統領の命令で、いまから、すべての戦闘作戦行動は中断される」どうぜ嘘をつくなら、大きな嘘にしたほうがいい。

命令が指揮系統を通って伝わるのに数分かかったが、グレンジャーは誰よりも早く結果を知った。スキオーラの子供たちの声が変化し、恐怖や不安や混乱が……。

歓喜と勝利感になった。

それから、当然の怒りが現われ、復讐を求める色合いが加わった。

59

恒星間宇宙　シリウスから二・三光年の位置
ＩＳＳ〈ヴィクトリー〉ブリッジ

　終わった。とにかく、いまのところは。超弩級戦艦の反物質砲塔は静まっている。プロクターは、バーナード大佐から届いた宙兵隊の戦闘体制解除報告を中継した。宙兵隊は、ドッキングした兵員輸送艦に引きあげたり、超弩級戦艦内のそれぞれ違う区画に立てこもったりしている。

　だが、〈ヴィクトリー〉のブリッジは悲惨なありさまだった。グレンジャーはいままで気づかなかったが、ブリッジ内は艦長席の周辺をはじめ、いたるところに血が飛び散って乾いていた。近くの梁《はり》が、部分的に崩れた天井から落ちて床に転がり、脇へ押しのけられている。おそらく、梁はジンガノ元帥に当たったのだろう。視線を上げると、壊れた天井を通して、すぐ上のデッキが見えた。

「状況を要約しろ」グレンジャーは副長のステーションにチラリと目をやった。オッペンハイマー中佐と〈ヴィクトリー〉の副長が相談している。

「Qジャンプ・エンジンと、生命維持装置と、メイン・エンジンは無事です。しかし、パワー・プラントが損傷しました。危険な状態ではありませんが、いまは人手が足りません。攻撃により、機関室のクルーの半数を失いました」

ブリッジのドアが左右にすべるように開き、ようやくプロクターが姿を現わした。〈ウォリアー〉のクルーの救助活動を調整し、救命ポッドをすべて無事に収容して、誰が生きているかを確認していたのだろう。

グレンジャーはプロクターに手で合図して言った。

「レイナとクルーを機関室へ送ってくれ」そのあと、オッペンハイマーに向きなおって言った。「この艦の機関長は――無事か？」

「死亡しました。しかし――」

「では、レイナ・スコットが新しい機関長だ。機関長代理に、交代を連絡してくれ」と、グレンジャー。中佐が何を気にして口にしようとしたのか、たずねもしない。時間がないのだ。クリュールは情報を持っており、クリュールの口ぶりでは、早く手を打つ必要があるようだった。「医務室、こちら艦長」宙に向かって言った。

「こちら医務室」と、ドクター。

「ドクター、患者の容体は？」

「まだ意識は戻りませんが、容体は安定していると思います。信じてください、艦長。患者が目を覚ましたら、必ず真っ先に艦長にお知らせします」

まだ意識はない。おれの知るかぎり、クリュールがほのめかしたロシアの計画はすでに進行していて、標的が地球だろうとブリタニアだろうと、ほかのどこかの惑星だろうと、おれたちの阻止はまに合わないという感じだった。

「ありがとう、ドクター。グレンジャーより、以上」

いまは待って、クリュールが目を覚ましてくれることを祈ろう、破壊されたブリッジを見まわすと、待つあいだにも仕事がたくさんある。一時間後にどこへ行く必要があるか、正確にわかっていたとしても、艦がこのままでは行き着けない。そのとき、ブリッジ・クルーの半数がすばやく目を見かわし、まぎれもない不信の表情を浮かべた。クルーがそんな顔でおれを見るのも、無理はない——グレンジャーには、わかっていた。

おれは裏切り者だ。

ジンガノ元帥の信頼を得ていたにもかかわらず、軍の高官たちはおれを憎んでいる。

大群《スウォーム》の協力者として知られる異星人とともに、戦闘現場から逃げ出したばかりだ。統合防衛軍は、おれがスウォームやその同盟者と、頭のなかで通信できること知っている。これは当然、不信を生む。ちくしょう、おれにもっと分別があれば、おれだって自分を信用しなかっただろう。

それに、おれはノートン大将からの直接命令にそむいた。理論上、〈ヴィクトリー〉に乗り組んでいる幹部士官がおれに対して反乱を決意したとしても、法的には問題ない。いかなる軍法会議も、クルーがおれを倒して拘禁室に放りこむことを選ぼうと、あるいは、おれの頭に弾丸を撃ちこもうと、士官たちは理性的に行動したと結論を出すだろう。

「オッペンハイマー中佐、死傷者数の報告を」と、グレンジャー。行く手に何があるにせよ、艦をスムーズに航行させなければ、クルーの信頼は得られない。いまは二隻の艦の生存者を抱えており、全員が、精神的に激しい痛手を受ける戦闘をくぐり抜けた者たちだ。

そのような激戦を、グレンジャーは何度も見てきた。

「さきほどの交戦のあいだに、現在わかっているかぎりで、二百三十八人を失いました。ジンガノ元帥、リュウ機関長、当時ブリッジで任務についていたオペレーション・クルー全員、わたしの副長代理、それと、半数以上の戦闘艇パイロットです」

「負傷者は？」

「正確な数を出すには早すぎますが、医務室からの最新の見積もりでは、九十一人のクルーが負傷で勤務できないとのことです。そのうち十二人は危険な状態で、助からないかもしれません」

グレンジャーは、人気《ひとけ》のない科学ステーションの近くをうろついているプロクター中佐を振り返った。考えごとをしているらしい。

「シェルビー？」

プロクターは頭を振って、目の前の現実に意識を戻した。

「はい、艦長？」

「〈ウォリアー〉のクルーの状態はどうだ？　何人が無事に到着した？」

プロクターは一瞬、混乱した表情を見せたが、科学ステーションの端末にデータを出した。

「〈ウォリアー〉から飛んでくるあいだに、ひとにぎりの救命ポッドが失われましたが、ほとんどは到着しました。八百二人が収容されました。負傷者がたくさんいますが、命の危険がある者は、ほとんどいません」

「両方の艦のクルーをまとめなければならない。その作業をやってくれるか？」プロクターの意識はまた脇にそれ、物思いにふけっているかのようだ。「シェルビー？」
「すみません、艦長、考えごとをしていました。すべてを、つなぎ合わせようとしていました。スウォーム。二種類のウィルス。スキオーラ。ドルマシ。超空間信号。これらが、どんな意味を持つのか」

グレンジャーはうなずいた。理解できた——プロクターには本当の問題を解決してもらわなければならない。骨の折れる艦の指揮など、ほかの者でもできる。

「オッペンハイマー中佐。わたしの部下のディアス大尉が、きみの副長代理になる。きみとディアスとで、〈ヴィクトリー〉に乗った〈ウォリアー〉のクルーの統合を進めてくれ」

「あなたのクルーは、いつまで本艦にいますか、艦長？」オッペンハイマーの目には、なんの感情も表われていないが、質問はあふれんばかりの意味をたたえていた。あなたは、いつまでここにいるのです、グレンジャー？　われわれは、いつまで統合防衛軍から逃げるのですか？

「われわれの文明を救うまでだ、ミスタ・オッペンハイマー」

オッペンハイマーはすわったまま、もじもじと身体を動かした。何かが起こったらしい。ブリッジの士官たちは小声で話し合っている。グレンジャーは視線をオッペンハイマーから、居心地悪そうな表情で目を向けてくる戦術クルーに移した。とうとう、通信士が言った。

「艦長、ノートン大将からの超空間信号を受信しました。あなたは逮捕されるそうで、われわれはノートン大将の現在位置へ戻るよう命じられました」

　グレンジャーはため息をついた。もちろん、これは避けられない事態だ。

「きみたちはみな知っておくべきだが、ジンガノ元帥は死の直前に、ノートン大将はスウォームにあやつられている疑いがあると言った。きみたちのドクターも同席していたから、保証してくれるだろう。このあさはかな任務の悲惨な結果を見れば、一目瞭然《いちもくりょうぜん》だ。だから、ミスタ・オッペンハイマー、返信する前にじっくり考えろ」

　大部分は本当だ。もちろん、ジンガノ元帥がそれをほのめかして数分後に、グレンジャーは〝絆《きずな》〟を通してノートンに触れ、この男がただの頑固なまぬけだという事実を確認した。スウォームは支配する必要などなかったのだ。単に一士官がバカなのを、その能力が外部から影響を受けたせいにする必要はない。

「だが、言っておくぞ、ミスタ・オッペンハイマー」グレンジャーはあらためて言いはじめ、振り返ってブリッジ・クルー全員を見まわした。「きみたち全員に、ちょっとした秘密を知らせておく。わたしは〝地球を救った英雄〟と言われている」言葉を切ると、ブリッジは静まり返った。「たわごとだ。わたしは英雄ではない」向きを変え、プロクターのほうを指さした。「きみたちの英雄は、あそこにいる」今度は下の、シャトルベイの方向を指した。「戦闘艇デッキやシャトルベイには、もっとたくさんの英雄がいる。それと、もうひとつの秘密だ。わたしが〈コンスティテューション〉で地球上空をただよっていたとき、ケガをして足を引きずりながらも、われわれは勝つと確信していた。スウォームの最初の航宙母艦群に包囲され、ぐうの音《ね》も出ないほどぶちのめされ、鼻をへし折られ、叩きのめされても、わたしにはわかっていた。われわれは勝つ。なぜ確信できたか、わかるか？」

グレンジャーは、操舵席にいる航法士に視線をとめた。しばらく、熱狂的なスピーチをしていなかった——もともと、おれの部下だった者なら、おれが〝やっつけろ〟と言っただけでも各戦闘で巧みに腕をふるったが、ここのクルーは、いまにもおれに反抗しはじめそうだ。こいつらには英雄が必要だ。

そして、最高の英雄とは、気の進まない英雄だ。

「わたしは、われわれが勝つことを知っていたが、それはわたしが英雄だったからではなく、わたしが英雄たちの肩にかつがれ、その力に頼っていたからだ。ミスタ・オッペンハイマー、われわれが〈コンスティテューション〉での戦いに勝ったのは、わたしがいたからではなく、クルーがいたからだ。実際、〈コンスティテューション〉が地球の大気圏に突入して落下し、ユタ州に墜落したとき、わたしは文字どおりプロクター中佐にかつがれて安全な場所まで運ばれた。〈コンスティテューション〉は、古いＩＳＳ〈ヴィクトリー〉の記念碑の目と鼻の先に停止した。この艦はその栄誉ある古い艦の名をつけられている。ジンガノ元帥はそれが詩的だと思ったのかもしれないし、ナンセンスだと思ったのかもしれない。だが、事実は残る。英雄は、艦長ではない」

グレンジャーはオッペンハイマーに向きなおった。

「それは、きみだ。誓って言うが、中佐、地球はわれわれを必要としている。惑星ブリタニアが、われわれを必要としている。ノボ・ジャネイロが……マルセイユが、われわれを必要としている。全人類がわれわれを……いまわれわれがくだす決断を頼りにしている。間違った動きひとつで、すべてが終わるのだ」

グレンジャーは艦長席から離れて出口へ向かった。

「きみたち全員が義務を負っている。その義務が何かは、きみたち自身が決めることだ。わたしは、その邪魔はしない。選択が決まったら、知らせてくれ」プロクターに、一緒に来るように合図すると、心のなかで祈った——どうか、オッペンハイマーが宙兵隊員を呼んでおれを拘束させないうちに、ブリッジから出られますように。「だが、わたしとしては、きみたちが英雄になるほうを選んでくれるとありがたい」そう言い残すと、自動的に開《ひら》いたブリッジのドアから出た。

通路の角を曲がったあと、プロクターが背後でささやいた。

「今回のは、なかなかよかったですよ」

「クルーは信じただろうか？」

「信じなければ、記録に残る就任後最短時間で反乱が起こるでしょう」プロクターは一瞬、笑みをうかべた。よかった——シェルビーのユーモアのセンスは変わっていない。

「ところで、わたしたちはどこへ行くのですか？」

「医務室だ。クリュールが持っている情報が必要だ。意識があろうとなかろうと、引き出さなければ」

60

恒星間宇宙　シリウスから二・三光年の位置
ＩＳＳ〈ヴィクトリー〉医務室

医務室はまだ混雑して、忙しそうだった。負傷した〈ウォリアー〉のクルーが、戦闘艇デッキやシャトルベイ、貨物ベイから少しずつ集まりはじめ、人が増えたのかもしれない。だが、運よく〈ウォリアー〉の医務スタッフも送られてきたので、スペースはともかく、手当の人手は不足していない。

ベッドのひとつに、プリンス少尉が横たわっていた。頭の半分が包帯でおおわれ、薄く血がにじんでいる。艦内での避難中か〈ヴィクトリー〉への飛行中に、災難にあったに違いない。ほかにも数人、負傷した〈ウォリアー〉のクルーを見かけた。意識があって身動きできる者は、グレンジャーに小さく敬礼した。グレンジャーは、まだ彼らの英雄だ。彼らが生きていることの象徴だ。クルーの目に、それが現われている。グレンジャーを見るだけで、目が生き生きするようだ。

個人用検査室で、クリュールは意識不明のまま検査台に横たわっていた。感心なことに、ドクターはまだ検査台のそばにいて、生命徴候の表示を測っていた。

「外には、〈ウォリアー〉から避難した人たちが百人近くも待っています、艦長。一人は、すでに、迅速な手当を受けられなかったために死亡しました。この異星人は間違いなく、その犠牲に見あうほどの価値があるのでしょうね」

「あるとも。彼女と、二万二千人の子供たち全員が」

ドクターはうなずいた。

「ええ、子供たちを見つけました。この人の腹部に、骨のまわりに、肋骨《ろっこつ》に、脂肪組織に包まれ、腕や足に沿って並んでいます。そう大きくはありませんが、たしかに胎児です。高度に発達した胎児――このようなものは、はじめて見ました。どうやって体外へ出るのか想像もつきません」

「ほとんどの胎児は、体外へ出ないんだ」と、グレンジャー。体内生活を送るというのは、どんなものだろう？　機動性もなく、選択もできず、独立もできないとは……。

とたんに、子供たちの訂正する声が頭のなかに響いた――（われわれは選択できる。

選択するのに、体外生活は必要ない)。

グレンジャーは、自分が……力を入れて考えていた——ほかに適当な表現がない——ことと、〝絆《きずな》〟を通してそれを子供たちにさらしていたことに気づいた。〝絆〟の感度は、どのくらいなのだろう？　考えを子供たちに聞かれずにすむ境目はあるのだろうか？　あるとしたら、どのくらいの距離まで有効なのか？　何十光年も離れた場所にいる大群《スウオーム》は、おれの声を聞けるのか？　数多くの疑問が湧いた。

疑問は、あとでいい。

「彼女を起こしてくれ、ドクター」

ドクターは抗議した。

「でも、艦長、それは危険です。昏睡は、身体が自己修復するための自然なメカニズムです。おそらく、この人たちにとっても同じでしょう。無理やり覚醒させて無事にすむとは期待できません」

「とにかく、やれ。彼女と話す必要があるんだ」

ドクターはしぶしぶハイパワー注射器を出し、クリュールの首に押しつけた。

「これでクリュールが死んだら、どうします、艦長？」と、プロクター。

「このチャンスを逃すわけにはいかない。クリュールの知っている情報が必要だ」

「子供たちと話して、聞き出すことはできないのですか？」

グレンジャーは首を振った。

「いや、それでは本人から聞くのと同じとは言えない。子供たちの情報は、まとまっていない。何千もの不協和音を聞くようなものだ。クリュールが目を覚ましているときは、子供たちの声はもっと合唱団に似ていた。クリュールが、集中すべき点と秩序を与えているのだ。子供たちは、人間の子供と同じように、何についても同じ意見になるとはかぎらない。だから、クリュールがいなければ、会話自体が難しくなるんだ」

クリュールが身じろぎした。グレンジャーは頭のなかに、クリュールの声を感じた。

グレンジャーは〝絆〟を通してクリュールに触れた。

「クリュール、わたしはここだ。あなたが知っていることを知りたい」

クリュールは目を開けた。

「あなたを信用する理由が、ありますか？」ささやき声より少し大きい程度の、弱々しい声だ。「あなたの種族は信用するに値《あたい》しないことを、身をもって示しました。ロシア人だけではありません。あなたは自分のことを、ほかとは違う特別な個体だと思っているかもしれませんが、あなたがたはみな同じです。みな、力と支配的立場を手にしたがります」

「違う」と、グレンジャー。「それは違う。わたしが望むのは、自分の種族を救うことだけだ」

「あなたがたはみな、そう言います。あなたの大統領も、マラーホフも。どの圧制者も言うことです」

グレンジャーは顔を上げてプロクターを見た。クリュールがロシア大統領の名を出すとは、奇妙だ。

「マラーホフを知っているのか？」

クリュールはのろのろとうなずいた。顔が、クリーム色を帯びた薄青から、もっと緑がかった色合いに変わっている。〝絆〟を通して感じられるクリュールは、明らかに非常に具合が悪い。子供たちがいっせいに上げる声はおさまらず、むしろ動揺した耳障《みみざわ》りな音になってきたようだ。

「わたしは、マラーホフと取引しました」と、クリュール。「あなたがたの時間で、数年前。もちろん、わたしはヴァラリシの支配下にありましたが、まだ覚えています」

「〈ホルスキー事件〉だ」グレンジャーがつぶやくと、クリュールがうなずいた。「それで？　マラーホフは何を望んだ？」

「もちろん、われわれの仲間に加わりたいと主張しました。しかし、われわれは慎重でした。マラーホフはわれわれを滅ぼすことだけを望んでいましたが、ロシアが覇権《はけん》を握る壮大な計画の一部として、自分のやりかたでそうしたいと思っていました。恐るべき新兵器を持っていると言いました。われわれがそれを使えば、延々と長い戦争を続ける必要はなく、人類を迅速に征服できるという兵器です。われわれは取引に同意し、ペナンブラ第三惑星に武器製造施設を設置するマラーホフの手伝いをしました。建設に十年近くかかりました」

「見返りに、何を求められた？」

「生存です、もちろん。マラーホフは自分の生存のために、人類を売ったのです。われわれは彼の集団——ロシア人——には手を出さないことに、同意しました。人類の、ほかの集団と引き換えにです。それと……マラーホフは個人的な自由を望みました」

　自由？

「説明してくれ」

「そのときは、わかりませんでした。わたしはヴァラリシの奴隷でしたから。マラーホフが何を要求しているのかも、なぜそれを要求するのかもわかりませんでしたが、いまなら筋の通る望みだと思います。艦長、マラーホフはスウォームに加わりたがったのですが……〝盟友〟にはさせられたくなかったのですよ。ロシアの軍の司令官や将官、上層部の政治家のほとんどは、盟友にさせられました。しかし、マラーホフは別で、一族の外にとどまりました。彼の心は……彼の心だけは、われわれに聞こえません」

グレンジャーとプロクターは意味ありげな視線を交《か》わした。では、ロシアの政界と軍部のなかで、マラーホフは真に独立しているのだ。ロシア人は戦術レベルでスウォームの影響下にあるが、戦略レベルでは無縁だ。まだマラーホフが支配している。

「しかし、マラーホフは間違っていました」クリュールは言葉を続け、咳をして、ひるんだ。「彼が何をしているか、わたしたちは正確に知っています。われわれがアダナシを――ロシア人を吸収した……一族に迎え入れたとき、われわれはロシア人の知識や専門技術、技能すべてを吸収しました。アダナシは――あなたのお仲間も例外ではありませんが――裏切りのエキスパートです。二枚舌の。計略や言い逃れや嘘を駆使します。ヴァラリシがアダナシを吸収すると同時に、われわれはアダナシを理解し、自分たちなりの言い逃れを考えつきました。われわれはマラーホフがめざすものを知って、形勢を逆転させせました」

「で、マラーホフのめざすものとは？」グレンジャーは必死になってたずねた。クリュールはひどく気分が悪そうで、また、すぐにも意識を失いそうだった。

「マラーホフは、われわれに与えた新兵器を使う形で、ヴァラリシを全滅させる計画を立てました。特異点はペアで生まれます。片方から入ったものは、もう一方から出ます。われわれは航宙母艦に特異点兵器を設置しましたが、組になるもう一方の特異点はすべてペナンブラ第三惑星の上空、製造施設の近くにあります。マラーホフは、特異点の安定を保つためにそこに置く必要があると主張しましたが、われわれは嘘を透かして本音を見ました。本当の目標は、特異点を通ってくる物質すべて……破片のすべてを集めて、小さな月ができるように固める。それから、表面へ投げ落とす」

「表面？」

「惑星の表面です。製造施設が周回している、あの惑星」

「なぜだ？　あの惑星に何がある？」

「艦長、答えは明らかです。アダナシが吸収されたとき、ヴァラリシはアダナシの好む言い逃れを手にしました。政治で最初に学ぶことのひとつは、〝友人を身近に置くこと……しかし、敵はもっと身近に置くこと〟です」

「つまり……？」

「ペナンブラ第三惑星はヴァラリシの母星だというのか、ですか？」クリュールは、また咳をした。唇に血がついた。「もちろん、その情報はわたしには隠されていました。ヴァラリシに仕えた期間も、ずっとです。でも、まだ答えがわかりませんか？」

「マラーホフは過去四カ月間に特異点に吸いこまれて出てきた破片全部を集めて、ペナンブラ第三惑星の表面を爆撃しようとしていたのか？」

プロクターがうなずいた。

「スウォーム物質を根絶するには、効果的な方法です。どの惑星でも、スウォームは地殻に浸透していそうですから、徹底的に破壊しなければなりません。月サイズのかたまりが惑星に衝突すれば、地表の生命体がすべて死滅するだけでなく、地殻は熱せられて液化し、マントルのなかへ落ちこむでしょう。スウォーム物質が生き延びる方法はありません」

「そうです」と、クリュール。声が弱々しい。「しかし、ヴァラリシはそんなことを起こさせるつもりはありません。実際、各断片《ピース》はすでに正しい位置におさまっています。あの全質量をペナンブラ第三惑星にぶつけて破壊する代わりに、別の特異点で吸いこんで転送します。マラーホフが操作できない場所へ」

グレンジャーは血が凍る思いで質問した。

「その特異点の片割れは、どこにある？」

「もちろん、地球の上空です」

61

恒星間宇宙　シリウスから二・三光年の位置
ＩＳＳ〈ヴィクトリー〉医務室

「なぜ、もっと早くそれを知らせてくれなかった？」と、グレンジャー。

「あなたが信用できる相手かどうか、わからなかったのです。そして、われわれのためらいは正しかったことが示されました」

クリュールは両手を頭に当て、目を閉じた。いまにも気を失いそうだ。ドクターは、ふたたびクリュールの頭をスキャンした。

「大量に出血しています。この脳出血を、わたしは止められません」

「あなたには止められません、ドクター」クリュールはなんとか言葉を発した。「わたしの身体は、遠い昔に自然治癒力を失いました。ヴァラリシの贈り物に頼った代償が、これです」

プロクターは横向きにクリュールの近くへ寄った。

「どういう意味ですか？」

「ヴァラリシとの接触は支配されることですが、治療の効果もあります。ヴァラリシは長い年月、わたしの血のなかにいて、わたしを治療し、わたしの寿命を不自然に延ばし、わたしの身体が自然治癒力をすべて失うようにしました。長い時間がたつと、完全にヴァラリシに依存するようになります」

「どのくらいの期間、支配されていた？」グレンジャーはじりじりとクリュールに近づいた。クリュールの顔色が悪い。死にかけているのだろうか？　体内の子供たちの狂乱の叫びから考えて、子供たちも同じ心配をしている。おびえていると言ったほうがふさわしい。

「わたしは最初に影響を受けた一人でした。最初から、支配下に置かれた。支配下に置かれずに過ごした時間のほうが多いので、記憶が戻ってきます。ゆっくりと。わたしは、そこにいました。ヴァラリシがはじめてわれわれに支配力を及ぼしたのは、一万年以上前でした」

一万年前だと？

「前には、七百五十年前と言っていたと思うが？」

クリュールは弱々しい笑みを浮かべた。

「言ったでしょう——わたしたちはアダナシから多くを学んだ。わたしは嘘をつきました。あなたを信用しませんでした。あなたを知らなかったので」クリュールは、また咳をした。「それはヴァラリシの第一周期のときでした。わたしは若い族長で、スキオーラの〈七民族結合評議会〉によって、新しい惑星に居住地を設置するために送り出されました。数年間、その惑星にいて、小さな都市を造り、環境を制御しました、しかし、わたしたちはヴァラリシの周期がまもなく新しくなることを知らなかった。あなたがたの時間で、百五十年です。あなたがたの言う時計じかけのように、正確です。わたしたちは、間《ま》の悪いときに、間《ま》の悪い場所にいました」

「どこにいた？」

「ペナンブラ第三惑星です。最初の周期に。とにかく、わたしたちにとっては間《ま》が悪かった。スキオーラは、陥落した最初の種族でした」

ペナンブラ第三惑星。われわれが訪れ、ロシア人に追い返された惑星だ。信じられない。

クリュールは言葉を続けた。

「わたしたちはヴァラリシの存在に気づいていました。親切で、謎めいた種族。液体状の生命体なので、コミュニケーションをとるのはほとんど不可能でした。しかし、その生物がそこにいることは知っていました。知性を持つことも。そのとき、活動期が訪れました。ヴァラリシが真に誕生した瞬間です。ほかの者が来たとき、わたしたちにはその者を止める力がありませんでした」

「ほかの者？　なんだ、それは？」

「あなたがたが大群《スウォーム》という名で知っている生命体です、艦長」

「ヴァラリシか？」

「いいえ。そのほかの者が、ヴァラリシをコントロールしているのです」

　グレンジャーは混乱した。

「スウォームとヴァラリシは別の種族だというのか？　ふたつの違う生命体だと？」

「もちろん。ヴァラリシは美しい、平和な文化です。液体と光からなる発光生命体です。スウォームがヴァラリシを堕落させました。ヴァラリシを吸収したのです。わたしたちにしたのと同じように。ドルマシに、フィンディリに、キアッシにしたように。そして、最後にアダナシ。七種族です。ひとつの家族になった」

「では、スウォームとは何者だ？」グレンジャーの声は、叫びに近かった。

「知りません。ほかの者です。向こう側から来ました。わたしたちには理解できません。超空間生命体です、グレンジャー艦長。それ以上のことは何も知りません。ヴァラリシを通して、彼らがわたしを支配できたということだけ。わたしの考えをコントロールし、わたしに……考えられないことをさせる」

グレンジャーは気分が悪くなった。プロクターの表情から、同じ気分だとわかった。敵は、想像もできないほど恐ろしく、力強く、浸透力があり、触れられない存在らしい。希望は、ただひとつ。隠れなければならない。充分な数の人類をスウォームの手の届かない場所へ移し、はるかな未来に、戻ってきて戦えるようにする。

「スウォームのいまの周期は、いつ終わる？」

「グレンジャー――」クリュールは咳の発作に襲われ、三十秒は何も言えなかった。

「わかっていると思っていました。周期は終わったのです。ロシア人が周期を壊し、もうなくなりました。スウォームは、ここにとどまります」

クリュールは目を閉じ、意識を失った。グレンジャーは〝絆《きずな》〟を通じて、クリュールの意識がずり落ちるのを感じた。ドクターが跳びあがって動きだし、ハイパワー注射器をクリュールに押しつけると同時に、胸をスキャンした。

「心臓が止まりました」

子供たちがいっせいに声を上げ、恐怖が伝わってきた。母親が死んだ。まもなく、子供たちも死ぬ。グレンジャーは、スキオーラの母親が死ねば、その身体がなんらかの鎮静物質を子供たちに放出し、子供たちの死の苦しみを緩和するものと思っていた。だが、クリュールの正常な身体機能は、千年にわたるスウォーム物質への依存でそこなわれていた。

子供たちは恐怖の叫びを上げ、一人ずつ……十人ずつ……百人ずつ、沈黙していった。

62

ペナンブラ第三惑星　高軌道
ロシア特異点製造施設　幹部司令センター

アイザクスンは走って通路を戻った。犯罪現場から逃げることしか頭になかった。誰かに、おれのしたことを見られただろうか？

それがどうした？　柱に囲まれた広間を走り、ドアを開《あ》けたまま待っているエレベーターへ突進したが、一瞬だけ迷って、エレベーターではなく〝展望台〟へ向かった。通信機を使って……誰かを呼ぼう。警護官《シークレット・サービス》か？　あいつらなら引き止められずに、おれを艦まで護衛してくれるはずだ。

いや、それはバカげている。あれが事故に見えるようにふるまわなければならない。事故だと信じてもらうには、報告するしかない。すぐにだ。アイザクスンはいくつもドアを通って〝展望台〟へ走り、壁を見まわして通信機を捜した。壁には何もない。ドアだけだ。ドアの向こうには、医療ステーションや、特異点装置をおさめたラボや、各部屋を支援するほかのラボらしいものがある。

ただ、奥の壁には窓があった。窓の外、はるか下では、ペナンブラ第三惑星がゆっくりと静かに回転している。いまにも衝突しそうな炎の嵐には気づかないらしい。通信機を捜して窓のそばを通ったとき、アイザクスンは奇妙なことに気づいた。

ない。残骸の雲と、その中心の小さな月が、なくなっている。

アイザクスンはペナンブラ第三惑星に向きなおり、表面や大気を見わたしながら、爆撃を開始した火球が見えるのを待った。だが、そんなものは現われなかった。ペナンブラ第三惑星は無傷で手つかずのまま、ただ自転しつづけている。

そして、残骸の球は消えていた。

「ありがとう、エイモン。あなたは、われわれを救ってくれた」

アイザクスンはクルリと振り返った。ボロディンだ。ドアのそばに立っている。

「わたしは――わたし――わたしは――」アイザクスンはくちごもった。「すまない、ユーリイ、事故だったんだ。話をしていて、大統領がよろけた。わたしは手を伸ばして助けようとしたんだが――」

「シーッ……シーッ……エイモン、大丈夫ですよ」ボロディンは自分の唇に指を当て、アイザクスンを黙らせた。「何が起こったか、わたしは知っています。信じてください。いいんですよ。あなたは偉業をなしとげてくれました」

アイザクスンは大きく安堵の息をついた。

「あなたはいつでも、いい友人でした、エイモン。よき友です」

アイザクスンはチラリと惑星を振り返った。

「で、宇宙ゴミ《デブリ》フィールドは？　マラーホフがあそこにぶつけようとしていた、小さな月は？」

ボロディンは近づいてきて、アイザクスンの隣で舷窓の前に立ち、惑星を見おろした。

「行ってしまいました。あなたのおかげです、友よ」

「どこへ行った？」と、アイザクスン。ボロディンが繰り返し口にする〝友〟という言葉に、少しドキリとした。マラーホフはボロディンがスウォームに感染していると言ったが、アイザクスンは本気で信じたわけではない。マラーホフが口にする言葉は、ひとことも信じられなかった。ボロディンは感染などしていない――四カ月前に、自分でそう思いこんだ。オマハ郊外のオペレーション・センターで、若い中佐に室内の超空間信号をスキャンさせたときに。少なくとも、ボロディンは感染していないと、アイザクスンは自分に言い聞かせた。

「地球です、もちろん」

アイザクスンは気分が悪くなった。

「ち……地球へ？」

ありえない。

「はい、エイモン。あなたと、それからエイブリー大統領のおかげです。エイブリーがあなたにしたことを、わたしは知っています。あなたに、たくさんのインプラントを埋《う》めこんだ。そして、あなたをここへ送り出すとき、インプラントに新しいプログラムをアップロードした。近くの超空間通信用周波数帯変換機《スクランブラー》をすべて探知して、故障させるプログラムを。スクランブラーが機能しなくなると、〈七種族協定〉はようやく、ステーションにいる盟友たちにアクセスできました。あなたがステーションに足を踏み入れてから、ヴァラリシは忙しくなりました。そして、わたしたちは聞いていました、エイモン。マラーホフが言ったことを、何もかも」

自分が何をしたのかわかって、アイザクスンは恐怖であとずさりした。今度ばかりは唖然《あぜん》として声も出ない。

「もちろん、われわれは、このところしばらくマラーホフの計画を疑っていました。しかし、本人の口から聞いたのですから、われわれにも信じられます。マラーホフは何年もわれわれを利用しているつもりでしたが、本当は、われわれがあの男を利用してきたのです。それに、あなたです、エイモン！　あなたはマラーホフの考えを見抜きました！　あなたは、あの男がどのようにあなたを操作しているかを見てとり、あいつが自分の目標を達成するためにあなたを利用しようとしていることを見抜きました。あなたが生きて〈コンスティテューション〉を去るはずはなかったと、わかっていますね？　あいつは、あなたを使ってスキオーラを全滅させるつもりだった――いまでは公然と〈協定〉に反抗している種族を。そしてエイブリーを殺させ、それを勝利のプロパガンダとして使う――生き残っている惑星に対して、地球連合政府の最高レベルでさえ信用できないという証拠として提示するのです。生き残っている惑星は、ロシア連邦と進退をともにする必要があると説く。救世主マラーホフを信用せよと。エイモン、あなたが自分の目的にしたがって動けば、マラーホフはあなたを殺していたでしょう。エイブリーがあなたを殺したがっているように。

　しかし、いまではあなたは英雄です、エイモン。地球に現われた、もっとも偉大な英雄です。あなたは立ちあがって圧制者を投げ捨てた。あなたを通じて、あなたの人民は、ようやく盟友となります。そして、永遠の連帯意識と親交を、われわれと共有するのです。地球がなくなったら、われわれは停戦を呼びかけ、残りのアダナシを整然と降伏させ、そして、あなたもようやく、われわれとひとつになります」

おれは、いったいどうすればいい？――アイザクスンは考えた。思いついた唯一の答えは、逃げることだった。

そこで、アイザクスンは走った。向きを変え、ドアをめざして駆け出し、ドアを通り抜け、広間のエレベーターにたどり着こうとした――

驚いたことに、突風に追い越された。目をしばたたいたときには、エレベーターの前にボロディンが立っていた。

「〈ホルスキー事件〉が起こったときの大群《スウオーム》との最初の接触について、わたしが話したことを覚えていますか？　スウォーム航宙母艦へ行った兵士たちが、戻ったときにはどんなふうに……変わっていたか。前より強く、前より速く、前より頭がよく、賢く、すぐれていた。あなたに言わなかったことがあります。わたしは、そのときの兵士の一人でした、エイモン。ヴァラリシとの友情を最初に知った者たちの一人でした。さあ、今度はあなたの番です」

跳びのくまもなく、ボロディンは手を伸ばしてアイザクスンの腕をつかんだ。ボロディンの手は汗で湿っている。その指に手首を固く握られると、アイザクスンは感じた。

なんてこった。おれにも感じられる。

スウォーム・ウィルスがアイザクスンの毛穴からなだれこんで、血液中に侵入した。ウィルスはすぐに自己再生産を始め、アイザクスンの脊柱へ……脳幹へ……大脳へ……脳全体へと広がった。大脳辺縁系にあるすべての自律神経中枢へ……呼吸器系へ……消化器系へ……。

アイザクスンにその活動がわかったのは、ボロディンに触れられて最初に気づいたのが、ボロディンの思考が聞こえることだったからだ。続いて、自分の体内に浸透し、すべての系に入りこもうとするスウォーム・ウィルスの思考が聞こえた。作業するウィルスの思考が、予想より速いスピードで聞こえた。そして、目を大きく見開くと、別のことに気づきはじめた。

アイザクスンは幸せだった。このうえなく幸せだ。ウィルスは——ちくしょう、ウィルスなどと呼ぶべきではない。

解放者と呼ぶべきだ。

だが、何かがおかしい——アイザクスンは思った。おれはスウォームの一員だ。体内を解放者が循環する存在だ。だが、ヴァラリシとのつながりは、何か理解できないものに衝突した。何か金属的なもの。何か……電子的な。それが……何かをしている。

インプラントだ。エイブリーに埋めこまれたインプラント。

ウィルスはただちに、アイザクスンの肉に埋めこまれた小さな球を攻撃しはじめた――われわれはすべての病気を治せる……この死すべき宿主の寿命を延ばせる……エイブリーの機械を必ず――

突然、三十個のインプラントが爆発した。爆風はアイザクスンの身体を引き裂き、ボロディンをものみこんで、二人をずたずたに切り裂いた。スウォームの活性化したアイザクスンの最後の意識の一部が悲鳴を上げ、エイブリーをののしった。

最後の瞬間に、アイザクスンは知った――アップロードされたプログラムは、ひとつではなかった。超空間スクランブラーを故障させるプログラムは、非常に役に立った。だが、ヴァラリシと交流した最初の徴候を探知すると爆発するこのプログラムは、とうてい役に立ったとは言えない。

呪われろ、あの女め。反射神経で、左手の残った部分が、癖になってしまったふてぶてしいリズムを刻んだ――タ・タタ・タ。

地球は滅びる。エイブリーも一緒に死ぬ。一時間以内に。みな、盟友になる。あるいは、全滅する。

63

恒星間宇宙　シリウスから二・三光年の位置
ISS〈ヴィクトリー〉医務室

数分間、グレンジャーは何も言わなかった。ドクターは異星人の死亡を宣告して個人用検査室を去り、プロクターとグレンジャーだけが遺体とともに残された。

「シェルビー、われわれは勝てない。実体のない超空間生命体と、どうやって戦う？　そして、その時空の割れ目を超えて手を伸ばし、ほかの種族をあやつれる生命体と？　その種族を通して、われわれ全員をあやつる生命体と？」

「わかりません」プロクターは静かに答えた。

「やつらが超空間生命体なら、いたるところに存在する。どんなに遠くまで逃げても意味はない。逃げた先に、やつらがいる。大群《スウォーム》の航宙母艦を一隻残らず破壊しても、まだいる。スウォーム物質を一グラムごとに無害化する戦いを続けても、やつらはいる。あちこちで、いくつか見落とすだろう。戦闘で吹っ飛ばされ、針路をはずれたスウォーム戦闘艇が、どこかの惑星に不時着するかもしれない。そこでやつらが増殖すれば、スウォームはまた攻撃を始める。絶望的だ」

二人はさらに一分、無言ですわっていたが、やがてプロクターが身じろぎした。

「艦長、けっして絶望的ではありません。これは、解けばいいパズルです。科学の問題……論理の問題です。人類を保存する――われわれがすべきことは、それです。論理的な苦境に対する解決策を考え出し、スウォームを負かすのです」

グレンジャーはグルリと眼球をまわした。

「くそ、わたしは、なぜそれを考えなかったのかな?」

「まじめに聞いてください、艦長。考えてください。クリュールは、ロシア人がスウォームの周期を壊したと言いました。今後、スウォームはここにとどまると言いましたね? ロシア人がスウォームの周期を壊したとしたら、人間の手で周期に影響を与えることが可能だということです。修復できます。あるいは、完全に停止させることも。ロシア人が何をしたにせよ、それはあることを証明しています――〝ほかの者〟すなわち超空間生命体とのつながりが、自然な、物理的なものであることを。われわれが影響を及ぼせるもの……手をつけられるものです。でなければ、ロシア人が周期を中断して覚醒を永久的なものにすることなど、けっしてできなかったでしょう。ロシア人にできるのなら、われわれにもできます」

グレンジャーは首を振った。

「どうやって？　われわれには艦隊がない。艦を飛ばすクルーもいない。もっと重要なのは、われわれに戦う意志がないことだ。ブリッジをあとにしたときの、ブリッジ・クルーの表情を見たか？　あれはいいスピーチだったが、そこまでよくはなかった。あそこにいるのは疲れきった人間たちだ。あのブリッジ・クルーがわれわれを出発させてくれると、本当に思うか？　ノートン大将や軍の高官たちやエイブリー大統領から離れて、われわれの宇宙に住んでさえいない怪物を阻止するという信じがたい探索の旅に、出てくれると思うか？　いや。もう終わりだ」

またしても沈黙。メイン医務室から、閉まったドアを通して何人ものうめき声が聞こえてくる。

「特異点のせいです。そうに違いありません」プロクターが言った。

「なんと言った？」

「ロシア人がスウォームの周期を中断させた方法です。〝ほかの者〟がわれわれの宇宙に手を伸ばして、スウォームに——液体生物のヴァラリシに支配力をふるうことを、特異点の何かが可能にしたのです。ほかに説明のしようがありません。たぶん、どこかに、〝ほかの者〟が百五十年ごとにわれわれの宇宙に入りこむ、なんらかの自然な周期があったのでしょう」

グレンジャーはうなずいた。

「では、すべての特異点を閉鎖しよう。そうすれば、われわれの宇宙への入口がなくなる」

「少なくとも、人工の特異点は閉鎖しましょう」

グレンジャーは立ちあがった。

「よし。われわれの武器はそれしかないと思う。ちょっと待てよ。連中の入口はどこだ？　ペナンブラ第三惑星か？　ロシアの特異点製造施設か？」

「そこは、スキオーラがはじめてヴァラリシと——液体生物と接触した場所です。そこからスタートしたいと思います。そうすれば、四カ月前に艦長がそこに現われて何をしたのかが、正確にわかるかもしれません」

「〈ヴィクトリー〉のクルーを、そこへ行くよう説得できればの話だな」グレンジャーはうなるように言った。

まるでその瞬間をねらったかのように、ドアがなめらかに開《ひら》いて、オッペンハイマー中佐が大股に入ってきた。二人の宙兵隊員をしたがえている。

ちくしょう。

「グレンジャー艦長」と、オッペンハイマー。二人の宙兵隊員は緊張した様子で、一定の時間ごとに背後の医務室に目を向ける。

「逮捕しに来たんだな？」

オッペンハイマーは微笑した。

「いいえ。宙兵隊員は警護のために同行させました。クルーのなかに、わたしと意見の違う者がいるかもしれませんので」

「で、きみの意見は、正確にはどういうものだ、中佐？」

「艦長とプロクター中佐は、われわれがこの戦争に勝つために行使できる最高の手段です。〈ヴィクトリー〉は、グレンジャー艦長のもとで働く用意ができています。ご命令を」

グレンジャーは安堵の吐息を漏らし、手を伸ばしてオッペンハイマーと握手した。

「中佐、命令を与える。Qジャンプの座標をペナンブラ第三惑星に向けてセットしろ。滅ぼさなければならない敵がいる」

64

地球　高軌道
ISS〈リンカーン〉　ブリッジ

ノートン大将は、地球への最後のQジャンプまでの秒数を数えた。〈リンカーン〉の被害は甚大だ――なんとしても修理と補給が必要だ。まだ修復中のヴァルハラ宇宙ステーションの統合防衛軍造船所が、受け入れ準備を整えてくれた。

だが、ノートンの頭を大きく占めていたのはグレンジャーの裏切りだった。エイブリー大統領も、今度こそ目が覚めるだろう。ようやく、感染を隠しもしない大群《スウォーム》のスパイを信用するなどという茶番を脱して、先へ進める。まったく、あの男は実質的に、われわれの宿敵と公開通信していたことを認めたのだ。

「最後のQジャンプに入ります」操舵席の少尉が言った。

スクリーンの映像が変わり、雲が点々と散らばる青い地球が現われた。背景に小さく、白い月が浮かんでいる。

「通信士、〈フリゲート1〉との通信回線を開け。大統領がお待ちのはずだ」

「了解しました」

まもなく、にらみつけるエイブリー大統領の顔がスクリーンいっぱいに広がった。

「大将？　報告しなさい」

「かんばしくありません、大統領閣下。作戦は失敗しました。超弩級戦艦は逃亡しました」

エイブリーは悪態をついた。

「それと、大統領閣下、お知らせすべきだと思いますが、超弩級戦艦はグレンジャー艦長の支援を得て逃亡しました」ノートンは超弩級戦艦の奪取任務がだいなしになった顚《てん》末《まつ》を詳しく話し、戦艦がＩＳＳ〈ヴィクトリー〉とともに消えた瞬間でしめくくった。

「そのうえ、連中が消えてからしばらくして、バーナード大佐の班の誰かから、連中がペナンブラ星系方向をめざしたことを示す、短い超空間通信が届きました」

エイブリーはほんの一瞬、目を見開いた。

「おもしろいわ。ちょうど、われわれのもっとも役に立つ道具が、同じ場所にいる」

「で、あの人の任務は？　その任務で結果が出るのは、たしかですか？　こんな負けかたを続けるわけにはいきません」

「ミスタ・アイザクスンがどんな行動を選んでも、ロシア連邦とスウォームに決定打が打ちこまれます。わたしがアイザクスンのインプラントにアップロードしたふたつのプログラムが、それを保証します」

　ノートンは目をこすった――長い長い一日だったし、多すぎるほどの被害が出た。

「詳しく教えていただけますか？」

　エイブリーは少しためらってから、うなずいた。まるで、このノートンが……いやしくも統合防衛軍の統合参謀本部議長をつとめる陸軍大将が、秘密の計画を打ち明けるのに値《あたい》する人間かどうかと迷うかのように。鬼婆め。

「いいでしょう。ひとつめのプログラムは、ロシア人が政府の最上層部をスウォームの影響から守るために配置したシステムを、危険にさらすものです。情報部の報告では、ペナンブラ・ステーション全体が超空間通信に対する緩衝装置だらけだとされていました。アイザクスンのインプラントが、その機能を妨害します。ミスタ・マラーホフはスウォームに対する処方箋を作り上げた気でいますが、すぐに、身のほど知らずの力をもてあそんだことを後悔することでしょう」

「でも、それが裏目に出たら、どうしますか、閣下？　マラーホフをスウォームの全面的支配にさらせば、われわれに撥《は》ね返ってくるかもしれません」

「あの男は、それだけの処置に値します、大将。われわれがロシア側に作り出す不和と混乱が、こちらの役に立ちます」

「けっこうですね」と、ノートン。それ以上は論議したくない。すでに、やってしまったことだ。「ふたつめは？」

「ふたつめは、ただの安全装置です。スウォームがミスタ・アイザクスンを盟友にしようとすれば、インプラントが爆発するようプログラムしました。近くにいる者を巻きこんでね。マラーホフではないにしても、願わくはボロディンを。運がよければ、アイザクスンは特異点の封じこめシステムの近くにいて、そのシステムも破壊されるでしょう。ひょっとしたら連鎖反応が起こって、ステーション全体が破壊されないともかぎらないわ」

あぶなっかしい仮定だらけじゃないか、短気な政治家め。

「大変けっこうです、閣下。その場合、わたしが推奨するのは——」

「大将！　センサーが新しいものをとらえました！」

ノートンはパッと振り返り、センサー・ステーションの動揺した士官を見た。

「なんだ？」

「わかりません。なんであれ、巨大なものです。いまスクリーンに出します」

エイブリーの映像が、ふたつに分かれたスクリーンの片側に寄った。その顔が激しい恐怖とショックにゆがんだ。画面の残り半分には、ありえないものが映っていた。渦《うず》巻く塵《ちり》と破片をまとった小さな月が、突然、数万キロのかなたに現われていた。スウォーム航宙母艦の集団がまわりを囲み、信じられないスピードで進んでくる。

地球の方向へ。

65

恒星間宇宙　シリウスから二・三光年の位置
ＩＳＳ〈ヴィクトリー〉　ブリッジ

　グレンジャーが心配したほど、宙兵隊員の警護を必要とする状態ではなかった。ブリッジに足を踏み入れると、〈ヴィクトリー〉のクルーに交《ま》じって見慣れた顔がいくつか見えた。ディアス大尉が副長のステーションで、士官たちと話し合っている。プリンス少尉が頭に包帯を巻いたまま、〈ヴィクトリー〉の操舵士の隣にすわっている。ダイアモンド少尉は戦術士の一人と交代して、部署についていた。姿を消した士官は、グレンジャーの記憶では額《ひたい》から血を流していた。グレンジャーが艦長席へ進む途中、いかめしく会釈する者が多かった。

「艦の状態は？」

オッペンハイマー中佐が、ディアス大尉の隣の副長席にすべりこんだ。目が、ずらりと並んだ状況報告を次々と追った。

「第三エンジンが、まだ使えません。パワー・プラントは二十パーセント稼働していますが、機関長を引き継いだ〈ウォリアー〉の機関長が、一時間以内に五十パーセントを実現すると――」

「一時間は待てない」グレンジャーは不満げに言い、通信機に向かって顔を上げた。「レイナ、こちらはグレンジャーだ。Qジャンプ能力が必要だ。いつ実現する？」

「すみません、艦長、こちらはちょっと混乱しています。いつ必要ですか？」

「十分前だ」

スコット中佐はフンと鼻を鳴らした。

「せいぜい頑張ってください、艦長」

「レイナ、人類の文明全体が一本の糸でぶらさがっている状態だ。いますぐペナンブラ第三惑星に着かなければならない。それができないと、まさしくこの〈ヴィクトリー〉が終《つい》の棲家になるぞ。地球が溶けた岩の大きなかたまりになるのを目にし、この艦はこれから先ずっとわれわれの故郷になるからだ」

スコットは沈黙した。ときおり声を殺した悪態が交じる。

「中佐？」

「第二エンジンからQジャンプ・キャップへ、パワーをまわします。加速は、あまり必要ありませんよね？　パワー分流器が過熱するでしょうが、持ちこたえると思います。数分ください、艦長」

「ありがとう、中佐。グレンジャーより、以上」

　オッペンハイマーが頭を振った。

「艦長、何を急いでいるんですか？　われわれは、しばらくは安全です。このあと、地球へ戻って中央軍に報告するんじゃないんですか？」

　グレンジャーはブリッジ・クルー全員に、自分たちの任務がどう変わったかを告げるかどうか、迷った。とくに、生きて戻ってこられる可能性が、妥当とは言えないほど低いのだから。

　やはり、ブリッジ・クルーには知らせるべきだ。クルーが好むと好まざるとにかかわらず、いまのおれは艦長だ。彼らは、おれのクルーだ。これがすっかり終わるまでに、おれが彼ら全員をまた戦闘に送りこむ可能性が高い。自分たちが何に直面するのか、彼らには知らせるべきだ。

「中佐、われわれはペナンブラ星系へ行く。ロシア連邦が大群《スウォーム》のために、特異点兵器を製造してきた場所だからだ」

「そこへ行けば、われわれがその兵器を無力化できると思われますか？　ロシアの艦隊に守られているんじゃありませんか？」

「その可能性は多分にある」グレンジャーは自分が知っていることを説明した。クリュールが死ぬ前に話してくれたことの、ほとんど全部を繰り返した。有り金全部を賭けた気分だが、鍵となる情報ひとつだけは明かさなかった。つまり、超空間からやってきたスウォームのこの宇宙への侵入を永久に終わらせる方法が、グレンジャーにはまったくわからないという点だ。目的地に着いたら、その部分を解決しなければならない。

「信じられない」オッペンハイマーがあえいだ。ほかのブリッジ・クルーは麻痺《まひ》したような表情だ。いくつもの可能性やさらにその予期せぬ副産物を整理しようと努力している——実体のない生命体が超空間から手を伸ばして、われわれの宇宙に影響を及ぼす？　ただ恐ろしい敵というだけでなく、殺しようのない相手に直面しているのだと理解するにつれて、クルーの目に恐怖の色が浮かんだ。

「いいか」と、グレンジャー。身体をまわして、全員を一人ずつ見た。「個人的な経験から、これだけは言えるが……」

何をだ？　おれは〝地球を救った英雄〟だ——と？　特異点に飛びこんだおれは不思

議なことに病気が治り、成功した英雄として戻ってきたから、すべてはうまくいく——と？　何もかも大丈夫だ——と？

「状況はすこぶる厳しいが、どんな敵だろうが、わたしはあきらめない。きみたちもそうだろう。われわれは、この問題を解決する。信じてくれ。命をかけて誓う——言うほどの命でもないが……いや、演説をしている暇はない。自分の義務を果たせ。わたしもそうする。結局は、われわれ全員にできることは、それしかない。わかったか？」

　全員がうなずいた。けっこう。グレンジャーは通信ステーションを指さした。

「スキオーラ艦につないでくれ」

　しばらくして、スクリーンにスキオーラのクルーが現われた。前に、クリュールの背後に現われたのと同じ人物だ。おそらく、クリュールの副官の一人だろう。

「グレンジャー」と、副官の女性。激怒しているらしい声だ。「シジア・クリュール副元首は死にました。われわれの艦は故障し、四十万人を超えるあなたがたの兵士は、まだわれわれの故郷を占領しています。あなたの口から説明しなさい」

　グレンジャーは両手を広げた。

「裏切りのせいです、友よ。それと、深く浸透するヴァラリシの影響力によるものです。われわれの司令部の最高レベルまで、感染が広がっているのではないかと思います。すみ……申しわけありません。あなたがたの種族の失われた人々すべてに、お気の毒なことをしました。クリュールに申しわけないことをしました。驚くべき指導力の見本のような人でした」

スキオーラは頭を下げた。

「そのとおりです。その子供たちも」異星人ではあっても、その声音は言いようのない悲嘆を伝えていた。「シジア・クリュールは最年長でした。女族長の鑑《かがみ》でした。シジアの物語は、世代を超えて語り継がれるでしょう」スクリーンの外の人物に話しかけ、いくつか命令を出してから、グレンジャーに向きなおった。「わたしはポルラム・クリュール副元首です。シジアはわたしの祖母でした。現在、わたしが、この艦にいる一族をひきいています――わたしと、わたしの五万人の子供たちが」そう付け加え、片手を胸に当てた。おそらく、体内生活を送っている子供たちを示しているのだろう。

「ポルラム・クリュール副元首、わたしはペナンブラ星系へ向かおうと考えています。支援をお願いするなど、あつかましすぎますが、アドバイスをいただければ感謝いたします。あの星系にある宇宙ステーションのなかの配置を、ご存じでしょうか？　守っている艦隊の状態は？　なんでも……ご存じのことをなんでもけっこうですから、教えていただければ、非常に助かります」

ポルラム・クリュールは、またしても頭を下げた。

「シジアから、あなたがその質問をするかもしれないと警告されました」脇に目を向け、画面の外の誰かに対して、またも命令を出した。「グレンジャー、シジアはヴァラリシから、ヴァラリシの休眠期間の管理と、アダナシとの交渉を命じられていると言いましたね。族長たち全員が、その命令の遂行にかかわりました。もちろん、ヴァラリシの監督下でですが。わたしと、わたしの子供たちのほとんどは、とくに科学方面にすぐれています。わたしの仕事は種族内で、ヴァラリシ艦にアダナシのテクノロジーを融合させるための指針のひとつとなっていました」

グレンジャーは、はっとして聞き返した。

「それは、つまり……？」

「彼らのテクノロジーを理解するには、助けが必要になるでしょう、艦長。それに、彼らがそれをどう使って、あなたの惑星を破壊するつもりかを理解するにも。シジア・クリュールは絆《きずな》を通して、あなたを助けることが、われわれの種族の存続に必要不可欠だろうと言いました。この申し出は、わたしにとっては苦痛ですが――あなたがたの種族の裏切り行為は、われわれにとって破滅を招くものでしたから――よければ、われわれがペナンブラ第三惑星までお供します」

よければ？

グレンジャーは笑顔で答えた。

「ポルラム・クリュール副元首、大歓迎です」

66

ペナンブラ第三惑星　高軌道
ISS〈ヴィクトリー〉ブリッジ

　ペナンブラ星系はロシア連邦宙域の反対端にあるため、そこへ向けて一連のQジャンプを完了するのに数時間かかった。だが、そのあいだにグレンジャーは、まだスキオーラの超弩級戦艦〈仁愛〉に潜《ひそ》んでいる宙兵隊のバーナード大佐と話し合って、動きを調整した。バーナードは、大群《スウォーム》の恐ろしい武器を製造しているロシアの基地を攻撃すると聞くと、大喜びで、侵入任務を支援すると答えた。

　たしかに侵入だ。ポルラム・クリュールの報告によれば、宇宙ステーション——なかをくりぬいた小惑星《アステロイド》は巨大だった。〈コンスティテューション〉や〈ウォリアー〉など、〈伝説の艦隊〉の古い艦を造るのに使われたアステロイドの規模ではない。〈伝説の艦隊〉のどの艦でもまるごと容易に収容でき、そのほかにスウォーム航宙母艦を数隻、収容する余地を残すほどの大きさだ。ポルラム・クリュールは、ペナンブラ第三惑星の軌道を何隻の艦が巡視しているか、マラーホフが何人の兵士を常駐させているかなどは知らなかったが、グレンジャーは何ひとつ運にまかせる気はなかった。

スキオーラ艦に侵入した宙兵隊員は一人残らず〈仁愛〉の艦内から撤収し、宇宙ステーションのドッキング・ポートに突入することになった。四十万の兵という数は、おそらくやりすぎだろうが、何が起こっても対処できるよう準備しておきたい。どんなものであれ、付近を巡視する艦や、ことによると艦隊には、〈仁愛〉と〈ヴィクトリー〉が対処するしかない。

「われわれがステーションを制圧します、艦長。そのあと、ステーションに入って必要なことをしてください」スクリーン上のバーナード大佐が言った。顔を横切って、大きな深い切り傷が走っている。超弩級戦艦をめぐる、中止された戦闘中に受けた傷だろう。未遂に終わった戦艦奪取で大勢の兵士を失ったが、自分たちの艦を精力的に防衛するために数時間前までは敵だった相手と協力するという事実には、喜んで目をつぶるらしい。グレンジャーは、そのプロ意識をよしとした——状況を説明して命令を与えたあと、バーナードは歯を食いしばって敬礼しただけで、自分は何をすれば役に立てるかとたずねた。陸上軍の軍人は、ようやく訪れた地球防衛活動のチャンスに感謝するだけで、スキオーラの首を取るのかロシア人の首を取るのかは、あまり気にしないのかもしれない。

「ありがとう、大佐。交戦規則だ――相手が技術者か科学者だとわからない場合、遭遇しだいすぐ撃て。それでも、相手がすぐに降伏しなければ……まあ、教練は知っているだろう。時間を無駄にはできない。できれば十分以内にステーションを制圧してほしい」

「十分？　五分で充分ですよ」大佐は敬礼して答えた。「バーナードより、以上」

　グレンジャーはプリンス少尉に目を向けた。

「最後のQジャンプの用意はできたか？」

「できました」

「開始しろ」

　スクリーンの映像が、巨大なスキオーラ艦が傾いて見える光景から、グレンジャーが二カ月前に見た風景に変わった。前に侵攻艦隊をひきいて、はじめてペナンブラ星系に着いたときの風景だ。あのときはスウォームに対するゲリラ活動にたずさわっていた。スウォームの不意をつき、人類の惑星に対する侵略から注意をそらして、自衛に向けさせるのが目的だった。

眼下の宇宙ステーションの表面を爆撃したり、ロシア人が特異点を造っている部署を破壊したりすれば、すべてを終わらせられたことなど、当時のグレンジャーはほとんど知らなかった。いまでも、そのどちらかでスウォームを滅ぼせるかどうか、わからない。これは新しい任務だ。スウォームを根絶する。スウォームの兵器や惑星を破壊するだけでなく、スウォームをこの宇宙から永久に追い出す。

「艦は？　艦隊は？」

「数十隻のロシア巡航艦がステーションにドッキングしています。近くにも、ひとにぎりの艦がいます」戦術ステーションから返事があった。

「それらの艦の配置は？」

ダイアモンド少尉が首を振った。

「特に動きはありません」

「われわれが超弩級戦艦を連れているから、脅威となる相手かどうか、わからないのかもしれない。連中がわかっていない点を利用して、すばやく優位に立つ必要がある。バーナード大佐、出番だぞ。作戦開始」グレンジャーは通信機に向かって言った。

統合防衛軍宙兵隊の兵員輸送艦が超弩級戦艦を離れ、ロシアの宇宙ステーションへ疾走した。ステーションは巨大な岩で、表面のあちこちにぎらぎら光る金属や舷窓、ドッキング・ポート、巨大なベイのドアがある。〈ヴィクトリー〉でも、あるいはスウォーム航宙母艦でも通れそうなほど大きなドアだ。岩の表面から、あらゆる種類のアンテナやパラボラ、ほかの種類のセンサー装置が突き出ている。

「艦長」と、ダイアモンド少尉。「通常の星系スキャンを実施しています。ここの太陽は連星のひとつであることが判明しました。伴星はブラックホールです」

グレンジャーはビクッとした。

「ブラックホールと言ったか？」〈ヴィクトリー〉の新しい科学士官がすわっている科学ステーションを振り返った。「確認したか、ロス少尉？」

「はい、艦長。約三十太陽質量です。ブラックホールと恒星ペナンブラは共通の重心をめぐっていますが、ふたつは遠く離れているので、事象の地平面ではほとんど動きがありません。実質的に、両極からはX線もガンマ線も出ていません」

ブラックホール。特異点。偶然の一致が多すぎる。

「シェルビー？」と、グレンジャー。「どう思う？」

「艦長、銀河系には何百万ものブラックホールがあります。このような連星系は、めずらしくありません」

「しかし……可能性のひとつだと思わないか？」

「もちろん、可能性のひとつですし、先入観を持たずに見るべきです。しかし、これが何かの形で超空間とつながるのなら、すべてのブラックホールが超空間接続を構成しないのは、なぜでしょうか？　先に言ったように、ブラックホールは何百万も存在します——わかっているだけでです。よくはわかりませんが、何十億もあるかもしれません。銀河系は広いのです」

「けっこう」それでも、奇妙な偶然の一致だ。「ダイアモンド、宙兵隊の状態は？」

「すべての輸送艦がドッキングしました。散発的な戦闘が報告されています」

待つ時間は耐え難かったが、バーナード大佐がステーションから通信してくるまで十五分しかたたなかった。

「グレンジャー艦長？」

「グレンジャーだ、大佐」

待ち望んだ言葉が届いた。

「ステーションを制圧しました。死傷者は最低限です」失望したらしい口調だ——バーナードが望んでいたような戦闘ではなかったらしい。

「ありがとう、バーナード」

科学ステーションで〈ウォリアー〉から連れてきたチームと頭を寄せ合っていたプロ

クターが、顔を上げた。

「艦長、これを見てください」

「待てないか？　向こうへ行って、何が起こっているか探らなきゃならない」

「そのために、これが役立つと思います」と、プロクター。グレンジャーは近寄ってプロクターのモニター画面を見た。「これです」プロクターはいくつかの表示を指さした。

「この前、ここに来たとき、惑星から来るなんらかの重力異常を感知しましたが、ここには、正体を突きとめられるほど長くいられませんでした。しかし、正体がわかりました」プロクターは顔を上げてグレンジャーを見た。「艦長、何千何万という原始特異点が惑星を周回しています。この区域に集中しているようです。この区域には、異常なほど宇宙ゴミ《デブリ》も集中しています」

「どんなデブリだ？」と、グレンジャー。自分でも、答えはわかっているような気がした。

「岩、土、水……金属もあります。航宙艦の破片です。建物の破片も。ここには、出てきたものが全部あります。兵器の特異点から入ったものが、ここに」

「だが、残りはどこだ？　小さな月ができるくらいの材料が吸いこまれたはずだぞ」

プロクターは肩をすくめた。

「ひょっとしたら、まだ現われていないのでしょうか？」

「たぶんな」グレンジャーは無精ひげの生えたあごをなでた。「あるいは――」

「艦長！」戦術ステーションのダイアモンド少尉が叫んだ。「こちらのスコープが、何かの出現をとらえました。どこからともなく現われました」

「航宙艦か？」特異点のひとつを通って、ほかの何かが現われたのか？

「戦闘艇です」ダイアモンドは顔を上げた。幽霊を見たような表情だ。「われわれの戦闘艇です」

67

ペナンブラ第三惑星　高軌道
ＩＳＳ〈ヴィクトリー〉ブリッジ

「フォルツ大尉、こちらはグレンジャー艦長だ。聞こえるか？」と、グレンジャー。スクリーン上で、戦闘艇が宇宙空間を転がり、大きな岩と氷のかたまりにぶつかりそうになった。

「特異点を横切った衝撃で一時的に意識を失っている可能性があります。それで、われわれのフォルツの記憶がはっきりしないことも説明がつきます。それに、艦長の記憶についても」と、プロクター。

「まあ」グレンジャーは肩をすくめた。「フォルツが戻ったことはわかっている。だから、何が起こったにせよ――起こるにせよ」言いなおした。ちくしょう、このタイムラインとかいうやつは、本当にややこしい。「肝っ玉《ボールジー》があそこで何をしたにせよ、われわれは、あいつが抜け出したことを知っている。尻振り《フィッシュテイル》を連れてな。そういえば、フィッシュテイルはどこにいるんだ？」

ダイアモンド少尉と戦術クルーが、宇宙ステーションのまわりや宇宙ゴミ《デブリ》フィールド、現在の〈ヴィクトリー〉の軌道のあらゆる高度をスキャンした。何もない。

「すみません、艦長。フィッシュテイルは、まだ現われていないようです」

グレンジャーは声を殺してつぶやいた。

「これにかまっている時間はない。シェルビー、われわれはステーションへ行って、何をするか決める必要がある。行こう」ドアへ向かって歩きだし、チラリとディアス大尉を振り返った。「大尉、あのあたりを監視して、フィッシュテイルが現われないか、見張れ。何をすれば助けになるか、考えろ。ボールジーがトラブルに巻きこまれたら、シャトルを送って――」

プロクターがグレンジャーの言葉をさえぎった。

「ボールジーは、われわれを大群《スウォーム》だと思うかもしれません。実際、そう考えるはずです――つまり、われわれはここに来て、ボールジーがスウォーム艦だと考えそうなものと親しくしている。ロシアの艦隊のいる、ロシアのステーションで、仲のいい大家族のようにふるまっている。われわれが何を言おうと、頭が混乱しているボールジーは信用しないでしょう。それに、ボールジーがどう考えるか、われわれはすでに知っています。本人が、はっきりとそういったのですから」

「たしかに、そのとおりだ」と、グレンジャー。「どちらにしても、ディアス大尉、あそこで何が起こるか、見張っていろ。わたしが必要なら、呼んでくれ。答えを出して、すぐに戻ってくるつもりだ」

グレンジャーとプロクターはシャトルベイへ急ぎ、待っていたシャトルに乗りこんだ。収容された〈ウォリアー〉の救命ポッドがいくつもベイの片側に押しやられており、シャトルを浮かせてベイのドアから出すには微妙な操作が必要だったが、まもなくシャトルは虚空《こくう》を切り裂いてステーションへ向かった。コックピットの窓から見えるステーションがしだいに大きくなり、ついにはそれしか見えなくなった。

「ポルラム・クリュールの話では、メイン司令デッキはこのドッキング・ポートを通って行けるそうだ」と、グレンジャー。センサー・モニターに映る点を指さした。数キロ離れたところに別のシャトルが見える。超弩級戦艦から出たもので、近くのポートに接近してドッキングした。「あれがポルラムだろう」グレンジャーたちのシャトルはステーションに近づいて減速し、ドッキング準備に入った。ドッキング・クランプが所定の位置をつかみ、エアロックが開くかすかなシューッという音がした。

シャトルのハッチが開くやいなや、グレンジャーは跳び出してエアロックを抜け、ステーション内の通路に出た。待っていたバーナード大佐が敬礼した。

「艦長、ここは幹部用の複合施設のようです。マラーホフ本人と幹部指揮官が、この区域を、この星区での作戦基地として使っていました」

「どうしてわかったんだ？」

バーナードは片手を別のドアへ向け、入るよう示した。ドアの向こうは柱に囲まれた広間のようで、魚のいる水槽が置かれ、ロシア大統領のたくさんの写真が壁を飾っている。鉢植えの木や、壁から吊った植物もある。

花崗岩の壁ぎわに、大理石の床に血だまりを作って倒れている死体があった。死体の一部と言ったほうがいい。アイザクスン副大統領だ。皮がめくれ、肉がえぐられ、四肢は奇妙な形にねじれている。腕の一本はなくなっていた。広間の反対側の壁に寄りかかって、ボロディン大使と思われる死体があった。

「ここで何が起こったのでしょう？」と、プロクター。すさまじい光景に青ざめているが、感心にも、足もとに気をつけて流血の現場を通り、手がかりを探しまわっている。

「それがなんであろうと、ミスタ・アイザクスンにはちょっとショックだっただろうな」グレンジャーは無表情に答えた。最近はアイザクスンもエイブリーと親しくしていたようだが、グレンジャーはこの男をいちども好きになれなかった。

「グレンジャー」ドッキング・ポートへ通じる通路のドアから、ポルラム・クリュールが現われた。数人の宙兵隊員がアサルトライフルを構えて、すばやく向きを変えた。グレンジャーは手を振って、武器をおろさせた。

「前に、ここへ来たことがあるのですか？」

　ポルラムはうなずいた。

「はい。わたしの子供たちのなかに、ロシアの量子特異点技術の専門家が何人かいます。わたしは、システムをヴァラリシ艦に設置する手伝いをしました」ポルラムは広間を進んでドアのひとつへ向かった。「ここからデータベースにアクセスし、量子場をコントロールできます」

　グレンジャーはポルラムのすぐあとから、プロクターと足並みをそろえて進んだ。ドアの向こうには大きな部屋があり、奥に壁全体を埋《う》め尽くすほど大きな窓があった。ほかの壁にはドアやモニター装置、コントロール・ステーション、大きな美しいカシ造りのデスクなどが並んでいる。そして、ここにもマラーホフの写真が何枚も飾られていた。この男は、自分の姿をながめるのが好きらしい。

「こっちです」と、ポルラム。カシのデスクと大きな舷窓のある執務室から枝分かれしている別の執務室に入り、コントロール・ステーションに向かってすわった。「ここから、量子特異点の記録にアクセスできるはずです」

グレンジャーは、画面に次々と表われて流れる情報の列を見つめた。当然ながら、すべてがキリル文字だ。

「ロシア語が読めるのですか？」と、グレンジャー。

「わたしの子供たちの何人かは読めます。読んで、意味を教えてくれます」

「わたしと話すにも、そうしているのですか？」

ポルラムは驚いて顔を上げた。

「もちろんです。わたし自身が何から何まで学んでいる暇はありません。しかし、子供たちのなかには、つねに一人か二人、わたしが時間やエネルギーを割《さ》けない仕事に跳びつく者がいます」ポルラムは画面を見おろした。「ああ。思ったとおりです。一時間前に、特異点五五二一bが、このステーションより少し低い位置でペナンブラ第三惑星を周回していた、巨大な月サイズの物質のかたまりに向けて発射されました」

「で、片割れの特異点は？」と、グレンジャー。答えは知っているが、スキオーラの口から聞きたい。

「五五二一aは、ヴァラリシ航宙母艦に割り当てられています。その艦は――」ポルラムは、しばらく表示を調べた。「太陽系にいます。地球を周回しています」

「止めなければ」と、グレンジャー。「ここから信号を送れますか？　航宙母艦に、針路を変更させることはできますか？　それとも、航宙母艦の特異点コントロール・システムを無力化するとか？」

ポルラムは首を振った。

「われわれとヴァラリシとの接続は閉じました。もういちどドアを開《あ》けようとは思いません。絆《きずな》を保っていたときでも、われわれにはヴァラリシをコントロールできませんでした。ヴァラリシはわれわれをコントロールできましたけれどね」

「やつらに偽《にせ》の情報を与えることはできませんか？　ドルマシがわたしにやったように？　ひょっとしたら……もしかしたら、ペナンブラ星系に来た六隻の超弩級戦艦が、この惑星の地表を破壊するイメージを送るとか？」

「スウォームは気にしないでしょう、艦長。忘れないでください――ヴァラリシは、スウォームではありません。シジア・クリュールがお知らせしたとおり、スウォームはわれわれの宇宙の生き物ではないのです。あの惑星の表面にいるヴァラリシの一部が殺されるからといって、スウォームが気にすると思いますか？　あの惑星にいるヴァラリシを絶滅させる方法はありません。われわれすべての力を合わせても無理です。ヴァラリシは割れ目からすべりこみます——地表の、文字どおりの割れ目を通って、地殻の内部へ浸《し》みこみます。全部を殺すことはできません。ですから、ヴァラリシの一部が生き残っているかぎり、われわれが何をしようとスウォームは気にしません。グレンジャー、解決策ははっきりしています。特異点をひとつ地球へ送り、巨大なデブリのかたまりを飛びこませて、こちらに残っている片割れの特異点から出てくるようにすることです。マラーホフの計画に、最後までしたがうことです」

　グレンジャーは首を振った。

「だめです。ペナンブラ第三惑星の表面に何をしても、スウォームが超空間を横切って手を伸ばし、ヴァラリシをあやつれるという事実に変わりはありません。そのつながりを……百五十年周期を持つつながりを見つけて、破壊する必要があります」

　ポルラムはうなずいた。

「そうですが、そのつながりとは、どこにありますか？　われわれは二日前にヴァラリシから解放されて以来、文明全体でこの点を討論してきましたが、答えは出ませんでした。ロシア人が特異点を手放す前に、スウォームがどうやってこの宇宙に入りこんだか、わからないのです」

これは問題だ。早く解決しなければならない問題——話しているあいだにも、デブリのかたまりは地球に近づいている。特異点を通って旅をした結果、時間が膨張するのか収縮するのかによるが、いまごろは地球に着いて、人類の故郷を破壊しているかもしれない。

一分ほど室外へ出ていたプロクターが、ドアから駆け戻ってきた。

「艦長、これを見てください」

その表情を見たグレンジャーは室外へ走り出ると、プロクターのあとについて巨大な窓のそばを通り、マラーホフのデスクを通り過ぎて、病室のような部屋に跳びこんだ。

自分の目が信じられなかった。

自分がいた。グレンジャー艦長——昔の、病身でか弱い、青ざめてやつれた自分が。

何よりも、カーサが信じさせようとしたものとは違って、過去ではなかった。

グレンジャーは未来に来ていたのだ。

68

ペナンブラ第三惑星　高軌道
ロシア特異点製造施設　幹部司令センター

「シェルビー、これは夢だろうか？」グレンジャーは言った。眠っている自分の上方に立って自分の身体を見おろすなど、超現実的だ。臨死体験に似ている。手術台の上に蘇生させられなかった自分がいて、自分の魂は身体の上方へただよい、身体を見おろしている。ただ、グレンジャーは現実に、ここにいる――二人とも。

「現実のあなたです、艦長」プロクターは近くのモニターの表示を調べた。「そして、あまり具合がよくない。悪液質が入りこんで――癌《がん》が組織をむしばんでいます。酸性症、敗血症、筋肉消耗。わたしは医者ではありませんが、艦長の器官はもう、いつ機能を停止してもおかしくありません。今日じゅうにも、だめになるかもしれません」

「しかし、カーサは、わたしが前は盟友だったと言った。大群《スウォーム》だったと。なぜロシア人は、わたしを転向させなかったんだろう？」

「マラーホフにたずねなければ」と、プロクター。

「それはちょっと遅かったですね」部屋に入ってきたバーナード大佐が言った。その顔から、さらにニュースがあることがわかった。「ベイのなかの長い急斜面の底に、マラーホフを見つけました。見つけたのは、それだけじゃありません。グレンジャー艦長、〝老鳥〟があります」

もちろん、筋が通る――昔のグレンジャーがここにいるのなら、〈コンスティテューション〉もここにある。

「乗艦しろ。艦を確保しろ」と、グレンジャー。

「了解」バーナードは室外へ出て、通信器で部下たちに命令を伝えた。

グレンジャーはプロクターに向きなおった。

「シェルビー、いいか。われわれが何かしなければ、わたしは死ぬ。わたしは科学者ではないかもしれないが、SFはけっこう読んでいる。過去に起こったことがちゃんと起こるようにしないと、頭が痛くなるようなとてつもないタイムライン崩壊に直面するのではないか？　ちょうど、ここで結婚前の祖父を殺そうとしているような……。自分が過去に死んでいながら、いま生きているなんて、どうやったらできるんだ？」

「わ……わかりません、艦長。タイムライン崩壊の理論的研究は、すべて……理論にすぎません。理論物理学者のなかには、新しい量子現象が起こるたびに、それによって、同じ確率で存在する宇宙がそれぞれ枝分かれしていくと考える人もいます。そして、ほぼ無限に近い量子イベントがわれわれの体内でいつでも起こりうることを考えると、われわれと平行して無限の宇宙が存在するため、たとえわれわれのタイムラインが破壊されても、われわれに影響はないと考えています。われわれ——あなたとわたしは、いまここにいて、それはすでに起こったことだからです。しかし、この人のタイムラインは」眠っているグレンジャーを指さした。「影響を受けます。現在も進行中のタイムトラベルと同じことです。艦長、尻振り《フィッシュテイル》、肝っ玉《ボールジー》。地球をはじめ標的になった惑星すべての地殻から吸いあげられた、岩のかたまりさえも——みな、ある程度はタイムトラベルしました」

　グレンジャーは頭を振った。

「それじゃ、ここでわたしが死んでも、われわれの宇宙には影響がないのか？」

「そう……理論物理学者のなかには、それには賛成しない人もいます。その人たちの意見では、宇宙はひとつだけです。われわれの宇宙です。われわれが過去のタイムラインを崩壊させれば……まあ、それについても、意見は一致しません。崩壊したタイムラインから、いくつもの可能性が広がります。崩壊が始まった時点へリセットするとか――時間のループができる可能性がありますが。あるいは、ええと、激変的解決とかいうものもあります」

「どうも、気持ち悪そうだな」グレンジャーはモニターを見た。眠っているグレンジャーの鼓動は弱く、血圧は恐ろしいほど低い範囲をうろうろしている。だが、グレンジャーは四カ月前にプロクターの肩の上で目覚めたことを覚えていた。あのときは間違いなく、身体が弱っている感じがあったが、その後の数日で完全に回復した。進行する癌を抱えながらの最後の日々と比べると、自分でも驚く。そのなりゆきを導く方法は、ひとつしかない。グレンジャーはプロクターを振り返った。

「注射してくれ」

「はい?」

「聞こえただろう。きみが〈ウォリアー〉を出る前に、研究材料をいくつか持ち出したのは知っている。スウォーム物質も持ち出したな? わたしに注射してくれ。わたしを――あいつを――スウォームの支配下に置け」

プロクターが抗議するだろうと……〝ほかの方法がある〟と説得を試みるだろうと、

グレンジャーは思った。だが、プロクターはうなずいた。

「これで、癌が治ります。あなたを死の瀬戸際から引き戻します。フィッシュテイルのように。しかし、艦長が出てきた特異点の片割れを見つけて、それを通して戻す必要があります。それで、ウィルスが不活性になります」プロクターはポケットからハイパワー注射器を出した。

「やってくれ」

プロクターは注射器を、眠っているグレンジャーの首に押しつけた。空気の抜ける軽いプシュッという音とともに、中身が体内に注入された。プロクターは引き出しを開《あ》け、なかの何かを捜した。グレンジャーは、自分の身体がウィルスに反応する様子を見つめた。

ゆっくりと、眠るグレンジャーの顔色がよくなってきた。モニターが表示する心拍数が増した。血圧が上がった。ウィルスが働きだすと全身の酸性のレベルが急激に下がりはじめ、平常値になった。

プロクターが引き出しから何かを出した。

「鎮静剤です。この艦長を、ただ目覚めさせるわけにはいかないでしょう？　スウォームの注意を引きますから」

グレンジャーはうなずいた。検査台に横たわるグレンジャーの目が開《ひら》きはじめると、プロクターは首に二本目の注射をした。

フラッシュバックのように、グレンジャーの記憶はその場面へ戻った。部屋がある——夢のなかと同じだ。惑星を見おろす丈の高い窓。おれは仰向けに寝て頭上の照明を見あげ、誰かがいると感じた。背後の、見えない位置に誰かがいる。誰か——その誰かはおれだった。

鎮静剤が効《き》くにつれて、モニター上の心拍数がペースを落とし、検査台上のグレンジャーのまぶたが震えて閉じた。

「ほら、しばらくは眠っていますよ」と、プロクター。「少なくとも、わたしたちが計画を立てる時間はあります」

「ポルラム・クリュールのところへ戻ろう。わたしが通ってきた特異点を、見つけてくれるかもしれない。見つかれば、わたしを——彼を——送り返せる。それに、地球へ向かっている宇宙ゴミ《デブリ》球をどうするか、考えなければ——」

グレンジャーは言葉を切り、窓の外を見た。おれはここにいるのだから……四ヵ月前にいた場所にいるのだから、夢は——記憶は、いやおうなしに戻ってくるだろう。おれはあの窓のそばに立って、惑星を見おろした。郷愁を、なつかしさを感じた。はっとした――カーサは、その部分は操作しなかったはずだ。カーサが、あの感情を作り出すことはできない。おれに、あの惑星を見おろすときに、あこがれを感じさせることはできない。おそらく、カーサは感情を間違ったほうへ向け、眼下の惑星が実際にはどう見えるかという記憶を改変し、おれに別の惑星を思い出させたのだ――カーサの母星を。

だが、何かほかの要素もある。感情は本物だった――おれの母星、ヴァラリシの母星、それは実際に下にある。窓を通してはるか下に――だが、まだ……何かが足りない。どこかに、どういうわけか近くに、おれの本当の母星がある。おれの――スウォームの――発生源が、近くにある。液体生物のヴァラリシではなく、本物のスウォームの。それを感じたことを思い出した。ペナンブラ第三惑星を見ていると、その地表に対するあこがれと同時に、どこか近くにある本当の故郷へのあこがれを感じた。

「どうしました、艦長？」

「何かを見落としている」グレンジャーはつぶやいた。

「えっ？」

「ただの感じだ」詳しく説明するより先に、宙兵隊員が部屋に入ってきた。

「艦長、ディアス大尉からメッセージです。センサーによると、デブリ・フィールドに新しい物体が現われたそうです」

プロクターとグレンジャーは顔を見あわせた。

「フィッシュテイルだ」二人は異口同音に言った。

宙兵隊員は首を振った。

「ディアス大尉は、二艇の戦闘艇が現われたと言っていました。どちらも、トランスポンダーの識別コードの出だしが〈コンスティテューション〉と符合するとのことです」

二艇の戦闘艇だと？

69

ペナンブラ第三惑星　高軌道
ロシア特異点製造施設　幹部司令センター

　グレンジャーとプロクターはまだ鎮静剤で眠っているグレンジャーを置いて、部屋を跳び出した。二人の宙兵隊員を見張りにつけ、ポルラム・クリュールがデータベースのなかを捜しまわっている場所へ駆け戻った。近くの別の端末が、通信ステーションだ。プロクターが〈ヴィクトリー〉のブリッジと通信できる周波数に合わせた。

「ディアス大尉、こちらはグレンジャーだ。報告しろ」

「こちらディアス。艦長、二艇の新しい戦闘艇をとらえました。尻振《フィッシュテイル》りと熱気箱《ホットボックス》です。宇宙ゴミ《デブリ》フィールドのなかのふたつの潜在特異点から、ほぼ同時に出てきました」

「呼びかけに応答しているか？」

「していません。どちらの戦闘艇も、システムが故障しています――生命維持装置も壊れているかもしれません。二艇とも、濃いデブリの雲に衝突する針路を進んでいます」

「フォルツ艇の状態は？」

ディアスは、すぐには答えなかった。おそらく、センサー画面を調べているのだろう。

「急激に加速して、二艇を妨害するようです。どちらかに追いついたとしても、どうするつもりかはわかりませんが」

グレンジャーはプロクターを振り返った。

「戦闘艇デッキにつないでくれ。戦闘艇部隊長と話したい」

一瞬の間《ま》を置いて、プロクターはうなずいた。グレンジャーにも理解できた――なんと超現実的な瞬間だろう。おれは、新しい機動戦闘艇部隊長であるフォルツ大尉と話そうとしている。外では過去のフォルツ大尉が戦闘艇を飛ばして、フィッシュテイルとホットボックスを救おうとしている。

「大尉、戦闘艇を緊急発進させろ。そこから出して……きみを支援させろ」

「戦闘艇デッキは混乱しています、艦長。発進まで、数分かかります」

プロクターが首を振って言った。

「まに合うように射出できません。フィッシュテイルとホットボックスがデブリの雲に突入するまで、二分もありません」

　ポルラムがチラリと二人を見た。

「〈仁愛〉のほうが近い位置にいます。クルーが、シャトル数隻に発進準備をさせました。わたしが〝絆《きずな》〟で知らせれば、あなたがたのパイロットではまに合わない戦闘艇を救助できるかもしれません」

　グレンジャーはうなずいた。

「やってください」プロクターに向きなおった。「フォルツにつないでくれ。もう一人のフォルツだ」プロクターが戦闘艇と接続し、うなずいた。

「フォルツ大尉、こちらはグレンジャー艦長だ。援軍を送るところだ。きみはフィッシュテイルをつかまえろ。シャトルが何隻か……その、大群《スウォーム》の戦闘艇に似たシャトルが近づいても、警戒するな、肝っ玉《ボールジー》。スウォーム艇ではない。援軍だ」

　通信回線を通して笑い声が聞こえた。

「なるほど。おれがそんなことを信じると本気で思ってるのか、ろくでなしども？　ばかでかいロシアの宇宙ステーションのそばにいる、ロシア艦隊を引き連れたスウォーム航宙母艦とＩＳＳ〈コンスティテューション〉。おれをそんなバカだと、本気で思ってるのか？」

プロクターがグレンジャーの耳もとでささやいた。

「ステーションのそばにいる艦が〈コンスティテューション〉でなく〈ヴィクトリー〉であることは、たぶんわからないのでしょう。よく似ていますから」

ポルラムがモニター画面に映像を出した。二十隻以上のシャトルが発進し、三艇の戦闘艇に近づいてゆく。ボールジー艇はフィッシュテイル艇に近づいていたが、ふいに向きを変えてホットボックス艇へ向かった。

「おあいにくさま、ろくでなしども。おまえらに、こいつは渡さない。こいつを盟友になんか、させないぞ」

グレンジャーはコンソールを両手できつくつかんだ。

「フォルツ、きみは自分が何をしているのかわからないのだ。われわれはスウォームではない。後悔するようなことをしてはいけない」

「おまえはグレンジャーを手に入れたかもしれないが、ホットボックスは、おまえのものにはならないぞ」

グレンジャーがそれ以上のことを言うまもなく、ボールジーが数十発の砲弾を発射し、ホットボックスの戦闘艇が爆発して細かい破片になった。

「ちくしょう」グレンジャーはあえぎ、ポルラムに向けて手を振った。「シャトルを戻して。戻してください！」

　モニター画面上でスキオーラのシャトルが針路を変え、超弩級戦艦へ戻りはじめた。ボールジー艇はようやくフィッシュテイル艇まで数メートルと迫ったが、どちらもデブリの雲へまっしぐらに進んでいる。あと一分以内に突入する。

　戦闘艇のハッチが勢いよく開《ひら》き、コックピットからボールジーが飛び出してきた。胴に命綱を巻いている。開いたハッチをつかみ、フィッシュテイル艇めがけて自分を押し出した。驚くほど巧みに身体をひねって、片手でフィッシュテイル艇の砲身のひとつをつかみ、弾《はず》みをつけて身体を振りあげると、コックピットのハッチへ飛んだ。緊急開口コマンドを打ちこむとフィッシュテイル艇のハッチが開き、ボールジーはなかに入って、フィッシュテイルのハーネスをゆるめた。

　だが、もう遅かった。二艇はデブリの雲にのまれた。ボールジーがフィッシュテイルを引っぱってハーネスから自由にしたとき、岩がフィッシュテイルのヘルメットにぶつかってへこませた。続いて、小石状の小さなかたまりの流れが、二人と艇に降り注いだ。

70

ペナンブラ第三惑星　高軌道
ロシア特異点製造施設　幹部司令センター

通信機からフォルツ大尉の声が届いた——〈ヴィクトリー〉にいるフォルツだ。

「ああ、艦長、おれは、あそこから抜け出せそうもありません」

グレンジャーはスピーカーに向かって身をかがめた。

「ボールジー？　たしかか？　その、きみは、ここにいるんだな？　だったら、抜け出したんだ」

「おれの記憶が、あそこで止まってるという意味です。おれは頭を打たれて気絶したんでしょう。何が起こったか、覚えてないだけかもしれません。尻振り《フィッシュテイル》をつかんだあと……そのあとは思い出せません。自分の戦闘艇に戻って、それから……わからないんです。次に覚えてるのは、窓の外に〈ウォリアー〉が見えて、フィッシュテイルを膝に載《の》せてたことです」

　ボールジーが話すあいだも、誰もモニターから目を離さなかった。恐ろしい速度で降り注ぐ岩や小石のなかを、過去のボールジーがフィッシュテイルを背後に引きずりながら、命綱をたどって自分の艇に戻った。あのボールジーが、自分が出てきた特異点を見つける方法はない。くそ、〈ヴィクトリー〉のセンサーを使っても、プロクターがそれを見つけられるかどうか、怪しい。

　グレンジャーは勢いよくポルラム・クリュールを振り返った。

「急いでください。特異点を操作できますか？　ここから、できますか？」

　ポルラムはコンソールに目を通した。

「できます。ここから潜在特異点にアクセスできます。焦点をしぼった重力子《グラビトン》ビームを送ればいいだけです。段階的な超空間――」

「やってください。あいつが出てきた特異点を開いて、あの艇のほうへ送ってください。できますか？　動かせますか？」

　ポルラムは答えず、猛烈な速さで手を動かしはじめた。

「ビーム準備、特異点八〇一三bに焦点を合わせました。特異点が開きます。そこに質量を投入します――生きて通過したいなら、戦闘艇の半分以上の質量が必要で――」

二人に降り注ぐ宇宙ゴミ《デブリ》の雲は、ますます濃くなってゆく。さいわい、すでに二人とも艇内に入っていたが、いつ岩が艇の窓にぶち当たって通過しないともかぎらない。

「艇の行く手に特異点を置いてください。もう時間がない」

プロクターがモニターを指さした。

「艦長、あの氷のかたまりが艇に衝突します。秒速一キロくらいで――ぶつかれば、二人とも死にます」

「ポルラム、いますぐ！」グレンジャーはどなった。

ポルラム・クリュールがコンソールの一点に触れ、まもなく戦闘艇は短い閃光を発して消えた。

グレンジャーはためらいがちに安堵の息をついた。

「二人がちゃんと通り抜けたかどうか、わかりますか？」

ポルラムはうなずいた。

「特異点は崩壊しませんでした。二人が安全に通り抜けられるくらい、大きくできました」

ポルラムの椅子の背後で、プロクターが緊張をゆるめた。

「では、飛びこんでくる物体の質量より小さすぎた場合は、特異点が崩壊するのですね？」

「壊滅的な規模で」ポルラムはうなずいた。人類の癖を身につけはじめたようだ。「その効果は、われわれが特異点を操作するのに使うグラビトン・ビームの方向へ流れます。特異点を通る物体が、特異点の質量に比べてわずかな質量しか持たない場合、ビームは――ビームの発生源も――比較的、影響が少なくてすみます。しかし、物体の質量が大きくて特異点の質量の二倍に近づくと、特異点は崩壊し、その効果は壊滅的で、グラビトン・ビームの発生源もまた破壊されます。あなたがたが四カ月前に、地球上空でヴァラリシの艦を破壊した方法が、それです。〈コンスティテューション〉の質量は、ごくわずかですが特異点の質量の二倍をうわまわりました。〈コンスティテューション〉が特異点に突入したとき、三隻の航宙母艦がその特異点とつながっていたので、三隻とも助からなかったのです」

「では、ここはどうして、いまも機能しているのですか？」と、プロクター。データ表示を見て、眉を寄せた。「そのときのビームは、このステーションのどこかから出たのではないのですか？」

「わたしが、爆発直前に接続を断ったからです」と、ポルラム。「わたしは死の願望を持ってはいません」

グレンジャーがさらに詳しいことをたずねようとしたとき、一人の宙兵隊員が入ってきた。

「艦長、お知らせすべきだと思いました。あの男が——あなたが……また目を覚ましています」

71

ペナンブラ第三惑星　高軌道
ロシア特異点製造施設　幹部司令センター

　グレンジャーは共有区画を横切って大きな窓を通り過ぎ、医務室のドアまで駆け戻った。ドアの外に二人の宙兵隊員が立ち、アサルトライフルを構えて室内に向けていた。室内の患者にねらいをつけている。

　グレンジャーは医務室をのぞいた。もう一人のグレンジャーは寝ておらず、窓のそばに立って眼下の惑星を見おろしていた。目立った動きはせず、何も言わない。ただ、静かに惑星を見ている。

「この場面を覚えていますか？」プロクターが耳もとでささやいた。

　グレンジャーはうなずいた。時間がたち、とくに自分が見ていた状況がふたたび目の前に現われて、それを違う視点から見ると、思い出した。

グレンジャーは自信を持って医務室に入り、背後でドアを閉めた。護衛もつけずに危険に踏みこむのを見て、二人の宙兵隊員は動脈瘤を起こしたかもしれない。知ったことか。この瞬間に、あのグレンジャーが何を感じているか、おれは正確に知っている。

あこがれだ。

そして、おれ――現在のグレンジャーは、あの自分から……あの身体に巣くっている大群《スウォーム》から、聞き出さなければならない。

「いい景色だな」と、グレンジャー。

過去のグレンジャーは、振り返りもせずに答えた。

「そうだ。とても平和だ。ここでアダナシがずっと、われわれの撲滅を計画していたことなど、おまえには想像もつかないだろう。おまえがなぜアダナシと戦うか、われわれは知っている」

グレンジャーはドアのそばから動かなかった。不必要な危険に身をさらすのは無意味だ。

「率直に言えば、おれも同じことをしただろう。実際、まだ計画中だ」

過去のグレンジャーは含み笑いをした。

「なんの意味があるのだ、ティム？　すぐに、本当にすぐに、われわれはアダナシ全員と同様におまえを取り返す。われわれすべてが、ひとつになる。われわれはスキオーラを取り戻す——あの種族が途中で脱落したのは、大変な恥辱だ。彼らの血液のなかを流れるウィルスの設計に傷があったが、われわれはすでに修正した。まもなくスキオーラも、もとどおりわれわれと一体になるだろう。アダナシ、スキオーラ、ドルマシ、ヴァラリシ、それに、おまえがまだ会っていないふたつの種族——フィンディリとキアッシ。そして、われわれ。七つの種族がひとつの家族になる」

「われわれとは何者だ？」

「われわれ全体だ。おれ。おまえ。このステーションにいる者全員。われわれはみな、われわれだ。全員が融和と便宜によって結ばれた家族であり、盟友だ」過去のグレンジャーはついに身体ごと振り返り、何歩かグレンジャーのほうへ近づいた。

　グレンジャーは策略をしかけた。

「そんなに自信があるのか。身のほど知らずだな。傲慢だ。それが、おまえの破滅のもとになる。いま、おれは最終的におまえを滅ぼす作戦を始動させた」

　過去のグレンジャーは、またしても含み笑いを漏らした。

「あそこにある惑星は、おまえからは完璧に安全だ。信じたほうがいい。われわれには、恐れるものは何もない」

「あの惑星の話ではない。おれは、あの惑星を攻撃する気はない。おれは、おまえを攻撃する。おまえがわれわれの宇宙へ出てきた連絡路をな」

過去のグレンジャーは足を止めた。

「不可能だ」

「信じないのか？　言ってみろ。おまえは、おれの身体を手に入れている。おれの心を探れる。おれはギャンブル好きか？　ハッタリ屋か？　さあ、おれがハッタリなんかかまさないことはわかったな。おまえは、おれなんだから。言っておく。警告しておくぞ——手遅れにならないうちに、すぐに、われわれの宇宙から立ち去れ」

過去のグレンジャーは首をかしげた。

「おまえがハッタリを言わないことは認めよう。おまえの精神は完全に調べた。悲しくなる——多くの可能性を秘めているのに。おまえは最後まで二流の指揮官としてその経歴を浪費し、いつもみずから失敗を招き、上官たちに逆らい、友人を作るべきところで敵を作って、みずからのキャリアをだいなしにしてきた。理由は——」過去のグレンジャーは微笑した。「ああ、いくらでもあるぞ。おまえが自分のキャリアをだいなしにしてきたのは、人目を気にする怒りっぽさゆえだ。おまえは平均的な学生で、上官から平均的な評価しか得られず、平均的な士官だった。もっと高い地位へ昇れなかった自分を気にしている。だから、反乱ごっこで自己破壊を試みた。つむじ曲がりの反抗的なろくでなしめ」

「時間稼ぎをしているな」と、グレンジャー。「おまえは、われわれが、おまえの宇宙との連絡路を見つけたことを知った。それを閉じようとしていることを知った。だから、おまえにできることは時間を稼いで、おれが失敗するよう祈ることだけだ。断言するが、おれは失敗しない」

過去のグレンジャーは笑い声を上げた。冷たい、陰気な笑いだ。

「閉じられると思っているのか？　本当に？　おまえは妄想に取りつかれている。おまえが、そこを閉じられるほどの質量を手に入れるすべはない」

「ハッタリだと思っているのか？」

「では、おまえはここで何をしているのだ？　おまえは自分でも自信が持てないから、ここに来た。過去の自分がここにいるのを見て、おれを本来の場所に……燃えながら地球へ落下してゆく〈コンスティテューション〉に戻さなかったら、どうなるかと考えている」

「とんでもない。おれは、時間稼ぎにここに来たのだ。おまえの連絡路をふさぐためにおれがしていることから、おまえの注意をそらすためにな」

過去のグレンジャーの微笑が薄れて消えた。

「不可能だ。天然のブラックホールをふさぐ方法など、ない」

ブラックホールか。プロクターは間違っていた。

グレンジャーはドアのほうへ向きを変えた。

「ありがとう。それこそ、おれが手に入れたかった断片《ピース》だ。おまえは実に役に立ったよ、盟友」

グレンジャーはドアを引き開け、外へ出た。右側で二人の宙兵隊員がライフルを構え、左ではプロクターが鎮静剤を入れたハイパワー注射器をこれ見よがしに持っている。グレンジャーはすばやくプロクターにうなずき、ドアまで追ってきた過去のグレンジャーを妨害するよう指示した。

過去のグレンジャーがドアから出ると、プロクターは相手に反応する暇を与えず、その背に注射器を押しつけた。過去のグレンジャーはその場にくずおれた。

「それで？　わたしには断片的にしか聞こえませんでした」と、プロクター。超空間操作室を含むラボから、ポルラム・クリュールが現われた。

「われわれは間違っていた。連中の連絡路はブラックホールだ」

「しかし、われわれの銀河系だけでも、ブラックホールは何百万もあります」

「こいつは特別なブラックホールだ」グレンジャーはチラリとポルラムを振り返った。「あなたがたには、何か考えがありますか？　お子さんたちの意見は？」

ポルラムは可能性を考えるかのように、少し黙っていたが、やがて言った。

「われわれは二日前にわれに返って以来、この点を休みなく討論してきました。われわれの量子特異点科学は未発達ですが、われわれは、スウォームがこの宇宙に到達できるようになってから、過去一万年にわたってブラックホールを連絡路として使ってきたこともありうると考えています。しかし、百五十年の周期を、どう説明しますか？」

　プロクターは指であごを叩いた。

「ロス少尉が、ペナンブラ星系第五惑星のことを言っていました。巨大ガス惑星で、公転周期が百五十年です。何か関係がありますか？」

　ポルラムは目を閉じた。しばらくは、誰も、何も言わなかった。

「ポルラム？」

「子供たちがシミュレーションを行なっています。巨大ガス惑星が効果を及ぼす可能性を具現化しています」

「そんなことができるのですか？」と、グレンジャー。

「体内生活は、体外生活とは違います、艦長。より焦点を絞《しぼ》ることや集中すること、周囲の世界を具現化することを覚えます。自分で見たり経験したりはできませんから、具現化する必要があるのです」ポルラムは目を開けた。「子供たちは、関係はありうると言っています。巨大ガス惑星は、恒星ペナンブラとブラックホールをめぐっています。むしろ、このふたつの質量中心をめぐっていると言うべきでしょうか。重心を――です。しかし、ガス惑星の軌道は楕円形です。そのため、百五十年ごとに近日点で恒星のコロナが乱され、通常よりたくさんの物質がブラックホールに落ちこむ可能性があります」

　プロクターがうなずいた。

「たぶん、落ちこむ大量の物質で、ブラックホールの超空間放射が誘発されるのでしょう。われわれの宇宙に向けたものばかりでなく……ほかの宇宙へ向けても。しかし、物質が落ちこむのは、われわれの銀河系のブラックホールだけではありません。なぜ、このブラックホールが特別なのですか？」

　沈黙。

　グレンジャーは悪態をついた。

「破壊するのに、本当にそいつを理解する必要があるか？」

　プロクターは目をグルリとまわした。

「ブラックホールを破壊することはできません」

グレンジャーは、アイザクスンとボロディンの遺体がある広間へ向かって、大股に進んだ。

「まあ、見ていろ」

72

ペナンブラ第三惑星　高軌道
ロシア特異点製造施設　幹部司令センター

大群《スウォーム》と戦いつづけ、艦隊での交戦や絶体絶命の惑星防衛、政治的な作戦行動や地球連合政府とロシア連邦とスウォームによるスパイ小説じみた戦術を耐えしのんだ末に、ようやくグレンジャーは自分が何をしなければならないかを悟った。すでにやったのと同じことだ。それによって解放された。いちどやったことだ。またやれる。

「フォルツ大尉、こちらはグレンジャーだ」通信機に向かって言った。

「フォルツです、艦長」

「肝っ玉《ボールジー》、現在〈ヴィクトリー〉にある戦闘艇全部を、〝老鳥〟に移してもらいたい」

「は？　なんとおっしゃいました？」ボールジーはまごついた様子だ。

「聞こえただろう。〈コンスティテューション〉は現在、この小惑星《アステロイド》内部の巨大なベイのなかにある。ベイのドアはこちらで開《あ》けるから、全戦闘艇をなかに入れろ」

「はい」

「それから、ボールジー、尻振《フィッシュテイル》りも間違いなく、こっちへ送ってくれ。次の目的地は地球だ。特異点を通る旅が、フィッシュテイルにはおあつらえむきかもしれない。グレンジャーより、以上」グレンジャーは、もういちど通信ボタンを叩いた。「オッペンハイマー中佐？　ディアス大尉？」

「こちらブリッジです、艦長」オッペンハイマーの声が答えた。

「きみたち二人に、必須ではないクルーを〈コンスティテューション〉へ移転させてもらいたい。わたしが〈ヴィクトリー〉を航行させるのを手伝う基幹クルーだけを残して、全員だ。それと、たぶん砲術担当者も残したほうがいいだろう。それだけだ。あとは全員、〝老鳥〟に移る。救命ポッドで送れ。空《から》の救命ポッド・ポートにドッキングできる。ドッキング後は、プロクター中佐から指示があるまで救命ポッドのなかにとどまるようにしろ。〝老鳥〟が過去の地球へ向かう直前に、プロクターが、救命ポッドが艦から逃れるように手配する。五分でクルーを移動させてもらいたい。わかったか？」

「わかりました、艦長。ブリッジより、以上」

グレンジャーはプロクターとポルラム・クリュールについてくるよう合図し、広間へ戻りはじめた。途中で、一人の宙兵隊員を指さした。

「もう一人のわたしを何枚かのシーツでくるんで、〈コンスティテューション〉に運べ」宙兵隊員は敬礼して、医務室へ戻った。

「艦長、何が起こるんですか？」プロクターが追いついて、たずねた。

「シェルビー、きみは過去のわたしを連れて、〈コンスティテューション〉で地球へ戻れ。地球へ向かう宇宙ゴミ《デブリ》球を処理したら、〝老鳥〟を過去へ送ってくれ。送り返す前に、全員が艦を放棄することを忘れないように。もちろん、過去のわたしは残す」広間を通って、エレベーターを通り過ぎた。ポルラムは、グレンジャーとプロクターのすぐ後ろからついてくる。「ポルラム？　潜在特異点をひとつ、携帯できるように容器におさめられますか？」

「はい、グレンジャー。みな、そのような形で貯蔵され、組み合わせて使えるようになっています。もちろん、いったん配備されると、崩壊するか、勝手にただよって宇宙空間に潜《ひそ》むか、どちらかになります」

「四カ月前に〈コンスティテューション〉が出てきた特異点の、座標が必要です。まだ地球を周回していると思いますが、それとペアになっている片割れが、このステーションの近くにあります。それを見つけてください。お願いです」

　ポルラムは頭を下げ、その場を離れはじめた。

「待った」と、グレンジャー。「ペアがもうひとつ必要になります。潜在特異点と、その片割れと」

「貯蔵ベイにしまってあります。艦に積む場所の近くです。いま〈コンスティテューション〉がある場所の近くに。あなたの兵士二人にわたしの護衛を命じてくだされば、一《ひと》組《くみ》持ってきましょう。あなたがたの陸上軍全体があちこちにいるので、一人で無事にたどり着けるとは思えないのです」

　グレンジャーは苦しげな笑みを浮かべた。陸上軍の存在を口にされたのは痛かった。過去数時間にわたってスキオーラが耐えてきた、深刻な不当行為を思い出さずにはいられない。

「わかりました。そうします。あの件をどれだけ申しわけないと思っているか、とても言い表わせません。これが終わったら、責任者たちに裁きを受けさせるのを手伝うつもりです」

「わたしが求めているのは、裁きではありません、艦長」ポルラムはエレベーターへ向かった。「生き残ることです」

　グレンジャーは、エレベーターの近くで見張りに立っている二人の宙兵隊員を指さした。

「きみたち二人。われわれのお客を護衛して、行くところはどこへでもお供しろ。客人はステーションの、どの場所にでも行ってよい。それから、客人がベイのドアを開けて、こちらへ向かっている救命ポッドと戦闘艇を受け入れるのを手伝え。わかったか？」

「はい、艦長」二人は答え、ポルラムについてエレベーターに乗った。グレンジャーは、全ドッキング・ポートに続く通路へ向かった。

「艦長、何を計画しておいでか、わかっています」と、プロクター。「……うまくいく保証はありません」

「うまくいくとも。それは、わかっている」

「どうしてです？」プロクターは声を張りあげた。「どうして、そんなに自信があるのですか？　われわれには時間がありません。デブリ球はそろそろ地球に衝突しそうですし、スウォームとロシアの艦隊がどこか近くにいます。直感にまかせて、ばかげた任務に出発するわけにはいきません」

　グレンジャーはプロクターを振り返った。もちろん、プロクターの言うとおり、ばかげている。だが、今回は間違いない。

「シェルビー、わかっている。自分がこの場所――この時間を覚えているからだ。カーサはたしかに、わたしを操作した。だが、すでにあった記憶を操作しただけだ。わたしは本当に、あの窓のそばに立って、ペナンブラ第三惑星を見おろした。たしかに、あこがれを感じた。ふるさとを見ているような感じだった。カーサが実行したのは、わたしの視覚的記憶を変えることだけだ。わたしの心のなかで、カーサの母星が見えるようにした。だが、わたしの感情は操作しなかった。思考も。そしていま、あの会話の反対側に身を置くと、すべてが戻ってきた」

「どういう意味ですか？」

「わたしが自分に語りかけたときが、戻ってきたのだ。思い出した。ようやくそれを思い出すことが、どんなに心を乱されるものか、説明しようがない。自分の顔がわたしを見返し、わたしに話しかけたことを思い出した。ただ、記憶のなかでは、わたしは……わたしではなかった。顔はわたしだが、やつらだった。わたしがあそこでハッタリをかまして、この宇宙への連絡路がある場所を知っていると言ったとき、言われた自分が恐怖を覚えたのを思い出した。グレンジャーが本当のことを言っているんじゃないかと心配になった。ブラックホールが連絡路だと、思い出した。われわれが、それを破壊できることも。グレンジャーが実行するんじゃないかと、やつらが恐れていたからな。われわれに必要なのは二個の特異点と、数百万年にわたって問題のブラックホールをふさぐのに充分な質量だ」

　プロクターは歯を食いしばった。

「はい、それは役に立つかもしれません。でも、問題のブラックホールへ、どうすればそれほどの質量を投入できますか？　ここには惑星しかありません。それに、経験から、一個の特異点は惑星の地殻から多くの物質をのみこむだけだとわかっています。効果を上げるには、その千倍も必要です。それに、ブラックホール自体に影響を及ぼすことはできません。われわれが投入できる物体の千兆倍もの質量が必要です。せいぜい、ブラックホールを通る超空間連絡路を破壊できるかどうか――といったところでしょう」

「ねらいは、そこだ」グレンジャーはハッチを通って、シャトルに乗りこんだ。「だから、きみは二個の特異点を持っていくのだ。一個は〈コンスティテューション〉が通ってきた特異点の片割れだ。きみはあの艦を――そして、わたしを――過去の地球へ戻さなければならない。もう一個は、デブリ球を処理するためだ。わたしがその片割れを持って〈ヴィクトリー〉に乗り、片割れから出てきたデブリ球をブラックホールに押しこむ」

　ようやくグレンジャーの意図がわかり、プロクターは首を振った。

「だめです。承認できません。もういちど艦長を失うつもりはありません。今回はだめです」

グレンジャーはプロクターの腕をつかみ、目を合わせた。

「それしか方法はないんだ、シェルビー」無理やり笑みを浮かべると、向きを変えてシャトルに入った。「それに、わたしはいちど死んだ身だ。そんなに悪くもないよ」

「艦長」プロクターは言いはじめたが、非常警報にさえぎられた。二人は反射的にシャトルの舷窓に目を向け、外の〈ヴィクトリー〉と超弩級戦艦を見た。

艦が次々とQジャンプで現われていた。大変な数だ。スウォーム航宙母艦、ロシアの巡航艦、二人が見たことのない数十隻の艦は、〈七種族協定〉のなかの、まだ知らない二種族だろう。正体はともかく、ステーション周辺の宇宙空間はたちまち、グレンジャーが前に見たよりもたくさんの主力艦でいっぱいになった。何百隻……ことによると、何千隻もいるかもしれない。スウォーム艦隊全体である可能性が高い。それと、ロシア艦隊全体だ。

ＩＳＳ〈ヴィクトリー〉と、損傷の激しいスキオーラ超弩級戦艦に対して、この数だ。

大変な戦いになりそうだ。

73

ペナンブラ第三惑星　高軌道

ロシア特異点製造施設　第一四二ドッキング・ハッチ

「どうやら騎兵隊の登場らしいな」グレンジャーはつぶやき、付け加えた。「だが、正義の味方はこっちだ」シャトルのハッチを閉める前に、宙兵隊員が一人、駆け寄ってきた。ライフルは肩から下げ、両手で大きなコンテナを持っている。

「艦長、あの異星人から、艦長に渡せと言われました」と、宙兵隊員。グレンジャーがハッチから伸ばした両手に、コンテナを置いた。「片割れは、すでに〈コンスティテューション〉に乗せたとのことです」

「ありがとう。シェルビー」グレンジャーはプロクターに、階下の巨大なベイの方向を指さした。そこに〝老鳥〟が係留されているはずだ。「〝老鳥〟を頼む。頑張ってくれ」

プロクターはすばやくうなずいた。いまにも何か言いそうな表情だったが、ハッチが閉まった。残されたグレンジャーは大群《スウォーム》を永久に滅ぼす鍵となる特異点の片割れを手にして、忙しく頭を働かせた。

シャトルのパイロットはグレンジャーを引っぱって、ハッチを離れた。

「全速力だ、少尉」と、グレンジャー。近づく艦隊から目を離さない。「一刻も無駄にはできない」

強烈なGがグレンジャーを座席に押しつけ、顔から血が引いた。もう少しで、加速をゆるめろとパイロットにどなりそうになったが、まもなく少尉は急激に推力を反転させ、〈ヴィクトリー〉のシャトルベイに飛びこませた。ガーンとぶざまな音を立てて、シャトルが停止した。

グレンジャーがブリッジへ駆けつけたときには、クルーは完全に戦闘態勢をとっていた。オッペンハイマー中佐とディアス大尉が大声でブリッジ・クルーに命令し、赤ランプの警戒警報が鳴り響いている。グレンジャーは無益な騒ぎに閉口して、頭を振った。艦長席のコンソールの戦術画面をひとめ見ると、知るべきことはわかった。スウォーム航宙母艦が百五十隻。ロシアの巡航艦が四百隻。ほかに見慣れない設計の艦が四百隻。スキオーラの〈仁愛〉が〈ヴィクトリー〉と新来者たちのあいだに入ってくれているが、

〈ヴィクトリー〉が持ちこたえるチャンスは万にひとつもない。

（われわれは、あなたを支持する、グレンジャー）

〝絆《きずな》〟を通して、ポルラムの声が届いた。グレンジャーはポルラムに向けて思考を発した。

（ポルラム・クリュール、望みのない戦いです。あなたの艦でも、それは変わらないでしょう）

（〈仁愛〉だけでは変わりません。しかし、すべてのスキオーラ艦が、あなたを支持します）

　戦術画面に新たな光点が現われ、新たな艦の到着を示した。五隻だ。それぞれが超弩級戦艦の大きさで、全身の毛を逆立てた獣のように一面に砲塔を突き出し、何十億人ものスキオーラが声を張りあげて偉大な文明の戦闘歌を……復讐の歌を歌っている。高まる歌声に、グレンジャーは動揺した――何百万人もの女族長とその配偶者、何千億人もの体内生活者の叫び。統合された種族全体の、偉大な戦闘歌だ。

　スキオーラの声を頭から追い出すのは、ひどく骨が折れた。ようやく声が消えたとき、超弩級戦艦群と近づいてくるスウォームの巨大艦隊のあいだに砲火が飛びかっていた。

（行きなさい、グレンジャー。やりなおしはできませんよ）

グレンジャーはうなずいた。まだ頭がガンガン鳴っている。

「プリンス少尉。恒星ペナンブラをめぐるブラックホールに向けて、針路をセットしろ。最大加速だ」

74

ペナンブラ第三惑星　高軌道
ロシア特異点製造施設　第二二九ドッキング・ハッチ

ポルラム・クリュールは、〈コンスティテューション〉に通じる入口の外でプロクターを待っていた。プロクターは片手を上げ、護衛の宙兵隊員に止まるよう合図した。護衛の一人は、毛布で包んだ過去のグレンジャー艦長を運んでいる。

「ポルラム・クリュール、適切な特異点は準備できました？」

「できました、中佐」

「では、これでお別れですね。ご支援を感謝します」

「わたしは、あなたと一緒に行きます、中佐。いまでは、あなたもグレンジャー艦長もよくご存じでしょうが、特異点は非常に時間に左右されやすいものです。ある質量をある距離を超えてテレポートさせるには――質量を、望むとおりの時に送りたければ、正確な入力パラメーターを必要とします。重力子《グラビトン》の極性化や超空間入力にエラーがあれば、目的の時間より一カ月も前に着いたり、一年も遅れたりします」

プロクターはうなずいた。

「よくわかりました」手で前方を指した。「行きましょうか？」

過去に戻るようなものだ――プロクターは思った。文字どおり、戻ろうとしている。

〈コンスティテューション〉の通路は戦闘の残骸だらけだった。艦体外殻に圧力や無理がかかって引き裂かれた個所では、隔壁に裂け目ができ、血の跡が残っている。さいわい、死体はロシア人が片づけていた。

ただ、一体だけ例外があった。機関室につづく通路で、壁に寄りかかっている若い技術者だ。プロクターは、この死体につまずいて転びかけた。不快な記憶がよみがえった――四カ月前も、同じ死体につまずいた。炎を上げて大気圏上層部を落下する〈コンスティテューション〉のなかを、グレンジャーを捜して走りまわったときだ。

通路で、数人のパイロットに衝突しそうになった。そのなかにフォルツ大尉の姿を認めて、プロクターは声をかけた。

「肝っ玉《ボールジー》？　戦闘艇は全部、こっちへ移った？」

「はい、副長。それと、尻振《フィッシュテイル》りは戦闘艇デッキの近くの救命ポッドに、安全に入ってます——もとの飛行服や何かも、そのままで。看護師やら何やらもついてます」

「よくやったわ、ボールジー。下へ戻って、大群《スウォーム》との交戦に備えなさい。全戦闘艇、オスミウムは積まなくていいから、最善を尽くしなさい」

「はい、副長」ボールジーは走り去った。プロクターとポルラムは、ふたたび〈コンスティテューション〉奥の下部デッキへ向かった。

機関室に着くと、ロシア人が設置した見覚えのある装置が目に入った。プロクターが壊れた〈コンスティテューション〉から〈ウォリアー〉へ移した、特異点生成および操作装置だ。

「特異点一二一bを、射出装置のなかにセットしました」と、ポルラム。「〈コンスティテューション〉を、過去の正しい時期に送るためのものです。もうひとつ、特異点九〇九八aもセットしました。これは、地球へ向かっている宇宙ゴミ《デブリ》球を、ペナンブラ星系のブラックホールにある超空間連絡路へ向かうグレンジャーの位置へ送るのに使います」

「ありがとう。ロシア人が設置したこの装置を使って、正確にパラメーターを操作できますか?」

「はい。それと、勝手ながら、三つ目の特異点をセットしました。五一bです。その片割れは現在、地球へ向かっています。デブリ球を護衛して地球へ向かうスウォーム航宙母艦のなかにあります」

「それが、どんな役に立つのですか？　われわれはQジャンプで地球へ向かうと思っていましたが」プロクターは、かすかにまごついた表情を見せた。

「見ていてください」

75

地球　高軌道
ISS〈リンカーン〉ブリッジ

ノートン大将は〈リンカーン〉の艦長席にぎごちなくすわり、胸騒ぎを抱いて恐怖とともにスクリーンを見つめた。

小惑星《アステロイド》か宇宙ゴミ《デブリ》球か、適当な言葉を思いつかないが、その物体は突然、月までの距離の中間あたりに現われた。地球へ向かって疾走してくる。衝突すれば、地球は終わりだ。地殻ははがれ、海は沸《わ》き立ち、マントルが溶岩流となって噴《ふ》きあがり、残っている陸地をおおうだろう。

だが、もっと急を要するものがあった。百隻の大群《スウォーム》の航宙母艦が、文明を終わらせるかたまりを護衛するかのようにデブリ球を囲んでいる。手あたりしだいに選んだ、ただのアステロイドや衛星ではない。これは凶器だ。地球に対するスウォームの最後の攻撃であり、本能的に、これにはけっして対抗できないとわかった。

「大将、さらに数十隻の艦が用意できたわ」艦長席の肘かけにある通信機から、エイブリー大統領の声がした。「とうとう盟主が自分で来たわね。文明を終わらせる、あの大きな土の球を見れば、援軍も充分に納得するでしょう――〝預言者は、最後に地球を助けることを望んでいる〟とね。それと、ロシア連邦が分裂したことも。どうやらマラーホフは死んで、スウォームの支配下にない艦は目を覚まして、われわれと運命をともにする決心をしたらしいわ」

「ありがとうございます、閣下」と、ノートン。

「これで足りる？」

「足りるようにします」分割された画面に、ゆっくり自転する地球と、その手前にいるノートンが寄せ集めた艦隊が映った。損失は大きかったが、ブリタニアに基地を置くジンガノ元帥の艦隊の残りをなんとかまとめ、地球連合のほかの主要惑星の補助防衛艦隊から、通常は戦闘には参加しない巡航艦を、できるだけたくさん集めた。全部で百隻近い重巡航艦がいる。

百隻以上のスウォーム航宙母艦に対して、これではまに合わない。

「グレンジャーから連絡は？」と、エイブリー。厳粛《げんしゅく》な声だ。

「ありません。裏切り者のろくでなし野郎が長く苦しもうが、知ったことじゃありません」

エイブリーは答えなかった。この件に関する大統領の感情を、ノートンは知っていた――グレンジャーがついに反抗したことを……ずっとスウォームの影響下にあったことを、エイブリーは信じられないし、信じようとしない。だが、ジンガノが死んだいま、グレンジャーに代わって謝罪してくれる者はいない。戦闘中の超弩級戦艦に関するグレンジャーの行動は、ノートンから見れば有罪の証明だった。

「頑張って、大将。地球全体が見守っています。そして、祈っています」と、エイブリー。

「ありがとうございます、閣下。われわれは最善を尽くし――」

センサー士官が叫び声を上げ、ノートンの言葉をさえぎった。

「大将！　スウォーム航宙母艦の一隻から、大きなパワーのゆらぎを検知しました！」

ノートンはパッとスクリーンを振り返った。問題の航宙母艦が拡大された。

ノートンはあんぐりを口を開《あ》けた。

「ありえない！」

航宙母艦が爆発し、ぎらぎら光る残骸のなかから不運なスウォーム航宙母艦の破片の流れを引いて、厚さ十メートルのタングステン外殻のＩＳＳ〈コンスティテューション〉が現われた。

76

恒星ペナンブラの伴星ブラックホール
ISS〈ヴィクトリー〉ブリッジ

〈ヴィクトリー〉の周囲の宇宙空間は炎の嵐だった。超弩級《ちょうどきゅう》戦艦と迫る大群《スウオーム》の航宙母艦の向こう側に、グレンジャーはかろうじて何もない空間を見ることができた。そこは双方が発射して標的に食い入る反物質ビームによって、緑の光の海になっている。新しく争いに飛びこんだ異星人艦が紫のビームを発するやいなや、負けじとばかりにロシア巡航艦が赤いビームを放《はな》った。ときおり、砲火を受けて〈ヴィクトリー〉が震動したが、砲撃の大半は超弩級戦艦をねらったもので、その巨大さにもかかわらず、スキオーラ艦は大量の破片や炎を噴《ふ》き出していた。

大勢のスキオーラの声が呼びかけた——〈グレンジャー、行け。もっと速く。連絡路

にたどり着け。われわれが、おまえの代わりをする)

(できるかぎり速く移動している)――グレンジャーは答えた。特異点をおさめたコンテナをつかんだ。グレンジャー自身の死と地球の救済を約束するものだ。

(もっと速く。ほかのやりかたでは成功しない)――グレンジャーの頭のなかに呼びかける何十億人もの強い声は、耐えがたいほどになった。とりわけ、超弩級戦艦の外殻が爆発で引き裂かれ、いちどに何百万人もの死を感じるときは。

「プリンス少尉、もういちど、急いで最大加速だ」

「了解。しかし、艦長、臨界速度に近づいています。このうえ加速すると、事象の地平面を避けきれずに越えてしまいます」

「ありがとう、少尉。そうならないことを祈ろう」グレンジャーはオッペンハイマー中佐のほうへ向きを変えた。「敵を少しでも追い払う手伝いができないか、やってみよう。電磁投射砲とレーザー砲をすべて発射しろ」

　戦術クルーが跳びあがって行動に移り、電磁投射砲のクルーを召集して、レーザー砲塔に標的のパラメーターを伝えた。〈ウォリアー〉のクルーを収容したため、〈ヴィクトリー〉の兵器担当者は充分にそろっている。

〈ヴィクトリー〉の艦体から何千個もの砲弾が飛び出し、毎秒数十キロで突進して、各艦のあいだを照らすさまざまな砲火に加わった。

破壊の風景が広がっていた。純粋な、まったくの破壊だ。一秒おきに一隻のスウォーム航宙母艦が爆発して、巨大な火球と化す。だが、新たに三隻がその隙間《すきま》を埋《う》めるだろう。〈七種族協定〉の残りの二種族の艦は、超弩級戦艦が発する反物質ビームにはとくに弱いらしいが、この二種族の紫のプラズマを発する兵器も、スキオーラ艦をひどく痛めつけていた。

グレンジャーは叫び声を上げて特異点のコンテナを取り落とし、両手で頭を抱えて、前のめりになった。もう少しで椅子から落ちるところだった。百億の声としか思えないものが、いちどに叫び声を上げて消えたのだ。無理やり目を開《あ》けると、恐ろしいことに、超弩級戦艦の一隻が爆発して、周囲の艦に何千ものぎらぎらした残骸のかたまりが降りかかっていた。

「もっと速く」グレンジャーはあえいだ。「もっと速くだ、プリンス少尉」

「しかし、これが限界です」

グレンジャーは椅子の肘かけを握りしめた。指の関節が白く、古びて見える。

グレンジャーは強《し》いて暗い笑みを浮かべた。おれはいい思いをしてきた。いちどは自分を犠牲にした。いまはもう、よれよれだ。

「艦を放棄しろ。ここから脱出しろ、全員だ」

全員が、ぎょっとしてグレンジャーを振り返った。

「艦長？」と、ディアス大尉。「失礼ですが、われわれは最後まで、艦長と行動をともにするつもりです」

「いやまったく、そうだろうとも。わたしは、この艦なら一人で動かせる。脱出しろ。いますぐ。命令だ」

ディアスはグレンジャーの椅子に近づいた。

「しかし――」

「問答無用だ、大尉」グレンジャーは立ちあがり、忠実な副長代理の肩に片手を置いた。「きみと一緒に勤務できたのは名誉だ。きみたち全員とともに」ブリッジを見まわして付け加えた。「だが、いまはきみたち自身の命を救うときだ。わたしは前にいちど死神をだましたが、今回は逃げきれない。きみたち全員を巻きこみたくない。行ってくれ。頼む」

ディアスはのろのろとうなずいた。グレンジャーのコンソールにある艦内通信のスイッチを叩いた。

「総員、救命ポッドへ向かえ。艦を放棄する。艦外へ出たら、戦闘には近づくな」

またしても、頭のなかで何十億もの声が悲鳴を上げ、グレンジャーは頭を抱えた。スキオーラ艦がもう一隻、消えた。最初の七隻のうち三隻が破壊され、〈仁愛〉も壊れかけている。すでに、スキオーラ文明全体の半分以上が消えた。

だが、ディアスは大事なことを指摘した。救命ポッドは、あちこちから砲火が降り注ぐなかを飛ぶ。グレンジャーは自分の希望を恥じながら、スキオーラに向けて思考を発した。

(救命ポッドで〈ヴィクトリー〉から脱出する者たちを、どうか守ってくれ)

ブリッジ・クルーは姿を消した。救命ポッドが射出されはじめると、グレンジャーはその進行をモニターし、救命ポッドを守るというスキオーラの確約を待った。スウォームの中心地で最後の一撃を受け、同胞を何十億人も犠牲にしていることを考えると、スキオーラが数百人の人類を心配してくれるかどうかは疑問だ。

(いま行くぞ、グレンジャー)

頭のなかに聞きなれた声がした。〈仁愛〉から届いたものではない。

スクリーンを見て、すでに正体のわかっている声の出どころを捜した。いた——ちらつく何十もの光。ドルマシ艦隊全体の、半分はいるに違いない。

ヴィシュゲイン・カーサの声が、グレンジャーの心に鳴り響いた。

(来たぞ、グレンジャー。きみは自分の仕事をしろ)

(きみは、自分の種族のことしか心配していないと思っていたよ)――グレンジャーはドルマシに向けて軽蔑まじりの思考を送った。(きみは嘘をついた。わたしが特異点を通った場所のことで。スキオーラのことでも。きみの嘘のせいで、何百万もの人類が死んだ)

(そうだ。嘘をついた)――カーサは答えた。(きみたちの種族も同じことをした。嘘をつき、おとしいれ、たくらむ。われわれはきみたちと変わらない。だが、いま、ここで何が危機に瀕しているかは、わかっている。最後のチャンスだ。ヴァラリシと永久に手を切るチャンスだ。ここで失敗したら、われわれは永久に成功しない)

カーサの援助を受け入れるのは苦痛だが、選択の余地はない。

(わかった。この艦のクルーの脱出を護衛し、スキオーラ艦にかかる圧力を軽減してくれ。そして、スウォーム航宙母艦をできるだけたくさん破壊してくれ。スウォームとのつながりが破壊されたら、人工特異点を、最後の一個まで確実に破壊する必要がある)

(わかった、グレンジャー。わたしは艦隊を地球へ送って、そこにいるスウォームを攻撃させる。きみの言うことが本当なら、航宙母艦を一隻残らず破壊しなければならない。ありがとう。そして、お別れだ)

スクリーンに、争いに加わるドルマシ艦隊が映った。〈ヴィクトリー〉の救命ポッドがすばやくその場を離れると、カーサの艦隊が押し寄せてスウォームの航宙母艦をねらい、新たな反物質ビームの波で掃討した。グレンジャーは身をかがめて特異点のコンテナを拾った。コンテナが生き物のように思われた。何か、最後の食事を待って、貪欲に期待しているもののように。

グレンジャーは引くに引けない立場だった。戻れない線を越えてしまった。数分以内に事象の地平面を越える。この人工特異点を持って。地球に迫る宇宙ゴミ《デブリ》球めがけて撃ちこまれる特異点の片割れだ。心の底でかすかに、何光年もかなたにいるポルラム・クリュールの安心させるような存在を感じた。ポルラムは思考を送ってきていた――特異点の発射が近づいている。

（もう、いつ荷物が届いてもおかしくありません。特異点の質量増加の準備を開始してください）

次の瞬間、グレンジャーは部屋の反対端まで宙を飛んでいた。頭が割れそうに痛み、目の前に星が飛んだ。グレンジャーはうずくまった姿勢で床に落ち、耳の後ろの激痛にうめいた。

「グレンジャー」背後で声がした。グレンジャーはそろそろと頭を上げた。

尻振《フィッシュテイル》りが特異点のコンテナを持って立ち、薄ら笑いを向けてきた。

「何か忘れてない？」と、フィッシュテイル。コンテナの脇のコントロール・パネルに、指を近づけている。

77

恒星ペナンブラの伴星ブラックホール
ＩＳＳ〈ヴィクトリー〉ブリッジ

「だめだ」グレンジャーはささやいた。「尻振《フィッシュテイル》り、それをおろせ」

「不活性にしようかな？ 何が起こると思う？」フィッシュテイルはクスクス笑った。あざけるような、冷たく暗い笑い声だ。「おまえは失敗した、グレンジャー。失敗しただけでなく、おまえはわれわれの、いちばん貴重な道具だった。われわれはおまえを利用してきた。最後まで」

「どうやって？」と、グレンジャー。「われわれは、ここにいる。連絡路に。おまえの持っているそいつから、いまにも千兆トンのゴミが出てくるかもしれない。そうなれば、おまえの大事な次元のくそ穴への連絡路は、永久に閉じられる」

フィッシュテイルはまたしても笑みを浮かべ、指でコンテナのバランスをとりながら、手から手へ放り投げた。フライト・スーツを着たままで、片腕から、医務室で鎮静剤を注入するのに使われたチューブをぶらさげている。大勢のクルーが〈コンスティテューション〉へあわただしく移動するなかで、フィッシュテイルは見落とされたに違いない。

「いや、そうはならない。そうなれば、大爆発が起こったはずだ」と、フィッシュテイル。指でコンテナのスイッチを操作した。コンテナがときおり発した脈動する閃光が薄暗くなり、頻度が落ちた。「ほら、なかの質量をロックした。これで、レンガより大きなものはここを通れなくなった。人間だろうと、ほかのものだろうと」

まさか。

「本当だ」と、フィッシュテイル。

「フィッシュテイル、その身体のなかにきみがいることは、わかっている。わたしも、そうだった。大群《スウォーム》の支配下にあった。それがどんなものか、覚えている。抗しがたい力で動かされていたが、わたし自身が消えたわけではなく、身体のなかのどこかにいた。きみも、そうだ。わたしは、まだ考えられた。自分が何者か、自分にとって何が大事かを、覚えていた」

冷たい薄ら笑いが返ってきた。

「おあいにくさま、グレンジャー。断言するが、彼女はこの身体をコントロールできない」

「たとえそうでも、フィッシュテイル、きみがそこにいることはわかっている。やつらと戦え。いまこそ。地球が危険にさらされている。戦え。夫のために戦え。両親のために。地球にいる息子のために戦え。われわれは、まだ勝てる」

フィッシュテイルは、また笑い声を上げた。

「グレンジャー、わからないのか？　おまえやこのパイロットが何をしようと、もう終わったのだ。舞台は整えられていた。賽《さい》は投げられた。われわれの勝利を止めるために、おまえにできることは何もない。この穴をふさげるのは反物質だけだ。さいわい、反物質の供給源は現在、裏切り者のスキオーラを滅亡させようとしていて、おまえには手が届かない。われわれは反物質兵器の技術をアダナシやドルマシ、キアッシ、フィンディリに与えないよう、大変な注意を払ってきた。スキオーラとヴァラリシだけがこの技術を持っているが、片方はもうすぐ滅亡するし、もう片方は完全にわれわれの支配下にあるから、永久に支配されるだろう」

反物質？

グレンジャーの意識は、機関室の近くにある貯蔵ベイに飛んだ。〈ウォリアー〉はエイブリー大統領の命令で、何千もの反物質魚雷を貯蔵していた。表向きは、出会ったスウォームの惑星すべてにじゅうたん爆撃をするためだ。むしろ、ロシア連邦の惑星をいくつか、裏切りの返報として爆撃するのに使いそうだった。〈ウォリアー〉が反物質魚雷を積んでいたのなら、〈ヴィクトリー〉にもあるだろう。だが、活性化させる必要がある。グレンジャーはチラリとブリッジの側面を見て、〈ウォリアー〉と同様、戦術ステーションに新しい反物質兵器用のコントロール・パネルが設置されていることを確認した。

　グレンジャーがそう思ったとたん、フィッシュテイルは大きく目を見開いた。だが、グレンジャーのほうが動きが速い。グレンジャーは跳びあがって、反物質コントロール・パネルへ突進した。だが、一メートルも進まないうちに何かに頭を打たれ、またしても目の前に飛ぶ星を見ながら、床に転がった。

　潜在特異点をおさめたコンテナが、近くに落ちた。その角のひとつに、グレンジャーの血がついている。グレンジャーは反応も身動きもできないうちに腹を蹴られ、部屋の反対端の途中まで吹っ飛ばされた。

　打撃で肺から空気が抜け、グレンジャーは呼吸しようとあがいた。転がって仰向けになったとき、ちょうど最後の数メートルの距離を詰《つ》めてくるフィッシュテイルが目に入った。フィッシュテイルはもういちど足を蹴りあげたが、今度はグレンジャーも準備ができていて、両手でフィッシュテイルの足をつかんだ。だが、その力はほとんど止められず、自分の肋骨《ろっこつ》が折れる音にひるんだ。

それでも、足を離さずに引っぱって、反対側へ転がった。フィッシュテイルはグレンジャーの上に落ち、グレンジャーはわずかな隙《すき》を利用して特異点のコンテナへはい寄った。

何光年も離れたところからポルラム・クリュールが送ってきた、思考が感じられた――――（行きますよ）。もう、向こう端にある特異点の片割れが、いつ宇宙ゴミ《デブリ》の雲を吸いこんでもおかしくない。こちら側で何が起こるかは、誰にもわからない。

もう時間がない。グレンジャーはコンテナをつかみ、手さぐりでスイッチを捜した。ちくしょう、ロシア語で書いてある。だが、各ボタンの機能を表わす絵文字《ピクトグラム》があった。グレンジャーは、間違いようもなく〝取り出す〟と書いてあるボタンを押した。カチリとスイッチが入り、蓋《ふた》が開《あ》いた。

なかに特異点が浮いている。たまたま空気の分子が近くに迷いこんで、充分な質量が落ちこまないかぎり、目には見えない。箱の六面すべてに重力板が張ってある。蓋の一面がなくなって、箱の中から揺れる光点が浮かびあがりはじめた。

「何をして……？」フィッシュテイルが言いはじめた。

だが、グレンジャーは、反応する暇を与えなかった。コンテナを水の入ったバケツのように持ち上げ、中身を勢いよくフィッシュテイルに浴びせた。六番目の壁がなくなったコンテナから特異点が出て、フィッシュテイルめがけて飛び、胸を直撃した——

まばゆい閃光とともに、フィッシュテイルは消えた。

78

地球　高軌道
X‐25戦闘艇　コックピット

肝っ玉《ボールジー》ことフォルッツ大尉はもういちど、かすかに光る特異点のまわりを飛び、近くに敵艇がいないかとスキャンした。百隻あまりの大群《スウオーム》の航宙母艦が何千もの戦闘艇を射出したが、統合防衛軍艦隊の残りと〈コンスティテューション〉、新たに到着したドルマシの艦隊とで、なんとか撃退していた。航宙母艦はいま、〈コンスティテューション〉の攻撃に注意を集中している。特異点そのものを取り除くより、特異点の発生源を破壊するほうに力を入れているらしい。

「ピューピュー、油断するな。別の敵艇の群れがこっちへ向かってる。おれの後ろにつけ。全戦闘艇、特異点を囲んで防御線を作れ。何も通すな。何もだ」

「了解、隊長」と、ピューピュー。その日の早いうちに消耗品《フォダー》が自分を犠牲にしてスウォーム航宙母艦を破壊してから、ほとんど口をきいていなかった。

「あなたの背後はわたしたちが守ってるわ、ボールジー」と、宇宙の覇者《スペースチャンプ》。「この戦いは負けられないもの」

分隊はふたたび、近づくスウォーム戦闘艇の雲の側面に向かって急接近した。一秒ごとに、特異点は巨大な宇宙ゴミ《デブリ》のかたまりに近づいてゆく。中心部の大嵐のようなかたまりのまわりで塵《ちり》や泥、氷が渦《うず》を巻いている大きな雲だ。

その下に、地球が不運な孤立無援の標的のように、静かに控えている。頭上から降りかかってくる破壊に対して、何もできない。

突然、特異点が燃えあがるように光を発し、ひどく暗くなった。

「いったい何が起こったんだ？　なくなったのか？」ボールジーは通信器に叫んだ。

「いいえ」プロクター中佐の声が答えた。「特異点から何かが出てきたと表示されました。表示が、なぜかすべて変わりました。ポルラム？」

ポルラム・クリュールの声が、ボールジーのヘッドセットに届いた。

「向こう側の——片割れです。消えました」

「では、われわれがこのゴミの山をすっかり吸いこませても、反対側のペナンブラ星系のブラックホールには打撃を与えないというのですか？」プロクターはわめいた。

「そうです」と、ポルラム。「片割れとのつながりは切れました。しかし、われわれがあの特異点をデブリ球の内部へ投入すれば、特異点自体が崩壊して爆発が起こります。デブリ球が分解する規模の爆発で、全体がコースをはずれます。脱出速度を大きく超えますから、護衛の航宙母艦は逃げられず、地球は救えます」

「たしかですか？　ブラックホールは、どうなります？　スウォームの連絡路は？」

「子供たちは、たしかだと言っています、中佐。まんいちに備えて、この種の不測の事態のシミュレーションを行なってきました。特異点は、発射するなら、すぐにしなければなりません。ブラックホールはあとで対処できます。いまは、地球が最優先事項です」

ボールジーのコックピットの窓のそばを、何かが転がって通り過ぎた。

ありえない。

間違いようのないライト・グレーと青の戦闘艇パイロットの制服が、目を引いた。転がりながら、ばらばらに広がった髪を見れば、知るべきことはわかった。

ボールジーは反射的にフライト・スーツの加圧ボタンを押し、スーツを密閉して、ヘルメット内を酸素で満たした。自分の胴に命綱がしっかり結ばれていることを確認すると、力をこめてハッチの開閉ボタンを叩いた。

コックピットのハッチが跳ねあがると、ボールジーは、転がりながらただよう姿と速度を合わせながら戦闘艇で周囲をまわり、できるだけ近づいた。それから、座席のハーネスをゆるめてコックピットから跳び出し、両腕を大きく伸ばして、標的に向かって飛んだ。

尻振《フィッシュテイル》りに手が届くと、まだ生きていることがわかった。だが、虫の息で、長くは持たない。自分のことを考えもせずに、ボールジーは何度か深呼吸をし、両脚をフィッシュテイルの身体に巻きつけて動きを止めると、自分のヘルメットをはずした。勢いよく漏れる空気の流れに、ヘルメットが手からもぎ取られそうになった。何度か持ちなおしながら、ヘルメットをフィッシュテイルの頭にかぶせて密閉ボタンを押し、フィッシュテイルのスーツを加圧した。

ボールジーの頭と肺の内圧が過剰になりはじめた。眼球表面の毛細血管が破れ、息を吐きたいという衝動に抗しがたくなった。だが、ボールジーは命綱を引いてフィッシュテイルと自分を戦闘艇に近づけ、なんとかコックピットに戻った。おぼろげな遠い記憶が脳裏をよぎった。ただの既視感《デジャ・ビュ》ではない。ほんの数時間前に、自分がこの行為をするところを自分で見ていた。

視界がかすんだ。ハッチを閉めようと両手を振りまわした。コックピットを、もういちど加圧しなければならない。今度こそ、確実にフィッシュテイルを救うために。あの坊やとの約束を、ようやく果たせる。

だが、命綱がハッチに引っかかった。

喉から空気が噴出し、肺が爆発しそうな気がした。暗黒が襲ってきた。

79

ＩＳＳ〈コンスティテューション〉　機関室
地球　高軌道

「中佐、これがあなたの惑星を救う最後のチャンスです」と、ポルラム・クリュール。

ポルラムはセンサー表示を見つめていた。肝っ玉《ボールジー》と未知のパイロットは戦闘艇に入ったが、まだ漂流している。別のスクリーンでは静かな青い惑星が、迫る危機から身を守ることもできずに、ゆっくりと回転している。おもむろに、プロクターはうなずいて言った。

「やってください」

通信機から出る歓声や叫び声が、プロクターの注意を引いた。

「二人を捕まえました、中佐。こいつを吹っ飛ばしましょう！」と、ピューピューの声。

運命の決まった宇宙ゴミ《デブリ》球から遠ざかる全艇のパイロットたちのおしゃべりを切り裂いて、くっきりと響いた。残っている統合防衛軍の巡航艦は、安全な距離まで退避した。ドルマシ艦は、あらかじめポルラムから〝絆《きずな》〟を通して警告を受けていたらしく、残った大群《スウォーム》の航宙母艦をおびき寄せて、プロクターが爆発域だろうと見当をつけたあたりへ追いこんだ。地球の方向へまっすぐに伸びる接線上にある。

「いまです、ポルラム」

ポルラムはうなずき、特異点コントロール・ステーションのボタンを押した。ゆらめく光点が消えた。次の瞬間、デブリ球の大きな一部が恐ろしいスピードで左へ飛び出した。残った部分は大爆発を起こして分解し、右側へ流れた。

急速に膨張する火球が、逃げるスウォーム航宙母艦に追いつきはじめた。ドルマシ艦はスウォームより推進力が強く、爆発に巻きこまれずにすんだ。十秒後には、最後の敵航宙母艦が爆発で消滅した。プロクターは、何光年も離れたところから見た超新星爆発を思い出した。ただし、超新星の広がりかたより十億倍も速い。実際、このまましばらく鑑賞したいと思うほど美しい光景だ。

背後で誰かがうめいた。床に横たわったグレンジャーだ。スウォームに支配されたまま特異点を通り抜けたショックから、回復しはじめている。

プロクターには、まだ最後の仕事があった。

「総員、救命ポッドかシャトルへ向かいなさい。いますぐ。五分で艦を脱出しなさい。プロクターより、以上」基幹クルーしかいないから、避難に数分しかかからないはずだ。

「〈コンスティテューション〉の正面のどこかに、特異点を射出するつもりですか？」

ポルラムは首を振った。

「ここから出せる直行ポートがありません。スウォーム航宙母艦やわれわれの超弩級戦艦は設備が改装され、艦体外殻をかすめる形ですばやい移送が可能になりました。ですが、〈コンスティテューション〉には、そのポートがありません」

「では、いったいどうやって〈コンスティテューション〉を特異点に飛びこませるのですか？」

ポルラムはむっとした様子を見せた。プロクターが最初からこの部分を理解していると期待していたか、プロクターの心を読んだかのようだ。グレンジャーと接するうちに、そのような表情にも慣れてきたのだろう。

「中佐、特異点はここに置いたほうがうまく働くでしょう」

「機関室に？」

「もちろんです。最初に特異点に触れるのが〈コンスティテューション〉のどこであろうと問題ではありません。接触の瞬間、艦が占める時空がゆがみ、収縮し、最後には崩壊してそれ自体のなかへ落ちこみ、片割れの特異点から現われます。わたしの子供たちの計算によれば、〈コンスティテューション〉は去った時点から十五秒以上はたたずに、去った場所に着くはずです。あなたが目撃したように。もっとも、グレンジャー艦長はこの位置から動かします。特異点付近の時空の湾曲は……控えめに言っても強烈です。とくに、質量の大きな物体が通る場合は。安全のために、グレンジャーを機関室から出します」

　のみこめた――プロクターは思い出した。そもそもグレンジャーを機関室に連れてきたことさえ、バカげたことだった。四カ月前に自分がグレンジャーを見つけたバー〈アフターバーナー〉は、このデッキより上で、通路の向こうだ。

　プロクターはグレンジャーを両肩にかつぎあげた。グレンジャーは何かモゴモゴとつぶやいた。まだ意識は戻らないが、徐々に頭がはっきりしてきたらしい。

「待って。ブラックホールは、どうするのですか？　連絡路は？　われわれの任務は失敗してしまいました」

　ポルラムはつかのま目を閉じてから、プロクターの肩の上の、ぐったりしたグレンジャーの姿に目を向けた。

「いいえ。失敗してはいません。いまグレンジャーが封印しています。自分の血で。予兆です——スウォームは二度と現われません」

わけのわからないポルラムの言葉に、プロクターは頭を振り、機関室の出口へ向かった。グレンジャーは軽かった——この前と同じだ。身体はまだ癌《がん》に蹂躙《じゅうりん》され、筋肉や組織はやせ細って、布製の人形のように頼りない。プロクターは機関室から離れた階段を駆けあがり、長い通路の端を左に曲がって、〈アフターバーナー〉に出た。近くの壁ぎわにある椅子をつかんで引きずり、部屋の中央に置いた。前にグレンジャーを見つけたときのように、窓のほうを向かせた。

「艦長に、どえらい光景が見えたほうがいいかと思って」

プロクターは、救命ポッドへ向かおうと通路で待っているポルラムのほうへ歩きはじめた。だが、低いつぶやき声が聞こえ、途中で立ち止まった。

「艦長？」

「さよなら、シェルビー」

ポルラムの不可解な言葉が思い出された——グレンジャーが自分の血で、ブラックホールを封印している。プロクターは驚いて振り返った。

「艦長？」

グレンジャーは細く目を開《あ》けていた。プロクターが身をかがめてグレンジャーの手を取ると、またしてもその唇からつぶやきが漏れた。

「さよなら、シェルビー。ありがとう」

ポルラムがいらだたしげに手を叩いた。

「中佐、特異点のゲートが二分以内に開《ひら》きます。わたしと子供たちは、行かなければなりません」

「いま行きます」と、プロクター。グレンジャーの手を、力をこめて握った。「さよなら、グレンジャー艦長。近いうちに会いましょう」

グレンジャーは意識を失って、背もたれに倒れかかった。プロクターはポルラムと二人で通路を走りながら、首をかしげた――あれは過去の艦長かしら？　それとも、いまの艦長が何光年も向こうから〝絆〟で別れの挨拶をしたのだろうか？　スキオーラの女族長にたずねてみたい気がしたが、二人は急いで救命ポッドに乗りこみ、ハーネスで身体を固定した。数秒後にプロクターが射出手続きをすると、ポッドは〈コンスティテューション〉から飛び出した。

次の瞬間、〝老鳥〟は、見慣れたまばゆい閃光とともに消えた。

80

恒星ペナンブラの伴星ブラックホール
ISS〈ヴィクトリー〉ブリッジ

グレンジャーは、〈ヴィクトリー〉のブリッジの反物質魚雷ステーションに向かって立った。スクリーンには事象の地平面が大きくのしかかり、半分以上を占めている。周囲の星々は、端ではゆがんでよじれ、〈ヴィクトリー〉がブラックホールに近づくにつれて、またたき、すばやく位置を変えた。

尻振《フィッシュテイル》りは消えた——大群《スウォーム》とともに。そして、フィッシュテイルが落ちこんだ特異点は崩壊したらしい。彼女が消えるとすぐ、閃光を発して消えたから。

残るは最後の一幕だけだ。スウォームに対する最後の一撃だ。それで、特異点——天然のものだろうと人工物だろうと——の細い連絡路で結ばれた宇宙間に存在する理解しがたい距離や時間を越えて手を伸ばしてきた生命体に、とどめを刺す。

だが、どうやって？　何が起こるにせよ、反物質が先に行く必要がありそうだ。通常の物質が何かの反応を起こす前に。グレンジャーにとっては、筋の通ることに思われた。フィッシュテイルが反物質のことを口にしたとき、グレンジャーは〝絆《きずな》〟を通して理解しようとし、スウォームの集合精神を読んだ。答えは、未反応の反物質にあるようだった。

　そこで、グレンジャーはできるだけたくさんの反物質魚雷を装填し、点火せずに魚雷から弾頭を発射するよう、コマンドを入力した。だから、魚雷は活性化されないままブラックホールに落ちこむ。弾頭の反物質と魚雷の物質は、落ちこみながら相互に接触するかもしれないが、反物質はそれよりずっと前に、なんとかして連絡路を傷つけるだろう――グレンジャーはかすかな希望を持ちつづけた。

　ボタンを押すと、魚雷が発射された。スクリーンを見ながら、もういちど一斉射撃をする時間があると思い、グレンジャーは作業にかかった。艦首から送り出した何百もの魚雷が割れ、反物質の入った弾頭が転がりながら、巨大な〈ヴィクトリー〉の前方の深淵に落ちこんでゆく。

　センサー表示で、奇妙な点に気づいた。あとに残してきた艦――スキオーラの超弩級戦艦やドルマシの艦隊が、スウォームとロシア艦隊の残りと決死の宇宙戦を行なっているが、その動きが速くなったようだ。戦闘はその早さと激しさを増し、高速の艦が飛びまわる様子に、グレンジャーは驚嘆した。それから、通常の宇宙の時間が、自分にとっては速くなって見えるのだとわかった。事象の地平面に近づくにつれて、グレンジャーの時間は、外側から見ると遅くなり、不可解なほどのろのろと進む。幕のおりはじめた宇宙から数キロ隔《へだ》たったグレンジャーには、人の生涯や文明の興亡が飛び去るように速く感じられ、しまいには圧縮されて見えなくなった。

手遅れにならないうちに、グレンジャーは〝絆〟を通してポルラム・クリュールを捜し、自分のしていることを伝えようとした。失敗しても、おれが何をしようとしたか、少なくともポルラムには気づいてもらう必要がある。外の宇宙で時間のスピードが増し、関係する事件すべてがはるか過去のものになってしまわないうちに、接触しなければならない。まもなく、おれが知っている人々はみな死んで、長い時間が流れてしまう。数分後には、地球の太陽が新星に変わる。いずれ、おれはアンドロメダ銀河がわれわれの銀河系と衝突する様子を目撃するだろう。衝突で星間水素の見えない雲がかきまわされるにつれ、新たに何十億もの星が生まれる様子を、最前列で見ることになるのだ。文明の興亡も目《ま》の当たりにするだろう。数々の銀河の誕生と死も。

グレンジャーはポルラムを見つけた。返事にこめられた感情から、理解したことがわかった。グレンジャーは、なつかしい感覚に注意を向けた。ポルラムのすぐ近くにある。

グレンジャー自身だ。スウォームから解放されている。〝絆〟を通して必死で手を伸ばし、自分が、疲れた重いまぶたを持ちあげるのを感じたような気がした。

彼女は、そこにいた。グレンジャーを見ている。それを感じた。グレンジャーは別れの挨拶を送った。ただ手を伸ばしてその手を握り、伝えたかった――すべてうまくいくはずだ。地球は救われた。あとは、きみしだいだ。次に〝地球を救う英雄〟になるのは、きみだ。次は……次があるとすればだが、次に脅威が現われたとき、立ちあがって文明を救うのは、きみだ。

だが、グレンジャーは自制した。彼女はすでに立ちあがっている。彼女は〝地球を救った英雄〟だ。おれと同じように。おれのクルー全員と〈ヴィクトリー〉のクルー、〈リンカーン〉や、思慮のない忠告にしたがって〈仁愛〉への侵入を実行した宙兵隊の特務戦隊、そして、亡きシジア・クリュール――この人も〝地球を救った英雄〟だ。それと、ポルラム・クリュール。それに、スキオーラ文明全体。それを言えば、ドルマシもだ――利己的という欠陥はあるが。

マラーホフは？　アイザクスンは？　エイブリーは？　ノートンは？　よかれあしか

れ、みな自分の役割があった。自己本位の彼らの行動は結局ゆがめられ、相殺されて、公益に奉仕する形になった。くそ、アイザクスンは別だ。あのろくでなしめ。そのとき、彼女はいなくなっていた。脱出したのだろう。グレンジャーにとっては永遠の別れだ。

いま、グレンジャーは一人になった。次の瞬間、スクリーンで星々の青方偏移が見え、やがて星はひとつも見えなくなった。すばやくセンサーに修正を加えると、スクリーンは紫外線を示すよう調整され、続いてX線を示すようになって、また風景が見えた。事象の地平面が前方からのしかかってくる。これを越えたとき、おれは気づくだろうか？

おれがここに落ちるにつれて、外の宇宙の時間がひどく速度を上げるとしたら、おれには現実の始まりと終わりの瞬間が同時に見えるのだろうか？

おれは、なぜ誰かを愛さなかったのだろう？　シェルビーを愛せたんじゃないか？　誰か別の女性でもいい。別の人生、別の時間だけが、グレンジャーにその答えをくれるはずだ。おまえの時間は終わったのだ。

事象の地平面を越えても、おれは意識を保っているだろうか？　特異点への短い落下を生き延びるだろうか？　ロシアの設備が製造するちっぽけな人工特異点ではなく、生《なま》の、不可解なほど濃い点だ。そこから、時間と空間と物質が出てくる。

小さな特異点でやったように、おれは向こう側へ出るだろうか？　たぶん、ヴァラリシをあやつった実際の生命体に会うことになるだろう。本物のスウォームに。もし会えるなら、連中にも身体があってほしい。まだ魚雷が何個か、手もとに残っていればいいが。でなければ、アサルトライフルでもいい。

こんなことをする価値はあるのか？　できることを何もかもやっただろうか？

人々はまだ、おれを〝地球を救った英雄〟と呼ぶのだろうか？

どうだろう？

どうだろう……。

81

サリー・ダンフォース退役軍人記念医療センター
地球　北アメリカ　オマハ

肝っ玉《ボールジー》は、これは夢だと思った。最近の夢はずいぶん色あざやかだ。あの休暇以来。

何が起こったか、ちゃんと覚えているだろうか？　宇宙空間をただよい、重さもない状態で、命綱が胴に巻きついて痛い。手を……伸ばして……尻振り《フィッシュテイル》を捕まえようとし、いつも、もう少しのところで届かない。

「ボールジー」と、呼ぶ声。

まぶたが恐ろしく重い。この声を知っている。

「ボールジー、起きて」

ボールジーは目を開《あ》けた。彼女がいた。だが……ボールジーが期待している彼女ではなかった。

「宇宙の覇者《スペースチャンプ》？」

女性パイロットはボールジーに笑いかけ、肩を叩いた。苦痛が腕の先まで走り、ボールジーは叫び声を上げた。

「ああ、ごめんなさい。肩は脱臼してたのよね、ピューピューが、あなたの艇を牽引ケーブルで捕捉したとき。それから脳震盪も起こしてた。それに……左側の肋骨《ろっこつ》が四本、折れてたわ。それに……まあ、しばらくは寝てなきゃならないと言っておきましょうか」

ボールジーの背後から別の声がした。耳にガーゼを詰《つ》め、脳をシャットダウンしたくなるほど大きな声だ。頭がガンガンして朦朧《もうろう》となる。

「起きてるかな？　ボールジー、そろそろおれたちも、あんたが、おれたちを好きじゃなかったんじゃないかとかなんとか、思いはじめてましたよ」

ようやくピューピューがベッドをまわって現われ、ボールジーの視野に入った。顔の半分は厚く包帯におおわれ、片腕を吊っている。

「きみのほうが具合がよさそうだな」と、ボールジー。言葉がおぼつかない。しゃべると痛む。

「特異点が宇宙ゴミ《デブリ》フィールドを破壊したとき、あそこの状況はちょっとヤバくなっちやって。でも、おれはいつもどおり、散らばったデブリをかわして進みましたよ。かわいい自分の身を守るために、すたこら逃げました。隊長たちはそんなには邪魔になりませんでしたね。しばらくはひやひやもんでしたけど」

ピューピューは瓶《びん》を口に当て、ごくごくとビールを飲んだ。

「病院で飲酒は禁止よ。いったい何を考えてるの？」と、スペースチャンプ。だが、その顔は大きな笑みを浮かべている。

「そんなの無視だ」と、ピューピュー。もうひとくち、ガブリと飲んだ。「おれたちは地球を救ったんだ。最高の勲章をもらってもいいところだぞ。せめて、盛大に酔っぱらうくらいは許してほしいね。それに」ピューピューはまた瓶を何度か口に当ててから、吊っていないほうの肩で口を拭《ぬぐ》った。「いまは二人前、飲んでるんだ」

最初、ボールジーにはなんのことかわからなかった。ピューピューが意味深長な冗談を言っていると思ったが、意味がなさすぎる。それから、消耗品《フォダー》のことを思い出した。ピューピューの死んだ兄弟を思い出して、三人はしばし沈黙した。

ボールジーの視線は窓の外へ移った。ここがどこかは知らないが、外はよく晴れて、晩冬の日光が窓を照らしている。運よく看護師が入ってきて、ぎこちない沈黙を破り、食事のトレーをボールジーの膝に置いた。足を止めて、気分はどうかとたずねもしない——実際、大変な勢いで動いていた。ボールジーはようやく、看護師はおそらく大勢の患者を担当しているのだとわかった。戦闘の余波で、何百人とは言わないまでも、何十人もの患者を一人で担当しているのだろう。

ボールジーは苦労してトレーの上の小さな紙パック入りジュースをつかむと、上の面を叩いて開けた。それから、もうひとつのフルーツの入ったカップをとりあげると、その中身を捨て、カップをピューピューに差し出した。ピューピューはすなおにビールをカップに注《つ》いだ。ボールジーはビールの入ったカップをスペースチャンプに渡し、自分はジュースのパックを高く上げた。

「フォダーに」と、ボールジー。スペースチャンプが同じ言葉を繰り返した。

ピューピューはビール瓶を上げ、しばらくそのままの姿勢でいたが、やがて気を落ち着けて言った。

「フォダーに。おれの兄弟みたいな飛びかたをしちゃいけない」

三人は、飲み物の容器を触れ合わせた。ボールジーの紙パック、スペースチャンプのフルーツ用カップ、ピューピューの瓶。そして、中身を飲んだ。

ボールジーの頭のなかで、質問が湧《わ》き立っていた。ピューピューにとって大事な瞬間から目をそらし、フォダーを軽んじるような真似はしたくはないが、知らなければならない。

「それで……」ボールジーは言いかけた。

「なに？」スペースチャンプが空《から》になったカップをトレーに戻した。

「彼女はどこだ？」

スペースチャンプとピューピューは、わけ知り顔に重苦しい視線を交《か》わした。

「おい？」

スペースチャンプは厳粛《げんしゅく》な顔でポケットのなかを手さぐりした。

「おい、教えてくれ。とにかく、おれには知らせてくれたっていいだろう」

スペースチャンプはポケットから折りたたみ式の小さな電子パッドを取り出し、ボールジーにほうった。ボールジーが調べると――普通の映像スクリーンつき通信器だった。問いかける視線を向けると、スペースチャンプは微笑した。

「彼女は何時間か前に退院したの。目が覚めてすぐ。サクラメントへ行って子供を驚かせなきゃならないって、言い張ったのよ」

ボールジーは大きく安堵の息をついた。ピューピューが通信器を指さした。

「隊長の通信を待ってるって言ってましたよ」

ボールジーが指を触れると、通信器のスクリーンに光が入り、あらかじめセットされた番号を呼び出しはじめた。ボールジーは装置を開《ひら》いて膝に置いた。まもなく、通話先が映った。

フィッシュテイルだ。真空にさらされたため、目はまだ充血し、頭に包帯を巻いている。だが、笑顔だった。隣で息子のザックが跳びはねている。

「**ボールジー！　ママを見つけてくれたんだね！**」ザックは子供特有のかんだかい声で言った。

「そう、おれたちが見つけたよ、ザック」と、ボールジー。自分がフィッシュテイルを見ていることが、まだ信じられない。あの冷たい薄ら笑いが温かな笑みに変わっている。支配下の堕落が、生命感に変わっていた。

「**ボールジーは速く飛んだ？**」

ボールジーことフォルツはうなずいた。ザックは高まる興奮を抑えきれずに椅子から跳びあがり、母親の後ろで部屋じゅうを走りまわった。ボールジーは笑うしかなかった。

82

地球　ワシントンDC
旧最高裁判所ビル　上院審問会々場

「シェルビー・A・プロクター、あなたは本委員会にすべての真実を話し、真実しか話さないことを約束しますか？　違反すれば偽証罪に問われます」

「約束します」と、プロクター。すべてのカメラに映るよう、片手を高く上げた。

「着席してよろしい」と、上院議員。プロクターには議員の名前も思い出せないが、気にしなかった。

　プロクターの目の前の高くなった台座に、地球連合上院軍事委員会の面々がすわっている――生き残った惑星出身の十六人の男女で、政府の中核をなす者たちだ。プロクターがすわると、背後で、大きな広間を埋《う》め尽くした何千人もの下院議員やジャーナリスト、著名人、政府官僚、一般人が、私語をやめた。

「プロクター中佐、われわれの文明を荒廃させた戦争のあいだの、あなたの尽力とすばらしい働きに、あらためて感謝します」上院議員が長々と言いはじめた。その表情から、プロクターにはわかった――この議員は、わたしに好意を持っていない。群衆のためにおもしろいショーを演出しようとしているだけだ。でも、わたしには、この上院議員は名もないただの顔だ。まもなく、わたしは惑星ブリタニアへ飛ぶ。兄と、その妻と、子供たちが待っている。

プロクターは退役するつもりだった。また誰かの駒《こま》にされるのは耐えがたい。先月までの上院の報告を読んだあと、軍事委員会は航宙軍と陸上軍の将官という将官を厳しく尋問し、最後には大統領まで尋問した。その結果、おおやけにはされなかった部分のほうが多いことが明らかになった。一般に出まわった話には矛盾や脱線があり、コンピューターの記録には穴があった。それがどのようなものか、プロクターは正確には知らない。だが、グレンジャーや自分や無数の軍人たちが、政府内の正体のはっきりしない人々にあやつられていたことは明らかだ。

当然ながら、エイブリー大統領は公然と激怒し、充分な調査をするよう上院に要求した。だが、プロクターは、少なくともいまのところは何も気にしていない。ブリタニアでは安楽な教授職と、家族と過ごせる居心地のいいキッチンや浴室付きの仕事場が待っている。姪や甥と遊べる。食事に出かけられる。ブリタニアの清潔な浜辺に寝そべることもできる。

「――そこで、プロクター中佐、記録のために確認させてください。あなたは反物質魚雷がいつ、どのように〈ウォリアー〉の貯蔵ベイに積みこまれたか、まったくご存じないのですね？」

「はい。そのとき、わたしは短い休暇をもらって、一日、統合防衛軍科学部に行っていました」

「ああ、なるほど。あなたの報告書では、そうなっていますね」上院議員は不機嫌に言った。「それは、あなたが統合防衛軍の科学者六人を加えて、自分の科学チームを拡大したときですね」

「はい。ブレンダン・ロス少尉、フェイル少尉、カート・――」

「はい、はい。名前はここにあります」上院議員は片手の紙を振って、プロクターをさえぎった。「中佐、わたしが不思議に思うのは、なぜ統合防衛軍科学部にこのメンバーの記録がないのかということです。あなたが幽霊を何人か引き抜いていったかのようです。あなたは自分の科学チームとしてゴースト・メンバーを抱えたのですか、プロクター中佐？」

「わたし――いいえ、違います。わたしが一緒に仕事をしたのは本物の人間でした」

「では、そのメンバーはどこにいるのです、中佐？」

大きな大理石のホールに沈黙がおりた。聞こえなくても、プロクターにはわかっていた――何十人ものカメラマンが近くへ身を乗り出し、わたしの写真を撮ろうとしている。

「わたしは知りません――」プロクターの目はすばやく相手の名札に飛んだ。「――クインビー上院議員。報告書でお知らせしたとおり、〈ウォリアー〉を脱出したときに、その人たちの救命ポッドが大群《スウオーム》の砲火を受けて失われたものと思われます」

「少なくとも、なかの一人の顔くらいは、〈ヴィクトリー〉での短い滞在中でも思い出したでしょうな？ たしかに、あなたとグレンジャーは宇宙空間で、五時間もたたないうちに〈伝説の艦隊〉の重巡航艦を、一隻でも二隻でもなく三隻も失いました。しかし、わたしにはわかりませんが、次の艦へ移る前に、少なくともクルーの何人かが生きているかどうかくらいはチェックしようと思いませんでしたか？」

プロクターの背後で群衆が野次を飛ばした。群衆は自分の味方だと、プロクターは知っていた。みなグレンジャー艦長と、グレンジャーとともに仕事をした者たちを崇拝している。わかっていても、上院議員の質問にプロクターは狼狽《ろうばい》した。本当に知らないからだ。答えられない質問が多い。

だが、われわれは勝った。ほとんど勝ち目がないのに、ほとんど望みはないのに、勝った。いまプロクターにとって関心があるのは、それだけだ。それと、教室に戻ること、家族に会うこと、休息すること。

上院議員は片手を上げ、群衆は静かになった。

「すみません、プロクター中佐。苦しい時間だったに違いないと思います。〈ウォリアー〉をあんな形で失い、そのあと〈コンスティテューション〉が超弩級戦艦にぶつけるレンガのように使われ、〈ヴィクトリー〉へ逃れても、ブラックホールにのみこまれるのを見るばかりでした。そのあいだに、あなたは過去の〝老鳥〟を別のロシア特異点を使って送り返し、その作業中もクルーは次々と失われてゆく……恐ろしく厳しい状況だったに違いありません。あなたの行動は、いさぎよいものでした」

上院議員の父親のような口調と態度が、プロクターの癇《かん》に障《さわ》った。誓いを立てた立場でなければ、そして何十ものビデオ・カメラを向けられて強く抑制されていなければ、テーブルに手をついて跳び越え、上院議員の顔に一発パンチを食らわせたかった。実際には、甘ったるい笑みを顔に貼りつけたまま、たずねた。

「それだけでしょうか、上院議員？」

　上院議員はメモを調べながら、またしても漠然と手を振った。

「はい、はい、あなたに関しては、すんだと思います」と、クインビー上院議員。プロクターは立ちあがりかけた。「やっぱり、ちょっと待ってください。よろしければ、もうひとつ質問したいと思います、プロクター中佐」

　プロクターはのろのろと席に腰をおろした。

「はい、クインビー上院議員」

「あなたの博士論文のことです。〈スウォームの周期性と無反応の過程について〉——ですが。士官学校《アカデミー》は、まじめに受け止めませんでした。ほかのより大きな学会《アカデミー》も、統合防衛軍科学部も同様でした。論文は、あらゆる場所で完全に無視された。しかしながら、その後、スウォームに関係する多くの項目で、めざましい先見の明があったことが判明しました。もちろん、完全とは言いません——どんな論文でも、完全ということはありませんから。しかし、当時われわれがほとんど何も知らなかったことを考えると、驚くばかりに正確です。まじめに受け取られなかったのは、なぜだと思いますか？」

　プロクターは頭を振った。なんだっていまごろそんな話を持ち出すの？　わたしは何年ものあいだスウォームの周期性の研究に熱中してきて、スウォーム研究の新しい指針になると主張できそうなものの下準備をしてきた。そして、あきらめた。指揮官の仕事に目を引かれ、想像力を刺激された。かつてスウォームに荒廃させられた数多くの惑星へ旅行して、旅行熱をかきたてられた。冒険と探検の希望が湧いた。そこで、科学をあきらめて指揮官になる道を選んだ。

いま、統合防衛軍に背を向けて、教室に戻ろうとしている。わたしは何から逃げようとしているのか？

「わたし――わたしには、わかりません、上院議員」と、プロクター。なぜか、まごついた。

「意図的に隠蔽されたと思いますか？」

群衆のなかで、いっせいにおしゃべりが始まった。この六カ月間の事件すべてに関して、頭のおかしい各種陰謀論者たちが大活躍だった。陰謀論者たちは、ロシアや無政府主義者団体、何十もの惑星の新興財閥や富裕層、あるいはスウォームそのものなどと結託した、さまざまな政府機関の複合した陰謀を発見したと主張した。スウォームに関する真の知識は抑圧されてきたというのが人気のある理論のひとつで、これによってプロクターは、金属箔のヘッドギアで脳を保護した頭のおかしい連中の英雄に祭りあげられた。もちろん、本人にとってはこのうえなく不快だった。プロクターが自分の政治観を正しく理解しているとすれば、クインビー上院議員こそ頭のねじのゆるんだ人間の一人だ。

「わたしにはわかりません、上院議員。広範囲にわたる隠蔽という発想は……明確な証拠もないのに隠蔽と言い張るのは、わたしには受け入れられません。ご存じのように、わたしは科学者なので、隠蔽であるという確たる証拠が……その仮説を証明するデータが示されるまでは、そのような理論に同意することはできません」

群衆がふたたび私語を交《か》わしはじめ、上院議員がまた手を上げて静まらせた。

「プロクター中佐。あなたの資格情報は非の打ちどころがありません。あなたの過去数カ月の業績も、同様です。ですから、この大失敗が始まる前にあなたの論文がもっと真剣に受け止められなかったことに、非常に驚いているのです。これらの事情や手がかりの総計は、何かもっと深いところを示しているのではありませんか？　ひょっとしたら、スウォームが来ることを、スパイ活動をしている誰かが——一人とはかぎりませんが——知っていて、進むべき道をスウォームに用意してやったのでしょうか？　危険な知識を隠蔽できれば、スウォームが来襲したとき、われわれは確実に、風に吹き散らされた金属片《チャフ》のように陥落するのではありませんか？　われわれはふるい分けられ、重さをはかられ、欠けている部分を見つけ出される——そう思いませんか？」

クインビー上院議員は信心深い男だ。プロクターはこの男の長台詞《ながぜりふ》に潜《ひそ》む、特定の宗教集団にしか理解できないレトリックに気づいた。クインビーは、この審問会を見ている自分の支持基盤を煽《あお》ろうとしている。そして、わたしの知るかぎり、誰もがクインビーを見ている。何千億人もの人々が。地球連合全体、イスラム星間帝国、中華恒星間民主共和国、そしてロシア連邦の人々さえも。

だが、プロクターは餌には食いつかなかった。

「いいえ、上院議員」

クインビー上院議員はむっとしてメモを投げ出し、プロクターを追いはらうように手を振った。

「質問は終わりです、議長」

あとの質問は、もっとおとなしかった。もっとも、最後の上院議員が、グレンジャー艦長が前と同じように、また深淵から帰ってくる可能性はないかとプロクターを問いつめたときには、ふたたび怒りが噴出した。陰謀論のなかでも、もっとも人気のある、そして無害なものだった。少なくともプロクターの意見では、これは恐怖よりも希望から出た考えだったからだ。プロクターは軍事委員会に対して、〝可能性はない……グレンジャーは去った〟と断言した。実際、偵察艦が危険をおかしてペナンブラ星系のブラックホールに近づけるところまで近づき、目視で事象の地平面を確認した。少なくとも外側の宇宙から見るかぎり、グレンジャーは厳然と地平面を通り抜けているところで、今後何十万年もその光景が続く。あるいは、とにかく〈ヴィクトリー〉の映像の赤方偏移が強くなって、艦に反射する光の波長が事象の地平面と同じくらい大きくなり、ブラックホールの中心をめざす旅の全情報が、外側の宇宙にとっては永久に失われるまでは。

審問会は休会し、上院ホールの外でディアス大尉がプロクターを迎えた。

「昼食はいかがです？」と、ディアス。

「おなかぺこぺこよ」

二人は商業地区へ向かって五ブロック進み、ディアスはプロクターを小さなレストランへ案内した。

「サンドイッチでいいですか？」

「いいわ」プロクターはディアスのあとについて、なかに入った。驚いたことに、店内は混《こ》んでいた。

ただし、客はプロクターがよく知っている顔ばかりだった。プリンス少尉、ダイアモンド少尉、プルーハ少尉。レイナ・スコット機関長。そして、肝っ玉《ボールジー》ことフォルツ大尉と〝触れるな危険《アンタッチャブル》〟分隊の生き残りを含む、戦闘艇パイロットたち数名。〈ウォリアー〉の無事だったブリッジ・クルーほとんど全員。そして〈ヴィクトリー〉の、オッペンハイマー中佐と数名の部下たち。

みな、重々しい表情でプロクターを見ている。

「いったい、これはなに？　なにかのおせっかい？」

「ある意味では、そうです」と、ディアス。「プロクター中佐、中佐が軍の要請を拒絶なさったことは知っています。ブリタニアでおいしい教授職が待っていることも。われわれが、その仕事や、ご家族や、暖かいブリタニアの浜辺での生活と本気で争うわけにはいかないことも、わかっています。しかし、防衛となると……」口ごもった。

代わりにボールジーが言った。

「われわれは、けっこうしたたかなんですよ」全員が笑い声を上げた。ボールジーは、一時期よりもずいぶん幸せそうに見える。

プロクターも声を上げて笑い、レイナの肩に腕をまわした。

「聞いて、みんな。わたしは自分が有利なうちに、足を止めるべきだと思ってるの。人はいつも言うわ——〝ゲームがうまくいっているうちに身を引けば、好意的に記憶される〟ってね。長くとどまりすぎると、まあ、歓迎される時期を過ぎてもずっと居続ける客がなんと言われるか、知っているでしょう？　腐った魚とかなんとか」

ディアスはうなずいて言った。

「そうですね。わかります」ブリッジ・クルーの一人に向かい、合図した。「しかし、立ち去る前に、われわれはこれをお見せしたい。中佐の決意をひるがえさせる、最後の哀れな努力です」

照明が薄暗くなり、壁に、どこからか小型装置が投影した航宙艦が映った。〈コンスティテューション〉にそっくりだ。いくつか改変個所はあるが。

「恒星間航宙艦《ISS》〈チェサピーク〉です。われわれは、この艦のクルーです。ここにいる全員が。わたしが軍のおえらがたに頼んだら、誰もわれわれにだめだとは言えませんでした」ディアスはプロクターに向きなおった。「〈チェサピーク〉に必要なのは、艦長です」

プロクターは片手で口をおおった。

レイナが低い声で付け加えた。

「われわれは、あなたに代わって、一時的にこの艦《ふね》を預かったのよ、艦長。あなたが要請を断わったので、統合防衛軍は別の人物を艦長に指名しようとしていたの。でも、われわれはもうちょっと待ってくれるよう、上層部を説得しました。あなたに考える時間を与えてほしかったから」

これこそ、プロクターがほしかったものだった。どんなに望んでいたか、自分でもわかっていなかった。上院の厳しい尋問で、かえって確信した——わたしは官僚相手のデスクワークなんて望んでいない。ああ、くそ、学会《アカデミー》が官僚の吹きだまりでさえなければ……。

「ひとつだけ、条件があります」と、プロクター。狭いレストランに沈黙がおりた。

「艦名を変えます。いまから、彼女は〈グレンジャー〉です」

誰も、何も言わなかった。だが、全員がうなずいた。

「彼女は〈グレンジャー〉です」レイナが繰り返した。

ピューピューがフンと鼻を鳴らし、大声で笑った。

「彼女？　彼女は〈グレンジャー〉？」

レイナ・スコット中佐はグルリと眼球をまわした。

「艦《ふね》は女性なのよ、大尉。早く慣れて」レイナは言って、また笑った。

一同は席について食事をした。時間がたつにつれ、プロクターはますます自分の決心に満足し、心地よく感じた。もちろん、兄は傷つくだろう。兄の子供たちも——家を開《あ》けて、わたしを待っていてくれるのだから。わたしに、指揮や統合防衛軍や航宙艦や宇宙や戦闘の厳しさとは無縁の、実入りのいい休息を与え、宙をただよう金属のかたまりのなかで、狭苦しい区画に千人もの不適格者と一緒に暮らす居心地の悪さや不快感すべてから、解放しようとしてくれているのだから。

だが、〝老鳥〟と〈ウォリアー〉は、わたしの故郷だ。ここにいるのは、わたしの家族だ。そして〈チェサピーク〉――〈グレンジャー〉ほど快適な故郷は、想像できない。

83　エピローグ

惑星ブリタニア　高軌道
〈フリゲート1〉　大統領特別室

エイブリー大統領は葉巻を吹かし、両足を勢いよくデスクに載《の》せた。ふくらはぎがウィスキーの瓶《びん》をかすめ、瓶が落ちて砕けた。エイブリーは肩をすくめた。ウィスキーは、ほかに何本もある。いまでは、酒を飲む時間は余るほどある。いいと思った男性キャビン・アテンダントたちといちゃつく時間も。結局、女には必要なものがあるのだ。

「わたしのほうでも、事態は終結したようです。わたしがまだ信じられないのは、グレンジャーがいて、われわれがどんなに幸運だったか――です。あの男はどこからともなく現われて、難局に対処してくれた——びっくりしましたよ。もっと具体的なものを、ふさわしい位置に置いておくべきでしたね」

エイブリーは連れの言葉にうなずいて、答えた。

「グレンジャーはたしかに、驚くべき人物でした。次から次へと派手なことをやらかして英雄になった。でも、グレンジャーがあそこにいなかったとしても、誰かほかの者がいたでしょう。われわれ西側の人間は、そういうものです。誰もが自分は英雄だと思っている。ところが、いざとなると、大半の者は逃げだす。へこたれる。でも、グレンジャーは違った。あの男は気骨がありました。そして、グレンジャーでなければ、プロクターがその位置にいたでしょう。あるいはジンガノが。あるいは、別の誰かが」

「エイブリー、われわれの計画はすべて終わりましたが、すべてがいちかばちかだったことを考えると、本当に不安でしたよ。グレンジャーが成功していなかったら……われわれがグレンジャーの行く手に、プロクターの行く手に送った手がかりが、通じにくかったら……そう思うと身震いが出ます。グレンジャーが、プロクターの科学チームの乗艦を拒絶していたら、どうなったと思います?」

「グレンジャーは拒絶しなかったでしょう。人員の背景をじっくり調べる時間など、ありませんでしたからね。グレンジャーはプロクターを信頼していました。プロクターにも、メンバーの背景を調べる時間はありませんでした。信じてください、ミスタ・マラーホフ、その場に誰がいたにせよ、われわれはやりとげたと、自信を持って言えます」

　ロシア人は首を振り、ウィスキーをもう一杯、ごくごくと飲んだ。

「何にせよ、わたしはもう用ずみです。わたしのほうはきれいに片づきましたし、間違いでなければ、わたしは死んだのです。あなたの援助は受けずにね」マラーホフ大統領は、新しい目でエイブリーにウィンクした——手術痕は急速に薄れている。

「ええ、その件は、大変申しわけないことをしました」

「本当に、あんなふうにアイザクスンにわたしを追わせる必要があったのですか？　ぞんざいすぎましたよ」

「正直に言えば、アイザクスンが、まさか本当にあなたを殺そうとするとは思わなかったのですよ。しかし、いずれにせよ、われわれはどちらも、われわれが激しく対立していることを大群《スウォーム》に確実に信じこませなければなりませんでした。われわれの小さな内乱で、完全に、間違いなくスウォームの気をそらさなければならなかった。われわれは、やりとげましたよね？」

　マラーホフは自分のグラスにもう一杯、酒を注《つ》いだ。

「ええ、まあ……今度は、あなたの手先に、わたしの目はねらうなと言っておいてください。痛かった」

「あなたの今後の計画は？」と、エイブリー。口から煙の輪を空中へ飛ばした。

「休暇です。長い、三十年の休暇。わたしが大統領だったのは――おや、十六年になりますか？」

「さあさあ、ミスタ・マラーホフ、ロシア議会の陰であなたが糸を引いているような気がしますよ。あなたは終身大統領になるでしょうし」

「わたしは死んだ人間ですよ。お忘れですか？　ここにたどり着くまで、おびただしい数の争いを通り抜けてきました。わたしが急に生き返ったら、いままでやってきたことが、みんな無駄な努力になってしまいますよ」マラーホフは、またしても自分のグラスにウィスキーを注いだ。「いやいや、大統領閣下、わたしはコーカサスの田舎に引っこむことで満足ですよ。あるいは、ニュー・ピーターズバーグの小島でも」

　二人はしばらく黙って葉巻を吸い、酒を飲んだ。やがて、マラーホフは立ちあがって部屋を出ようとした。

「大統領閣下、楽しかったですよ。実りの多い、有益な十三年間のお付き合いでした。人類がまだここにいるという事実が――まあ、われわれの業績について多くを語っていると思います」

エイブリーは指でグラスをコツコツとたたいた。

「最後にひとつ、まだわからないことがあります」

「はい？」マラーホフはドアのそばで足を止めた。

「反物質です。あのやっかいな代物《しろもの》を発達させる、わたしの内密の計画すべてです。人手、費用——全部。あなたの主張にしたがって、すべての艦にあれを積みこみ、〝おもらし野郎〟にぶつけるチャンスを待ちました。そして、もちろん、最後にはうまくいきました。連絡路は閉ざされました。しかし、わたしの質問は——そのう、実際はふたつの質問です」

「どうぞ」

「なぜ最初から、反物質の技術をわれわれに教えてくれなかったのですか？　それがわかりません」

「どう見えるか——ですよ、大統領閣下。よくご存じでしょう。そんなことをすれば、疑惑をかきたてます」

　エイブリーはグルリと目をまわした。

「はい、はい。どうでもいいわ。そこは二人でうまく手配できたと思いますけどね。でも、どうでもいいです。もっと大きな疑問があります。答えていただけないんじゃないかという気がしますけど」

「質問してみてください」

「反物質ポッドです。グレンジャーが発射した魚雷から射出されたものです。ポッドは、いまも標的へ向かって飛んでいます。われわれから見ると、グレンジャーはまだ事象の地平面を越えてさえいません。少なくとも、あと十万年は越えられないでしょう。科学者たちによると、グレンジャーは、潮汐力が強くなって最終的に身体が引き裂かれるより先に、われわれの銀河系の終焉《しゅうえん》を目撃するだろうとのことです。われわれがあの地獄の穴の外側で高感度の望遠鏡を事象の地平面に向け、いまだに反物質ポッドが落ちていくのが見えるのなら、どうすれば本当に連絡路を破壊できるのでしょう？　何も破壊されていません。反物質はいまだに、ブラックホールの分子一個とも反応していないのですよ」

マラーホフは半分ドアを開けたところで動作を止め、うなずいた。

「おっしゃるとおりです。わけがわかりませんよね。わたしがスウォームの支配を受けている科学者たちに質問したときも、その点を大声ではっきりとたずねましたが、科学者たちはひとことも答えませんでした――わたしにわかるのは、それだけです。科学者たちは、わたしから答えを隠そうとしていました。反物質をブラックホールに落としこむというアイデアに、おびえていたのです。スウォームがわれわれに反物質ビームの技術を与えなかった理由は、それです。われわれが手にしたら、それを使って何ができたか、考えてみてください。あの小さな鼻くそめがけて百隻も航宙艦を飛ばし、数トンの反物質をブラックホールのなかへ、ビームの形で発射する。実に簡単です」

エイブリーは肩をすくめて言った。

「とにかく、終わりましたね」もういちど煙の輪を吐いた。「オクタルース星団から届いたフィンディリ宙域とキアッシ宙域での艦の移動に関する報告を、どう思いますか？」

マラーホフはドアの外に出た。ドアを閉める前に、大きな声で答えた。

「もう、わたしの問題ではありませんよ、バーブ。忠告させてもらえば、あなたも、これが自分の問題になる前に手を引くべきでしょうね」

謝辞

すばらしい編集者ジェニーに、心から感謝する。この人がいなければ、この〈伝説の艦隊〉三部作は色あせ、ひねったプロットはどこへも行きつかず、人物像は伸びも広がりもない点と化し、思慮深い《ディスクリート》というよりまとまりのない《ディスクリート》士官たちと、高度《アルティテュード》はあるが心がまえ《アティテュード》のない航宙艦が出てくる、スウォームに汚染されてよろよろと動くゾンビのような本になっただろう。

それと、子供たちに感謝したい。父親が、趣味が転じた奇妙な職業のおかげで、ピンチのときには一カ月もどこかへ行ってしまうことを、理解してくれた。本が世に出た次の週にはボートの進水式があることを、忘れないでくれ！

卓越した腕を持つトム・エドワーズに。〈伝説の艦隊〉三部作の非常に魅力的なイラストは……非常に魅力的だ——それ以上は言いようがない。

グレッグ・トレンブレイに。見事な朗読でオーディオブックを作成し、今度はこの賛辞を朗読して、すべてを言わなければならない——わたしが書いたこと全部を声に出さなければならない。大変だ。

それから、大事な忠告をし、その途中で大いに笑わせてくれ、激励のEメールやメッセージを送ってくれた作家仲間たちに。多くの人がこの三部作まで変わらずに同じことをしてくれたのは、非常な喜びだ。

そして、アラバマ州マディソンのコーヒー・ショップ〈グラウンディド・コーヒー〉の、気持ちのいい人たちに——クリス、グレース、サラ（最後に〝h〟のついたサラ）、ジーンに感謝する。この本を書いているあいだ、わたしの水気が切れないよう注意し、南部で最高のブルーベリー・マフィンを詰《つ》めこんでくれた。そう、ソファの上の尻の跡は、わたしがつけたものだ。

訳者略歴　北海道大学文学部卒，英米文学翻訳家　訳書『伝説の艦隊１　〈コンスティテューション〉』『伝説の艦隊２　〈ウォリアー〉』ウェブ，『鉄の竜騎兵　新兵選抜試験、開始』フォックス（以上早川書房刊）

HM=Hayakawa Mystery
SF=Science Fiction
JA=Japanese Author
NV=Novel
NF=Nonfiction
FT=Fantasy

伝説《でんせつ》の艦隊《かんたい》3
〈ヴィクトリー〉

〈SF2339〉

二〇二一年九月　十　日　印刷
二〇二一年九月十五日　発行

（定価はカバーに表示してあります）

著者　ニック・ウェブ
訳者　置《おき》田《た》房《ふさ》子《こ》
発行者　早川　浩
発行所　株式会社　早川書房

郵便番号　一〇一 - 〇〇四六
東京都千代田区神田多町二ノ二
電話　〇三 - 三二五二 - 三一一一
振替　〇〇一六〇 - 三 - 四七七九九
https://www.hayakawa-online.co.jp

乱丁・落丁本は小社制作部宛お送り下さい。
送料小社負担にてお取りかえいたします。

印刷・三松堂株式会社　製本・株式会社川島製本所
Printed and bound in Japan
ISBN978-4-15-012339-0 C0197

本書は活字が大きく読みやすい〈トールサイズ〉です。